HARLAN COBEN

Współczesny amerykański pisarz, który uznanie w kręgu miłośników literatury sensacyjnej zdobył swoją trzecią książką, **Bez skrupułów**, opublikowaną w 1995 r. Jako pierwszy współczesny autor otrzymał trzy prestiżowe nagrody literackie przyznawane w kategorii powieści kryminalnej, w tym najważniejszą – Edgar Poe Award. Światowa popularność Cobena zaczęła się w 2001 r. od thrillera **Nie mów nikomu**, zekranizowanego w 2006 r. Kolejne powieści, m.in. **Na gorącym uczynku**, **Wszyscy mamy tajemnice**, **Zostań przy mnie**, **Schronienie**, **Kilka sekund od śmierci**, **Sześć lat później** i **Tęsknię za tobą**, uczyniły go megagwiazdą gatunku i jednym z najchętniej czytanych autorów, także w Polsce. Twórczość pisarza wciąż budzi zainteresowanie filmowców: na podstawie prozy Cobena powstało kilka filmów i seriali, prawa do **Tęsknię za tobą** zostały kupione przez Warner Bros, a w ekranizacji **Już mnie nie oszukasz** główną rolę zagra Julia Roberts.

W 2018 roku platforma Netflix zawarła z Harlanem Cobenem umowę, dzięki której w ciągu kilku najbliższych lat powstanie aż 14 ekranizacji jego powieści!

Tego autora

NIE MÓW NIKOMU

BEZ POŻEGNANIA

JEDYNA SZANSA

TYLKO JEDNO SPOJRZENIE

NIEWINNY

W GŁĘBI LASU

ZACHOWAJ SPOKÓJ

MISTYFIKACJA

NA GORĄCYM UCZYNKU

KLINIKA ŚMIERCI

ZOSTAŃ PRZY MNIE

SZEŚĆ LAT PÓŹNIEJ

TĘSKNIĘ ZA TOBĄ

NIEZNAJOMY

JUŻ MNIE NIE OSZUKASZ

NIE ODPUSZCZAJ

Myron Bolitar

BEZ SKRUPUŁÓW

KRÓTKA PIŁKA

BEZ ŚLADU

BŁĘKITNA KREW

JEDEN FAŁSZYWY RUCH

OSTATNI SZCZEGÓŁ

NAJCZARNIEJSZY STRACH

OBIECAJ MI

ZAGINIONA

WSZYSCY MAMY TAJEMNICE

W DOMU

Mickey Bolitar

SCHRONIENIE

KILKA SEKUND OD ŚMIERCI

ODNALEZIONY

Jako współautor

AŻ ŚMIERĆ NAS ROZŁĄCZY

NAJLEPSZE AMERYKAŃSKIE OPOWIADANIA KRYMINALNE 2011

HARLAN COBEN

Nie odpuszczaj

Z angielskiego przełożył
ANDRZEJ SZULC

ALBATROS

Tytuł oryginału:
DON'T LET GO

Redakcja: Marta Gral

Zdjęcie na okładce oprawy miękkiej: © Paul Bucknall/Arcangel Images

Zdjęcie na okładce oprawy twardej: Ibrahim Boran/StockSnap.io

Skład: Laguna

ISBN oprawy miękkiej 978-83-8125-389-5

ISBN oprawy twardej 978-83-8125-390-1

Książka dostępna także jako e-book i audiobook
(czyta Leszek Filipowicz)

Dystrybutor
Firma Księgarska Olesiejuk sp. z o.o.
Poznańska 91, 05-850 Ożarów Mazowiecki
tel. (22) 721 30 00, faks (22) 721 30 01
www.olesiejuk.pl

Wydawca
Wydawnictwo Albatros Sp. z o.o.
Hlonda 2A/25, 02-972 Warszawa
www.wydawnictwoalbatros.com
Facebook.com/WydawnictwoAlbatros | Instagram.com/wydawnictwoalbatros

2018. Wydanie I/oprawa miękka
2018. Wydanie II/oprawa twarda

Druk: CPI Moravia Books, Czech Republic

Pour Anne

A Ma Vie de Cœr Entier

Od autora

Kiedy dorastałem w małym miasteczku w stanie New Jersey, opowiadano tam dwie miejskie legendy.

Pierwsza głosiła, że w książęcej posiadłości za bramą z kutego żelaza mieszka słynny mafioso i że za domem ma spalarnię, która może służyć jako prowizoryczne krematorium.

Według drugiej legendy – która stała się inspiracją do napisania tej książki – tuż przy jego posiadłości, niedaleko gimnazjum, za ogrodzeniem z drutu kolczastego i tablicami TEREN ZAMKNIĘTY, znajdowała się baza pocisków Nike z głowicami nuklearnymi.

Po latach odkryłem, że obie legendy były prawdziwe.

Daisy miała na sobie obcisłą czarną sukienkę z dekoltem, w którym można było zgłębiać tajniki filozofii.

Mężczyzna w prążkowanym szarym garniturze, którym miała się zająć, siedział przy końcu baru. Hm. Facet mógłby być jej ojcem. Mogło jej to utrudnić zadanie, ale niekoniecznie. Ze starszymi panami nigdy nic nie wiadomo. Niektórzy, zwłaszcza świeżo upieczeni rozwodnicy, bardzo starają się udowodnić, że wciąż mają „to coś", nawet jeśli nigdy go nie mieli.

Zwłaszcza jeśli nigdy go nie mieli.

Idąc tanecznym krokiem przez salę, czuła, jak spojrzenia mężczyzn pełzną niczym dżdżownice po jej nagich udach. Dotarłszy do końca baru, zakończyła występ, siadając obok niego na stołku.

Facet wpatrywał się w stojącą przed nim szklaneczkę z whiskey niczym Cyganka w kryształową kulę. Daisy czekała, aż odwróci się w jej stronę. Nie zrobił tego. Przez chwilę przyglądała mu się z profilu. Miał gęstą siwą brodę, bulwiasty, jakby ulepiony z plasteliny nos i długie, zmierzwione niczym szczotka włosy.

Drugie małżeństwo, domyśliła się Daisy. I najprawdopodobniej drugi rozwód.

Dale Miller – tak się nazywał – delikatnie podniósł szklankę. Trzymał ją w obu dłoniach, jakby była ptakiem z połamanymi skrzydełkami.

– Cześć – powiedziała, w wystudiowany sposób odrzucając włosy do tyłu.

Miller obrócił głowę w jej stronę. Spojrzał jej prosto w oczy. Czekała, aż jego wzrok powędruje w dół – cholera, kiedy miała na sobie tę sukienkę, nie mogły się przed tym powstrzymać nawet kobiety – ale on go nie opuścił.

– Witam – odpowiedział i odwrócił się z powrotem do swojej whiskey.

Daisy czekała na ogół, aż facet zacznie ją podrywać. Taką miała technikę. Mówiła „Cześć" tak jak teraz, uśmiechała się i delikwent z miejsca pytał, czy może jej postawić drinka. Wiadomo, co jest grane. Ale Miller najwyraźniej nie miał ochoty na flirt. Pociągnął jeden, a potem drugi pokaźny łyk ze szklanki.

Bardzo dobrze. Zalewał robaka. To powinno jej ułatwić zadanie.

– Mogę coś dla pani zrobić? – zapytał.

Gruboskórny, pomyślała. To słowo najlepiej go opisywało. Nawet w prążkowanym garniturze, z niskim schrypniętym głosem miał w sobie coś z opryskliwego, rozbijającego się motorem weterana z Wietnamu. Tacy jak on starsi mężczyźni wydawali się Daisy w dziwaczny sposób seksowni, choć wynikało to chyba z jej legendarnych problemów z ojcem. Lubiła facetów, przy których czuła się bezpiecznie.

Od dawna już nikogo takiego nie poznała.

Czas spróbować innego podejścia.

– Nie będzie panu przeszkadzało, jeśli tu chwilę posiedzę? – Przysunęła się do niego trochę bliżej, eksponując biust. – Jest tu pewien facet… – dodała szeptem.

– Naprzykrza się pani?

To było słodkie. Nie powiedział tego jak ktoś zgrywający się na wielkiego macho, jak tylu dupków, których spotkała na swojej drodze. Zapytał o to spokojnie i rzeczowo, nieomal w rycerski sposób – jakby chciał ją obronić.

– Nie, nie… niekoniecznie.

Miller zaczął się rozglądać.

– Który to?

Daisy położyła dłoń na jego ramieniu.

– To naprawdę nic wielkiego. Po prostu… po prostu czuję się tu z panem bezpieczna, rozumie pan?

Znów spojrzał jej w oczy. Bulwiasty nos nie pasował do reszty twarzy, ale przenikliwe błękitne oczy sprawiały, że prawie się go nie dostrzegało.

– Oczywiście – odparł ostrożnym tonem. – Mogę pani postawić drinka?

To było mniej więcej wszystko, czego potrzebowała. Potrafiła rozmawiać z ludźmi, a mężczyźni – żonaci, samotni, rozwodzący się i w ogóle wszyscy – chętnie się przed nią otwierali. Z Millerem zajęło to trochę więcej czasu niż z innymi – jeśli dobrze liczyła, stało się to dopiero przy czwartym drinku – ale w końcu zaczął nawijać o zbliżającym się rozwodzie z Clarą, osiemnaście lat od niego młodszą żoną, oczywiście drugą („Powinienem się tego spodziewać, prawda? Ależ ze mnie głupiec!"). Później opowiedział jej o dwójce dzieci, Ryanie i Simone, walce o prawo do opieki i swojej pracy w finansach.

Ona też musiała się otworzyć. Na tym polegała cała sztuczka. Szczerość powinna być obopólna. Miała na takie okazje gotową historyjkę – oczywiście całkowicie fikcyjną – ale coś w zachowaniu Millera sprawiło, że zaprezentowała ją z większym niż zwykle przekonaniem. Naturalnie nigdy nie powiedziałaby mu prawdy. Nie znał jej nikt z wyjątkiem Rexa – a i on nie wiedział wszystkiego.

Miller pił whiskey. Ona wódkę. Próbowała nieco zwolnić tempo. Dwa razy poszła z pełnym kieliszkiem do toalety, wylała drinka do umywalki i nalała sobie wody. Mimo to kiedy przyszedł w końcu esemes od Rexa, była na lekkim rauszu.

G?

„G" jak gotowa.

– Wszystko w porządku? – zapytał Miller.

– Jasne. To od przyjaciółki.

Odpowiedziała *T*, na tak, i ponownie zajęła się swoim celem. W tym momencie proponowała na ogół, by poszukali jakiegoś spokojniejszego miejsca. Większość mężczyzn chciała natychmiast skorzystać z okazji – faceci są pod tym względem całkowicie przewidywalni – nie była jednak pewna, czy taka bezpośrednia zagrywka sprawdzi się w przypadku Millera. Nie chodziło o to, że nie wydawał się zainteresowany. Robił po prostu wrażenie… nie wiedziała, jak to ująć… kogoś, kto jest ponad to.

– Mogę pana o coś zapytać? – zaczęła.

Uśmiechnął się.

– Przez cały wieczór pyta mnie pani o różne rzeczy.

Plątał mu się lekko język. To dobrze.

– Ma pan samochód?

– Mam. Dlaczego pani pyta?

Daisy rozejrzała się po barze.

– Czy mogłabym... ee... poprosić, żeby odwiózł mnie pan do domu? Mieszkam niedaleko.

– Jasne, żaden problem – odparł Miller. – Być może będę musiał najpierw trochę wytrzeźwieć – dodał po chwili.

Zeskoczyła z barowego stołka.

– W porządku. W takim razie pójdę piechotą.

Miller się wyprostował.

– Chwileczkę, co się stało?

– Muszę zaraz wracać do domu, ale jeśli nie może pan prowadzić...

– Nie, dlaczego? – Zsunął się ze stołka i wcale się przy tym nie zachwiał. – Zaraz panią odwiozę.

– Jeżeli to jakiś kłopot...

– Żaden kłopot, Daisy.

Bingo! Kiedy ruszyli w stronę drzwi, wysłała szybko wiadomość Rexowi:

JWD.

Jesteśmy w drodze.

Ktoś mógłby to nazwać szwindlem albo oszustwem, lecz Rex upierał się, że zarabiają pieniądze w uczciwy sposób. Daisy nie była tego taka pewna, ale sama też nie miała większych wyrzutów sumienia. Bez względu na to, jakie przyświecały im motywy, plan był prosty w realizacji. Mąż i żona się rozwodzą. Walka o prawa do opieki nad dziećmi staje się coraz bardziej bezpardonowa. Obie strony są w desperacji. Żona – formalnie rzecz biorąc, z ich usług mógł też skorzystać mąż, ale do tej pory były to zawsze żony – wynajmuje Rexa, by pomógł jej wygrać tę potyczkę. Jak?

Doprowadzając do aresztowania męża za prowadzenie po pijanemu.

Czy jest lepszy sposób na udowodnienie, że ktoś nie nadaje się na rodzica?

I tak to funkcjonowało. Daisy miała dwa zadania: zadbać, by delikwent miał we krwi dość promili, a potem żeby siadł za kółkiem. Rex, który był gliniarzem, zatrzymywał ich, zgarniał faceta za jazdę pod wpływem i ich klientka zyskiwała wielką przewagę w sądowej batalii.

W tym momencie Rex siedział już w radiowozie dwie przecznice dalej. Zawsze znajdował jakieś ustronne miejsce blisko baru, w którym ich cel zalewał wieczorem robaka. Im mniej świadków, tym lepiej. Nie chcieli, żeby ktoś zaczął zadawać pytania.

Chodziło o to, żeby zatrzymać faceta, aresztować go i zostawić sprawy swojemu biegowi.

Daisy i Miller wytoczyli się z baru na parking.

– Tędy – powiedział Miller. – Zaparkowałem z tamtej strony.

Prowadząc Daisy do szarej toyoty corolli przez wysypany żwirem parking, kopał przed sobą drobne kamyki. Wcisnął przycisk na kluczyku i samochód odpowiedział podwójnym miauknięciem. Kiedy Miller ruszył w stronę drzwi pasażera,

Daisy zatrzymała się zaskoczona. Czyżby chciał, żeby to ona siadła za kierownicą? Boże, miała nadzieję, że nie. Czy upił się bardziej, niż sądziła? To wydawało się bardziej prawdopodobne. Nagle uświadomiła sobie, że oba jej domysły są błędne.

Dale Miller otwierał przed nią drzwi. Jak prawdziwy dżentelmen. To świadczyło, od jak dawna nie miała do czynienia z prawdziwym dżentelmenem. Nie domyśliła się w ogóle, o co mu chodzi.

Przytrzymał drzwi, a ona wślizgnęła się do samochodu. Zaczekał, aż dobrze się usadowi, i dopiero wtedy ostrożnie je zamknął.

Poczuła ukłucie winy.

Rex tłumaczył jej wiele razy, że nie robią nic nielegalnego ani etycznie wątpliwego. Po pierwsze, plan nie zawsze udawało się zrealizować. Niektórzy faceci nie przesiadywali po prostu w barach. „Jeśli tak wygląda sprawa – mówił Rex – nie możemy mu nic zrobić. Ale ci, których udaje nam się przyskrzynić, i tak już wcześniej popijali, prawda? Ty ich po prostu delikatnie zachęcasz, to wszystko. Nie muszą przecież siadać za kółkiem. To w końcu ich wybór. Nie przykładasz im lufy do skroni".

Daisy zapięła pasy. Dale Miller zrobił to samo, po czym uruchomił silnik i wrzucił tylny bieg. Opony zachrzęściły na żwirze. Miller wykręcił, zatrzymał samochód i przez dłuższy moment przyglądał się Daisy. Próbowała się uśmiechnąć, ale nie bardzo jej się to udało.

– Coś przede mną ukrywasz, prawda, Daisy? – zapytał.

Przeszedł ją dreszcz, lecz nic nie odpowiedziała.

– Przydarzyło ci się coś złego. Widzę to po twojej twarzy.

Nie wiedząc, jak ma zareagować, roześmiała się bez przekonania.

– Przecież opowiedziałam ci już historię mojego życia, Dale.

Odczekał jeszcze kilka sekund, choć wydawało jej się to godziną. W końcu wbił wzrok w przednią szybę i wrzucił bieg. Wyjeżdżając z parkingu, nie powiedział już ani słowa.

– Skręć w lewo – poprosiła i usłyszała napięcie we własnym głosie. – A potem w drugą w prawo.

Dale Miller nie odzywał się, kręcąc ostrożnie kierownicą, tak jak kierowcy, którzy są pod wpływem alkoholu, ale nie chcą ściągać na siebie uwagi. Corolla była czysta i bezosobowa. Pachniało w niej trochę zbyt mocno dezodorantem. Kiedy Miller skręcił w prawo, Daisy wstrzymała oddech i czekała na niebieskie światła i syrenę Rexa.

To był dla niej zawsze trudny moment. Nie wiedziała, jak zareaguje delikwent. Jeden z nich próbował uciekać, ale już po chwili zdał sobie sprawę, że nie ma szans. Niektórzy zaczynali przeklinać. Inni – tych było bardzo wielu – wybuchali płaczem. To było najgorsze. Dorośli faceci, którzy jeszcze przed chwilą ostro do niej uderzali, niektórzy z ręką wciąż pod jej sukienką, zanosili się szlochem jak dzieci.

Natychmiast zdawali sobie sprawę z konsekwencji. I to ich dobijało.

Nie wiedziała, czego może się spodziewać po Millerze.

Rex zawsze perfekcyjnie wybierał właściwy moment i jak na zawołanie pojawiło się za nimi obracające się błękitne światło i zaraz potem zawyła syrena radiowozu. Daisy zerknęła na Millera, żeby zorientować się, jak zareagował. Jeśli był zdenerwowany albo zaskoczony, nie dawał tego po sobie poznać. Robił wrażenie spokojnego i zdeterminowanego, jakby zupełnie nie wytrąciło go to z równowagi. Włączył kierunkowskaz i ostrożnie podjechał do krawężnika. Rex zatrzymał się tuż za nim.

Syrena umilkła, ale błękitne światło wciąż się obracało.

Dale Miller przestawił bieg na parkowanie i spojrzał na Daisy. Nie była pewna, co widzi na jego twarzy. Zaskoczenie? Współczucie? Bezradność w stylu „Cóż poradzić?".

– No, no – powiedział. – Wygląda na to, że dopadła nas przeszłość, prawda?

Jego słowa, ton i wyraz twarzy doprowadzały ją do białej gorączki. Miała ochotę wrzasnąć na Rexa, żeby to szybko skończył, ale on, jak to gliniarz, wcale się nie spieszył. Dale Miller nadal się w nią wpatrywał, nawet kiedy Rex zastukał knykciami palców w szybę. Wtedy powoli się odwrócił i ją opuścił.

– O co chodzi, panie władzo?

– Poproszę prawo jazdy i dowód rejestracyjny.

Miller podał mu dokumenty.

– Pił pan dzisiaj, panie Miller?

– Może jednego.

Odpowiadając w ten sposób, upodobnił się w końcu do innych. Zawsze kłamali.

– Czy mógłby pan na chwilę wysiąść z samochodu?

Znowu spojrzał na Daisy. Próbowała nie skurczyć się pod jego wzrokiem. Patrzyła prosto przed siebie, unikając kontaktu wzrokowego.

– Panie Miller? Prosiłem, żeby…

– Oczywiście, panie władzo.

Dale Miller pociągnął za klamkę. Kiedy zapaliła się wewnętrzna lampka, Daisy zamknęła na chwilę oczy. Miller wytarabanił się z samochodu. Zostawił otwarte drzwi, lecz Rex sięgnął za jego ramieniem i je zatrzasnął. Szyba była nadal uchylona i Daisy słyszała, co mówią.

– Chciałbym, żeby wykonał pan kilka czynności, które wykazałyby, że jest pan trzeźwy.

– Możemy to sobie darować – powiedział Dale Miller.

– Słucham?

– Może przejdziemy od razu do badania alkomatem. To powinno nam ułatwić sprawę.

Ta propozycja zaskoczyła Rexa. Zerknął do środka samochodu. Daisy wzruszyła lekko ramionami.

– Rozumiem, że ma pan alkomat w radiowozie? – zapytał Miller.

– Owszem, mam.

– Więc nie marnujmy dłużej czasu: mojego, pańskiego i tej uroczej damy.

Rex zawahał się.

– W porządku, proszę tu zaczekać – odparł.

– Oczywiście.

Kiedy ruszył do radiowozu, Dale Miller wyjął pistolet i strzelił mu dwa razy w głowę. Rex osunął się na ziemię.

I wtedy Dale Miller wycelował w Daisy.

Wrócili, pomyślała.

Po wszystkich tych latach udało im się mnie odnaleźć.

Rozdział 1

Chowam kij baseballowy za nogą, żeby Trey – zakładam, że to Trey – przypadkiem go nie zobaczył.

Domniemany Trey podchodzi do mnie ze swoją opalenizną z solarium, filuterną grzywką i bezsensownymi plemiennymi tatuażami oplatającymi nabrzmiałe bicepsy. Ellie opisała go jako „kretyna czystej wody". Facet pasuje do opisu.

Mimo to muszę mieć pewność.

Przez lata rozwinąłem naprawdę genialną technikę rozpoznawania, czy mam do czynienia z właściwym facetem. Patrz i ucz się:

– Trey?

Koniobijca zatrzymuje się i posyła mi najmroczniejsze, na jakie go stać, spojrzenie człowieka z Cro-Magnon.

– Kto chce wiedzieć? – pyta.

– Czy mam odpowiedzieć „ja"?

– Że co?

Wzdycham. Widzisz, z jakimi debilami mam do czynienia, Leo?

– Spytałeś „Kto chce wiedzieć?" – tłumaczę. – Tak jakbyś był bardzo przebiegły. Tak jakbyś nie odpowiedział „Pomyliłeś mnie z kimś innym, stary", gdybym zawołał do ciebie „Mike". Pytając „Kto chce wiedzieć?", dajesz do zrozumienia, że masz na imię Trey.

Powieneś zobaczyć osłupienie na twarzy tego faceta.

Daję krok do przodu, nadal chowając za sobą kij.

Trey udaje wielkiego gangstera, ale czuję emanujące z niego gorące fale strachu. Trudno mu się dziwić. Jestem facetem o odpowiedniej posturze, a nie drobną kobietką, której można przetrzepać skórę, żeby poprawić sobie samopoczucie.

– Czego chcesz? – pyta.

Podchodzę do niego bliżej.

– Pogadać.

– O czym?

Uderzam z jednej ręki, bo tak jest najszybciej. Kij ląduje niczym bicz na jego kolanie. Trey wrzeszczy, ale nie pada. Teraz ujmuję kij oburącz. Pamiętasz, jak trener Jauss uczył nas uderzać piłkę w Małej Lidze? Kij do tyłu, łokieć do góry. To była jego mantra. Ile mieliśmy wtedy lat? Dziewięć, dziesięć? Nieważne. Robię dokładnie tak, jak nas uczył trener. Odchylam kij do tyłu, podnoszę łokieć i biorąc zamach, daję krok do przodu.

Koniec drewnianego kija ląduje na tym samym kolanie.

Trey pada, jakbym go postrzelił.

– Proszę…

Tym razem podnoszę kij wysoko nad głowę, jakbym rąbał drewno, i wkładając w to uderzenie całą siłę i rozpęd, ponownie celuję w to samo kolano. Czuję, jak coś w nim pęka. Trey wyje z bólu. Podnoszę kij po raz drugi. W tym momencie Trey obejmuje kolano dłońmi, próbując je chronić. Nie szkodzi. Muszę przecież mieć pewność, tak? Celuję w kostkę. Słychać chrzęst podobny do tego, jaki wydają suche gałązki, kiedy się na nie nadepnie.

– Nie wiesz, jak wyglądam – ostrzegam go. – Piśnij choć słowo, to wrócę i cię zabiję.

Nie czekam na odpowiedź.

Pamiętasz, Leo, jak tato zabrał nas po raz pierwszy na mecz Major League? Siedzieliśmy w loży naprzeciwko trzeciej bazy i przez cały czas mieliśmy na dłoniach nasze rękawice baseballowe, w nadziei że piłka poleci w naszą stronę. Oczywiście nie poleciała. Pamiętam, jak tato wystawiał do słońca twarz w ciemnych okularach i jak uśmiechał się leniwie. Był z niego niezły luzak. Jako Francuz nie znał reguł gry – dla niego to również był pierwszy mecz baseballu – ale specjalnie się tym nie przejmował, prawda? To był dzień, który spędzał ze swoimi bliźniakami.

To mu zawsze wystarczało.

Trzy przecznice dalej wyrzucam kij do stojącego przy 7-Eleven kontenera na śmieci. Wcześniej włożyłem rękawiczki, więc nie będzie żadnych odcisków palców. Kij kupiłem przed kilku laty na wyprzedaży garażowej niedaleko Atlantic City. Nie ma mowy, żeby go ze mną powiązali. Nie żebym się tym przejmował. Gliniarze nie będą przetrząsali kontenerów, nurkując między galaretkami wiśniowymi, żeby pomóc dupkowi żołędnemu w rodzaju Treya. W telewizji być może tak robią. W realu dojdą do wniosku, że chodziło o długi hazardowe, nieudaną transakcję narkotykową lub inne machlojki, które wymagały surowego potraktowania delikwenta.

Przecinam parking i wracam okrężną drogą do miejsca, w którym zostawiłem samochód. Mam spuszczoną głowę i nasuniętą nisko na czoło czarną czapkę Brooklyn Nets w bardzo ulicznym stylu. Jak już wspomniałem, nie spodziewam się, by ktoś potraktował poważnie cały incydent, ale zawsze można trafić na jakiegoś nadgorliwego żółtodzioba, który sprawdzi taśmy monitoringu.

Ostrożność nigdy nie zawadzi.

Wsiadam do samochodu, wjeżdżam na międzystanową dwieścieosiemdziesiątkę i wracam prosto do Westbridge. Dzwoni komórka – telefonuje Ellie. Zupełnie jakby wiedziała, czym się zajmuję w wolnych chwilach. Pani Wyrzut Sumienia. Nie odbieram telefonu.

Westbridge jest jedną z tych wymarzonych amerykańskich miejscowości, które media nazywają „przyjaznymi dla rodziny", czasami „zamożnymi", a nawet „komfortowymi", lecz nigdy nie „ekskluzywnymi". Mamy tu urządzane przez Klub Rotariański grille, parady z okazji Czwartego Lipca, karnawały Klubu Kiwanis i sobotnie targi zdrowej żywności. Dzieciaki wciąż jeżdżą do szkoły rowerami. Na meczach szkolnej drużyny futbolowej pojawia się masa ludzi, zwłaszcza kiedy gramy z naszym lokalnym rywalem, Livingston. Ludzie w dalszym ciągu pasjonują się Małą Ligą. Trener Jauss zmarł kilka lat temu, ale nazwali jego imieniem jedno z boisk.

Nadal często pod nie podjeżdżam, choć obecnie siedzę za kierownicą radiowozu. Owszem, jestem jednym z „takich" gliniarzy. Myślę o tobie, Leo, o tym, jak utknąłeś na prawym skrzydle. Nie miałeś ochoty grać – teraz to wiem – ale wiedziałeś, że bez ciebie mogę nie wstąpić do drużyny. Starzy kibice do dziś wspominają półfinałowy mecz o mistrzostwo stanu, w którym jako miotacz ani razu nie pozwoliłem zdobyć bazy przeciwnikom. Nie byłeś dość dobry, by dostać się do drużyny, więc władze Małej Ligi zgodziły się przyjąć cię jako statystyka. Przypuszczam, że chcieli zrobić mi przyjemność. Nie sądzę, żebym zdawał sobie wtedy z tego sprawę.

Byłeś zawsze mądrzejszy i bardziej dojrzały, więc ty prawdopodobnie od początku wiedziałeś, co jest grane.

Podjeżdżam pod dom i parkuję na podjeździe. Moi sąsiedzi, Tammy i Ned Walshowie – w myślach nazywam go Nedem Flandersem*, bo ma bujne wąsy i wylewny styl bycia – czyszczą swoje rynny. Oboje machają mi na powitanie.

– Cześć, Nap! – woła Ned.

– Cześć, Ned! – odpowiadam. – Witaj, Tammy!

Taki jestem sympatyczny. Pan Sąsiad Idealny. Musicie wiedzieć, że na tym rodzinnym podmiejskim osiedlu jestem najrzadszym z okazów – heteroseksualnego, samotnego, bezdzietnego mężczyznę można tu spotkać mniej więcej tak samo często jak nałogowego palacza w klubie fitness – dlatego staram się, jak mogę, uchodzić za normalnego, nudnego, solidnego obywatela.

---

* Ned Flanders – postać z serialu *Simpsonowie*.

Kogoś niegroźnego.

Tato zmarł przed pięciu laty i domyślam się, że niektórzy sąsiedzi widzą we mnie tego strasznego singla, faceta, który wciąż mieszka w domu rodziców i przemyka chyłkiem ulicami niczym „Boo" Radley z *Zabić drozda*. Dlatego staram się, żeby dom był zadbany. Dlatego przywożę tu poznane przelotnie dziewczyny jeszcze za dnia, nawet kiedy widzę, że nasza znajomość nie potrwa długo.

Był okres, kiedy faceta takiego jak ja brano za uroczego ekscentryka, zadeklarowanego kawalera. Teraz obawiam się, że sąsiedzi uważają mnie za pedofila albo kogoś jeszcze gorszego. I robię, co mogę, by rozproszyć te obawy.

Poza tym większość sąsiadów zna naszą historię, więc to, że nadal tu mieszkam, wydaje się logiczne.

W dalszym ciągu macham do Neda i Tammy.

– Jak idzie drużynie Brody'ego? – pytam.

Gówno mnie to obchodzi, ale trzeba dbać o pozory.

– Wygrali osiem do jednego – informuje mnie Tammy.

– Niesamowite.

– Musisz przyjść na mecz w przyszłą środę.

– Marzę o tym – odpowiadam.

Marzę również, żeby usunęli mi nerkę łyżeczką do grejpfrutów.

Uśmiecham się jeszcze przez chwilę, macham do nich jak idiota, po czym wchodzę do domu. Wyniosłem się z naszej dawnej sypialni, Leo. Po tamtej nocy – to, co się stało, jest dla mnie nadal „tamtą nocą", bo nie godzę się na określenia w rodzaju „podwójne samobójstwo", „śmierć w wypadku" ani nawet, choć wszyscy raczej to wykluczali, „podwójne morderstwo" – nie mogłem znieść widoku naszego piętrowego łóżka. Przeniosłem się wtedy na dół, do pokoju, który nazywaliśmy „małym gabinetem". Któryś z nas powinien to chyba zrobić już lata wcześniej, Leo. Nasza sypialnia mogła wydawać się odpowiednia dla dwóch chłopców, ale była chyba zbyt ciasna dla dwóch dojrzewających mężczyzn.

Mnie jednak nigdy to nie przeszkadzało. Tobie chyba też.

Po śmierci taty przeniosłem się na górę, do małżeńskiej sypialni. Ellie pomogła mi przerobić nasz dawny pokój na domowe biuro w stylu, jak to nazywa, „nowoczesnej miejskiej farmy". Nadal nie wiem, co to może znaczyć.

Idąc na piętro, do sypialni, i ściągając koszulę, słyszę nagle dzwonek do drzwi. Przypuszczam, że to kurier z UPS albo FedExu. Tylko oni składają wizytę bez wcześniejszego telefonu. W związku z tym nie fatyguję się na dół. Kiedy dzwonek odzywa się ponownie, zaczynam się zastanawiać, czy nie zamówiłem czegoś, co wymaga podpisu. Nic nie przychodzi mi do głowy. Wyglądam przez okno sypialni.

To gliniarze.

Są po cywilnemu, ale zawsze ich poznaję. Nie wiem, czy chodzi o ubiór, posturę czy coś bardziej nieokreślonego, ale nie sądzę, żeby ta moja umiejętność wynikała z faktu, że sam nim jestem – z jakiegoś rodzaju powinowactwa. To facet i kobieta. Przez sekundę myślę, że ich wizyta ma jakiś związek z Treyem – to chyba logiczne, nie? – ale kiedy zerkam na ich nieoznakowany policyjny samochód, który jest w tak jawny sposób nieoznakowanym policyjnym samochodem, że równie dobrze mógłby mieć z boku namalowany sprejem napis NIEOZNAKOWANY POLICYJNY SAMOCHÓD, widzę rejestrację z Pensylwanii.

Wkładam szybko szary dres i zerkam w lustro. Jedynym słowem, które oddaje to, co widzę, jest „szykowny". To znaczy, może to niejedyne słowo, ale zostańmy przy nim. Zbiegam po schodach i naciskam klamkę.

Nie mam pojęcia, co mnie czeka, kiedy je otworzę.

Nie mam pojęcia, Leo, że doprowadzi mnie to do ciebie.

Rozdział 2

Jak już wspominałem, gliniarzy jest dwoje – mężczyzna i kobieta.

Kobieta jest starsza, chyba po pięćdziesiątce. Ma na sobie żakiet, dżinsy i wygodne buty. Żakiet wybrzusza się niezbyt ładnie w miejscu, gdzie trzyma broń, ale nie sądzę, żeby się tym specjalnie przejmowała. Facet ma koło czterdziestki i jest w garniturze koloru zeschniętych liści, jak elegancki dyrektor szkoły.

– Detektyw Dumas? – pyta z cierpkim uśmiechem kobieta.

Wymawia moje nazwisko „Dumass". Właściwie jest francuskie i wymawia się je tak samo jak tego słynnego pisarza: „Dima". Leo i ja urodziliśmy się w Marsylii. Kiedy w wieku ośmiu lat przenieśliśmy się do Westbridge w Ameryce, nowi „koledzy" uznali za zabawne wymawianie go tak, by brzmiało jak *dumb ass**. Pewni dorośli nadal to robią, ale… jak by to powiedzieć… nie głosujemy na tych samych kandydatów na prezydenta.

---

* *Dumb ass* (ang.) – w luźnym tłumaczeniu: „głupi dupek".

– Czym mogę służyć? – pytam, nie próbując jej korygować.

– Jestem porucznik Stacy Reynolds – mówi. – A to detektyw Bates.

Nie podobają mi się wibracje, które w tej chwili odbieram. Podejrzewam, że przyjechali, by przekazać mi złą wiadomość. Na przykład że zmarł jakiś mój bliski. Jako policjant składałem wielokrotnie kondolencje rodzinom ofiar i nie jestem w tym specjalnie dobry. Ale choć może to zabrzmieć żałośnie, nie przychodzi mi do głowy nikt, kto byłby w moim życiu na tyle ważny, by w związku z jego zgonem wysyłać do mnie radiowóz. Jedyną taką osobą mogłaby być Ellie, ale ona mieszka tu, w Westbridge, w New Jersey, a nie w Pensylwanii.

Zamiast mówić, że miło mi ich poznać, przechodzę od razu do sedna.

– O co chodzi?

– Wpuści nas pan do środka? – pyta Reynolds ze znużonym uśmiechem.

– Skorzystałbym z łazienki, jeśli można – dodaje Bates.

– Z klopem może pan poczekać – odpowiadam. – W jakiej sprawie przyjechaliście?

– Nie musi pan być nieuprzejmy – mruczy Bates.

– I nie muszę być miły. Jestem gliniarzem, przejechaliście kawał drogi, więc lepiej tego nie przedłużajmy.

Bates patrzy na mnie spode łba. Nie robi to na mnie wrażenia. Reynolds kładzie mu rękę na ramieniu, żeby załagodzić sytuację. To również nie robi na mnie wrażenia.

– Ma pan rację – zwraca się do mnie Reynolds. – Niestety, mamy dla pana złą wiadomość.

Czekam.

– W naszym okręgu doszło do zabójstwa.

– Zabito policjanta – uściśla Bates.

To mnie zaciekawia. Jest zwykłe zabójstwo i jest zabójstwo policjanta. Ludzie nie chcieliby, by rozróżniano te dwie rzeczy i dawano do zrozumienia, że jedno jest gorsze od drugiego, ale ludzie nie chcą wielu rzeczy.

– Jak się nazywał? – pytam.

– Rex Canton.

Patrzą, czy okażę jakieś emocje. Ja tymczasem próbuję zgadnąć, co ich tak naprawdę tu sprowadza.

– Znał pan sierżanta Cantona? – pyta Reynolds.

– Znałem – odpowiadam. – Wieki temu.

– Kiedy się ostatnio widzieliście?

Nadal staram się domyślić, po co tu przyjechali.

– Nie pamiętam – mówię. – Pewnie na rozdaniu świadectw.

– A potem już nie?

– Nie przypominam sobie.

– Ale mogliście się później spotkać?

Wzruszam ramionami.

– Może na zjeździe absolwentów albo przy podobnej okazji.

– Tylko że nie ma pan co do tego pewności?

– Nie, nie mam.

– Nie wygląda pan na szczególnie przejętego – zauważa Bates.

– W głębi duszy zwijam się z bólu. Jestem po prostu wyjątkowym twardzielem.

– Nie musi pan z tego drwić – mruczy Bates. – Zginął kolega na służbie.

– A wy nie musieliście marnować czasu, żeby tu przyjeżdżać. Był moim kolegą w liceum i na tym koniec. Od tamtego czasu go nie widziałem. Nie miałem pojęcia, że mieszkał w Pensylwanii. Nie wiedziałem nawet, że też służy w policji. Jak zginął?

– Podczas interwencji drogowej – wyjaśnia Reynolds.

Rex Canton. Pamiętam go oczywiście ze szkoły, ale był bardziej twoim kolegą, Leo. Członkiem waszej paczki. Pamiętam głupawe zdjęcie, na którym poprzebieraliście się wszyscy za członków zespołu rockowego na szkolnym przedstawieniu. Rex grał na perkusji. Miał szparę między przednimi zębami. Robił wrażenie miłego chłopaka.

– Możemy przejść do rzeczy? – pytam.

– Czyli do czego?

Naprawdę nie jestem w nastroju, żeby bawić się z nimi w chowanego.

– Czego ode mnie chcecie? – pytam.

Reynolds patrzy na mnie i na jej twarzy pojawia się cień uśmiechu.

– Nic się panu nie nasuwa?

– Nic.

– Niech mi pan pozwoli skorzystać z toalety, zanim zsikam się na pańskiej werandzie. Potem pogadamy.

Odsuwam się na bok, żeby ich wpuścić. Reynolds wchodzi pierwsza. Bates czeka, przestępując z nogi na nogę. Nagle dzwoni moja komórka. To znów Ellie. Odrzucam rozmowę i piszę jej, że oddzwonię, kiedy tylko będę mógł. Słyszę szum wody, gdy Reynolds myje ręce. Po chwili wychodzi i do toalety wparowuje Bates. Robi, jak by to powiedzieć, dużo hałasu. Jak mówi stare powiedzenie, szcza jak koń po gonitwie.

Przechodzimy do salonu, którego wystrój jest również dziełem Ellie. Chciała, żeby to była „jaskinia przyjaznego kobietom faceta", z boazerią i wielkim telewizorem. Ale bar jest z akrylu, a skórzane kanapy mają dziwny fioletowy odcień.

– A więc? – ponaglam.

Reynolds spogląda na Batesa, a ten kiwa głową.

– Znaleźliśmy odciski palców – mówi.

– Gdzie? – pytam.

– Słucham?

– Powiedzieliście, że Rex zginął podczas interwencji drogowej.

– Zgadza się.

– Więc gdzie znaleziono jego ciało? W radiowozie? Na jezdni?

– Na jezdni.

– Pobraliście odciski palców z jezdni?

– Skąd je pobraliśmy, nie jest takie ważne – odpowiada Reynolds. – Ważniejsze jest, do kogo należą.

Czekam. Żadne z nich się nie odzywa.

– Do kogo? – pytam.

– Na tym między innymi polega problem. Te odciski nie wiążą się z żadnym przestępstwem. Osoba, do której należą, nie zrobiła nic złego. Mimo to jej odciski znalazły się w policyjnej bazie danych.

Często słyszy się powiedzenie „włosy zjeżyły mu się na karku”, ale nie sądzę, bym sam kiedyś tego wcześniej doświadczył. Reynolds czeka, lecz ja nie zamierzam jej ułatwiać zadania. Piłka jest na jej połowie. Niech spróbuje strzelić gola.

– Te odciski zostały zidentyfikowane – kontynuuje Reynolds – ponieważ przed dziesięciu laty to pan, detektywie Dumas, umieścił je w bazie danych, bo „należały do osoby pozostającej w kręgu zainteresowania”. Dziesięć lat temu, zaraz po wstąpieniu do policji, poprosił pan o powiadomienie, gdyby gdziekolwiek je znaleziono.

Staram się nie okazywać, jak bardzo jestem wstrząśnięty, ale nie za bardzo mi się to udaje. Cofam się pamięcią w przeszłość, Leo. Cofam się o piętnaście lat do tych letnich nocy, kiedy ona i ja szliśmy w świetle księżyca na Riker Hill i kładliśmy się na kocu na polanie. Cofam się do tych cudownych, czystych, namiętnych chwil, ale przede wszystkim do tego, co było „potem”: kiedy nadal łapiąc oddech, leżałem na wznak i wpatrywałem się w nocne niebo, a ona kładła mi głowę na piersi i dłoń na brzuchu i przez kilka pierwszych minut milczeliśmy, a potem zaczynaliśmy ze sobą rozmawiać w sposób, który nie mógł mi się nigdy znudzić.

Byłbyś moim pierwszym drużbą.

Znasz mnie. Nigdy nie potrzebowałem wielu przyjaciół. Miałem ciebie, Leo. I miałem ją. A potem cię straciłem. I ją także.

Reynolds i Bates obserwują moją twarz.

– Detektywie Dumas?

Wracam do rzeczywistości.

– Chcecie powiedzieć, że odciski palców należą do Maury? – pytam.

– Owszem.

– Ale jeszcze jej nie znaleźliście.

– Nie, jeszcze nie – odpowiada Reynolds. – Wyjaśni nam pan, o co chodzi?

Łapię portfel i klucze do domu.

– Zrobię to w drodze – mówię. – Jedźmy.

Rozdział 3

Reynolds i Bates chcą mnie oczywiście od razu przesłuchać.

– W samochodzie – rzucam. – Chcę zobaczyć miejsce przestępstwa.

Idziemy wszyscy ceglaną alejką, którą przed dwudziestu laty własnoręcznie układał mój ojciec. Muszą się spieszyć, żeby za mną nadążyć.

– Może wcale nie mamy ochoty pana tam zawieźć – mówi Reynolds.

Zatrzymuję się w pół kroku i kiwam jej ręką na pożegnanie.

– W takim razie do widzenia. Bezpiecznej podróży.

Widzę, że Bates naprawdę mnie nie lubi.

– Potrafimy pana zmusić do współpracy – oświadcza.

– Tak pan uważa? W porządku. – Odwracam się i ruszam z powrotem do domu. – Dajcie mi znać, jak to się zakończyło.

Reynolds staje mi na drodze.

– Próbujemy ująć zabójcę policjanta.

– Ja też.

Jestem bardzo dobrym śledczym – po prostu jestem, bez fałszywej skromności – ale muszę zobaczyć na własne oczy miejsce przestępstwa. Znam osoby, które tam były. Na pewno będę mógł pomóc. Tak czy inaczej, jeśli Maura znów się pojawiła, nie ma mowy, żebym to sobie odpuścił.

Ale naprawdę nie chcę tego wszystkiego wyjaśniać Reynolds i Batesowi.

– Jak długo potrwa jazda? – pytam.

– Dwie godziny, jeśli się pospieszymy.

Rozkładam zachęcającym gestem ręce.

– Przez dwie godziny będziecie mieli mnie do dyspozycji w samochodzie. Wyobraźcie sobie, ile pytań będziecie mogli zadać.

Bates marszczy brwi. Albo rzeczywiście nie podoba mu się ten pomysł, albo tak przywykł do roli złego gliniarza, że weszło mu to po prostu w krew. Wiem, że ustąpią. Pytanie tylko kiedy i w jaki sposób.

– Jak wróci pan do domu? – pyta Reynolds.

– Bo nie jesteśmy Uberem – uprzedza Bates.

– No tak, jest problem, kto mnie odwiezie – przyznaję. – Na tym powinniśmy się teraz wszyscy skoncentrować.

Kręcą jeszcze przez chwilę nosami, ale sprawa jest rozstrzygnięta. Reynolds siada za kierownicą, Bates na miejscu pasażera.

– Nikt nie otworzy mi drzwi? – pytam.

Niepotrzebnie się czepiam, ale co mi szkodzi. Nie wsiadam jednak do samochodu, tylko wyciągam komórkę i otwieram listę kontaktów. Reynolds rzuca mi zza kierownicy poirytowane spojrzenie. Podnoszę palec, żeby dać jej do zrozumienia, że to potrwa tylko chwilę.

Ellie odbiera telefon.

– Tak?

– Muszę odwołać nasze wieczorne spotkanie – mówię.

W każdy niedzielny wieczór pełnię dyżur w prowadzonym przez Ellie schronisku dla ofiar przemocy domowej.

– Co się stało? – pyta.

– Pamiętasz Rexa Cantona?

– Z liceum? Jasne.

Ellie to szczęśliwa żona i matka dwóch córeczek. Jestem ojcem chrzestnym obu, co może się wydawać dziwne, ale się sprawdza. Ellie jest najlepszą osobą, jaką znam.

– Pracował jako gliniarz w Pensylwanii – dodaję.

– Chyba coś o tym słyszałam.

– Nigdy mi o tym nie mówiłaś.

– Dlaczego miałabym?

– Trafna uwaga.

– I co z nim?

– Zginął podczas służby. Ktoś zastrzelił go w trakcie interwencji drogowej.

– Och, to straszne. Przykro mi to słyszeć.

U niektórych osób to tylko wytarta formułka. W głosie Ellie wyczuwam autentyczną empatię.

– Co to ma wspólnego z tobą? – pyta.

– Później ci powiem.

Nie marnuje czasu na wypytywanie mnie o szczegóły. Domyśla się, że gdybym chciał powiedzieć coś więcej, na pewno bym to zrobił.

– W porządku, zadzwoń, gdybyś czegoś potrzebował.

– Zaopiekuj się w moim imieniu Brendą.

W słuchawce zapada krótka cisza. Brenda jest matką dwójki dzieci i jedną z podopiecznych schroniska. Jej życie zamienił w koszmar pewien brutalny zwyrodnialec. Dwa tygodnie temu zjawiła się u Ellie w środku nocy, ze wstrząsem mózgu, połamanymi żebrami i bez żadnych bagaży. Od tego czasu była tak przerażona, że bała się wychodzić nawet na ogrodzony dziedziniec. Zabrała ze sobą tylko dzieci. Często bez powodu drżała i kuliła się jakby w oczekiwaniu na cios.

Chciałbym powiedzieć Ellie, że Brenda może dziś wrócić do domu i spakować swoje rzeczy, że jej prześladowcy – kretyna o imieniu Trey – przez kilka dni tam nie będzie, ale o pewnych rzeczach nie wspominam nawet Ellie.

I tak się o tym dowiedzą. Zawsze się dowiadują.

– Powiedz Brendzie, że niedługo ją odwiedzę – dodaję.

– Powiem – odpowiada Ellie i kończy rozmowę.

• • •

Siedzę sam na tylnym siedzeniu policyjnego samochodu, w którym jak w każdym policyjnym samochodzie unosi się zapach strachu, desperacji i potu. Reynolds i Bates siedzą z przodu, jakby byli moimi rodzicami. Nie zaczynają mnie wypytywać od razu. W ogóle się nie odzywają. Przewracam oczami. Serio? Zapomnieli chyba, że ja też jestem gliniarzem. Czekają, aż sam zacznę mówić, aż coś zdradzę. Chcą mnie wziąć na przeczekanie. Ten pojazd jest dla nich ruchomym odpowiednikiem pokoju przesłuchań, w którym grilluje się podejrzanego.

Nie zamierzam się z nimi w to bawić. Zamykam oczy i próbuję zasnąć.

– Naprawdę ma pan na imię Napoleon? – budzi mnie Reynolds.

– Naprawdę – odpowiadam.

Mojemu ojcu Francuzowi imię bardzo się nie podobało, ale matka, Amerykanka w Paryżu, po prostu się uparła.

– Napoleon Dumas?

– Wszyscy mówią mi Nap.

– Pedalskie imię – ocenia Bates.

– Do ciebie zwracają się pewnie nie Mister, ale Master Bates*?

– Że jak?

Reynolds parska stłumionym śmiechem. Nie chce mi się wierzyć, że Bates wcześniej tego nie słyszał. Wymawia to cicho pod nosem i dopiero wtedy zgaduje, o co chodzi.

– Jesteś dupkiem, Dumas.

Tym razem prawidłowo wymawia moje nazwisko.

– Chcesz o tym pogadać, Nap? – pyta Reynolds.

– Strzelajcie.

– To ty umieściłeś Maurę Wells w systemie AFIS?

AFIS. Automatyczny system identyfikacji odcisków palców.

– Powiedzmy, że odpowiedź brzmi „tak".

– Kiedy?

I tak to już wiedzą.

– Dziesięć lat temu.

---

* Master Bates brzmi tak samo jak *masturbates* (ang.) – masturbuje się.

– Dlaczego?

– Bo zaginęła.

– Sprawdziliśmy to – mówi Bates. – Rodzina nigdy nie zgłosiła zaginięcia.

Nic na to nie odpowiadam. Reynolds przerywa w końcu ciszę.

– Nap?

To nie zabrzmi dobrze. Zdaję sobie z tego sprawę, ale nic na to nie poradzę.

– Maura Wells była w liceum moją dziewczyną. W ostatniej klasie zerwała ze mną, wysyłając esemesa. Wyjechała i od tego czasu się ze mną nie kontaktowała. Szukałem jej, ale nigdy nie trafiłem na żaden trop.

Reynolds i Bates wymieniają między sobą spojrzenia.

– Rozmawiałeś z jej starymi? – pyta Reynolds.

– Owszem, z matką.

– I co?

– Powiedziała mi, że miejsce przebywania Maury nie powinno mnie obchodzić i że mam sobie ułożyć życie bez niej.

– Dobra rada – prycha Bates.

Nie daję się sprowokować.

– Ile miałeś wtedy lat? – pyta Reynolds.

– Osiemnaście.

– Szukałeś Maury, nie znalazłeś jej…

– Zgadza się.

– I co wtedy zrobiłeś?

Nie chcę tego mówić, ale Rex nie żyje, Maura pojawiła się z powrotem na ekranie radaru i wiadomo, że trzeba coś dać, żeby coś dostać.

– Po wstąpieniu do policji wprowadziłem jej odciski do AFIS i wypełniłem raport o zaginięciu – mówię.

– Nie miałeś prawa tego robić – zauważa Bates.

– To rzecz do dyskusji, ale czy jesteście tu po to, żeby ochrzaniać mnie za nieprzestrzeganie procedury?

– Nie – mówi Reynolds. – Nie po to.

– No, nie wiem – nie daje za wygraną Bates. – Dziewczyna cię rzuca. Pięć lat później łamiesz przepisy, umieszczając jej odciski w bazie danych, żeby co...? Znów się z nią związać? – Wzrusza ramionami. – Wygląda mi to na nękanie.

– Dość paskudnie się zachowałeś, Nap – zgadza się z nim Reynolds.

Założę się, że wiedzą coś niecoś o mojej przeszłości. Ale nie wiedzą wszystkiego.

– Zakładam, że sam też szukałeś Maury? – pyta Reynolds.

– Trochę.

– I zakładam, że jej nie znalazłeś.

– Zgadza się.

– Masz jakieś teorie, gdzie mogła się podziewać przez ostatnie piętnaście lat?

Jedziemy teraz autostradą na zachód. Wciąż staram się to wszystko jakoś poukładać. Zgadnąć, co mogła mieć wspólnego z Rexem. Myślę też o tobie, Leo. Przyjaźniłeś się i z nią, i z nim. Czy to może coś oznaczać? Może tak, może nie. Chodziliśmy wszyscy do tej samej klasy i znaliśmy się. Ale jak blisko Maura przyjaźniła się z Rexem? Czy trafił na nią przypadkiem? A jeśli tak, czy to znaczy, że to ona go zabiła?

– Nie – odpowiadam. – Nie mam żadnych teorii.

– To dziwne – mówi Reynolds. – Ze strony Maury Wells nie odnotowano ostatnio żadnej aktywności. Żadnych kart kredytowych, żadnych rachunków bankowych, żadnych zeznań podatkowych. Nadal sprawdzamy ślady.

– Niczego nie znajdziecie – zapewniam ją.

– Już to sprawdziłeś – odpowiada Reynolds i to nie jest pytanie.

– Kiedy Maura Wells zniknęła z radaru? – pyta mnie.

– Z tego, co wiem, przed piętnastu laty.

Rozdział 4

Przestępstwa dokonano w cichej bocznej uliczce, przypominającej te, które sąsiadują z lotniskiem albo dworcem kolejowym. W pobliżu nie ma żadnych domów mieszkalnych, wyłącznie magazyny, które albo są już opuszczone, albo niedługo będą.

Wysiadamy z radiowozu. Miejsce przestępstwa odgrodzono prowizorycznymi drewnianymi kozłami, ale można je objechać. Na razie nie widziałem, żeby ktoś to zrobił. Zapamiętuję: brak ruchu drogowego. Krwi jeszcze nie zmyto. Ktoś obrysował białą kredą zarys ciała Rexa. Nie pamiętam, kiedy to ostatni raz widziałem – wykonany kredą zarys ciała ofiary.

– Przybliżcie mi kontekst – mówię.

– Nie przyjechałeś tu w charakterze śledczego – przypomina mi Bates.

– Chcesz wygrać w konkursie plucia na odległość czy złapać zabójcę policjanta?

Bates piorunuje mnie wzrokiem.

– Nawet jeśli zabójczynią jest twoja dawna flama?

Zwłaszcza jeśli nią jest, myślę, ale nie mówię tego na głos.

Przez kolejną minutę udają, że to niezgodne z procedurą. Reynolds daje w końcu za wygraną.

– Kwadrans po pierwszej w nocy funkcjonariusz Rex Canton zatrzymał tu toyotę corollę. Podejrzewał, że kierowca może być pod wpływem alkoholu.

– Rozumiem, że zgłosił to przez radio?

– Owszem, zgłosił.

Taka jest procedura. Jeśli zatrzymujesz samochód, od razu to zgłaszasz. Odczytujesz jego numery, sprawdzasz, czy samochód nie jest kradziony, czy nie zgłoszono wypadków z jego udziałem i tak dalej. Ustalasz nazwisko właściciela.

– Do kogo należała corolla? – pytam.

– Była wynajęta.

To mi się nie podoba, ale nie podoba mi się tutaj wiele rzeczy.

– To nie była jedna z tych dużych sieci, prawda? – pytam.

– Słucham?

– Mam na myśli wypożyczalnię. To nie był na przykład Hertz albo Avis.

– Nie, mała firma o nazwie Sal's Rent.

– Niech zgadnę. Mieści się tuż przy lotnisku. I nie trzeba rezerwować z góry.

Reynolds i Bates wymieniają spojrzenia.

– Skąd wiesz? – pyta Bates.

Ignoruję go i spoglądam na Reynolds.

– Corollę wynajął niejaki Dale Miller z Portlandu w stanie Maine – mówi.

– Dowód tożsamości? – pytam. – Był kradziony czy fałszywy?

Kolejna wymiana spojrzeń.

– Kradziony.

Dotykam śladów krwi. Są skrzepnięte.

– Macie monitoring z biura wynajmu? – pytam.

– Wkrótce powinniśmy dostać nagrania. Facet, który go obsługiwał, twierdzi, że Dale Miller był starszym mężczyzną, sześćdziesięcio-, a może nawet siedemdziesięcioletnim.

– Gdzie znaleziono samochód? – pytam.

– Niecały kilometr od filadelfijskiego lotniska.

– Ile mamy odcisków palców?

– Na przednim siedzeniu? Tylko Maury Wells. Agencja wynajmu dokładnie czyści pojazd, zanim odda go kolejnemu klientowi.

Kiwam głową. Jakaś ciężarówka skręca i przejeżdża obok nas. To pierwszy pojazd, jaki zauważyłem na tej uliczce.

– Na przednim siedzeniu – powtarzam.

– Słucham?

– Odciski były na przednim siedzeniu. Po której stronie: pasażera czy kierowcy?

Znowu wymieniają między sobą spojrzenia.

– Po obu.

Przyglądam się drodze, narysowanemu kredą konturowi sylwetki, próbuję to jakoś zrozumieć. W końcu odwracam się w ich stronę.

– Jakieś teorie? – pytam.

– Dwoje ludzi, facet i twoja była jadą samochodem – mówi Reynolds. – Rex Canton ich zatrzymuje. Podejrzewa, że kierowca jest pod wpływem alkoholu. Coś musiało ich spłoszyć. Wpadają w panikę, strzelają Cantonowi dwa razy w tył głowy i odjeżdżają.

– Zabójcą był prawdopodobnie mężczyzna – dodaje Bates. – Wysiadł z samochodu, strzelił, twoja była przesiadła się na miejsce kierowcy, a on dosiadł się jako pasażer. To by wyjaśniało, dlaczego mamy jej odciski po stronie pasażera i kierowcy.

– Jak już powiedzieliśmy, samochód został wynajęty na skradziony dowód tożsamości – przejmuje pałeczkę Reynolds. – Więc zakładamy, że facet coś ukrywał. Canton zatrzymał ich, odkrył, że coś jest nie w porządku... i przez to zginął.

Kiwam głową, jakbym podziwiał ich przenikliwość. Ta teoria jest do bani, ale ponieważ nie mam lepszej, nie ma sensu ich antagonizować. Nie mówią mi wszystkiego. Gdybyśmy odwrócili role, zachowywałbym się prawdopodobnie tak samo. Muszę się dokładnie dowiedzieć, co przede mną ukrywają, a uda mi się to tylko wtedy, jeśli będę ich miło traktował.

– Mogę obejrzeć zapis z kamery w radiowozie? – pytam, przywołując na twarz swój najbardziej czarujący uśmiech.

To powinien być oczywiście kluczowy dowód. Zapisy nie zawsze wszystko pokazują, ale w tym przypadku to powinno wystarczyć. Czekam na odpowiedź. W tym momencie mają prawo zakończyć ze mną współpracę... ale po ich minach widzę, że coś ich trapi.

Są z jakiegoś powodu skrępowani.

– Może przestałbyś bawić się z nami w chowanego – mówi Bates.

To tyle, jeśli chodzi o czarujący uśmiech.

– Miałem osiemnaście lat – odpowiadam. – Chodziłem do ostatniej klasy. Maura była moją dziewczyną.

– I z tobą zerwała – mówi Bates. – Już nam to mówiłeś.

Reynolds daje mu znak, żeby się przymknął.

– Co się wydarzyło, Nap? – pyta.

– Matka Maury – odpowiadam. – Musieliście ją zlokalizować. Co powiedziała?

– To my zadajemy tutaj pytania, Dumas – przypomina mi Bates.

Ale Reynolds dobrze rozumie, że chcę tylko pomóc.

– Owszem, odnaleźliśmy matkę – mówi.

– I co?

– Twierdzi, że od wielu lat nie miała kontaktu z córką. I że nie wie, gdzie ona jest.

– Rozmawialiście z panią Wells w cztery oczy?

Reynolds kręci głową.

– Nie chciała z nami rozmawiać. Przekazała oświadczenie za pośrednictwem adwokata.

A zatem pani Wells wynajęła adwokata.

– Wierzycie jej? – pytam.

– A ty?

– Nie.

Nie jestem jeszcze gotów opowiedzieć im całej historii. Kiedy Maura mnie rzuciła, włamałem się do jej domu. To była oczywiście głupota, działanie pod wpływem impulsu. A może i nie. Czułem się zagubiony, sponiewierany, bo najpierw straciłem brata, a potem miłość mojego życia. Więc może mnie to w jakimś stopniu usprawiedliwia.

Dlaczego się do niej włamałem? Chciałem się dowiedzieć, dokąd uciekła. W wieku osiemnastu lat zabawiłem się w detektywa. Nie znalazłem zbyt wiele, ale zwinąłem z jej łazienki dwie rzeczy: szczoteczkę do zębów i kubek. Nie sądziłem wtedy, że zostanę gliną, lecz zabrałem te dwa przedmioty na wszelki wypadek. Nie pytajcie dlaczego. Dzięki temu, kiedy stało się to możliwe, mogłem wprowadzić DNA i odciski palców Maury do systemu.

No i zostałem złapany.

Przez policję. Konkretnie przez komendanta Augiego Stylesa.

Lubiłeś Augiego, prawda, Leo?

Po tamtej nocy stał się dla mnie kimś w rodzaju mentora. To on sprawił, że jestem dzisiaj gliniarzem. Zaprzyjaźnił się również z tatą. Można by ich nazwać przyjaciółmi od kieliszka. Wszystkich nas połączyła tragedia. To zbliża do siebie ludzi – dobrze wiedzieć, że ktoś inny przechodzi przez to samo piekło co ty – ale nie uśmierza bynajmniej bólu. Coś w rodzaju kija i marchewki, czysta definicja czegoś, co jest słodko-kwaśne.

– Dlaczego nie wierzysz jej mamie? – pyta Reynolds.

– Monitoruję jej połączenia telefoniczne.

– Kontrolujesz matkę swojej byłej? – Bates nie może w to uwierzyć. – Chryste, Dumas, jesteś stuprocentowym, bezdyskusyjnym stalkerem.

Udaję, że go nie słyszę.

– Matka dostaje telefony z komórek na kartę – mówię. – W każdym razie dostawała.

– Skąd o tym wiesz? – pyta Bates.

Nie odpowiadam.

– Masz zezwolenie na sprawdzanie jej billingów?

Nie odzywam się i patrzę na Reynolds.

– Twoim zdaniem dzwoni do niej Maura? – pyta mnie.

Wzruszam ramionami.

– Dlaczego twojej byłej tak bardzo zależy, żeby pozostać w ukryciu?

Ponownie wzruszam ramionami.

– Musisz mieć jakąś teorię.

Mam. Ale na razie nie chcę im jej zdradzić. Na pierwszy rzut oka moja teoria jest jednocześnie oczywista i nieprawdopodobna. Długo trwało, nim ją zaakceptowałem. Przedstawiłem ją dwóm osobom – Augiemu i Ellie – i oboje uważają, że jestem stuknięty.

– Pokażcie mi nagranie z kamery w radiowozie – powtarzam.

– To my zadajemy pytania – przypomina mi Bates.

– Jeśli pokażecie mi to nagranie, będę mógł wam powiedzieć, o co w tym wszystkim chodzi.

Reynolds i Bates kolejny raz wymieniają skrępowane spojrzenia.

– Nie mamy żadnych nagrań – odzywa się w końcu Reynolds.

To dla mnie niespodzianka. Widzę, że oni też się tego nie spodziewali.

– Kamera nie była włączona – mówi Bates, jakby to cokolwiek wyjaśniało. – Canton nie był już na służbie.

– Zakładamy, że ją wyłączył, bo wracał na komisariat – dodaje Reynolds.

– Kiedy kończył się jego dyżur? – pytam.

– O północy.

– Jak daleko jest stąd do komisariatu?

– Pięć kilometrów.

– Więc co robił między północą i godziną pierwszą piętnaście?

– Nadal staramy się ustalić, co robił w ostatnich godzinach życia – mówi Reynolds. – Domyślamy się, że nie miał zamiaru odstawić radiowozu.

– To się zdarza – wtrąca szybko Bates. – Wiesz, jak jest. Jeśli nazajutrz masz dzienną zmianę, jedziesz po prostu radiowozem do domu.

– I choć wyłączenie kamery jest niezgodne z procedurą – kontynuuje Reynolds – nie ma w tym nic niezwykłego.

Nie kupuję tego, ale i oni nie starają się mnie zbyt mocno przekonywać.

W tym momencie dzwoni komórka przy pasie Batesa; sięga po nią i odchodzi na bok.

– Gdzie? – pyta po dwóch sekundach, po czym wysłuchuje odpowiedzi, rozłącza się i spogląda na Reynolds. – Musimy jechać – rzuca najwyraźniej czymś poruszony.

Odwożą mnie na dworzec autobusowy na takim wygwizdowie, że wypatruję niesionych wiatrem ostrokrzewów. Nikt tu nie sprzedaje biletów. Nie wiem nawet, czy mają kasę.

Dwie przecznice dalej znajduję obskurny motel oferujący splendor i uroki opryszczki skórnej, co w tym przypadku wydaje się pod wieloma względami udaną metaforą. Zgodnie z szyldem mają tu stawki godzinowe, kolorową telewizję (ciekawe, czy są jeszcze motele z czarno-białymi telewizorami?) oraz „pokoje tematyczne".

– Wezmę apartament z tryprem – mówię.

Recepcjonista rzuca mi klucz tak szybko, że boję się, że dostanę, o co proszę. Pokój utrzymany jest, najłagodniej ujmując, w tonacji „spłowiałej żółci", która w podejrzany sposób kojarzy się z kolorem moczu. Ściągam narzutę, próbuję sobie przypomnieć, czy szczepiłem się ostatnio na tężec, po czym, nie bacząc na ryzyko, kładę się na wznak na łóżku.

Po tym, jak włamałem się do Maury, komendant Augie Styles nie przyjechał do naszego domu.

Bał się chyba, że mój ojciec dostanie zawału na widok zajeżdżającego ponownie pod dom radiowozu. Nigdy nie zapomnę tamtego pierwszego razu – tego, jak wóz patrolowy skręcił w zwolnionym tempie na nasz podjazd, jak Augie otworzył drzwi od strony kierowcy i wspiął się znużonym krokiem po naszych schodkach. Jego własny świat legł w gruzach zaledwie kilka godzin wcześniej – a teraz wchodził tutaj, wiedząc, że to samo stanie się z naszym.

Między innymi dlatego po moim włamaniu do domu Maury Augie, zamiast przyjechać do nas, dorwał mnie, kiedy szedłem do szkoły.

– Nie chcę, żebyś wpadł w kłopoty, ale nie możesz po prostu robić takich rzeczy – powiedział.

– Ona coś wie – odparłem.

– Nieprawda. Maura jest po prostu wystraszonym dzieciakiem.

– Rozmawiał pan z nią?

– Zaufaj mi, synu. Będziesz musiał ją sobie odpuścić.

Posłuchałem go w pierwszym punkcie: nadal mu ufam. I nie posłuchałem w drugim: nigdy nie zamierzam jej sobie odpuścić.

Splatam palce na karku i wpatruję się w plamy na suficie. Nie chcę się zastanawiać, w jaki sposób powstały. Augie jest w tym momencie w hotelu Sea Pine Resort na wyspie Hilton Head, z kobietą, którą poznał na portalu randkowym dla seniorów. Nie mogę mu teraz przeszkadzać. Rozwiódł się przed ośmiu laty. Jego małżeństwo z Audrey nie przetrwało wstrząsu, jakiego doznali „tamtej nocy", ale dopiero po siedmiu kolejnych latach zostało w miłosierny sposób zakończone. Minęło sporo czasu, zanim Augie zaczął znów umawiać się z kobietami, i nie ma mowy, żebym to psuł jakimiś spekulacjami.

Za dzień albo dwa wróci do domu. Sprawa może zaczekać.

Kiedy zastanawiam się, czy nie zadzwonić do Ellie i nie zaprezentować jej moich szalonych hipotez, rozlega się energiczne pukanie do drzwi. Stawiam stopy na podłodze. Za progiem stoją dwaj gliniarze, obaj z ponurymi minami. Powiadają, że mąż i żona czasami się do siebie fizycznie upodabniają. To samo można chyba powiedzieć o policyjnych partnerach. Ci akurat obaj są biali, obaj mają przerośniętą masę mięśniową i cofnięte czoła. Gdybyśmy się znów spotkali, nie pamiętałbym, który jest który.

– Nie pogniewa się pan, jeśli wejdziemy? – mówi kpiącym tonem Gliniarz Numer Jeden.

– Macie nakaz? – pytam.

– Nie.

– W takim razie tak – mówię.

– Co tak?

– Tak, pogniewam się.

– Trudno.

Gliniarz Numer Dwa wpycha się do środka. Numer Jeden wchodzi w ślad za nim i zamyka za sobą drzwi.

– Masz tu niezły syf – stwierdza z przekąsem.

Podejrzewam, że chce mi w ten sposób chytrze dopiec. Jakbym osobiście projektował wystrój wnętrza.

– Słyszeliśmy, że coś przed nami ukrywasz – mówi Numer Jeden.

– Rex był naszym przyjacielem – dodaje Numer Dwa.

– I gliniarzem.

– A ty coś przed nami ukrywasz.

Naprawdę nie mam ochoty słuchać tego dalej, w związku z czym wyciągam pistolet i mierzę w ich stronę. Obaj otwierają szeroko usta ze zdziwienia.

– Co jest, do diabła…?

– Weszliście do mojego pokoju bez nakazu – mówię.

Celuję najpierw w jednego, potem w drugiego.

– Łatwo będzie mi zastrzelić was obu, wetknąć wam w ręce wasze spluwy i udowodnić, że moja reakcja była usprawiedliwiona.

– Odbiło ci, człowieku? – pyta Numer Jeden.

Słyszę w jego głosie strach i daję krok do przodu, wbijając w niego wzrok świra. Potrafię nieźle udawać świra. Dobrze o tym wiesz, Leo.

– Masz ochotę powalczyć o ucho? – pytam go.

– Co takiego?

– Twój kumpel wychodzi – wyjaśniam, wskazując Gliniarza Numer Dwa. – Zamykamy drzwi na klucz. Odkładamy spluwy. A potem jeden z nas wychodzi z pokoju, trzymając w zębach ucho drugiego.

Podchodzę do niego bliżej i szczerzę zęby.

– Jesteś, kurwa, kompletnie szurnięty – rzuca Numer Jeden.

– Nie masz pojęcia jak – zapewniam go. Teraz, kiedy zaangażowałem się w to emocjonalnie, mam niemal nadzieję, że mi uwierzy. – No to co? Wchodzisz w to, spaślaku? Jak będzie?

Rozlega się pukanie do drzwi. Numer Jeden praktycznie skacze w stronę klamki i ją naciska.

W progu stoi Stacy Reynolds. Chowam pistolet za nogą. Widok kolegów z komisariatu najwyraźniej mocno ją wkurza. Piorunuje ich wzrokiem. Obaj kulą się niczym skarceni szkolni chuligani.

– Co wy tu, do jasnej cholery, robicie?

– Po prostu… – zaczyna Numer Dwa i autentycznie wzrusza ramionami.

– On jest w posiadaniu różnych informacji – wyjaśnia Numer Jeden. – Pomagaliśmy pani je uzyskać.

– Spadajcie stąd. Już.

Obaj wychodzą. Reynolds dostrzega gnata za moją nogą.

– Co ty, kurwa, wyprawiasz, Nap?

Chowam broń do kabury.

– Nie przejmuj się tym – mruczę.

Reynolds kręci głową.

– Gliniarze byliby skuteczniejsi, gdyby Bóg dał im większe kutasy.

– Jesteś kobietą – przypominam jej.

– Zwłaszcza ja byłabym skuteczniejsza. Chodź. Muszę ci coś pokazać.

Rozdział 5

Hal, barman w Larry and Craig's Bar and Grille, jest wyraźnie rozmarzony.

– To była gorąca laska – mówi i marszczy lekko brwi. – Za ostra dla tego starego piernika, to jedno mogę wam powiedzieć.

W Larry and Craig's Bar and Grille mają oczywiście bar, ale nie mają grilla. To tego rodzaju knajpa. Lepka podłoga usłana jest trocinami i łupinami orzeszków. W powietrzu czuć kwaśne piwo i rzygowiny. Nie muszę iść do toalety, ale wiem, że gdyby okazało się to konieczne, w pisuarze będzie pełno kostek lodu i nie da się spuścić wody.

Reynolds daje znak, żebym przejął od niej pałeczkę.

– Jak wyglądała? – pytam.

Hal ma nadal zmarszczone brwi.

– Której części określenia „ostra laska" nie rozumiecie?

– Blondynka, brunetka, ruda?

– Brunetka ma ciemne włosy, tak?

Zerkam na Reynolds.

– Tak, Hal. Brunetka ma ciemne włosy.

– A zatem brunetka.

– Co jeszcze?

– Gorąca laska.

– Tak, to już wiemy.

– Dobrze zbudowana.

Reynolds wzdycha.

– Siedziała w towarzystwie faceta, tak?

– Była z zupełnie innej ligi, to mogę wam powiedzieć.

– Już pan to zrobił – przypominam mu. – Przyszli razem?

– Nie.

– Kto przyszedł pierwszy?

– Ten stary. – Hal kiwa głową w moją stronę. – Usiadł dokładnie tam, gdzie pan teraz siedzi.

– Jak wyglądał? – pytam.

– Sześćdziesiąt kilka lat, długie zmierzwione włosy, broda, wielki nochal. Wyglądał, jakby go oderwano od pługa, ale miał na sobie szary garnitur, białą koszulę i niebieski krawat.

– Jego pan zapamiętał – zauważam.

– Co?

– Jego pan pamięta. A ją?

– Gdyby zobaczył pan tę jej czarną sukienkę, nie zapamiętałby pan nic więcej.

– Więc facet siedział tutaj sam i popijał whiskey – podsumowuje Reynolds. – Po jakim czasie weszła ona?

– Nie wiem. Może po dwudziestu, może po trzydziestu minutach.

– Weszła i co dalej?

– Wystartowała do starego, jeśli rozumiecie, o co mi chodzi.

– Rozumiemy.

– Podeszła prosto do niego. – Hal opowiada o tym z szeroko otwartymi oczami, jakby mówił o lądowaniu UFO. – Zagaiła.

– Jaka jest możliwość, że znali się wcześniej?

– Niewielka. Nie odniosłem takiego wrażenia.

– A jakie odniosłeś?

Hal wzrusza ramionami.

– Że to profesjonalistka. Tak sobie pomyślałem, jeśli chcecie znać prawdę.

– Macie tu dużo profesjonalistek? – pytam.

Barman podnosi czujnie wzrok.

– Nie obchodzi nas ewentualne nagabywanie klientów, Hal – uspokaja go Reynolds. – Prowadzimy śledztwo w sprawie zabójstwa gliniarza.

– Czasami się pojawiają. Mamy w okolicy dwa kluby ze striptizem. Tamtejsze dziewczyny załatwiają czasem u nas interesy na boku.

Spoglądam na Reynolds, a ona kiwa znacząco głową.

– Bates już się tym zajmuje – mówi.

– Widziałeś ją tu wcześniej? – pytam barmana.

– Dwa razy.

– Zapamiętałeś ją?

Rozkłada ręce.

– Ile razy mam powtarzać?

– Wiem, wiem, gorąca laska.

Potrafię świetnie wypierać ze świadomości różne rzeczy. Ta „gorąca laska” może nie być Maurą, ale rysopis, choć niezbyt dokładny, raczej się zgadza.

– Wtedy też wychodziła z facetami? – pytam dalej.

– Zgadza się.

Wyobrażam to sobie. Trzy razy w tej mordowni. Trzy razy wychodziła z facetami. Maura. Przełykam z trudem ślinę.

Hal drapie się po brodzie.

– Teraz, kiedy się nad tym zastanawiam, to nie musiała wcale być profesjonalistka – mówi.

– Dlaczego tak uważasz?

– Nie ten typ.

– A po czym poznać ten typ?

– To jak z tym sędzią, który podał definicję pornografii: wiesz, że to pornografia, kiedy ją widzisz. To znaczy, nie można wykluczyć, że to profesjonalistka. Może i tak. Ale mogła być też kimś innym. Na przykład kimś szurniętym. Trafiają tu czasem mamuśki, które żyją w szczęśliwym stadle i mają trójkę dzieci. Przychodzą i pieprzą się z facetami… sam nie wiem. Wariatki.

Jakie to pocieszające.

Reynolds tupie niecierpliwie stopą. Przywiozła mnie tu w konkretnym celu, nie po to, by roztrząsać tego rodzaju problemy.

Dość lawirowania. Daję jej znak. Pora zająć się tym, co najważniejsze.

Telewizor jest przedpotopowy. Hal ustawił go na barze. W knajpie są poza nami dwaj klienci, ale interesują ich wyłącznie wypełnione bursztynowym płynem szklaneczki. Hal włącza telewizor i na ekranie pojawia się najpierw niebieska kropka, a trzydzieści sekund później śnieżne smugi.

Hal sprawdza podłączenia z tyłu.

– Obluzował się kabel – mówi i wciska go mocniej. Druga końcówka postrzępionego kabla podłączona jest do magnetowidu marki Zenith. Klapka jest wyłamana i widzę wewnątrz starą kasetę wideo.

Przycisk PLAY opada z głośnym kliknięciem. Jakość nagrania jest fatalna, obraz żółtawy, prześwitujący, nieostry. Kamerę zamontowano wysoko nad parkingiem pewnie po to, by objęła wszystko, i w związku z tym nie obejmuje niczego. Rozpoznaję marki samochodów i ich kolory, ale nie ma mowy, bym odczytał numery rejestracyjne.

– Szef nagrywa obraz na tę samą taśmę, aż się zedrze – wyjaśnia Hal.

Wiem, jak to wygląda. Firma ubezpieczeniowa chce prawdopodobnie, żeby przed knajpą zamontowany był monitoring, więc szef stara się to załatwić najniższym kosztem. Oglądamy nagranie. Reynolds wskazuje samochód w górnym prawym rogu.

– Naszym zdaniem to ten wynajęty samochód.

Kiwam głową.

– Możemy puścić szybciej?

Hal robi to. Przy przewijaniu, tak jak to się dzieje w starych magnetowidach, wszystko po prostu dzieje się szybciej. Hal zwalnia przycisk, kiedy z knajpy wychodzą dwie osoby. Są odwrócone do nas plecami, filmowane z tyłu i z daleka, obraz jest niewyraźny.

I nagle rozpoznaję chód kobiety.

Czas staje w miejscu. W klatce piersiowej czuję miarowe tykanie, a potem bum! – moje serce eksploduje na milion kawałków.

Przypominam sobie ten pierwszy raz, kiedy patrzyłem, jak idzie. Była taka piosenka Alejandra Escovedo, tato ją uwielbiał, miała tytuł *Castanets*. Pamiętasz, Leo? Oczywiście, że tak. Escovedo śpiewał tam o niewiarygodnie seksownej kobiecie: „Wolę, kiedy odchodzi". Nigdy się z nim nie zgadzałem: ja wolałem, żeby Maura szła do mnie, z odchylonymi do tyłu ramionami, świdrując mnie wzrokiem – to było to!

W ostatniej klasie obaj bliźniacy Dumas się zakochali. Ja przedstawiłem cię Dianie Styles, córce Augiego i Audrey, tydzień później ty poznałeś mnie z Maurą Wells. Nawet w tym – w chodzeniu z dziewczynami, zakochiwaniu się – musieliśmy być zsynchronizowani, prawda, Leo? Maura, piękna outsiderka, należała do waszej paczki odmieńców. Diana była cheerleaderką i wiceprzewodniczącą szkolnego samorządu, a jej ojciec, Augie, komendantem policji i moim trenerem futbolu. Pamiętam, jak żartował podczas treningu, że jego córka spotyka się z „tym lepszym z Dumasów".

Odniosłem przynajmniej wrażenie, że żartował.

Wiem, że to głupie, ale wciąż zastanawiam się, co by było gdyby… Nigdy nie gadaliśmy, co konkretnie będziemy robili po liceum. Czy poszlibyśmy na te same studia? Czy zostałbym z Maurą? Czy ty i Diana…?

Głupota.

– No i co…? – pyta Reynolds.

– To Maura.

– Na pewno?

Nawet na to nie odpowiadam. Nadal oglądam nagranie. Siwy facet otwiera przed nią drzwi samochodu i Maura siada na miejscu pasażera. Patrzę, jak facet obchodzi toyotę i zajmuje miejsce za kierownicą. Samochód cofa się i rusza w stronę wyjazdu z parkingu. Obserwuję go uważnie, dopóki nie znika z kadru.

– Ile wypili? – pytam Hala.

Barman znów ucieka w bok wzrokiem.

– Mamy gdzieś, czy obsługiwałeś osoby, którym nie powinno się już podawać alkoholu. Chodzi o zabójstwo policjanta – przypomina mu kolejny raz o randze sprawy Reynolds.

– Można powiedzieć, że dość dużo.

Zastanawiam się nad tym, próbuję w tym odnaleźć jakiś sens.

– I coś jeszcze – dodaje Hal. – Ona nie nazywała się Maura. To znaczy, nie używała tego imienia.

– A jakiego? – pyta Reynolds.

– Daisy.

Reynolds spogląda na mnie z troską, która wydaje mi się dziwnie ujmująca.

– Dobrze się czujesz? – pyta.

Wiem, co myśli. Moja wielka miłość, o której od piętnastu lat nie potrafię zapomnieć, przesiadywała w tej melinie, używała fałszywego imienia, wychodziła z obcymi facetami. Od wszechobecnego smrodu zaczyna mi się robić niedobrze. Wstaję, dziękuję Halowi i ruszam w stronę frontowych drzwi. Otwieram je i wychodzę na ten sam parking, który oglądałem przed chwilą na ekranie. Wciągam w płuca świeże powietrze. Ale nie po to wyszedłem na zewnątrz.

Spoglądam tam, gdzie parkowała toyota.

Reynolds staje za mną.

– Jakieś pomysły? – pyta.

– Facet otworzył przed nią drzwi.

– I co z tego?

– Nie zataczał się. Nie szukał kluczyków. Nie zapomniał o dobrych manierach.

– Pytam raz jeszcze: i co z tego?

– Patrzyłaś, jak stąd wyjeżdżał?

– Tak.

– Nie jechał wężykiem, ale spokojnie, płynnie, bez szarpania.

– To bez znaczenia.

Ruszam ulicą.

– Dokąd się wybierasz? – pyta Reynolds.

Nie zwalniam kroku. Ona idzie w ślad za mną.

– Gdzie skręcił? – pytam.

Przez chwilę się waha. Domyśla się chyba, o co mi chodzi.

– W drugą w prawo – odpowiada.

Też mi się tak wydawało. Przejście z baru na miejsce zabójstwa zajmuje nam niespełna pięć minut. Dotarłszy tam, spoglądam w stronę knajpy, a potem tam, gdzie Rex padł na ziemię.

To wydaje się nie mieć sensu. Ale czuję, że zaraz go odkryję.

– Rex zatrzymał ich bardzo szybko – mówię.

– Prawdopodobnie obserwował bar.

– Założę się, że jeśli pooglądamy dłużej to wideo, zobaczymy więcej wytaczających się stamtąd pijaków. Więc dlaczego zatrzymał akurat ich?

Reynolds wzrusza ramionami.

– Może ci inni byli stąd. A ten facet miał rejestrację z biura wynajmu.

– Czyli chciał przyskrzynić kogoś z zewnątrz?

– Jasne.

– Kogoś, kto wiezie dziewczynę, którą znał z liceum?

Zrywa się wiatr. Reynolds odgarnia z twarzy kosmyki włosów.

– Zetknęłam się z większymi zbiegami okoliczności – mówi.

– Ja też – przyznaję.

Ale to nie jest jeden z nich. Próbuję to sobie odtworzyć. Zaczynam od tego, co wiem – Maura i ten „stary piernik” w barze. Wychodzą, on otwiera przed nią drzwi, odjeżdżają, Rex ich zatrzymuje.

– Nap?

– Chcę, żebyś coś dla mnie sprawdziła.

Rozdział 6

Nagranie z kamery w biurze Sal's Rent jest lepszej jakości. Śledzę je w milczeniu. Jak to się często zdarza, kamerę zainstalowano dość wysoko. Wiedzą o tym dobrze przestępcy, którzy potrafią w prosty sposób sprawić, że uzyskany zapis jest bezwartościowy. W tym przypadku facet ze skradzionym dowodem wystawionym na Dale'a Millera ma nasuniętą nisko na czoło czapkę baseballową i schyloną głowę, wskutek czego nie sposób rozpoznać rysów jego twarzy. Widać tylko ślady brody. Facet lekko kuleje.

– To profesjonalista – zwracam się do Reynolds.

– To znaczy?

– Nasunięta nisko czapka, opuszczona głowa, udaje, że utyka.

– Jak poznałeś, że udaje?

– Tak samo, jak poznałem Maurę po chodzie. Można łatwo kogoś poznać po tym, jak się porusza. Chód jest niepowtarzalny. Jak najlepiej to ukryć i sprawić, że koncentrujemy się na czymś bez znaczenia?

– Udając, że się utyka – odpowiada Reynolds.

Wychodzimy z baraku, w którym mieści się Sal's Rent. Jest chłodny wieczór. Trochę dalej widzę mężczyznę zapalającego papierosa. Odchyla do tyłu głowę i wypuszcza z ust długą smużkę dymu dokładnie tak jak tato. Po jego śmierci zacząłem palić i robiłem to przez ponad rok. Wiem, jaka to głupota. Ojciec przez całe życie palił i zmarł na raka płuc, a mimo to po jego strasznej śmierci sam zacząłem to robić. Tak samo jak ten facet lubiłem wychodzić na dwór z papierosem. Może to mnie w tym pociągało – kiedy paliłem, ludzie trzymali się ode mnie z daleka.

– Nie możemy też być pewni co do jego wieku – mówię. – Długie włosy, broda: to wszystko może być elementem przebrania. Bardzo często facet udaje, że jest stary, żeby wydać się nieszkodliwy. Rex zatrzymał go za jazdę po pijanemu. Może nie zachował wystarczającej ostrożności.

Reynolds kiwa głową.

– Mimo to poproszę ekspertów, żeby sprawdzili taśmę klatka po klatce. Może znajdą coś bardziej konkretnego.

– Oczywiście.

– Masz jakąś teorię, Nap?

– Niekoniecznie.

– Ale?

Patrzę, jak facet głęboko się zaciąga i wypuszcza dym nosem. Jestem teraz frankofilem – znam się na serach, winach, mówię płynnie po francusku i to może tłumaczyć mój krótki epizod z nikotyną. Francuzi kopcą jak smoki. Oczywiście jeśli weźmie się pod uwagę, że urodziłem się w Marsylii i spędziłem pierwsze osiem lat życia w Lyonie, trudno się dziwić mojej frankofilii. W przeciwieństwie do pretensjonalnych bufonów, którzy nie mają pojęcia o winie, ale nagle muszą mieć na nie specjalną torbę i obwąchują korek, jakby to był język kochanki, ja się z tym nie afiszuję.

– Nap?

– Wierzysz w przeczucia, Reynolds? Wierzysz w intuicję gliniarza?

– Nigdy w życiu – odpowiada. – Wszystkie głupie błędy, jakie widziałam u swoich kolegów, brały się z tak zwanego – pokazuje palcami cudzysłów – przeczucia i intuicji.

Lubię ją. Lubię ją coraz bardziej.

– Jestem tego samego zdania – mówię.

To był długi dzień. Mam wrażenie, że sprałem Treya kijem baseballowym miesiąc temu. Przez ostatnie godziny zasuwałem cały czas na adrenalinie i teraz lekko oklapłem. Ale jak już wspomniałem, lubię Reynolds. Mam wrażenie, że jestem jej coś winien. Więc może powinienem uchylić rąbka tajemnicy?

– Miałem brata bliźniaka… nazywał się Leo.

Reynolds czeka.

– Słyszałaś coś o tym? – pytam.

– Nie. A powinnam?

Kręcę głową.

– Leo miał dziewczynę, nazywała się Diana Styles. Dorastaliśmy wszyscy w Westbridge, tam skąd mnie zabraliście.

– Miłe miasto – rzuca Reynolds.

– Owszem, miłe. – Nie wiem, jak to powiedzieć. To nie ma sensu, więc po prostu brnę dalej: – W ostatniej klasie liceum mój brat chodził z Dianą. Któregoś wieczoru wyszli na miasto. Mnie tam wtedy nie było. Grałem w hokeja w innej miejscowości. Przeciwko Parsippany Hills. Zabawne, jakie rzeczy człowiek zapamiętuje. Zdobyłem dwa gole i miałem dwie asysty.

– Imponujące.

Uśmiecham się cierpko do mojego dawnego życia. Kiedy zamykam oczy, nadal widzę wszystkie fragmenty tego meczu. Mój drugi gol przyniósł nam zwycięstwo. Przejąłem krążek tuż przed niebieską linią, skręciłem w lewo, zmyliłem bramkarza i strzeliłem tuż nad jego ramieniem. Życie przedtem, życie potem.

Przed barakiem biura wynajmu zatrzymuje się van z napisem *Sal's Rent*. Znużeni podróżni – każdy, kto wynajmuje samochód, wydaje się znużony – wysiadają i ustawiają się w kolejce.

– Więc grałeś wtedy w hokeja w innej miejscowości – przypomina mi Reynolds.

– I tamtej nocy Leo i Diana wpadli pod pociąg. Zginęli na miejscu.

Reynolds podnosi rękę do ust.

– Tak mi przykro – szepcze.

Milczę.

– To był wypadek? Samobójstwo?

Wzruszam ramionami.

– Nie wiadomo. Przynajmniej ja tego nie wiem.

Ostatni z vana wysiada otyły biznesmen i wlecze za sobą olbrzymią walizkę ze złamanym kółkiem. Ze zmęczenia jest czerwony jak burak.

– Był oficjalny raport? – pyta Reynolds.

– Śmierć wskutek wypadku – odpowiadam. – Dwoje uczniów, ze sporą ilością alkoholu i narkotyków we krwi. Ludzie chodzili czasami po tych torach, robili głupie zakłady, kto zeskoczy ostatni. W latach siedemdziesiątych zginął tam inny chłopak. Tak czy owak, cała szkoła była w szoku, wszyscy ich opłakiwali. Media szeroko się o tym rozpisywały, żeby ostrzec innych: młodzi, atrakcyjni ludzie, alkohol i narkotyki, co się dzieje z naszym społeczeństwem, wiesz, jak to leci.

– Wiem. Mówiłeś, że to było w ostatniej klasie.

Kiwam głową.

– Wtedy właśnie chodziłeś z Maurą Wells.

Jest niezła.

– Więc kiedy dokładnie Maura dała nogę? – pyta Reynolds.

Kiwam ponownie głową. Wszystkiego się domyśliła.

– Cholera – mówi. – Zaraz potem?

– Dzień później. Jej matka twierdziła, że miałem na nią zły wpływ. Chciała, żeby córka wyniosła się z tego strasznego miasta, w którym nastolatki upijają się, nawalają do nieprzytomności i chodząc po torach, wpadają pod pociąg. Maurę wysłano podobno do szkoły z internatem.

– Zdarza się.

– Owszem.

– Ale ty tego nie kupujesz?

– Nie.

– Gdzie była Maura, kiedy zginęli twój brat i jego dziewczyna?

– Nie wiem.

Reynolds zaczyna to wszystko rozumieć.

– Dlatego wciąż jej szukasz. Nie chodzi tylko o jej zachwycający biust.

– Choć nie powinniśmy tego do końca wykluczać.

– Mężczyźni – mruczy i podchodzi do mnie bliżej. – Myślisz, że co? Że ona coś wie na temat śmierci twojego brata?

Nie odzywam się.

– Dlaczego tak uważasz, Nap?

Pokazuję jej palcami cudzysłów.

– Przeczucie – mówię. – Intuicja.

Rozdział 7

Mam swoje życie i robotę, więc wynajmuję limuzynę, żeby odwieźli mnie do domu.

Ellie dzwoni do mnie i chce poznać najnowsze wiadomości, ale zapewniam ją, że to może poczekać. Umawiamy się na śniadanie w Armstrong Diner. Następnie wyłączam telefon, zamykam oczy i przesypiam resztę podróży. Po przyjeździe płacę kierowcy i proponuję, że dam mu więcej, żeby mógł przenocować w motelu.

– Nie, muszę wracać – mówi facet.

Dostaje ode mnie pokaźny napiwek. Jak na gliniarza jestem dość bogaty. Dlaczego miałbym nie być? Jestem w końcu jedynym spadkobiercą. Niektórzy twierdzą, że pieniądze są źródłem całego zła. Możliwe. Inni z kolei, że pieniądze szczęścia nie dają. To też może być prawda. Ale jeśli właściwie się z nimi obchodzisz, pieniądze dają ci wolność i czas, a to coś bardziej namacalnego niż szczęście.

Jest już po północy, mimo to wsiadam do swojego samochodu i jadę do centrum medycznego Clara Maass w Belleville. Pokazuję odznakę i docieram na piętro, na którym leży

Trey. Zaglądam do jego sali. Trey śpi, nogę ma zawieszoną na wyciągu w olbrzymim gipsie. Nie ma żadnych gości. Pokazuję pielęgniarce odznakę i mówię, że prowadzę śledztwo w sprawie napaści na jej pacjenta. Dziewczyna informuje mnie, że nie będzie chodził przez co najmniej sześć miesięcy. Dziękuję jej i wychodzę.

Wracam do pustego domu, kładę się do łóżka i wlepiam oczy w sufit. Singlowi niełatwo jest mieszkać w tego rodzaju dzielnicy, ale już do tego przywykłem. Rozmyślam o tamtej nocy, która zaczęła się tak obiecująco. Po zwycięstwie nad Parsippany Hills wróciłem do domu cały w emocjach. Na meczu byli skauci z uniwersytetów Bluszczowej Ligi. Dwaj z miejsca złożyli mi oferty. Nie mogłem się doczekać, żeby ci o tym opowiedzieć, Leo. Siedziałem w kuchni z tatą i czekałem na twój powrót. Dobra wiadomość nie była nigdy dobrą wiadomością, dopóki się nią z tobą nie podzieliłem. Rozmawiałem więc z tatą, ale obaj nadstawialiśmy uszu, czekając, aż usłyszymy na podjeździe twój samochód. Większość dzieciaków w mieście miała ustaloną godzinę powrotu do domu, lecz tato nigdy nas w ten sposób nie ograniczał. Inni rodzice uważali, że zaniedbuje rodzicielskie obowiązki, ale on wzruszał tylko ramionami i mówił, że nam ufa.

Nie przyjechałeś do domu o dziesiątej, Leo, a także o jedenastej i o północy. Kiedy usłyszeliśmy w końcu samochód na podjeździe, zbliżała się druga. Pobiegłem do drzwi.

Tyle że oczywiście to nie byłeś ty. To był Augie w radiowozie.

Nazajutrz rano budzę się i biorę długi gorący prysznic. Staram się zachować jasny umysł. W ciągu nocy nie pojawiły się żadne nowe wiadomości na temat Rexa i nie chcę tracić czasu na spekulacje. Wsiadam do samochodu i jadę do Armstrong Diner. Jeśli chcecie wiedzieć, jakie są najlepsze knajpy w mieście, zapytajcie gliniarza. Armstrong Diner jest swego rodzaju hybrydą. Na pozór to typowa restauracja w stylu retro – z chromem i neonami na zewnątrz, wielkim czerwonym napisem DINER na dachu, dystrybutorem napojów na kontuarze i boksami ze sztucznej skóry. Za to kuchnia jest tutaj zgodna z najnowszymi trendami i społecznie świadoma. Kawa pochodzi z systemu fair trade, a jedzenie „trafia na stół prosto z farmy", choć kiedy się zamawia jajka, trudno wyobrazić sobie inną drogę.

Ellie czeka na mnie przy stoliku w rogu. Bez względu na to, o której się umówimy, jest zawsze pierwsza. Siadam naprzeciwko.

– Dzień dobry! – pozdrawia mnie z typowym u niej entuzjazmem.

Krzywię się. Ona to uwielbia. Podwinęła nogę pod pupę, żeby siedzieć wyżej. Jest wulkanem energii. Nawet kiedy spokojnie siedzi, wygląda, jakby się wierciła. Nigdy nie zmierzyłem jej tętna, ale założę się, że ma powyżej stu na minutę.

– Od czego zaczniemy? – pyta. – Od Rexa czy od Treya?

– Od kogo?

Ellie bacznie mi się przygląda.

– Od Treya.

Mam kamienną twarz.

– To ten agresywny chłopak Brendy – wyjaśnia Ellie.

– A tak. Co u niego?

– Ktoś pobił go kijem baseballowym. Nie będzie mógł chodzić przez bardzo długi czas.

– To straszne – mówię.

– Tak, widzę, że jesteś zdruzgotany.

Mam ochotę powiedzieć „Podobnie jak kolano Treya", ale gryzę się w język.

– Pozytywne jest to – kontynuuje Ellie – że Brenda mogła wrócić do mieszkania. Zabrała rzeczy swoje i dzieciaków i była w końcu w stanie spokojnie zasnąć. Więc generalnie dziękujemy za to wszyscy losowi.

Ellie przygląda mi się o sekundę za długo.

Kiwam głową.

– Od Rexa – mówię.

– Co?

– Pytałaś, czy chcę zacząć od Rexa, czy od Treya.

– Sprawę Treya już omówiliśmy.

Teraz to ja na nią patrzę.

– Więc nie będziemy do tego wracać?

– Nie.

– To dobrze.

Bunny, kelnerka z dobrej starej szkoły, z ołówkiem zatkniętym w mocno tlenione włosy, podchodzi i nalewa nam kawy uprawianej i rozprowadzanej zgodnie z zasadami fair trade.

– To co zawsze, kochani? – pyta.

Kiwam głową. Ellie również. Często tu przychodzimy. Zamawiamy na ogół kanapki z jajkiem sadzonym. Ona preferuje „proste" – dwa jajka na żytnim chlebie z cheddarem i awokado. Ja biorę to samo plus bekon.

– Przejdźmy do Rexa – mówi.

– Na miejscu zabójstwa odkryli odciski palców – odpowiadam. – Należą do Maury.

Ellie mruga i otwiera szerzej oczy. Spadło na mnie chyba w życiu dość plag. Nie mam bliższych i dalszych krewnych, dziewczyny, widoków na przyszłość i wielu znajomych. Ale ta cudowna osoba, ta kobieta, która promieniuje dobrem nawet w najmroczniejszą noc, jest moją najlepszą przyjaciółką. Pomyślcie tylko. Ellie obsadziła mnie w tej roli – swojego przyjaciela – co oznacza, że bez względu na to, jak bardzo jestem porąbany, pewne rzeczy robię jak należy.

Opowiadam jej o wszystkim.

Kiedy dochodzę do tego, jak Maura zaczepiała facetów w barze, twarz Ellie wykrzywia się w grymasie.

– Och, Nap.

– Nie mam z tym żadnego problemu – zapewniam ją.

Ellie rzuca mi sceptyczne spojrzenie, na które chyba zasługuję.

– Nie sądzę, żeby się sprzedawała albo uprawiała z nimi seks – wyjaśniam.

– W takim razie o co tu chodzi?

– Na swój sposób to może być coś gorszego.

– Jak to?

Pomijam to milczeniem. Nie ma sensu spekulować, zanim nie dowiem się czegoś więcej od Reynolds.

– Kiedy rozmawialiśmy wczoraj przez telefon, wiedziałeś już o odciskach Maury? – pyta Ellie.

Kiwam głową.

– Usłyszałam to w twoim głosie. Wiem, że śmierć jednego z naszych kolegów z liceum to bardzo smutna sprawa, ale ty wydawałeś się… W każdym razie zrobiłam coś na własną rękę. – Ellie sięga do torby, która ma rozmiary marynarskiego worka, i wyciąga z niej pokaźną księgę. – Znalazłam coś.

– Co to jest?

– Szkolny album z twojej ostatniej klasy. – Kładzie go na blacie stołu z laminatu. – Na początku roku szkolnego zamówiłeś jeden egzemplarz, ale potem z oczywistych powodów go nie odebrałeś. Zachowałam go dla ciebie.

– Trzymałaś go przez piętnaście lat?

Teraz to Ellie wzrusza ramionami.

– Byłam przewodniczącą komitetu redakcyjnego.

– No, przecież wiem.

W liceum Ellie była naszą prymuską i nosiła sweterki i sztuczne perły. Ciągle marudziła, że obleje jakiś sprawdzian, a potem pierwsza go kończyła, na piątkę, i przez pozostałą część godziny lekcyjnej odrabiała pracę domową. Zawsze miała przy sobie dwa idealnie zatemperowane ołówki, a jej zeszyty przez cały rok wyglądały jak nasze w pierwszym dniu szkoły.

– Dlaczego mi to dajesz? – pytam.

– Chcę ci coś pokazać.

Widzę, że niektóre strony są zaznaczone różowymi samoprzylepnymi karteczkami.

Ellie liże palec i przerzuca kartki.

– Zastanawiałeś się kiedykolwiek, jak potraktowaliśmy Leo i Dianę? – pyta.

– Potraktowaliście w jakim sensie?

– W albumie. Komitet był podzielony. Czy mamy zamieścić ich fotografie w normalnym miejscu, w porządku alfabetycznym razem z resztą klasy, jak wszystkich absolwentów, czy wydzielić te dwa zdjęcia i dać je na samym końcu, *in memoriam*?

Wypijam łyk wody.

– Naprawdę debatowaliście na ten temat?

– Pewnie tego nie pamiętasz... nie przyjaźniliśmy się wtedy tak bardzo... ale zapytałam cię o zdanie.

– Pamiętam – mówię.

Warknąłem wtedy, że mam to gdzieś, choć mogłem użyć barwniejszego języka. Leo był martwy. Kogo obchodziło, jak potraktują to w szkolnym albumie?

– Ostatecznie komitet postanowił zamieścić ich fotografie w specjalnej części *in memoriam*. Sekretarz klasy... Pamiętasz Cindy Monroe?

– Tak.

– Bywała czasem przykra.

– Chciałaś powiedzieć, że była upierdliwa.

Ellie przechyla się nad stołem.

– To chyba jedno i to samo. Tak czy inaczej, Cindy Monroe przypomniała nam, że formalnie rzecz biorąc, w głównej części albumu zamieszcza się zdjęcia absolwentów.

– A Leo i Diana zginęli przed ukończeniem szkoły.

– Otóż to.

– Ellie?

– Tak?

– Czy możemy przejść do rzeczy?

– Dwie kanapki z jajkiem sadzonym – mówi Bunny i stawia przed nami talerze. – Smacznego.

Zapach unoszący się z talerza wpada mi w nozdrza i dociera do receptorów. Biorę ostrożnie kanapkę w obie ręce i wbijam w nią zęby. Żółtko pęka i zaczyna wsiąkać w miąższ bułki.

Ambrozja. Manna z nieba. Nektar bogów. Wybór określenia należy do ciebie.

– Nie chcę zepsuć ci śniadania – mówi Ellie.

– Daj spokój.

– No dobrze.

Otwiera album na jednej z ostatnich stron.

I widzę tam ciebie, Leo.

Masz na sobie odziedziczoną po mnie marynarkę, bo chociaż byliśmy bliźniakami, ja byłem zawsze większy. Kupiłem ją chyba w ósmej klasie. Krawat należał do ojca. Zupełnie nie radziłeś sobie z jego wiązaniem. Zawsze robił to tato, bardzo wymyślnie. Ktoś próbował bezskutecznie uładzić twoją niesforną czupryę. Uśmiechasz się, Leo, a ja nie mogę się powstrzymać i robię to samo.

Nie ja pierwszy straciłem przedwcześnie kogoś z rodzeństwa. Nie ja pierwszy straciłem bliźniaka. Twoja śmierć była katastrofą, bez dwóch zdań, ale nie oznaczała dla mnie końca świata. Jakoś się pozbierałem. Dwa tygodnie po „tamtej nocy" wróciłem do szkoły. W następną sobotę zagrałem nawet w hokeja przeciwko Morris Knolls – dobrze mi to zrobiło, choć być może grałem zbyt agresywnie. Posadzili mnie na dziesięć minut na ławce kar za to, że o mało nie wybiłem szyby, nacierając na przeciwnika. Na pewno by ci się to spodobało. W szkole chodziłem oczywiście z posępną miną. Przez parę tygodni wszyscy obchodzili się ze mną jak ze zgniłym jajkiem, ale potem im przeszło. Pamiętam, że kiedy zacząłem dostawać niższe oceny z historii, pani Freedman grzecznie, ale stanowczo oświadczyła, że twoja śmierć mnie nie usprawiedliwia. Miała rację. Choć może to kogoś oburzać, życie toczy się dalej, tak jak powinno. Kiedy obchodzi się żałobę, wiadomo przynajmniej, czego się trzymać. Co zostaje, kiedy żałoba mija? Trzeba się pogodzić z faktami, a ja nie chciałem się z nimi pogodzić.

Augie mówi, że to dlatego mam obsesję na punkcie szczegółów i nie przyjmuję tego, co dla innych jest oczywiste.

Wpatruję się w twoją twarz. Kiedy się odzywam, mam lekko zmieniony głos.

– Dlaczego mi to pokazujesz? – pytam.

Ellie sięga nad stołem i wskazuje palcem małą srebrną plakietkę w twojej klapie.

– To przekreślone litery KK – mówię i znów się uśmiecham, bo przypominam sobie twoje błazeństwa.

– Przekreślone KK?

– Skrót od Klubu Konspiratorów.

– W liceum nie mieliśmy żadnego klubu konspiratorów.

– Oficjalnie nie. To miało być czymś w rodzaju tajnego stowarzyszenia – mówię.

– Więc wiedziałeś o nim?

– Jasne.

Ellie przysuwa do siebie album, przerzuca kilkadziesiąt kartek do przodu i znów mi coś pokazuje. Widzę teraz własną fotografię. Stoję sztywny jak kij, prawie się nie uśmiechając. Boże, wyglądam jak czubek. Ellie wskazuje palcem pustą klapę marynarki.

– Nie należałem do klubu – wyjaśniam.

– A kto jeszcze należał?

– Jak mówiłem, to miało być tajne stowarzyszenie. Nikt nie miał o nim wiedzieć. Zebrało się po prostu kilku czubków…

Milknę, widząc, że Ellie po raz kolejny przewraca strony albumu.

Mam przed sobą zdjęcie Rexa Cantona. Ma krótko ostrzyżone włosy, szparę między przednimi zębami i odwróconą lekko w bok głowę, jakby ktoś go zaskoczył.

– Chodzi o to – mówi Ellie – że kiedy powiedziałeś o Cantonie, sprawdziłam jego zdjęcie w albumie i zobaczyłam to… – Pokazuje palcem małą odznakę z przekreślonymi literami KK. – Wiedziałeś, że był członkiem?

Kręcę głową.

– Ale nigdy o to nie pytałem. Jak już wspomniałem, to miało być ich małe tajne stowarzyszenie. Zbytnio się nim nie interesowałem.

– Znasz jakichś innych członków?

– W zasadzie nie mieli o tym mówić, ale… – Patrzę Ellie prosto w oczy. – Czy Maura też jest w tym albumie?

– Nie. Kiedy przeniosła się gdzie indziej, wycofaliśmy jej zdjęcie. Należała do klubu…?

Kiwam głową. Maura sprowadziła się do Westbridge, kiedy kończyliśmy przedostatnią klasę. Była dla nas wszystkich zagadką: superatrakcyjna, małomówna dziewczyna, najwyraźniej nieinteresująca się naszymi sprawami. Weekendy lubiła spędzać na Manhattanie. Zjeździła z plecakiem całą Europę. Była mroczna, tajemnicza i lubiła ryzyko – rodzaj laski, o której krążą plotki, że chodzi ze studentami albo nauczycielami. My byliśmy dla niej zbyt pospolici. Jak udało ci się z nią zaprzyjaźnić, Leo? Nigdy mi o tym nie mówiłeś. Pamiętam, że przyszedłem któregoś dnia do domu, a wy odrabialiście pracę domową przy kuchennym stole. Nie mogłem w to uwierzyć. Ty i Maura Wells!

– Sprawdziłam również… eee… zdjęcie Diany – mówi Ellie i lekko załamuje jej się głos. Od drugiej klasy była najlepszą przyjaciółką Diany. To również nas ze sobą połączyło, ból po stracie. Ja straciłem ciebie, Leo. Ona straciła Dianę. – Diana nie ma tej plakietki. Moim zdaniem, gdyby należała do klubu, na pewno by mi o tym powiedziała.

– Może wstąpiła tam, kiedy zaczęła chodzić z moim bratem – sugeruję.

Ellie bierze do rąk kanapkę.

– No więc dobrze, o co chodziło z tym całym Klubem Konspiratorów? – pyta.

– Masz trochę czasu po śniadaniu?

– Tak.

– To pójdziemy na spacer. Łatwiej mi będzie wytłumaczyć.

Odgryza kęs, brudzi sobie dłonie żółtkiem i wyciera serwetką palce i usta.

– Uważasz, że jest jakiś związek między śmiercią Rexa a…

– A tym, co się przytrafiło mojemu bratu i Dianie? Możliwe. A twoim zdaniem?

Ellie bierze do ręki widelec i nadziewa na niego kawałek kanapki.

– Zawsze wydawało mi się, że Leo i Diana zginęli w wypadku. – Patrzy mi w oczy. – Uważałam, że twoje teorie są… eee… trochę naciągane.

– Nigdy mi tego nie mówiłaś.

Wzrusza ramionami.

– Uważałam także, że lepiej będzie, jeśli ktoś życzliwy, a nie jakaś obca osoba, powie ci, że świrujesz.

– Dziękuję – rzucam, nie bardzo wiedząc, jak na to zareagować.

– Ale teraz... – Po twarzy Ellie widzę, że głęboko się zastanawia.

– Teraz co?

– Znamy losy co najmniej trojga członków klubu.

– Leo i Rex nie żyją – odpowiadam, kiwając głową.

– A Maura, która zaginęła przed piętnastu laty, nagle pojawia się w miejscu zabójstwa Rexa.

– Poza tym Diana mogła wstąpić do klubu już po zrobieniu zdjęć do albumu – dodaję. – Kto wie?

– To oznaczałoby, że mamy trzy trupy. Tak czy inaczej, wiara, że to wszystko jest tylko zbiegiem okoliczności, że ich losy nie są w jakiś sposób powiązane, wydaje mi się teraz naiwna.

Biorę do ręki kanapkę i odgryzam kolejny kęs. Mam spuszczony wzrok, ale wiem, że Ellie mnie obserwuje.

– Nap?

– Tak?

– Przejrzałam cały album ze szkłem powiększającym. Sprawdziłam wszystkie zdjęcia, szukając tej plakietki.

– Znalazłaś jeszcze jakieś? – pytam.

Ellie kiwa głową.

– Dwie. Miało je jeszcze dwoje naszych kolegów.

Rozdział 8

Ruszamy starą ścieżką zaczynającą się za Gimnazjum Benjamina Franklina. W szkole nazywaliśmy ją Ścieżką. Sprytne, nie?

– Trudno uwierzyć, że Ścieżka wciąż tu jest – mówi Ellie.

Unoszę lekko brew.

– Przychodziłaś tutaj?

– Ja? Nigdy. To było miejsce dla krnąbrnych dzieciaków.

– Krnąbrnych?

– Nie chciałam powiedzieć „zepsutych" albo „zbuntowanych". – Ellie kładzie mi dłoń na ramieniu. – Ty tu chodziłeś, prawda?

– Głównie w ostatniej klasie.

– Żeby się upijać? Brać narkotyki? Uprawiać seks?

– Wszystko razem – odpowiadam, po czym ze smutnym uśmiechem dodaję coś, co mogę powiedzieć tylko jej: – Choć mnie osobiście nie rajcowała ani trawka, ani alkohol.

– Wyłącznie Maura.

Nie muszę odpowiadać.

Las za gimnazjum był miejscem, gdzie młodzi przychodzili kopcić papierosy, ćpać, upijać się i bzykać. W każdym mieście jest takie miejsce. Westbridge na pozór nie różni się od innych. Zaczynamy wspinać się pod górę. Zalesiony teren jest długi, lecz raczej wąski. Człowiek ma wrażenie, że znalazł się w leśnej głuszy, ale tak naprawdę tylko kilkaset metrów dzieli go od osiedlowej uliczki.

– Nasze licealne miejsce obłapek – mówi Ellie.

– Zgadza się.

– Tyle że czasami nie kończyło się na obłapce.

Nie ma potrzeby tego komentować. Nie lubię tego miejsca. Nie byłem tu od „tamtej nocy", Leo. Tak naprawdę nie chodzi o ciebie. Zginąłeś na torach kolejowych po drugiej stronie miasta. Westbridge jest dość dużą miejscowością. Mamy trzydzieści tysięcy mieszkańców, sześć szkół podstawowych, dwa gimnazja, jedno liceum. Miasto ma prawie czterdzieści kilometrów kwadratowych powierzchni. Dojazd stąd do miejsca, gdzie zginęliście ty i Diana, zabrałby mi przynajmniej dziesięć minut, i to pod warunkiem, że trafiałbym tylko na zielone światła.

Ten las kojarzy mi się z Maurą. Przypomina mi, jak się z nią czułem. Przypomina, że później z nikim już… tak, wiem, jak to brzmi… tak się nie czułem.

Czy mówię o stronie fizycznej?

Owszem.

Nazwijcie mnie świntuchem, mam to gdzieś. Na swoją obronę mogę powiedzieć, że moim zdaniem strona fizyczna jest ściśle związana z emocjonalną, że zawrotne seksualne wyżyny, na jakie wspinał się wraz z nią tamten osiemnastolatek, nie miały nic wspólnego z techniką, eksperymentowaniem i urokiem nowości, ale z czymś o wiele głębszym i poważnym.

Ale jestem jednocześnie dość rozgarnięty, by dopuścić możliwość, że plotę androny.

– Nie znałam zbyt dobrze Maury – mówi Ellie. – Przyjechała tutaj, kiedy kończyliśmy drugą klasę.

– Tak, w lecie.

– Trochę mnie onieśmielała.

Kiwam głową. Jak już wspomniałem, Ellie była naszą prymuską. W szkolnym albumie jest fotografia przedstawiająca mnie i ją, bo cała klasa uznała, że to właśnie my odniesiemy w życiu największy sukces. Zabawne, nie? Przed zrobieniem tego zdjęcia trochę się znaliśmy, ale zawsze uważałem ją za przemądrzałą. Co nas mogło połączyć? Pewnie mógłbym się cofnąć w czasie i prześledzić, jak to się stało, że po zrobieniu tamtego zdjęcia bardziej się zaprzyjaźniliśmy. Na pewno zbliżyła nas w olbrzymim stopniu śmierć Leo i Diany, a potem, kiedy Ellie zaczęła studia na Princeton, a ja zostałem w domu, nie zerwaliśmy ze sobą kontaktu. Teraz nie pamiętam jednak szczegółów, nie wiem, co poza wspólną żałobą nas zbliżyło. Jestem po prostu wdzięczny losowi, że postawił ją na mojej drodze.

– Wydawała się jakby starsza – kontynuuje Ellie. – To znaczy Maura. Bardziej doświadczona. Seksowna.

Trudno mi się z tym nie zgodzić.

– Niektóre dziewczyny po prostu coś w sobie mają, prawda? I czy tego chcą, czy nie, wszystko, co robią, ma seksualny podtekst. To brzmi strasznie seksistowsko, prawda?

– Trochę – przyznaję.

– Ale rozumiesz, o co mi chodzi.

– Oczywiście.

– Więc do Klubu Konspiratorów należeli poza tym Beth Lashley i Hank Stroud. Pamiętasz ich?

Pamiętam.

– Przyjaźnili się z Leo – mówię. – Znałaś ich?

– Hank był matematycznym geniuszem. Pamiętam, że był w mojej klasie matematycznej i musieli opracować dla niego specjalny program nauczania. Poszedł chyba na studia na MIT.

– Zgadza się.

– Wiesz, co się z nim porobiło? – pyta ze smutkiem Ellie.

– Niewiele. Z tego, co słyszałem, wciąż tu mieszka. Gra w uliczną koszykówkę przy liceum…

– Widziałam go może sześć miesięcy temu niedaleko stacji kolejowej. – Ellie kręci głową. – Mówił coś do siebie, mamrotał. To było okropne. Co za smutna historia, prawda?

– Prawda.

Ellie zatrzymuje się i opiera o drzewo.

– Wymieńmy wszystkich, którzy należeli do klubu. Dla porządku załóżmy, że Diana też była członkiem, dobrze?

– Okay – zgadzam się.

– Więc było ich razem sześcioro. Leo, Diana, Maura, Rex, Hank i Beth.

Ruszam dalej. Ellie po chwili mnie dogania.

– Leo nie żyje – mówi. – Diana nie żyje. Rex nie żyje. Maura zaginęła. Hank jest… jak by to nazwać? Bezdomny?

– Nie jest bezdomny – odpowiadam. – Leczy się w klinice Essex Pines.

– To znaczy jest psychicznie chory?

– Powiedzmy.

– Więc zostaje tylko Beth.

– Co o niej wiesz?

– Nic. Wyjechała na studia i nie wróciła. Jako koordynatorka do spraw absolwentów starałam się uzyskać jej adres mailowy. No wiesz, żeby zapraszać ją na zjazdy i tym podobne imprezy. Bez skutku.

– A jej rodzice?

– Z tego, co słyszałam, przenieśli się na Florydę. Do nich też napisałam, ale nie dostałam odpowiedzi.

Hank i Beth. Będę musiał z nimi porozmawiać. Co im właściwie powiem?

– Dokąd idziemy, Nap?

– Już niedaleko.

Chcę jej coś pokazać – a może sam chcę to zobaczyć. Odwiedzić dawne upiory. W powietrzu czuć zapach sosnowych szyszek. Co jakiś czas widzimy na ziemi butelkę po alkoholu albo pustą paczkę papierosów.

Jesteśmy już dość blisko. Wiem, że to wytwór mojej wyobraźni, ale powietrze robi się nagle nieruchome. Mam wrażenie, jakby ktoś tu był i wstrzymując oddech, obserwował nas. Przystaję przy jednym z drzew i przesuwam dłonią po korze. Tkwi w niej zardzewiały gwóźdź. Podchodzę do kolejnego drzewa i tam też widzę gwóźdź. Waham się.

– Co się dzieje? – pyta Ellie.

– Nigdy nie przekroczyłem tego punktu.

– Dlaczego?

– Nie wolno było iść dalej. Widzisz te gwoździe? Wszędzie tu wisiały tablice.

– Z napisem WSTĘP WZBRONIONY?

– Napis brzmiał TEREN ZAMKNIĘTY, dużymi czerwonymi literami – mówię. – Pod spodem, mniejszą czcionką, było, że teren zamknięto na mocy takiego to, a takiego paragrafu, że nie wolno robić fotografii, że osoby nieprzestrzegające tego zakazu mogą zostać przeszukane, a znalezione rzeczy skonfiskowane. Na samym końcu było ostrzeżenie STRAŻNICY MAJĄ PRAWO UŻYĆ BRONI PALNEJ.

– Naprawdę tak napisali? O broni palnej?

Kiwam głową.

– Masz dobrą pamięć – komentuje Ellie.

– Maura ukradła jedną z tych tablic i powiesiła sobie w sypialni – mówię z uśmiechem.

– Żartujesz.

Wzruszam ramionami.

Ellie trąca mnie w bok.

– Lubiłeś niegrzeczne dziewczynki.

– Być może.

– I nadal je lubisz. Na tym polega twój problem.

Idziemy dalej. Dziwnie się czuję, przekraczając linię, wzdłuż której wisiały te tablice. Zupełnie jakby wyłączono w końcu niewidzialne pole siłowe i pozwolono nam przejść. Pięćdziesiąt metrów dalej dostrzegamy resztki ogrodzenia z drutu kolczastego. Po kolejnych kilkudziesięciu metrach widać wystające z chaszczy ruiny baraków.

– W drugiej klasie liceum napisałam o tym raport – mówi Ellie.

– O czym?

– Chyba wiesz, co tu się mieściło?

Wiem, ale chcę to usłyszeć od niej.

– Wyrzutnia pocisków Nike – informuje mnie. – Wiele osób w to nie wierzy, ale w takich właśnie miejscach początkowo je umieszczano. W okresie zimnej wojny… mówię o latach pięćdziesiątych… armia zakładała te bazy na przedmieściach takich jak nasze. Ukrywali je na polach albo w lasach podobnych do tego. Ludzie myśleli, że to bajki, ale te bazy istniały naprawdę.

Spowija nas cisza. Podchodzimy jeszcze bliżej. Widzę coraz wyraźniej stare zabudowania. Próbuję sobie wyobrazić, jak to wyglądało: żołnierze, pojazdy wojskowe, wyrzutnie.

– Można było stąd wystrzelić dwunastometrowe pociski Nike z głowicami nuklearnymi. – Ellie osłania dłonią oczy i podnosi wzrok, jakby wciąż je widziała. – Niecałe sto metrów stąd przy Downing Road stoi dom pana Carlino. Pociski miały bronić Nowego Jorku przed sowieckim atakiem rakietowym lub lotniczym.

Miło jest odświeżyć sobie pamięć.

– Wiesz, kiedy zakończono program rakietowy Nike? – pytam.

– Chyba na początku lat siedemdziesiątych.

– Tę konkretną bazę zamknięto w roku tysiąc dziewięćset siedemdziesiątym czwartym – mówię, kiwając głową.

– Ćwierć wieku przed tym, jak poszliśmy do szkoły.

– Zgadza się.

– Co z tego wynika?

– Że większość ludzi… jak zapytasz tych starszych… powie ci, że jeśli te bazy miały być tajne, to był to jeden z najgorzej strzeżonych sekretów na północy New Jersey. Wszyscy o nich wiedzieli. Jakiś facet mówił, że podczas parady Czwartego Lipca wieźli jedną z tych rakiet na platformie. Nie wiem, czy to prawda, czy nie.

Idziemy dalej. Sam nie wiem, dlaczego chcę wejść na teren dawnej bazy, ale zardzewiałe ogrodzenie wciąż mocno się trzyma, niczym stary wiarus, który nie chce zejść z warty. Przystajemy i patrzymy przez siatkę.

– W bazie pocisków Nike w Livingston jest teraz park – mówi Ellie. – Dla artystów. Dawne koszary przerobiono na pracownie. Bazę w East Hanover zrównano z ziemią i wybudowano na jej miejscu osiedle mieszkaniowe. A w bazie w Sandy Hook jest trasa wycieczkowa i coś w rodzaju muzeum zimnej wojny.

Zerkamy przez oka siatki. W lesie panuje kompletna cisza. Nie ćwierka ani jeden ptak. Nie szeleszczą liście. Słyszę tylko własny oddech. Cokolwiek tu się zdarzyło, nie odeszło do końca w przeszłość. Czasami czuje się coś takiego – kiedy zwiedza się starożytne ruiny, stare posiadłości albo kiedy jest się samemu w lesie takim jak ten. Echa przeszłości są ledwo słyszalne, ale nigdy do końca nie milkną.

– Więc co się stało z tą bazą, kiedy ją zamknięto? – pyta Ellie.

– To właśnie chciał odkryć Klub Konspiratorów – odpowiadam.

Rozdział 9

Wracamy do jej samochodu. Ellie zatrzymuje się przy drzwiach kierowcy i bierze w dłonie moją twarz. To typowy matczyny gest, coś, czego nie doświadczyłem od nikogo poza nią – owszem, wiem, jak dziwacznie to brzmi. Przygląda mi się z autentyczną troską.

– Nie bardzo wiem, co mam powiedzieć, Nap.

– Nic mi nie jest.

– To może się okazać dla ciebie czymś zbawiennym.

– Co?!

– Nie chcę, żeby to zabrzmiało melodramatycznie, ale upiory tamtej nocy nie dają ci spokoju. Może prawda sprawi, że odejdą.

Kiwam głową, otwieram przed nią drzwi i patrzę, jak odjeżdża. Kiedy zmierzam do własnego samochodu, dzwoni moja komórka. To Reynolds.

– Skąd wiedziałeś? – pyta.

Czekam na dalszy ciąg.

– Rex Canton zatrzymał pijanych kierowców trzy razy w tym samym miejscu – informuje mnie.

Czekam na kolejne rewelacje. Reynolds mogła to odkryć w ciągu kilku minut. Ma mi do powiedzenia coś więcej i wydaje mi się, że wiem, co to jest.

– Nap?

Najwyraźniej chce to rozegrać po swojemu, więc pytam:

– Wszyscy zatrzymani to mężczyźni, tak?

– Tak.

– I wszyscy byli w trakcie rozwodu albo sporu o prawo do opieki nad dziećmi?

– W trakcie sporu o opiekę – informuje mnie Reynolds. – Wszyscy trzej.

– Nie sądzę, żeby doszło do tego tylko trzy razy. Robił to pewnie także w innych miejscach.

– Sprawdzam wszystkie jego zatrzymania. To może trochę potrwać.

Wsiadam do samochodu i uruchamiam silnik.

– Skąd wiedziałeś? – powtarza Reynolds. – I nie opowiadaj mi bajek o przeczuciu albo intuicji.

– Nie miałem pewności, ale Rex zatrzymał tego gościa prawie natychmiast po jego wyjściu z baru.

– Mógł po prostu patrolować okolicę.

– Oglądaliśmy przecież nagranie. Nawet przy tak nędznej jakości widać, że kierowca nie zatacza się i nie jedzie wężykiem. A dziwnym trafem pasażerka samochodu chodziła z Rexem do tego samego liceum. To musiała być zasadzka.

– Nadal nie bardzo rozumiem – mówi Reynolds. – Czy ten facet przyleciał tutaj, żeby załatwić Rexa?

– Prawdopodobnie.

– A twoja była mu pomogła?

– Nie sądzę.

– Przemawia przez ciebie miłość?

– Nie, logika.

– Wytłumacz mi to.

– Słyszałaś, co mówił barman. Maura weszła, piła z facetem, aż się urżnął, i wsiadła z nim do samochodu. Nie robiłaby tego wszystkiego, gdyby była z nim w zmowie.

– Wszystko to mogło być udawane.

– Mogło – przyznaję.

– Ale to, co mówisz, ma sens. Więc uważasz, że współpracowała z Rexem?

– Owszem.

– To nie oznacza, że nie wystawiła również jego.

– Nie.

– Ale skoro nie była zamieszana w zabójstwo, gdzie jest teraz?

– Nie wiem.

– Zabójca mógł jej zagrozić bronią. Mógł ją zmusić, żeby siadła za kierownicą. Mógł kazać się odwieźć na lotnisko albo gdziekolwiek.

– To możliwe.

– A potem co?

– Wybiegamy za bardzo do przodu – zwracam jej uwagę. – Musimy zebrać więcej faktów. Nie wydaje mi się, żeby żony walczące o prawo opieki szły tak po prostu do Rexa i mówiły „Słuchaj, chcę zniszczyć reputację mojego mężusia".

– Racja. Więc jak do niego trafiły?

– Stawiałbym na prawnika od rozwodów. To nasz następny krok, Reynolds. Te trzy kobiety miały prawdopodobnie tego samego adwokata. Dowiedz się, co to za jeden, a wtedy zapytamy go o Rexa i Maurę.

– Facet... albo facetka... nie bądźmy seksistowscy... będzie się powoływał na tajemnicę adwokacką.

– Nie wszystko naraz.

– No dobrze – zgadza się. – Nie sądzisz, że zabójca był jednym z tych wrabianych mężów i chciał się zemścić?

To dość sensowna hipoteza, przypominam jednak Reynolds, że na razie zbyt mało wiemy. Nie mówię nic o Klubie Konspiratorów, bo jej odkrycia nie mają z nim nic wspólnego. Wciąż czepiam się głupiej nadziei, że zabójstwo Rexa doprowadzi mnie w jakiś sposób do ciebie, Leo. To całkiem możliwe. Reynolds spróbuje dowiedzieć się czegoś więcej o zatrzymaniach Rexa, a ja będę mógł się zająć Klubem. To oznacza, że muszę zlokalizować Hanka Strouda i Beth Lashley.

A przede wszystkim wprowadzić w to Augiego.

Właściwie mógłbym z tym trochę poczekać. Nie muszę rozdrapywać na nowo jego ran, zwłaszcza że w życiu osobistym Augiego zachodzą akurat ważne zmiany. Z drugiej strony, ukrywanie przed nim takich rzeczy nie jest w moim stylu. Nie chciałbym, żeby on zastanawiał się, czy mi coś powiedzieć, czy to zataić. Jestem mu winien to samo.

Tak czy inaczej, Augie jest ojcem Diany. To nie będzie łatwe.

Wjeżdżając na drogę numer 80, wciskam przycisk na kierownicy i wydaję smartfonowi komendę, żeby połączył mnie z Augiem. Odbiera po trzecim dzwonku.

– Cześć, Nap. – Jest wysokim mężczyzną z baryłkowatą klatką piersiową. Jego głęboki głos ma w sobie coś kojącego.

– Wróciłeś z Hilton Head?

– Wczoraj późnym wieczorem.

– Więc jesteś w domu?

– Tak, jestem. Co się stało?

– Mogę do ciebie wpaść po mojej zmianie?

– Tak, oczywiście – odpowiada Augie po krótkim wahaniu.

– Jak się udała wycieczka?

– Do zobaczenia u mnie – mówi i rozłącza się.

Zastanawiam się, czy w trakcie naszej rozmowy był sam, czy może jest z nim nowa przyjaciółka. To byłoby miłe, myślę i zaraz dodaję w duchu, że to nie moja sprawa.

Augie mieszka w ceglanym apartamentowcu przy Oak Street, na zielonym osiedlu, które powinno się nazwać Zakątkiem Rozwiedzionych Tatusiów. Wprowadził się tu „tymczasowo" przed ośmiu laty, zostawiając matce Diany, Audrey, dom, w którym wychowali swoją jedynaczkę. Kilka miesięcy później Audrey sprzedała go, w ogóle go o tym nie informując.

Zrobiła to, jak mi kiedyś powiedziała, bardziej ze względu na byłego męża niż na siebie.

Kiedy Augie otwiera drzwi, widzę w przedpokoju torbę z jego kijami golfowymi.

– Jak było na Hilton Head? – pytam.

– Miło.

– Zabrałeś ze sobą kije? – pytam, wskazując torbę.

– Rany, ale z ciebie detektyw.

– Nie lubię się przechwalać.

– Zabrałem – przyznaje Augie. – Ale nie grałem.

Uśmiecham się.

– Więc poszło ci całkiem nieźle z…?

– Yvonne.

– Yvonne – powtarzam, unosząc brew. – Cóż za piękne imię.

Augie cofa się, żeby mnie wpuścić.

– Nie sądzę, żeby to miało jakąś przyszłość – mówi.

Upadam na duchu. Nie poznałem Yvonne, ale z jakiegoś powodu wyobrażam ją sobie jako pełną gracji, pewną siebie, śmiejącą się gardłowym śmiechem kobietę, która lubi chodzić pod rękę z Augiem, kiedy spacerują po hotelowej plaży. Boleję nad rozstaniem Augiego z kobietą, której nigdy nie spotkałem.

Patrzę na niego, a on wzrusza ramionami.

– Nie ta, to inna – rzuca.

– W morzu jest dużo rybek – zgadzam się.

Ktoś mógłby się spodziewać, że jego mieszkanie będzie obskurne i zaniedbane, ale wcale tak nie jest. Augie lubi odwiedzać lokalne targi sztuki i kupować obrazy. I stale je przewiesza; nigdy nie trzyma żadnego w tym samym miejscu dłużej niż przez kilka miesięcy. Dębowe regały ze szklanymi frontami wypełnione są książkami. Nie znam bardziej nałogowego czytelnika. Podzielił swoje książki na dwie proste kategorie – literaturę piękną i non-fiction – ale nie ułożył ich w porządku alfabetycznym według nazwisk autorów ani w żadnym innym.

– Jesteś po służbie? – pyta.

– Jestem. A ty?

– Tak samo.

Nadal jest komendantem w Westbridge. Za rok idzie na emeryturę. Zostałem policjantem z powodu tego, co ci się przydarzyło, Leo, ale nie wiem, czyby mi się to udało, gdyby nie jego pomoc i rady. Siadam w tym samym co zawsze pluszowym fotelu. Augie używa trofeum ze stanowych mistrzostw szkolnego futbolu – tych, w których grałem, kiedy był trenerem – w charakterze podpórki pod książki. Poza tym w pokoju nie ma żadnych rzeczy osobistych – żadnych fotografii, dyplomów, nagród, niczego.

Podaje mi butelkę wina. To Chateau Haut-Bailly z 2009 roku. W sklepie trzeba za nie dać co najmniej dwieście dolców.

– Ekstra – mówię.

– Otwórz.

– Powinieneś je zachować na specjalną okazję.

Augie odbiera mi butelkę i wbija korkociąg w korek.

– Czy coś takiego powiedziałby nam twój ojciec? – pyta.

Uśmiecham się.

– Nie.

Mój pradziadek, o czym tato często nam opowiadał, zachowywał najlepsze wina na specjalne okazje. Zginął, kiedy naziści weszli do Paryża. I w końcu to oni wypili jego wino. Morał: nie ma sensu czekać. Kiedy dorastałem, jedliśmy z najlepszych talerzy. Na stole leżały najlepsze obrusy. Piliśmy z kryształowych kieliszków Waterford. Kiedy ojciec zmarł, jego piwniczka była prawie pusta.

– Twój ojciec miał bardziej wyrafinowane słownictwo, ale ja wolę cytat z Groucho Marxa – mówi Augie.

– To znaczy?

– „Nie napiję się wina, dopóki nie nadejdzie odpowiednia pora. Właśnie nadeszła".

Nalewa Haut-Bailly najpierw do jednego, potem do drugiego kieliszka. Pierwszy podaje mnie. Stukamy się. Kołyszę lekko winem i wącham. Bez ostentacji.

Czuję wspaniały aromat czarnej porzeczki, śliwki, crème de cassis oraz – możecie mi wierzyć – ołówkowego grafitu. Pociągam łyk – wino jest krągłe, aksamitne, dojrzałe, wyraziste, takie jak trzeba. Końcówka trwa całą minutę. Niesamowite!

Augie czeka na moją reakcję. Kiwam głową w sposób, który mówi wszystko. Obaj patrzymy w miejsce, gdzie siedziałby mój ojciec, gdyby z nami był. Napawałby się tą chwilą, tym winem i tym towarzystwem.

Był podręcznikowym przykładem tego, co Francuzi nazywają *joie de vivre* i co w luźnym przekładzie oznacza „radość życia". Nie jestem pewien, czy dokładnie o to chodzi. Z własnego doświadczenia wiem, że Francuzi uwielbiają „odczuwać". Doświadczają w całej pełni wielkich miłości i wielkich tragedii, nie starając się przed nimi uciekać ani bronić. Jeśli życie ma ich spoliczkować, nadstawiają twarz i napawają się chwilą. Żyją na najwyższych obrotach.

Taki właśnie był nasz tato.

Dlatego bardzo bym go pewnie rozczarował, Leo.

Więc może jeśli chodzi o te ważne rzeczy, wcale nie jestem frankofilem.

– Mów, co cię trapi, Nap – rzuca Augie.

Zaczynam od zabójstwa Rexa, a potem walę go między oczy odciskami palców Maury. Augie trochę zbyt intensywnie wpatruje się w swoje wino. Kończę relację i czekam.

On też czeka. Gliniarze są mistrzami w czekaniu.

– Więc co o tym sądzisz? – pytam w końcu.

Augie wstaje z fotela.

– To nie moje śledztwo – odpowiada. – Więc nie muszę o nim nic sądzić. Ale teraz przynajmniej wiesz.

– Co?

– Wiesz coś o Maurze.

– Niewiele – przyznaję.

– Owszem, niewiele.

Nie odzywam się, wypijam łyk wina.

– Będę strzelał w ciemno – mówi Augie. – Skłaniasz się do opinii, że to zabójstwo wiąże się w jakiś sposób ze śmiercią Diany i Leo.

– Nie wiem, czy posunąłbym się tak daleko.

Augie wzdycha.

– Co według ciebie może o tym świadczyć? – pyta.

– Rex znał Leo.

– Znał pewnie również Dianę. Chodziliście wszyscy do tej samej klasy, prawda? To nie jest duże miasto.

– Jest coś jeszcze. – Sięgam do swojej torby i wyciągam szkolny album.

Augie bierze go ode mnie.

– Różowe samoprzylepne karteczki?

– To Ellie.

– Powinienem się domyślić. Po co mi to pokazujesz?

Opowiadając mu o Klubie Konspiratorów i plakietkach, widzę uśmiech igrający w kącikach jego ust.

– Więc jaką masz teorię, Nap?

Milczę. Augie uśmiecha się coraz szerzej.

– Uważasz, że Klub Konspiratorów odkrył jakiś straszny sekret dotyczący tajnej bazy? – pyta i zaczyna kręcić palcem, jakby rzucał klątwę. – Taki straszny sekret, że co? Dianę i Leo trzeba było zlikwidować? Do tego sprowadza się twoja teoria, Nap?

Wypijam kolejny łyk wina. Augie przemierza raźnym krokiem pokój, przerzucając kartki albumu oznaczone samoprzylepnymi karteczkami.

– A teraz, piętnaście lat później, z jakiegoś niewiadomego powodu trzeba również uciszyć Rexa. Dziwne, że nie musieli tego zrobić wtedy, ale nieważne. Tajni agenci dostają nagle na niego zlecenie.

Zatrzymuje się i wbija we mnie wzrok.

– Bawi cię to? – pytam.

– Chyba trochę bawi. – Otwiera album na kolejnej oznaczonej karteczką stronie. – Beth Lashley. Też nie żyje?

– Nie, nie sądzę. Na razie nic na jej temat nie znalazłem.

Przerzuca nerwowo kartki.

– No i Hank Stroud. Hm… wiemy, że nadal jest w mieście. Może niezupełnie przy zdrowych zmysłach, ale upiory jeszcze go nie porwały.

Znów przerzuca kilka stron i tym razem zastyga w bezruchu. W pokoju zapada cisza. Patrzę na jego twarz i zastanawiam się, czy powinienem tu w ogóle przychodzić. Nie wiem, na co patrzy, ale widzę, że to jedna z ostatnich stron. Więc to chyba jasne. Wyraz jego twarzy się nie zmienia, ale zaczyna mu lekko drżeć ręka. Chcę dodać mu w jakiś sposób otuchy, ale wiem, że to jedna z tych chwil, gdy słowa są jak wyrostek robaczkowy – zbędne albo przysparzające cierpienia.

Dlatego milczę.

Patrzę, jak Augie wpatruje się w fotografię swojej siedemnastoletniej córki, która nie wróciła tamtej nocy do domu. Kiedy się w końcu odzywa, mam wrażenie, że dusi go zmora.

– Byli tylko dziećmi, Nap – mówi.

Zaciskam mocniej palce na kieliszku.

– Głupimi, niedoświadczonymi dziećmi – ciągnie. – Za dużo wypili. Zmieszali dragi z alkoholem. Było ciemno. Środek nocy. Czy stanęli po prostu na torach? Czy biegli po nich, naćpani i niczego nieświadomi? Czy próbowali ścigać się z pociągiem, przeskoczyć tuż przed nim tak samo, jak starał się to zrobić Jimmy Riccio w tysiąc dziewięćset siedemdziesiątym trzecim? Nie wiem, Nap. Chciałbym to wiedzieć. Chciałbym dokładnie wiedzieć, co się wydarzyło. Wiedzieć, czy Diana cierpiała... czy zginęła od razu? Wiedzieć, czy w ostatniej chwili się obejrzała i zdała sobie sprawę, że to koniec, czy może do samego końca była nieświadoma. Cóż... moim jedynym zadaniem, moim jedynym obowiązkiem było ją chronić, a ja pozwoliłem jej tamtego wieczoru wyjść z domu, i dlatego zastanawiam się, czy się wtedy bała. Zastanawiam się, czy wiedziała, że zginie... a jeśli tak, to czy mnie zawołała? Czy wezwała na pomoc ojca? Czy miała nadzieję, że ją w jakiś sposób uratuję?

Zastygam w bezruchu. Nie jestem w stanie się poruszyć.

– Zajmiesz się tą sprawą, prawda? – pyta Augie.

Udaje mi się kiwnąć głową.

– Tak – wykrztuszam z trudem.

Augie wręcza mi szkolny album i rusza w stronę drzwi.

– Może powinieneś się tym zająć na własną rękę – mówi.

Rozdział 10

Zaczynam więc badać sprawę na własną rękę.

Dzwonię do kliniki Essex Pines i zaskakująco szybko łączą mnie z jednym z lekarzy Hanka.

– Zna pan przepisy dotyczące tajemnicy lekarskiej? – pyta mnie.

– Oczywiście.

– Więc nie mogę panu nic powiedzieć na temat jego stanu zdrowia.

– Chcę z nim tylko porozmawiać.

– Leczy się u nas ambulatoryjnie.

– Wiem o tym.

– W takim razie powinien pan chyba wiedzieć, że nie przebywa u nas na stałe.

Facet uważa się chyba za wielkiego mądralę.

– Doktorze... przykro mi, ale nie dosłyszałem pańskiego nazwiska.

– Bauer. Dlaczego pan pyta?

– Żeby wiedzieć, kto robi ze mnie balona.

Cisza.

– Jestem policjantem i staram się odnaleźć Hanka. Ma pan jakieś pojęcie, gdzie może w tej chwili przebywać?

– Nie.

– Macie jego adres?

– Podał nam tylko numer skrzynki pocztowej w Westbridge. I zanim pan zapyta, poinformuję, że normalnie Hank Stroud odwiedzał klinikę Essex Pines od trzech do pięciu razy w tygodniu, ale nie był u nas już od dwóch tygodni.

Od dwóch tygodni. Doktor Bauer się rozłącza. Mam to gdzieś. Przyszedł mi do głowy inny pomysł.

Stojąc o zmierzchu obok boiska koszykówki przy Liceum Westbridge, słucham słodkiego dźwięku piłki, która odbija się od asfaltu. Oglądam coś pięknego, coś, co nazywają uliczną koszykówką. Nie ma tu żadnych sportowych strojów, trenerów, ustalonego składu drużyn i sędziów. Biała linia jest czasami za liniami końcowymi, a czasami przy ogrodzeniu z siatki. Gra zaczyna się rzutem z półkola. Przegrywający odpadają, zawodnicy sami zgłaszają faule. Część ludzi dobrze się zna, część widzi się po raz pierwszy w życiu. Niektórzy mają dobre posady, inni ledwo wiążą koniec z końcem. Grają tu wysocy i niscy, grubi i chudzi, ludzie najprzeróżniejszych ras, wierzeń i religii. Jeden z zawodników ma na głowie turban. Żadna z tych rzeczy nie ma tutaj znaczenia. Liczy się tylko, jak grasz. Jedni gadają ze sobą, inni grają w milczeniu. Ludzie znają terminy kolejnych rozgrywek i wyniki ligowe. Uliczna koszykówka jest jednocześnie cudownie anarchiczna i archaiczna.

Słyszę stęknięcia, głosy facetów, którzy zgłaszają bloki i rytmiczne szuranie adidasów o asfalt. Gra dziesięciu zawodników – pięciu na pięciu. Przy bocznej linii czeka kolejnych trzech. Podchodzi do nich czwarty.

– Macie jeszcze jednego? – pyta.

Faceci kiwają głowami.

Znam mniej więcej połowę zawodników. Niektórych jeszcze z liceum. Inni są moimi sąsiadami. Jest tu facet, który prowadzi miejski program lacrosse'a. Wielu pracuje w finansach gminy, ale widzę również dwóch nauczycieli z liceum.

Nie widzę Hanka.

Kiedy mecz zbliża się do końca – grają do dziesięciu trafień – na parkingu staje samochód i wysiada z niego facet, którego znam. Jeden z czwórki czekających pokazuje go palcem.

– Mamy Myrona! – woła. Pozostali zaczynają gwizdać i wołać do nowo przybyłego. Ten uśmiecha się nieśmiało.

– Patrzcie, kto do nas wrócił! – woła jeden z zawodników.

– Jak ci się udał miesiąc miodowy, Romeo? – pyta inny.

– Nie powinieneś być taki opalony, chłopie.

– Miałeś chyba spędzać więcej czasu pod dachem, jeśli chwytasz moją aluzję.

– No tak – odpowiada na tę ostatnią uwagę Myron. – Z początku zupełnie nie kapowałem, o co chodzi, ale kiedy powiedziałeś, że to aluzja, od razu mnie olśniło.

Wszyscy śmieją się wesoło i gratulują panu młodemu.

Pamiętasz Myrona Bolitara, Leo? Pamiętasz, jak tato zabierał nas do Livingston, żebyśmy popatrzyli, jak gra w szkolnej lidze koszykówki, i zobaczyli, czym jest prawdziwa wielkość? Myron był zdeklarowanym kawalerem. Tak mi się przynajmniej wydawało. Ostatnio ożenił się z prowadzącą wiadomości dziennikarką z kablówki. Nadal pamiętam głos taty na trybunach: „Zawsze warto zobaczyć czyjąś wielkość". To była jego filozofia. Myron został w końcu kimś wielkim – gwiazdą koszykówki na Uniwersytecie Duke'a i jednym z czołowych kandydatów do ligi NBA. A potem, trach, odniósł głupią kontuzję i nigdy nie został zawodowcem.

Płynie z tego chyba dla nas jakiś morał.

Jednak tu, na przyszkolnym boisku, nadal traktują go jak bohatera. Nie wiem, czy to wynika z nostalgii, lecz to rozumiem. Dla mnie też jest kimś specjalnym. Obaj jesteśmy już dorośli, ale czuję się onieśmielony, a nawet podniesiony na duchu, gdy okazuje mi zainteresowanie.

Dołączam do grupki składającej mu gratulacje. Kiedy do mnie podchodzi, ściskam mu dłoń.

– Gratulacje z okazji ślubu – mówię.

– Dzięki, Nap.

– Ale to podłe, że wypisałeś się z naszego klubu.

– Dzięki temu stałeś się najlepszą partią w okolicy – odpowiada, ale widząc wyraz mojej twarzy, odchodzi wraz ze mną na bok. – Co jest? – pyta.

– Szukam Hanka.

– Zrobił coś złego?

– Nie, nie sądzę. Po prostu muszę z nim pogadać. Normalnie gra tu w poniedziałek wieczorem, prawda?

– Zawsze – odpowiada Myron. – Oczywiście, nigdy nie wiadomo, z jakim Hankiem będziesz miał do czynienia.

– To znaczy?

– To znaczy, że Hank jest zmienny. Behawioralnie.

– Ze względu na leki?

– Leki, chemiczną nierównowagę, cokolwiek. Ale to nie ze mną powinieneś gadać. Przez jakiś czas mnie tu nie było.

– Przedłużony miesiąc miodowy?

Myron kręci głową.

– Bardzo bym sobie tego życzył.

Widzę, że nie ma ochoty tego ciągnąć, a i ja nie mam na to czasu.

– Więc kto najlepiej zna Hanka?

Wskazuje podbródkiem stojącego nieopodal przystojnego faceta.

– David Rainiv – mówi.

– Naprawdę?

Myron wzrusza ramionami i wbiega na boisko.

Nie potrafię sobie wyobrazić ludzi, których życie potoczyłoby się po bardziej odmiennych torach niż Hank Stroud i David Rainiv. W liceum Rainiv był przewodniczącym klasowego oddziału National Honor Society, a teraz jest dyrektorem generalnym jednej z największych w kraju firm inwestycyjnych. Kilka lat temu, kiedy w senacie grillowali banksterów, mogliście go zobaczyć w telewizji. David ma penthouse na Manhattanie, ale razem z żoną Jill (niegdysiejszą szkolną sympatią) wychowują trójkę dzieci tu w Westbridge. Nie ma u nas prawdziwej śmietanki towarzyskiej, ale jakkolwiek to nazwiemy, Rainivowie sytuują się na najwyższych szczeblach hierarchii społecznej.

Kiedy zaczyna się następny mecz, David i ja siadamy na ławce po drugiej stronie boiska. David jest wysportowany i wygląda jak nieślubne dziecko Kennedy'ego i lalka Ken jednocześnie. Gdybyście szukali kogoś do roli senatora z dołeczkiem w brodzie, Rainiv byłby idealnym kandydatem.

– Nie widziałem Hanka od trzech tygodni – informuje mnie.

– To coś niezwykłego?

– Zazwyczaj przychodzi tu w każdy poniedziałek i czwartek.

– Jak się czuje? – pytam.

– Chyba nie najgorzej. To znaczy... on nigdy nie czuje się dobrze... Rozumiesz, o co mi chodzi? Niektórzy z grających... – David spogląda na boisko – ...nie za bardzo go tutaj chcą. Robi sceny. Nie myje się za często. Kiedy musi czekać na mecz za linią boczną, zaczyna wygłaszać tyrady.

– O czym?

– O jakichś bzdurach. Kiedyś rozprawiał o Himmlerze, który nienawidził steków z tuńczyka.

– O tym Himmlerze, naziście?

David wzrusza ramionami. Przez cały czas śledzi mecz, nie odrywając wzroku od boiska.

– Peroruje, chodzi w kółko, niektórzy gracze się go boją. Ale na boisku – w tym momencie David się uśmiecha – przeistacza się z powrotem w dawnego Hanka. Na krótki czas staje się Hankiem, jakiego znaliśmy. Pamiętasz go z liceum? – pyta.

Kiwam głową.

– Wspaniały chłopak, prawda?

– Tak – przyznaję.

– To znaczy, był nieźle szurnięty... Pamiętasz, jaki numer wyciął nauczycielom na ich gwiazdkowym przyjęciu?

– To miało chyba coś wspólnego z cukierkami, tak?

– Zgadza się. Zakradł się tam i zmieszał w miskach m&m'sy ze skittlesami...

– Nieźle.

– Więc nauczyciele byli zupełnie skołowani. Sięgasz po m&m'sy, a tu... – David zaczyna się śmiać. – Hank to sfilmował. To było super.

– Teraz sobie przypomniałem.

– Nie miał złych intencji. Cały Hank. Dla niego to był bardziej eksperyment naukowy niż psikus. – David na chwilę milknie. Spoglądam tam gdzie on. Obserwuje rzucającego z wyskoku Myrona. Piłka wpada do kosza, nie dotykając obręczy. – Hank jest chory, Nap – kontynuuje David. – I to nie jest jego wina. Mówię to facetom, którzy nie chcą go tu widzieć. To tak jakby miał raka. Nie powiesz przecież choremu na raka, że nie może grać, prawda?

– Prawda – zgadzam się.

David trochę zbyt intensywnie wpatruje się w boisko.

– Jestem Hankowi coś winien – odzywa się w końcu.

– Co?

– Po liceum zaczął studia na MIT. Wiesz o tym?

– Wiem.

– Mnie przyjęto do Harvardu, o rzut beretem. Niesamowite, prawda? Byliśmy przyjaciółmi. Więc na pierwszym roku trzymaliśmy się razem. Przyjeżdżałem po niego i wybieraliśmy się gdzieś do baru albo na imprezę, najczęściej na terenie mojego kampusu, ale czasami u niego. Hank potrafił mnie rozśmieszyć jak nikt inny. – David znów się uśmiecha. – Rzadko pił alkohol, raczej stawał z boku i obserwował.

Lubił to. Dziewczyny też go lubiły. Pewien szczególny typ dziewczyn.

Na ulicy robi się cicho. Słychać tylko odgłosy gry.

Z twarzy Davida spełza uśmiech.

– Ale potem wszystko zaczęło się zmieniać – mówi. – To działo się tak powoli, że z początku tego nie dostrzegałem.

– Zmiany w jakim kierunku?

– Na przykład kiedy po niego przyjeżdżałem, nigdy nie był gotowy. A przed wyjściem na dwór sprawdzał dwa albo trzy razy, czy dobrze zamknął drzwi. Potem było jeszcze gorzej. Przychodziłem, a on nadal był w szlafroku. Godzinami brał prysznic. Bez przerwy zamykał i otwierał drzwi. Już nie dwa czy trzy razy, ale dwadzieścia albo trzydzieści. Próbowałem przemówić mu do rozsądku: „Już sprawdziłeś, że jest zamknięte, Hank, daj sobie spokój, nikt i tak nie zechce ukraść tych twoich starych gratów". Zaczął się bać, że w akademiku wybuchnie pożar. W ogólnodostępnej kuchni był piekarnik. Musieliśmy tam zajrzeć i sprawdzić, czy jest wyłączony. Wyjście z nim na dwór zajmowało mi całą godzinę.

David przerywa i przez dłuższą chwilę ogląda mecz. Nie popędzam go. Chce to opowiedzieć po swojemu.

– Któregoś wieczoru mieliśmy się wybrać na podwójną randkę w jednej takiej drogiej restauracji w Cambridge. „Nie musisz mnie podwozić, przyjadę autobusem", mówi. Okay. Zabrałem dziewczyny. Siedzimy tam.... Ale powinienem zacząć od czegoś innego. Ta dziewczyna, Kristen Megargee... Widziałem, że Hank za nią szaleje. Była olśniewająca... i miała fioła na punkcie matematyki. Hank przebierał nogami, żeby się z nią spotkać. Tak czy owak, domyślasz się pewnie, czym to się skończyło.

– Nie przyszedł.

– Otóż to. Więc jakoś go wytłumaczyłem i odwiozłem dziewczyny do domu. Pojechałem do akademika. Hank wciąż zamykał i otwierał drzwi. Nie przestawał tego robić. W końcu zaczął zwalać winę na mnie: „Mówiłeś, że to w przyszłym tygodniu".

Czekam. David chowa twarz w dłoniach, bierze głęboki oddech i podnosi głowę.

– Studiowałem – mówi. – Byłem młody, życie było piękne, zawierałem nowe znajomości. Miałem swoje studia, swoje sprawy i nie byłem w końcu jego niańką, tak? Zabieranie go na miasto stało się prawdziwą katorgą. Więc po tamtej historii robiłem to coraz rzadziej. Wiesz, jak to jest. Kiedy wysyłał esemesa, nie odpowiadałem od razu. Oddaliliśmy się od siebie. Nagle okazało się, że minął cały miesiąc. Potem cały semestr. I w końcu…

Milczę. Wyczuwam, że dręczy go poczucie winy.

– Ci goście – odzywa się ponownie – uważają, że Hank jest stuknięty. Nie chcą z nim grać. – Nagle prostuje ramiona. – Ale ja mam to gdzieś. Jeśli tylko będzie chciał, zawsze może tu przychodzić. Będzie z nami grał i będzie się czuł mile widziany.

Wyczekuję odpowiedniej chwili i w końcu pytam:

– Wiesz, gdzie go można znaleźć?

– Nie. Poza boiskiem tak naprawdę ze sobą nie rozmawiamy… Hank i ja. Po meczu wielu z nas chodzi do McMurphy'ego na pizzę i parę piw. Zapraszałem tam Hanka, ale on od razu się zmywał. Widziałeś, jak patroluje miasto?

– Tak.

– Codziennie tą samą trasą. O tej samej godzinie. Siła przyzwyczajenia. Domyślam się, że to mu pomaga. To znaczy utarta rutyna. Kończymy tu mniej więcej o dziewiątej. Ale jeśli gra się przedłuża, Hank i tak zabiera się stąd punkt dziewiąta. Bez pożegnania, bez wyjaśnień. Ma starego timexa z budzikiem. Kiedy zadzwoni, zostawia nas nawet w środku meczu.

– A jego rodzina? Mieszka z nią?

– Jego matka zmarła rok temu. Mieszkała na tym starym osiedlu mieszkaniowym w West Orange. Cross Creek Point. Mieszka tam chyba teraz jego ojciec.

– Myślałem, że jego starzy rozwiedli się, kiedy był mały – mówię.

Na boisku ktoś krzyczy z bólu i pada na ziemię. Chce, żeby odgwizdano faul, ale sprawca zarzuca mu, że symuluje.

– Rozeszli się, kiedy byliśmy w piątej klasie – mówi David. – Jego ojciec wyprowadził się gdzieś na zachód. Chyba do Kolorado. Tak czy inaczej, kiedy pani Stroud zachorowała, chyba się pogodzili. Nie pamiętam, od kogo to słyszałem.

Mecz kończy się, kiedy Myron wykonuje daleki rzut. Piłka odbija się od tablicy i wpada prosto do siatki.

David wstaje z ławki.

– Teraz moja kolej – informuje mnie.

– Słyszałeś kiedyś o Klubie Konspiratorów? – pytam.

– Nie. A co to takiego?

– Założyło go kilka osób z naszej klasy. Hank był jego członkiem. I mój brat.

– Leo… – David kręci ze smutkiem głową. – On też był w porządku. Taka tragedia…

Nic na to nie odpowiadam.

– Czy Hank wspominał kiedykolwiek o jakiejś konspiracji? – pytam.

– Chyba tak. Ale nic konkretnego. Nigdy nie wydawało mi się to zbyt sensowne.

– Mówił coś o Ścieżce? Albo o lesie?

David nieruchomieje i bacznie mi się przygląda.

– Mówisz o dawnej bazie wojskowej, tak?

Milczę.

– Kiedy chodziliśmy do liceum, Hank miał obsesję na punkcie tego miejsca. Cały czas o tym gadaliśmy.

– Co mówił?

– Jakieś głupoty. Że rząd prowadzi tam testy z LSD albo eksperymenty z czytaniem w myślach. Tego rodzaju brednie.

Ty też się czasami nad tym zastanawiałeś, pamiętasz, Leo? Ale nie powiedziałbym, że to była obsesja. Stale o tym nawijałeś, lecz nie sądzę, byś traktował to serio. Miałem wrażenie, że to tylko zabawa, ale może się myliłem. Może każde z was uczestniczyło w tym z innego powodu. Hankowi wydawało się, że odkryje wielki rządowy spisek. Maura uwielbiała ryzyko, niebezpieczeństwo, zagadki. Tobie, Leo, podobało się – tak przynajmniej mi się wydaje – poczucie wspólnoty, którego doznawałeś, przedzierając się przez las z przyjaciółmi i wyobrażając sobie, że jesteście postaciami ze starych powieści Stephena Kinga.

– Hej, David, chcemy już grać! – woła jeden z zawodników.

– Dajcie mu chwilę – odzywa się Myron. – Możemy zaczekać.

Ale wszyscy są już ustawieni i gotowi, a jedna z niepisanych zasad tego miejsca głosi, że nie każe się grupie czekać. David patrzy na mnie z niecierpliwością. Kiwam głową na znak, że skończyliśmy. Rusza w stronę boiska, ale nagle się odwraca.

– Hank ma nadal obsesję na punkcie tej starej bazy – mówi.

– Dlaczego tak sądzisz?

– Ten spacer, na który wybiera się codziennie rano, zaczyna zawsze od Ścieżki.

Rozdział 11

Z samego rana dzwoni do mnie Reynolds.

– Znalazłam adwokata, dla którego pracował Rex – mówi.

– To świetnie.

– Niekoniecznie. Nazywa się Simon Fraser i jest ważnym partnerem w bardzo ważnej kancelarii Elbe, Baroche i Fraser.

– Skontaktowałaś się z nim?

– O tak.

– Zakład, że okazał się bardzo pomocny.

– Zakład, że to był z twojej strony sarkazm. Mecenas Fraser nie chciał ze mną mówić. Powoływał się na tajemnicę adwokacką, która obejmuje również inherentnie wszystkie rezultaty jego pracy.

– Naprawdę powiedział „inherentnie"?

– Owszem.

– Już za to samo powinniśmy go aresztować.

– Gdybyśmy tylko mogli stanowić prawa… – Reynolds wzdycha. – Zastanawiałam się, czy nie zwrócić się do jego klientek, żeby uchyliły tajemnicę adwokacką.

– Masz na myśli żony, które reprezentował?

– Tak.

– Strata czasu. Te kobiety uzyskały prawa do opieki nad dziećmi między innymi dzięki temu, że Rex zatrzymał ich byłych. Z pewnością się do tego nie przyznają. Ich eks mogliby to wykorzystać, żeby podważyć decyzje w sprawie przyznania opieki.

– Masz jakieś inne pomysły? – pyta Reynolds.

– Moglibyśmy osobiście złożyć Fraserowi wizytę.

– Moim zdaniem to będzie strata czasu.

– Mogę pójść sam – proponuję.

– Nie, nie sądzę, żeby to był dobry pomysł.

– W takim razie chodźmy razem. To twoja jurysdykcja, więc możesz się do niego zwrócić jako przedstawicielka sił ładu i porządku.

– A ty wystąpisz jako zatroskany obywatel?

– To rola, do której jestem urodzony.

– Kiedy?

– Muszę jeszcze załatwić parę spraw, ale będę do dyspozycji przed lunchem.

– Wyślij mi esemesa, kiedy będziesz blisko.

Rozłączam się, biorę prysznic, ubieram i zerkam na zegarek. Według Davida Rainiva Hank zaczyna swój poranny spacer dokładnie o wpół do dziewiątej. Piętnaście po ósmej podjeżdżam na parking dla nauczycieli, skąd mam dobry widok na Ścieżkę. Szukam w radiu dobrej muzyki i przez jakiś czas słucham Howarda Sterna. Jest wpół do dziewiątej. Nie spuszczam z oczu Ścieżki. Nikt się nie pojawia.

Gdzie jest Hank?

O dziewiątej daję za wygraną i jadę załatwić drugą sprawę.

Schronisko, które prowadzi Ellie, przeznaczone jest głównie dla ofiar przemocy domowej. Spotykam się z nią w jednym z „domów przejściowych", starym wiktoriańskim budynku przy cichej uliczce w Morristown. Maltretowane żony i dzieci mogą się tu ukryć przed swoimi prześladowcami i zdecydować, jaki będzie ich następny krok.

W tych zmaganiach rzadko odnosi się zwycięstwo. Na tym polega tragedia. To, co robi Ellie, wydaje się wybieraniem oceanu łyżką do zupy. Mimo to nie składa broni, walczy dzień po dniu i choć nigdy nie zdoła wykorzenić zła, jej gra jest z pewnością warta świeczki.

– Doktor Beth Lashley przyjęła nazwisko męża – mówi Ellie. – Nazywa się teraz Beth Fletcher i jest kardiologiem w Ann Arbor.

– Jak się tego dowiedziałaś?

– Nie było to takie łatwe.

– To znaczy?

– Skontaktowałam się z jej wszystkimi najbliższymi koleżankami z liceum. Żadna po szkole nie utrzymywała z Beth kontaktów, co raczej mnie zdziwiło. Była bardzo towarzyska. Zadzwoniłam do jej rodziców. Powiedziałam, że potrzebny mi adres Beth, żeby zapraszać ją na zjazdy absolwentów i tego rodzaju rzeczy.

– Co powiedzieli?

– Nie chcieli go podać. Powiedzieli, żeby we wszystkich ważnych sprawach pisać maile do nich.

Nie wiem, co o tym sądzić. Ale nie wygląda to dobrze.

– Więc jak udało ci się ją zlokalizować?

– Przez Ellen Mager. Pamiętasz ją?

– Uczyła się klasę niżej, ale chodziłem z nią chyba razem na matmę.

– To właśnie Ellen. Tak czy inaczej, skończyła studia na Uniwersytecie Rice'a w Houston.

– Tak?

– Razem z Beth Lashley. Więc poprosiłam, żeby zadzwoniła do pełnomocnika Uniwersytetu Rice'a do spraw absolwentów i poprosiła o informacje na jej temat.

To było, muszę przyznać, genialne posunięcie.

– Dostała adres mailowy Fletcher w Centrum Medycznym Uniwersytetu Michigan. Dzięki Google dowiedziałam się reszty. To jest numer do jej kliniki. – Ellie podaje mi karteczkę.

Spoglądam na nią, jakby numer telefonu mógł mi dać jakąś wskazówkę.

Ellie odchyla się na krześle.

– Udało ci się zlokalizować Hanka? – pyta.

– Nie.

– Intryga się zagęszcza.

– Owszem.

– Zanim wyjdziesz, zajrzyj do Marshy. Chciała się z tobą widzieć.

Całuję Ellie w policzek. Przed wejściem do gabinetu jej koleżanki, Marshy Stein, skręcam w lewo i wchodzę po schodach na pierwsze piętro. Jest tam prowizoryczne przedszkole. Zaglądam do środka i widzę najmłodsze dziecko Brendy, które siedzi nad książeczką do kolorowania. Idę dalej korytarzem. Drzwi do sypialni Brendy są uchylone. Pukam cicho i zaglądam do małego pokoiku. Na łóżku leżą dwie otwarte walizki. Na mój widok Brenda podbiega i obejmuje mnie. Nigdy wcześniej tego nie robiła.

Nie mówi ani słowa. Ja też milczę.

Puściwszy mnie, spogląda mi prosto w oczy i ledwo dostrzegalnie kiwa głową. Ja też to robię.

Wszystko odbywa się bez słów.

Gdy wychodzę z powrotem na korytarz, czeka tam już na mnie Marsha Stein.

– Cześć, Nap.

Kiedy mieliśmy po osiem, dziewięć lat, Marsha przychodziła do nas czasami jako babysitterka. Pamiętasz, Leo? Szczupła i śliczna, była naszą baleriną i śpiewaczką, gwiazdą każdego szkolnego przedstawienia. Byliśmy w niej zadurzeni, jak wszyscy. Kiedy się nami opiekowała, najchętniej ćwiczyliśmy z nią jej kwestie. Gdy Marsha była w drugiej klasie liceum, tato zabrał nas na szkolny spektakl, żebyśmy obejrzeli ją w roli Hodel, pięknej córki Tewjego Mleczarza w *Skrzypku na dachu*. W ostatniej klasie Marsha ukoronowała swoją karierę teatralną, grając tytułową rolę w musicalu *Mame*. Ty, mój brat, grałeś tam siostrzeńca Mame, przedstawionego w programie jako „młody Patrick". Tato i ja oglądaliśmy to przedstawienie cztery razy. Marsha, całkiem zasłużenie, za każdym razem nagradzana była owacją na stojąco.

W tamtych czasach Marsha miała zabójczo przystojnego chłopaka, Deana, który jeździł czarnym trans amem i zawsze, niezależnie od tego, czy było gorąco, czy zimno, chodził w sportowej kurtce, zielonej, z białymi rękawami. W szkolnym albumie Marsha i Dean byli „klasową parą".

Wzięli ślub rok po ukończeniu liceum. Niedługo potem Dean zaczął ją bić. Brutalnie. Prawy oczodół Marshy jest wciąż lekko wgnieciony. Twarz wydaje się nieco zwichrowana, po latach bicia nos zrobił się zbyt płaski.

Po dziesięciu latach Marsha zebrała się w końcu na odwagę i uciekła. „Znajdujemy w sobie odwagę zbyt późno – opowiada przybywającym do schroniska maltretowanym kobietom – ale nigdy nie jest za późno, i owszem, wiem, że to jest wewnętrznie sprzeczne". Związała się z jedną ze swoich podopiecznych, Ellie, i razem stworzyły ten ośrodek.

Ellie jest dyrektorką. Marsha woli pozostać w cieniu. Prowadzą teraz schronisko i cztery podobne do niego domy przejściowe. Mają również trzy bezpieczne mieszkania, których adresy z oczywistych przyczyn nie są znane. Ich system zabezpieczeń jest całkiem dobry, ale czasami udaje mi się go złamać.

Całuję Marshę w policzek. Nie jest już piękna. Ma dopiero czterdzieści kilka lat – kiedy życie daje w kość tym, którzy świecili najjaśniej, czasami udaje im się pozbierać, ale to światło nie jest już tak jasne jak kiedyś. Swoją drogą, nadal lubi występować na scenie. Nasz amatorski teatr w Westbridge wystawia w maju *Skrzypka na dachu*. Marsha zagra babcię Tzeitel.

Teraz bierze mnie na stronę.

– To zabawne – mówi.

– Co takiego?

– Opowiadam ci, jak wielkim bydlakiem jest Trey, i nagle nasz bohater ląduje w szpitalu.

Nie odzywam się.

– Kilka miesięcy temu powiedziałam ci, że chłopak Wandy seksualnie wykorzystywał jej czteroletnią córkę. I nagle chłopak Wandy ląduje…

– Trochę się spieszę – przerywam jej.

Marsha patrzy mi prosto w oczy.

– Możesz po prostu nie opowiadać mi o swoich problemach – mówię. – To zależy od ciebie.

– Najpierw się modlę.

– Rozumiem.

– Ale modlitwa nic nie daje. Wtedy zwracam się do ciebie.

– Może niewłaściwie to interpretujesz – odpowiadam.

– Co?

– Może jestem po prostu odpowiedzią na twoje modlitwy. – Wzruszam ramionami.

Ujmuję jej twarz w obie dłonie, ponownie całuję w policzek i wychodzę, zanim Marsha powie coś więcej. Zastanawiacie się pewnie, jak będąc gliniarzem, który przysiągł przestrzegać prawa, tłumaczę to, co zrobiłem Treyowi. Nie tłumaczę tego. Jestem hipokrytą. Wszyscy nimi jesteśmy. Wierzę w rządy prawa i nie jestem zwolennikiem samosądów. Ale nie patrzę w ten sposób na to, co czasami robię. Patrzę na to tak, jakby świat był jednym wielkim barem. I widzę po drugiej stronie sali faceta, który okłada kobietę, szydzi z niej, wyśmiewa ją i prosi, żeby dała mu jeszcze jedną szansę. I kiedy budzi się w niej nadzieja, znów okrutnie ją tłucze. Patrzę na to, jakbym wpadł do domu znajomej i zobaczył, że jej partner wykorzystuje seksualnie jej czteroletnią córkę.

Gotuje się w was krew?

Czy upływ czasu i świadomość, że zdarzyło się to gdzieś daleko, może to złagodzić?

Dlatego uderzam. Przerywam to. I nie mam złudzeń. Zdecydowałem się łamać prawo i jeśli mnie złapią, poniosę konsekwencje.

Przyznaję, że to wytłumaczenie ma pewne luki, ale tak naprawdę mam to gdzieś.

Jadę na zachód, w kierunku granicy z Pensylwanią. Jest oczywiście całkiem możliwe, że Simona Frasera nie będzie w kancelarii. W takim razie złożę mu wizytę w domu albo gdziekolwiek. Mogę go nie znaleźć. On może nie chcieć ze mną rozmawiać. Na tym polega praca detektywa. Człowiek robi, co do niego należy, nawet jeśli wydaje się to straszną stratą czasu i energii.

Zastanawiam się nad tym, prowadząc samochód. Mój problem, Leo, polega na tym, że z pierwszych osiemnastu lat mojego życia nie pamiętam niczego, w co nie byłbyś w jakiś sposób zaangażowany. Najpierw dzieliliśmy to samo łono, potem pokój. Właściwie nie było niczego, czego byśmy nie dzielili. Opowiadałem ci o wszystkim. O WSZYSTKIM. Niczego przed tobą nie ukrywałem. Nie było takiej rzeczy, o której wstydziłbym się albo krępował ci powiedzieć, bo wiedziałem, że zawsze będziesz mnie kochał. Wobec wszystkich innych zachowywałem jakieś pozory. Musiałem je zachowywać. Między nami nie było żadnej gry.

Nie kryłem przed tobą niczego. Ale czasami zastanawiam się, czy ty odwzajemniałeś mi się tym samym.

Czy miałeś przede mną jakieś sekrety, Leo?

Godzinę później, wciąż w drodze, dzwonię do gabinetu doktor Beth Fletcher, z domu Lashley. Przedstawiam się i mówię recepcjonistce, że chcę rozmawiać z panią doktor. Moja rozmówczyni informuje mnie, że w tym momencie doktor nie ma w gabinecie. Znużonym, obojętnym tonem, którym potrafią przemawiać tylko medyczne recepcjonistki, pyta, o co chodzi.

– Jestem szkolnym kolegą Beth – mówię i jeszcze raz podaję swoje nazwisko, a także numer komórki. – Dzwonię naprawdę w bardzo ważnej sprawie – dodaję, starając się, by zabrzmiało to przekonująco.

Na kobiecie nie robi to większego wrażenia.

– Zostawię pani doktor wiadomość – zapewnia mnie.

– Jestem poza tym gliniarzem – oświadczam.

Bez odzewu.

– Niech pani zadzwoni do doktor Fletcher i powie jej, że to bardzo ważne – dodaję.

Recepcjonistka rozłącza się, nie obiecując, że to zrobi.

Następnie dzwonię do Augiego. Odbiera po pierwszym dzwonku.

– Tak? – pyta.

– Wiem, że nie chcesz się w to zbytnio angażować – mówię.

Bez odpowiedzi.

– Ale czy mógłbyś poprosić swoich chłopaków z patroli, żeby mieli oko na Hanka?

– To nie będzie trudne – odpowiada Augie. – Codziennie spaceruje tą samą trasą.

– Dziś tego nie zrobił – mówię, po czym informuję go o swoim porannym dyżurze przy Ścieżce, a także wczorajszej wizycie na boisku koszykówki.

– Wiesz, że Hank nie jest… eee… zupełnie zdrowy? – pyta po krótkim milczeniu.

– Wiem.

– Więc co dokładnie masz nadzieję od niego usłyszeć?

– Nie mam pojęcia, do diabła.

W słuchawce znów zapada cisza. Chciałbym przeprosić go za to, że odgrzebuję rzeczy, o których tak bardzo stara się zapomnieć, ale nie mam ochoty wygłaszać frazesów i wątpię, czy Augie chce je usłyszeć.

– Poproszę chłopaków, żeby dali mi znać, jeśli go zobaczą – obiecuje.

– Dzięki – odpowiadam, ale on już wcześniej się rozłącza.

Kancelaria prawna Elbe'a, Baroche'a i Frasera mieści się w nijakim wieżowcu wzniesionym pośród innych nijakich wieżowców w dzielnicy, którą pewnie dla żartu nazwano „Country Club Campus". Zostawiam samochód na parkingu nieustępującym powierzchnią przeciętnemu europejskiemu księstwu i podchodzę do Reynolds, która czeka już na mnie przed wejściem. Pod żakietem ma zielony golf.

– Simon Fraser jest w firmie – mówi.

– Skąd wiesz?

– Obserwowałam budynek od chwili, gdy do ciebie zadzwoniłam. Widziałam, jak wszedł, nie widziałam, żeby wychodził, jego samochód wciąż tu stoi. Z tego wszystkiego udało mi się wyciągnąć właściwe wnioski.

– Dobra jesteś.

– Nie wpadaj w kompleksy z powodu mojej zawodowej skuteczności.

Hol wejściowy jest tak samo bezbarwny i zimny jak cały wieżowiec. Mieści się tu kilka kancelarii prawnych i firm inwestycyjnych, a nawet jedna z tych zbijających kasę pseudouczelni. Chudy młodzieniec w recepcji ma dwudniowy zarost, modne okulary i słuchawki z mikrofonem. Podnosi palec, sygnalizując, żebyśmy chwilę poczekali.

– Czym mogę służyć? – pyta w końcu.

Reynolds pokazuje mu odznakę.

– Chcieliśmy się spotkać z Simonem Fraserem – mówi.

– Jesteście państwo umówieni?

Przez moment spodziewam się, że usłyszę od Reynolds „Ta odznaka otwiera każde drzwi", co, przyznaję, bardzo by mnie rozczarowało. Zamiast tego mówi, że nie, ale bylibyśmy bardzo wdzięczni, gdyby pan Fraser poświęcił nam chwilkę. Chudy młodzieniec wciska jakiś przycisk i szepcze coś do mikrofonu. Potem prosi, żebyśmy usiedli. Z przyjemnością. Nie ma tu żadnych czasopism, są wyłącznie kolorowe firmowe broszury. Przerzucam jedną z nich i odnajduję zdjęcie i biogram Simona Frasera. To chłopak z Filadelfii, bez dwóch zdań. Chodził do miejscowego liceum, potem przeniósł się na zachód stanu i zrobił licencjat w Pittsburghu, żeby ostatecznie wrócić na wschód i ukończyć prawo na Uniwersytecie Pensylwanii w Filadelfii. Jest *cenionym w całym kraju adwokatem prawa rodzinnego*. Oczy zasnuwa mi mgła, gdy czytam, jakim gremiom przewodniczył i jakich był członkiem, jakich artykułów jest autorem i jakie otrzymał nagrody za działalność w wybranej przez siebie dziedzinie.

W naszą stronę sunie wysoka kobieta w ołówkowej spódniczce.

– Proszę tędy – mówi.

Idziemy w ślad za nią do sali konferencyjnej z przeszkloną ścianą, za którą, jak się domyślam, rozciąga się zapierający dech widok na parking, a jeśli sięgnąć dalej wzrokiem, na knajpy z sieci Wendy's i Olive Garden. Na długim stole widzę szarą centralkę telefoniczną w kształcie tarantuli.

Reynolds i ja czekamy. Po piętnastu minutach wysoka kobieta pojawia się ponownie.

– Porucznik Reynolds? – pyta.

– Tak.

– Jest do pani telefon na linii trzeciej.

Wysoka kobieta wychodzi. Reynolds patrzy na mnie skonsternowana, przykłada palec do ust, dając do zrozumienia, żebym się nie odzywał, po czym wciska przycisk na centralce.

– Reynolds – mówi.

– Stacy? – odzywa się męski głos.

– Tak.

– Co ty, u diabła, robisz w kancelarii Simona Frasera?

– Pracuję nad sprawą, panie komendancie.

– A cóż to, do cholery, za sprawa?

– Zabójstwo funkcjonariusza Rexa Cantona.

– Którym nasz wydział już się nie zajmuje, ponieważ przekazano je do hrabstwa.

Nie miałem o tym pojęcia.

– Podążam po prostu za tropem – mówi Reynolds.

– Nie, Stacy, wcale nie podążasz za tropem. Zawracasz głowę ważnemu prawnikowi, który przyjaźni się co najmniej z dwoma lokalnymi sędziami. Obaj zadzwonili do mnie z informacją, że ktoś od nas naprzykrza się adwokatowi, który uprzedził już wcześniej, że obowiązuje go tajemnica adwokacka.

Reynolds patrzy na mnie, jakby chciała powiedzieć: „Widzisz, z jakimi ludźmi muszę pracować?”. Kiwam głową na znak, że rozumiem.

– Czy mam kontynuować, Stacy?

– Nie, panie komendancie. Rozumiem, o co chodzi. Już mnie tu nie ma.

– Poza tym mówią, że ktoś ci towarzyszy. Kto to jest, do…

– Na razie.

Reynolds się rozłącza. Wysoka kobieta otwiera jak na zawołanie drzwi sali konferencyjnej i wyprasza nas na korytarz. Idziemy w ślad za nią do windy.

– Przepraszam, że przeze mnie jechałeś taki kawał drogi – mówi Reynolds, kiedy wchodzimy do kabiny.

– No, szkoda.

– Wrócę teraz lepiej na komisariat – rzuca, wychodząc na zewnątrz. – Załagodzę sprawę z komendantem.

– Dobry pomysł.

Podajemy sobie dłonie. Reynolds zaczyna się oddalać, ale po chwili się odwraca.

– Wracasz prosto do Westbridge? – pyta.

Wzruszam ramionami.

– Może zjem najpierw lunch. Co sądzisz o Olive Garden?

– A jak myślisz?

• • •

Nie idę do Olive Garden.

Część parkingu jest zarezerwowana dla pracowników. Odnajduję miejsce z tabliczką *Mecenas Simon Fraser*, na którym w tym momencie stoi lśniąca czerwona tesla. Unoszę brew, ale tego nie komentuję. Sąsiednie miejsce z tabliczką *Mecenas Benjamin Baroche* jest puste.

To dobrze.

Wracam do swojego samochodu. Po drodze mijam czterdziestokilkuletniego faceta, który pali papierosa. Ma na sobie garnitur, a na palcu obrączkę i ta obrączka sprawia, że nie mogę przejść obok niego obojętnie.

– Proszę, niech pan nie pali – mówię.

Facet mierzy mnie takim samym spojrzeniem, jakie widzę zawsze, gdy to robię – jednocześnie poirytowanym i skonsternowanym.

– Że co?

– Ma pan ludzi, którym na panu zależy. Nie chcę po prostu, żeby pan zachorował albo umarł.

– Pilnuj pan własnego nosa – odpowiada facet, po czym ciska niedopałek na ziemię i wchodzi z powrotem do budynku, jakbym go obraził.

Ale ja myślę: kto wie, może to ostatni papieros, jaki w życiu wypalił.

A ludzie twierdzą, że nie jestem optymistą.

Spoglądam w stronę wejścia. Nigdzie nie widać Simona Frasera. Wsiadam szybko do samochodu i parkuję na miejscu mecenasa Baroche'a, tak blisko tesli Frasera, że tylko kilka centymetrów dzieli drzwi mojego samochodu od strony pasażera od jego od strony kierowcy. Nie ma mowy, by Fraser zdołał się wślizgnąć między dwa samochody, a tym bardziej otworzyć drzwi.

Czekam. Jestem dobry w czekaniu. Czekanie mnie nie boli. Tak naprawdę nie muszę zachowywać szczególnej czujności – Fraser i tak nie da rady szybko wskoczyć do swojej tesli i zwiać – wyciągam więc powieść, którą ze sobą zabrałem, odchylam fotel do tyłu i pogrążam się w lekturze.

Nie trwa to długo.

Kwadrans po dwunastej dostrzegam w lusterku wstecznym wychodzącego z budynku Simona Frasera. Wsuwam zakładkę między strony 312 i 313 i odkładam książkę na siedzenie pasażera. Czekam. Simon z ożywieniem rozmawia przez telefon. Podchodzi coraz bliżej. Wsadza wolną rękę do kieszeni i wyjmuje klucz. Słyszę ciche podwójne ćwierknięcie, kiedy odblokowują się drzwi tesli. Czekam jeszcze chwilę.

Widząc, że staje jak wryty, domyślam się, że zdał sobie sprawę z sytuacji.

– Co jest, do diabła? – słyszę jego stłumiony głos.

Przystawiam do ucha komórkę i udaję, że z kimś rozmawiam. Drugą rękę opieram na klamce drzwi.

– Hej… hej, ty!

Ignoruję Simona Frasera i nadal trzymam telefon przy uchu. Wprawia go to w gniew. Podchodzi do szyby z mojej lewej strony i stuka w nią, jak się domyślam, sygnetem z college'u.

– Hej, nie możesz tu parkować!

Obracam się w jego stronę i pokazuję, że rozmawiam przez telefon i jestem zajęty. Fraser robi się czerwony na twarzy. Stuka energicznie w szybę. Łapię mocniej za klamkę.

– Słuchaj, dup…

Otwieram gwałtownie drzwi auta, uderzając go nimi w twarz. Pada jak długi, komórka wylatuje mu z dłoni i wali o asfalt. Nie wiem, czy jest pęknięta, czy nie. Wysiadam z samochodu, zanim mecenas zdąży dojść do siebie.

– Czekałem na ciebie, Simon – mówię.

Fraser przykłada palce do twarzy, jakby sprawdzał, czy jej nie uszkodziłem.

– Jeszcze nie krwawisz – zapewniam go.

– To ma być groźba?

– Owszem, to może być groźba. Daj, pomogę ci wstać – mówię, wyciągając rękę.

Patrzy na moją dłoń, jakbym trzymał w niej psią kupę. Uśmiecham się i mierzę go moim wzrokiem świra. Facet lekko się cofa.

– Nie chcę ci zniszczyć kariery, Simon – mówię.

– Coś ty za jeden?

– Nap Dumas.

W całym tym spektaklu chodzi nie o to, żeby go skrzywdzić, ale zdezorientować i nastraszyć. Mam przed sobą kogoś, kto zwykle panuje nad sytuacją, kto potrafi naginać zasady i odsuwać od siebie problemy, dzwoniąc do ustosunkowanych znajomych. Nie przywykł do otwartego konfliktu i braku kontroli, więc jeśli to wykorzystam, mogę dużo ugrać.

– Ja… dzwonię na policję – uprzedza mnie.

– Nie ma potrzeby – odpowiadam, rozkładając ręce. – Tak się składa, że jestem gliniarzem. Czym mogę ci służyć?

– Jesteś policjantem?

– Owszem.

Fraser jeszcze bardziej czerwienieje.

– Zabiorą ci odznakę.

– Za niewłaściwe parkowanie?

– Za napaść.

– Chodzi ci o drzwi samochodu? To był przypadek, przepraszam. Ale dobrze, niech tu się zjawi więcej gliniarzy. Ty postarasz się, żeby zabrali mi odznakę za to, że otworzyłem drzwi auta. A ja – wskazuję kciukiem siebie – postaram się, żeby zabrali ci licencję adwokata.

Simon Fraser nadal siedzi na ziemi. Stoję nad nim, tak naprawdę nie dając mu wstać bez mojej pomocy. To często stosowana demonstracja siły. Wyciągam ponownie rękę. Jeśli spróbuje jakiegoś numeru – czego na tym etapie nie można wykluczyć – jestem gotów. Fraser chwyta moją rękę i pomagam mu wstać.

– Odjeżdżam – oznajmia, otrzepując się z kurzu, po czym podnosi z ziemi komórkę i też ją otrzepuje, jakby była małym pieskiem. Widzę, że ekran jest rozbity. Teraz, kiedy dzieli nas większa odległość, jest znacznie odważniejszy i piorunuje mnie wzrokiem. – Zapłacisz za szkody – mówi.

– Wątpię – odpowiadam z uśmiechem.

Zerka na swoją teslę, ale mój samochód nadal blokuje mu dostęp do drzwi od strony kierowcy. Widzę, że ma ochotę wsiąść od strony pasażera i zwiać.

– Jeśli powiesz, co chcę wiedzieć, wszystko zostanie między nami – zapewniam go.

– A jeśli nie powiem?

Wzruszam ramionami.

– Wtedy zniszczę ci karierę.

– Sądzisz, że ci się uda? – pyta drwiąco.

– Szczerze mówiąc, nie jestem pewien. Ale nie spocznę, póki to się nie stanie. Nie mam nic do stracenia, Simon. Nie obchodzi mnie, czy – pokazuję palcami cudzysłów – „zabiorą mi odznakę". Jestem singlem. Nie cieszę się społecznym szacunkiem. Powtórzę jeszcze raz: nie mam nic do stracenia.

Podchodzę do niego bliżej.

– Za to ty masz rodzinę i dobrą reputację – dodaję. – To, co gazety lubią nazywać – znów pokazuję palcami cudzysłów – „społecznym statusem".

– Nie zastraszysz mnie.

– Właśnie mi się to udało. Aha, i jeśli jednak nie zdołam cię pogrążyć, pewnego dnia przyjdę i skopię ci dupę. Tak po prostu. Klasycznie i tradycyjnie.

Patrzy na mnie z przerażeniem.

– Mój brat nie żyje, Simon – ciągnę – a ty stoisz mi na drodze, nie pozwalasz odkryć, kto go zabił. – Podchodzę jeszcze bliżej. – Czy wyglądam na faceta, który puści coś takiego płazem?

– Jeśli to ma coś wspólnego z pracą, którą funkcjonariusz Rex Canton wykonywał dla naszej kancelarii... – mówi Fraser i odchrząkuje.

– Tak się składa, że ma.

– W takim razie nie mogę ci pomóc. Jak już wyjaśniałem, te rzeczy są objęte tajemnicą adwokacką.

– Nie są objęte, jeśli praca, którą dla was wykonywał, wyczerpuje znamiona przestępstwa, Simon.

Cisza.

– Słyszałeś kiedyś o policyjnej prowokacji?

Fraser ponownie odchrząkuje, tym razem z mniejszą pewnością siebie.

– O czym ty, do diabła, mówisz?

– Zatrudniłeś Rexa Cantona, żeby pomógł skompromitować byłych mężów, co przynosiło profity twoim klientkom.

– Po pierwsze, nie określiłbym w ten sposób pracy, jaką wykonywał dla nas funkcjonariusz Canton – oświadcza Fraser, wchodząc z powrotem w rolę adwokata. – Po drugie, zbieranie informacji na temat pozwanego nie jest ani nielegalne, ani nieetyczne.

– On nie zbierał informacji na temat pozwanego, Simon.

– Nie masz dowodu...

– Oczywiście, że mam. Pete Corwick, Randy O'Toole i Nick Weiss. Mówią ci coś te nazwiska?

Cisza.

– Zapomniałeś języka w gębie, mecenasie?

Fraser nadal milczy.

– Zupełnie przypadkowo funkcjonariusz Rex Canton aresztował wszystkich tych trzech facetów za jazdę po pijanemu. I zupełnie przypadkowo, kiedy doszło do aresztowań, twoja kancelaria reprezentowała ich żony w batalii o prawa do opieki nad dziećmi. – Uśmiecham się do niego rozbrajająco.

– To nie jest jeszcze dowód przestępstwa – próbuje się bronić Fraser.

– Hm... Myślisz, że media też będą tego zdania?

– Jeśli choć jedno słowo z tych bezpodstawnych zarzutów przedostanie się do prasy...

– Wiem, odbiorą mi odznakę. Słuchaj, mam zamiar zadać

ci dwa pytania. Jeżeli uczciwie na nie odpowiesz, ta rozmowa dobiegnie końca. Skończy się koszmar, który przeżywasz z mojego powodu. Ale jeśli nie usłyszę na nie odpowiedzi, pójdę z tym do prasy, do rady adwokackiej i zaćwierkam o wszystkim na Twitterze, czy jak tam to teraz nazywają dzieciaki. Chyba uczciwie stawiam sprawę?

Simon Fraser nie chce tego przyznać, ale po jego pochylonych ramionach poznaję, że wpadł w moje sidła.

– Oto pierwsze pytanie – mówię. – Co wiesz o kobiecie, która współpracowała z Rexem przy tych zatrzymaniach?

– Nic – pada szybka odpowiedź.

– Wiesz, że korzystał z usług kobiety, która nakłaniała tych facetów do picia?

– Faceci flirtujący z kobietami w barach... – Simon Fraser wzrusza ramionami, starając się odzyskać normalną pewność siebie. – Prawa nie obchodzi, dlaczego piją, wyłącznie jak dużo.

– Więc kim ona jest?

– Nie mam pojęcia – odpowiada i wyczuwam, że nie kłamie. – Naprawdę myślisz, że ktokolwiek w naszej firmie, zwłaszcza ja, chciałby znać takie detale?

Nie. To był daleki strzał, ale warto było spróbować.

– Drugie pytanie – mówię.

– Ostatnie – przypomina mi.

– Kto wynajął waszą kancelarię, żeby przyskrzynić pijanego męża wtedy, kiedy zginął Rex Canton?

Simon Fraser się waha. Zastanawia się. Nie przerywam mu. Rumieniec spełza z jego twarzy, która teraz obleka się śmiertelną bladością.

– Sugerujesz, że Rex Canton zginął z powodu zlecenia, które wykonywał dla naszej kancelarii?

– „Sugeruję" to za mało powiedziane.

– Masz na to jakieś dowody?

– Zabójca przyleciał tu tylko z tego powodu. Wynajął samochód i pojechał prosto do tego baru. Udawał, że się upił w towarzystwie wspólniczki Rexa. Spodziewał się, że Canton go zatrzyma. I wtedy go zastrzelił.

Fraser nie może w to uwierzyć.

– To była zasadzka, Simon – mówię. – Tak po prostu.

To nie powinno tak wyglądać – nie powinienem zasadzać się na niego na parkingu i próbować go zastraszyć. Simon Fraser chyba to sobie uświadamia. Jest bardziej oszołomiony, niż kiedy walnąłem go w twarz drzwiami samochodu i wylądował na tyłku.

– Dam panu nazwisko tej osoby – mówi.

– Dobrze.

– Sprawdzę billingi po lunchu – dodaje, zerkając na zegarek. – Jestem już spóźniony na spotkanie z klientem.

– Simon?

Fraser patrzy na mnie.

– Daruj sobie ten lunch. Podaj mi już teraz to nazwisko.

• • •

Nie chcę myśleć o Maurze.

Z wielu powodów. Najbardziej oczywisty jest ten, że mogę się dzięki temu skoncentrować na śledztwie. Emocje nic mi nie pomogą. Ta sprawa jest dla mnie oczywiście bardzo ważna z powodu więzi, jakie łączą mnie z tobą i Maurą, ale nie mogę pozwolić, żeby to zakłócało mi jasność widzenia, żebym swoje pragnienia brał za rzeczywistość.

Mówiąc w skrócie: nie mogę się pozbyć resztek nadziei.

Jest szansa (choć bardzo niewielka), że wszystko to da się w racjonalny sposób wytłumaczyć i że kiedy Maura i ja znów się zobaczymy… Gdy myślę o tej chwili, mój umysł wędruje tam, gdzie nie powinien. Wyobrażam sobie przyszłość, w której trzymając się za ręce, chodzimy na długie spacery, wyobrażam sobie jeszcze dłuższe noce w łóżku, dzieci, odmalowaną na nowo werandę i trenowanie Małej Ligi w Westbridge. I owszem, zdaję sobie sprawę, jak głupio to wszystko brzmi, i nigdy nie zwierzyłbym się z tych rojeń nikomu poza tobą. Być może znów jesteś świadkiem, jak ubogie jest moje życie bez ciebie.

Wystarczającym wariactwem jest chyba to, że rozmawiam z martwym bratem?

Siedzimy w gabinecie Simona Frasera. Wysoka kobieta wręcza mu akta. Simon otwiera je i widzę na jego twarzy zdziwienie.

– Co jest? – pytam.

– Od miesiąca nie zleciłem nic Rexowi Cantonowi – odpowiada z wyraźną ulgą. – Nie wiem, kto zlecił mu zatrzymanie tego pijanego kierowcy, ale to nie byłem ja.

– Może ktoś inny w pańskiej firmie?

– Raczej w to wątpię – mówi po chwili Fraser.

– Rex pracował wyłącznie dla pana?

– Nie mam pojęcia, ale w tej kancelarii jestem starszym partnerem i jedynym adwokatem zajmującym się prawem rodzinnym, więc…

Nie kończy myśli, lecz rozumiem, co chce powiedzieć. W tej kancelarii Rex był jego chłopcem na posyłki. Żaden z innych prawników nie ośmieliłby się go zatrudnić bez uprzedniej zgody Frasera.

Dzwoni moja komórka. Widząc, że to komisariat policji w Westbridge, przepraszam i wychodzę na korytarz.

– Tak?

– Chyba wiem, dlaczego nie możemy znaleźć Hanka – słyszę w słuchawce głos Augiego.

Rozdział 12

Kiedy nazajutrz podjeżdżam rano na komisariat w Westbridge, Augie czeka tam z młodą policjantką, niejaką Jill Stevens. Pracę w policji zacząłem, patrolując ulice Westbridge, a teraz nadal pracuję jako ktoś w rodzaju śledczego zarówno w mieście, jak i w hrabstwie.. Augie wziął mnie pod swoje skrzydła, a potem pchnął wyżej. Podoba mi się zajmowany przeze mnie szczebel – jestem jednocześnie wielkim detektywem i małomiasteczkowym gliną. Nie interesują mnie pieniądze i sława i nie jest to wcale fałszywa skromność. Jestem zadowolony z tego, co robię. Rozwiązuję sprawy i pozwalam, by inni przypisywali sobie moje zasługi. Nie zależy mi na awansach i nie chcę zostać zdegradowany. Przez większość czasu pracuję sam i nie grożą mi polityczne ruchome piaski, w których ugrzęzło tak wielu.

Nie mógłbym sobie wymarzyć lepszej posady.

Komisariat mieści się w byłej siedzibie banku przy Old Westbridge Road. Osiem lat temu otwarto nowy, naszpikowany najnowszą technologią komisariat przy North Elm Street, ale zaraz potem zalały go ulewne deszcze. Nie mając gdzie się podziać w trakcie remontu, policja wynajęła zbudowany w roku 1924 klasycystyczny budynek kasy oszczędnościowo-pożyczkowej Westbridge Savings Bank. Marmurowe podłogi, wysokie sufity i kontuary z ciemnego dębu wciąż świadczą o dawnej świetności. W oldskulowym skarbcu urządzono areszt. Rada miasta nadal utrzymuje, że policja wróci do swej poprzedniej siedziby przy North Elm Street, ale choć minęło osiem lat, prace remontowe nawet się nie rozpoczęły.

Siedzimy wszyscy w gabinecie na drugim piętrze, tam gdzie urzędował niegdyś dyrektor banku. Ściany za plecami Augiego są puste – nie ma tu żadnych dzieł sztuki, flag, nagród, dyplomów ani nawet listów pochwalnych, jakie widuje się w gabinetach innych komendantów policji. Na jego biurku nie stoi ani jedna fotografia. Ktoś z zewnątrz mógłby pomyśleć, że Augie spakował się już przed przejściem na emeryturę, ale taki właśnie jest mój mentor. Nagrody i listy pochwalne świadczyłyby o tym, że jest próżny. Dzieła sztuki ujawniałyby jego upodobania artystyczne, a wolałby tego nie robić. Co do zdjęć… to nawet w czasach, gdy miał rodzinę, nie trzymał fotografii jej członków w pracy.

Siedzi za swoim biurkiem, a Jill po mojej prawej stronie, trzymając laptopa i akta.

– Przed trzema tygodniami Hank przyszedł złożyć skargę. Przyjęła go tu obecna Jill – mówi Augie.

Obaj spoglądamy na nią, a ona odchrząkuje i otwiera akta.

– Po wejściu skarżący sprawiał wrażenie w wysokim stopniu pobudzonego…

– Jill? – odzywa się Augie.

Młoda policjantka podnosi wzrok.

– Możesz mówić normalnie. Jesteśmy sami swoi.

Dziewczyna kiwa głową i zamyka akta.

– Widuję czasami Hanka na mieście – zaczyna na nowo. – Wszyscy wiemy, jaką się cieszy opinią. Ale sprawdziłam w kartotece. On nigdy wcześniej nie odwiedził naszego komisariatu. To znaczy, powiem inaczej: nigdy nie przyszedł tu dobrowolnie. Zgarniamy go, kiedy wszczyna burdy, i trzymamy przez kilka godzin, żeby ochłonął. Nie siedzi w celi, ale po prostu na krześle na parterze. Chodzi o to, że nigdy wcześniej nie złożył skargi.

– Wspomniała pani, że był pobudzony? – mówię, chcąc, żeby to rozwinęła.

– Byłam wcześniej świadkiem jego tyrad, więc z początku chciałam po prostu dać mu się wygadać. Sądziłam, że musi to z siebie wyrzucić i wkrótce się uspokoi. Ale on się nie uspokoił. Powtarzał, że ludzie mu grożą i wykrzykują pod jego adresem straszne rzeczy.

– Co konkretnie?

– Nie przytaczał tego dokładnie, ale wydawał się autentycznie przerażony. Twierdził, że ludzie opowiadają o nim same kłamstwa. A co jakiś czas zmieniał ton i przemawiał w uczony sposób o oszczerstwach i pomówieniach. Tak jakby występował w roli własnego adwokata. Cała ta sytuacja była dziwaczna. Do momentu, kiedy pokazał nam to wideo.

Jill przysuwa się do mnie na krześle i otwiera laptopa.

– Trochę trwało, zanim Hank zaczął mówić z sensem, ale w końcu pokazał mi ten film – wyjaśnia i podaje mi laptopa.

Na ekranie widzę zatrzymany obraz z filmu zamieszczonego na Facebooku. Nie bardzo wiem, co przedstawia. Być może las. Zielone liście na drzewach. Nad obrazem widnieje nazwa strony, na której film został opublikowany.

– „ZgnoićZboka”? – odczytuję na głos.

– Internet – rzuca Augie, jakby to wszystko wyjaśniało, po czym odchyla się na krześle i krzyżuje ręce na brzuchu.

Jill klika na PLAY.

Na początku obraz podskakuje i jest nieostry. Wideo jest wąskie i ma rozmazane boki, co oznacza, że nakręcono je trzymanym pionowo smartfonem. W oddali widzę mężczyznę stojącego samotnie za siatką ogradzającą boisko do baseballu.

– To Sloane Park – mówi Jill.

Rozpoznałem to miejsce już wcześniej. Boisko przylega do Gimnazjum Benjamina Franklina.

Kamera robi gwałtowny najazd na mężczyznę. Nie jestem zaskoczony – to Hank. Wygląda jak typowy menel. Jest nieogolony. Ma na sobie luźne, spłowiałe aż do bieli dżinsy i rozpiętą flanelową koszulę, pod którą widać niegdyś biały, zjedzony przez mole (taką mam nadzieję) podkoszulek.

Przez kilka sekund nic się nie dzieje. Kamera nieruchomieje i łapie ostrość. A potem słychać szept kobiety, najprawdopodobniej autorki filmu: „Ten obleśny zbok obnażył się przed moją córką”.

Zerkam na Augiego, lecz on zachowuje stoicki spokój.

Sądząc po tym, jak kamera podskakuje w górę i w dół i zbliża się do Hanka, autorka filmu idzie w jego stronę.

„Dlaczego tu się kręcisz?! – krzyczy na niego. – Co ty knujesz?!”

Hank Stroud dopiero teraz ją dostrzega. Otwiera szerzej oczy.

„Dlaczego obnażasz się przed dziećmi?"

Oczy Hanka uciekają na bok niczym ptaki szukające miejsca, żeby wylądować.

„Dlaczego policja pozwala takim jak ten zboczeńcom zagrażać naszej społeczności?"

Przez sekundę Hank zasłania oczy rękami, jakby oślepiło go jaskrawe nieistniejące światło.

„Odpowiadaj!"

Hank rzuca się do ucieczki.

Kamera sunie w ślad za nim. Spodnie zaczynają mu się zsuwać z bioder. Przytrzymując je jedną ręką, ucieka w stronę lasu.

„Jeśli wiecie coś na temat tego zboczeńca – mówi kobieta kręcąca film – zamieśćcie informację na tej stronie".

Na tym wideo się kończy.

Spoglądam na Augiego.

– Czy ktoś składał na niego skargi? – pytam.

– Ludzie zawsze się na niego skarżyli.

– Że się obnaża?

Augie kręci głową.

– Po prostu nie podobało im się, jak wygląda. Że chodzi rozmamłany po mieście, że śmierdzi, że gada sam do siebie. Wiesz, o co chodzi.

Wiem.

– Ale nigdy nie było mowy o tym, że się obnaża?

– Nigdy. – Augie wskazuje brodą laptopa. – Spójrz na licznik wyświetleń na dole.

Opada mi szczęka. Film obejrzano 3 789 452 razy.

– Rany boskie…

– To nagranie stało się viralem – mówi Jill. – Hank odwiedził nas dzień po tym, jak zostało umieszczone na Facebooku. Już wtedy miało pół miliona wyświetleń.

– Co chciał, żeby pani zrobiła? – pytam.

Dziewczyna otwiera usta, namyśla się i je zamyka.

– Powiedział po prostu, że się boi – wyjaśnia.

– Chciał, żebyście go objęli ochroną?

– Chyba tak.

– I co pani zrobiła?

– Nic – podsumowuje Augie.

Jill wierci się na krześle.

– Co mogłam zrobić? – pyta. – Tak mętnie mówił o tym wszystkim. Powiedziałam, żeby zgłosił się do nas, jeśli zetknie się z konkretnymi groźbami.

– Sprawdziła pani, kto zamieścił to wideo?

– Eee… nie. – Jill patrzy szeroko otwartymi oczami na Augiego. – Przekazałam panu te akta na biurko, panie komendancie. Czy powinnam była zrobić coś więcej?

– Nie, dobrze się spisałaś, Jill. Teraz ja się tym zajmę. Zostaw laptopa. Dziękuję.

Dziewczyna patrzy na mnie, jakbym miał jej udzielić rozgrzeszenia. Nie winię jej za to, jak się zachowała, lecz z drugiej strony nie mam zamiaru uspokajać jej sumienia. Milczę, gdy wychodzi.

Kiedy zostajemy sami, Augie mierzy mnie chmurnym spojrzeniem.

– Jest początkującą policjantką, na litość boską – mówi.

– Na tym wideo ktoś oskarżył Hanka o całkiem poważne przestępstwo.

– Uznajmy, że to ja ponoszę odpowiedzialność.

Wydymam wargi i macham lekceważąco ręką.

– To ja jestem komendantem – kontynuuje Augie. – Moja podwładna zostawiła akta na moim biurku. Powinienem dokładniej się z nimi zapoznać. Szukasz winnego? Uznajmy, że to moja wina.

Bez względu na to, czy ma rację, czy jej nie ma, nie chcę podążać tą drogą.

– Nikogo o nic nie winię – odpowiadam.

Klikam na PLAY, żeby obejrzeć film po raz drugi. A potem oglądam go po raz trzeci.

– Spadają mu spodnie – zauważam.

– Myślisz, że całkiem się zsunęły?

Nie sądzę. Augie też tak nie sądzi.

– Przeczytaj komentarze pod spodem – mówi.

Przesuwam kursor w dół. Jest ich ponad pięćdziesiąt tysięcy.

– Kliknij na *Najpopularniejsze komentarze* i przeczytaj kilka z nich.

Robię, o co mnie prosi. I jak zawsze, gdy czytam takie rzeczy, moja wiara w ludzkość topnieje w zastraszającym tempie.

KTOŚ POWINIEN WYKASTROWAĆ TEGO GOŚCIA ZARDZEWIAŁYM GWOŹDZIEM...

CHCIAŁBYM PRZYKUĆ TEGO ZBOKA ŁAŃCUCHEM DO ZDERZAKA MOJEGO PICK-UPA I PRZECIĄGNĄĆ JEGO DUPSKO...

CO JEST NIE TAK Z AMERYKĄ? DLACZEGO TEN PEDOFIL GRASUJE NA WOLNOŚCI...

NAZYWA SIĘ HANK STROUD! WIDZIAŁEM, JAK SIKAŁ NA PARKINGU PRZY STARBUCKSIE W WESTBRIDGE...

PO CO MARNOWAĆ PIENIĄDZE PODATNIKÓW NA TRZYMANIE TEGO DEWIANTA ZA KRATAMI? TRZEBA WYELIMINOWAĆ TEGO HANKA, TAK JAK SIĘ ELIMINUJE WŚCIEKŁE PSY...

MAM NADZIEJĘ, ŻE TEN ŚWIR BĘDZIE PRZECHODZIŁ PRZEZ MOJE PODWÓRZE. MAM NOWĄ STRZELBĘ I NIE MOGĘ SIĘ DOCZEKAĆ, ŻEBY JĄ WYPRÓBOWAĆ...

KTOŚ POWINIEN ŚCIĄGNĄĆ MU PORTKI, WZIĄĆ NA KOLANO I...

Chyba nie muszę cytować dalej. Wiele wpisów zaczyna się od *Ktoś powinien...* a potem proponuje tortury tak wymyślne, kreatywne i chore, że Torquemada mógłby pozazdrościć ich autorom.

– Niezłe, co? – mruczy Augie.

– Musimy go znaleźć.

– Rozesłałem informację na cały stan.

– Może powinniśmy odwiedzić jego ojca.

– Toma? – Augie robi zdziwioną minę. – Tom Stroud wyprowadził się stąd już dawno temu.

– Słyszałem, że wrócił – mówię.

– Naprawdę?

– Ktoś powiedział mi, że mieszka w domu swojej byłej przy Cross Creek Point.

– Hm…

– Co chcesz przez to powiedzieć?

– Kiedyś się przyjaźniliśmy. Tom i ja. Po rozwodzie wyniósł się do Cheyenne w stanie Wyoming. Kilku z nas pojechało tam i wybrało się z nim na ryby. To musiało być ze dwadzieścia lat temu.

– Kiedy się z nim ostatnio widziałeś?

– Właśnie wtedy. Wiesz, jak to jest… człowiek przeprowadza się do innej części kraju i kontakt się urywa.

– Nieważne. Powiedziałeś przed chwilą, że się przyjaźniliście.

Spoglądam na Augiego, który domyśla się, do czego zmierzam. Patrzy w dół na parter komisariatu. Niewiele się tam dzieje. Rzadko coś się dzieje.

– No dobrze. – Wzdycha i rusza w stronę drzwi. – Ty prowadzisz.

Rozdział 13

Przez kilka minut jedziemy w milczeniu.

Chcę powiedzieć coś Augiemu. Chcę go przeprosić za to, że rozgrzebuję to, o czym tak bardzo stara się zapomnieć. Chcę powiedzieć, że odwiozę go z powrotem na komisariat i że sam to załatwię. Chcę powiedzieć, żeby zadzwonił do Yvonne, dał sobie i jej jeszcze jedną szansę i zapomniał, że w ogóle wspominałem o jego martwej córce.

Ale nie robię tego.

– Moja teoria coraz bardziej się rozłazi – mówię zamiast tego.

– To znaczy?

– Moja teoria... jeśli można nazwać to teorią... była taka, że obecne wydarzenia mają coś wspólnego z tym, co przytrafiło się Leo i Dianie.

Kątem oka widzę, że Augie wypuszcza z płuc powietrze.

– Uznałem, że to ma jakiś związek z Klubem Konspiratorów – ciągnę. – Sześcioro jego możliwych członków: Leo, Diana...

– Nie wiemy, czy Diana była członkiem – przerywa mi

ostro Augie, co całkowicie rozumiem. – Na zdjęciu w szkolnym albumie nie ma tej głupiej plakietki.

– To prawda – odpowiadam powoli. – Dlatego mówiłem o „możliwych członkach".

– Dobrze, niech ci będzie.

– Jeśli nie chcesz o tym rozmawiać…

– Zrób mi tę uprzejmość, Nap, i powiedz po prostu, co jest nie tak z twoją teorią. Dobrze?

Kiwam głową. Z biegiem lat staliśmy się sobie bardziej równi. Ale Augie nadal jest mentorem, a ja uczniem.

– Sześcioro możliwych członków – powtarzam. – Leo, Diana…

– Nie żyją – kończy za mnie Augie. – Podobnie jak Rex. Poza nimi mamy Maurę, która była obecna przy zabójstwie Rexa, tę kardiolog na zachodzie…

– Beth Fletcher, z domu Lashley.

– I Hanka.

– Z którym mamy problem – dodaję.

– Jak to?

– Ktoś umieścił w sieci ten film z Hankiem trzy tygodnie temu, zanim jeszcze zamordowano Rexa. Potem Hank zapadł się pod ziemię. Następnie został zabity Rex. Nie widzę związku między tymi dwoma wydarzeniami. Wideo zamieściła na Facebooku matka jednej z uczennic. Nie można tego w żaden sposób powiązać z dawną bazą ani z Klubem Konspiratorów, prawda?

– Owszem, powiązanie jest bardzo mało prawdopodobne – przyznaje Augie, pocierając prawą dłonią podbródek. – Mogę coś powiedzieć?

– Wal śmiało.

– Za bardzo ci na tym zależy, Nap.

– A tobie za mało – odpowiadam, co nie jest z mojej strony zbyt uprzejme.

Spodziewam się burzy, na którą w pełni zasłużyłem, lecz Augie tylko śmieje się pod nosem.

– Każdego innego strzeliłbym za to w pysk – mówi.

– To było niestosowne, Augie. Przepraszam.

– Ja to rozumiem, Nap, nawet jeśli to do ciebie nie dociera.

– O czym ty mówisz?

– Nie pracujesz nad tą sprawą z powodu Leo i Diany – mówi. – Robisz to ze względu na Maurę.

Jego słowa są bolesne, ale nie reaguję.

– Gdyby Maura nie uciekła, byłbyś może w stanie pogodzić się ze śmiercią brata – kontynuuje Augie. – Zadawałbyś sobie oczywiście pytania, tak jak ja je sobie zadaję. Ale jest między nami różnica. Niezależnie od tego, czego jeszcze się dowiemy, nawet jeśli zmieni to naszą wiedzę o Leo i Dianie, dla mnie nie ma to większego znaczenia. Ciało mojej martwej córki nadal będzie gniło na cmentarzu. Natomiast tobie – słyszę w jego głosie głęboki smutek i sądzę, że mi współczuje – chodzi o Maurę.

Podjeżdżamy pod bramę strzeżonego osiedla. Przestaję o tym myśleć. Muszę się skupić. Skoncentrować.

Łatwo jest naśmiewać się z tego rodzaju osiedli – wytykać im powtarzalność, brak indywidualnego charakteru, stłoczenie na ciasnej, przesadnie ukształtowanej przestrzeni – ale odkąd dorosłem, cały czas się zastanawiam, czy nie zamieszkać na jednym z nich. Pociąga mnie idea płacenia miesięcznego czynszu i odpuszczenia sobie wszelkich prac przy domu. Nienawidzę koszenia trawnika. Nie lubię sadzenia roślin, urządzania grilla i innych klasycznych rytuałów, które czynią z nas właścicieli domów. Nie przejmowałbym się wcale tym, że moje miejsce zamieszkania wygląda z zewnątrz dokładnie tak samo jak miejsce zamieszkania sąsiada. Nie czuję się nawet w jakiś specjalny sposób związany z domem, w którym dorastaliśmy.

Ty, Leo, będziesz mi towarzyszył, gdziekolwiek zamieszkam.

Więc czemu się nie przeprowadzam?

Jestem pewien, że jakiś psychiatra mógłby o tym napisać doktorat, ale nie sądzę, żeby sprawa była aż tak skomplikowana. Może łatwiej jest pozostać tam, gdzie się jest. Przenosiny wymagają wysiłku. Klasyczne twierdzenie: ciało pozostające w spoczynku pozostaje w spoczynku. To wyjaśnienie nie do końca mnie przekonuje, ale chwilowo nie mam lepszego.

Osiedlowy ochroniarz nie jest uzbrojony nawet w pałkę.

– Chcemy się widzieć z Tomem Stroudem – mówię, pokazując mu odznakę.

Facet przygląda się jej przez chwilę, a potem mi ją oddaje.

– Czy pan Stroud oczekuje panów? – pyta.

– Nie.

– Pozwolicie, panowie, że zadzwonię i poinformuję go o waszej wizycie? Takie tu mamy zasady.

Spoglądam na Augiego, a on kiwa głową.

– Proszę bardzo – mówię.

Ochroniarz dzwoni, po czym rozłącza się, każe nam skręcić w drugą w lewo za kortami tenisowymi i przylepia przepustkę na przedniej szybie.

Kiedy podjeżdżamy pod dom, Tom Stroud czeka już na nas w progu. To dziwne uczucie, gdy w ojcu widzi się odbicie syna. Nie ma najmniejszych wątpliwości, że to ojciec Hanka, ale wrażenie jest nieco upiorne. Jest oczywiście starszy, ale lepiej ubrany i ogolony, bardziej zadbany. Hankowi włosy sterczą na wszystkie strony, jakby wziął udział w jakimś nieudanym eksperymencie naukowym. Jego ojciec jest idealnie ostrzyżony i uczesany, siwe włosy z przedziałkiem ma wypomadowane.

Kiedy otwieramy drzwi samochodu, mimowolnie wykręca palce, kołysze się w przód i w tył i ma trochę zbyt szeroko otwarte oczy. Zerkam na Augiego. On też to widzi. Ten człowiek spodziewa się najgorszego. Obaj byliśmy w życiu posłańcami złych wieści i obaj je kiedyś usłyszeliśmy.

Tom Stroud daje niepewnie krok do przodu.

– Augie?

– Nie wiemy, gdzie jest Hank – mówi szybko Augie. – Dlatego tu przyjechaliśmy.

Na twarzy Strouda odbija się ulga. Jego syn żyje. Ignorując mnie, rusza w stronę Augiego, rozkłada ręce i obejmuje starego przyjaciela. Augie przez chwilę się waha, ma ochotę się cofnąć, a potem odpręża się i też go obejmuje.

– Miło cię widzieć – mówi Tom Stroud.

– Mnie też jest miło, Tom. Wiesz, gdzie jest Hank? – pyta Augie, kiedy przestają się obejmować.

Tom Stroud kręci głową.

– Może wejdziecie do środka – zaprasza nas.

• • •

Robi nam kawę z francuskiego zaparzacza.

– Doris używała ekspresu na kapsułki, ale moim zdaniem kawę czuć wtedy plastikiem – mówi i podaje filiżankę najpierw mnie, a potem Augiemu.

Pociągam łyk. Swoją drogą kawa jest znakomita, ale może znów budzi się we mnie frankofil. Augie i ja siedzimy na stołkach w małej kuchni. Gospodarz nie usiadł. Patrzy przez okno na budynek wyglądający dokładnie tak samo jak ten, w którym się znajdujemy.

– Doris i ja rozwiedliśmy się, kiedy Hank miał dziesięć lat. Zaczęliśmy ze sobą chodzić jeszcze w liceum. To za wcześnie. Wzięliśmy ślub na studiach. Ostatecznie wylądowałem w fabryce ojca. Od trzech pokoleń produkowaliśmy zszywki i gwoździe do palet. Kiedy byłem mały, fabryka mieściła się w Newark. Po zamieszkach przenieśliśmy ją za granicę. Wykonywałem najnudniejszą pracę pod słońcem. Tak mi się przynajmniej wtedy zdawało.

Zerkam na Augiego. Spodziewam się, że przewróci oczami, ale on albo udaje zainteresowanego, żeby zachęcić Strouda do gadania, albo rzeczywiście ciekawią go losy starego przyjaciela.

– Tak czy inaczej, miałem wtedy koło trzydziestki, nienawidziłem swojej roboty, nie wiodło nam się najlepiej finansowo, byłem nieszczęśliwy i przedwcześnie się starzałem... i wszystko to była moja wina. To znaczy rozwód. Dochodzisz do krawędzi, dajesz krok do przodu i po prostu się staczasz. Doris i ja bez przerwy się kłóciliśmy. Zaczęliśmy się nienawidzić. Hank, mój „niewdzięczny" syn, też miał mnie za nic. Więc pomyślałem sobie: „Do diabła z nimi!" i wyprowadziłem się daleko stąd. Założyłem sklep wędkarski ze strzelnicą na zapleczu. Próbowałem kilka razy wrócić, spotykałem się z Hankiem. Tylko że on zawsze się na mnie boczył. Więc co się miałem przejmować? Ożeniłem się po raz drugi, ale ten związek nie trwał długo. Druga żona rzuciła mnie, lecz tym razem nie mieliśmy dzieci, więc nie było wielkiego dramatu. Tak naprawdę żadne z nas nie myślało, że to na zawsze.

Tom nagle milknie.

– Tom? – mówi Augie.

– Tak?

– Po co tu wróciłeś?

– Mieszkałem w Cheyenne, miałem swoje życie, swoje sprawy. I nagle dzwoni Doris i mówi, że ma raka.

Tom ma w oczach łzy. Spoglądam na Augiego. On też jest bliski płaczu.

– Przyleciałem tutaj pierwszym samolotem. Kiedy wróciłem, Doris i ja już się nie kłóciliśmy. Nie rozpamiętywaliśmy przeszłości. Nie analizowaliśmy tego, co się stało, ona nie pytała, po co wróciłem. Po prostu się tu wprowadziłem. Wiem, że to nie ma sensu.

– To ma sens – zapewnia go Augie.

Jego stary przyjaciel kręci głową.

– Tyle straconych lat. Zmarnowane życie.

Przez chwilę nikt z nas się nie odzywa. Chciałbym przejść do tematu, który nas tu sprowadził, ale to Augie jest teraz rozgrywającym.

– Po sześciu miesiącach, kiedy nie czuła się najgorzej, przyszło sześć miesięcy, kiedy choroba poczyniła postępy – ciągnie Tom. – Nie nazywam ich „dobrymi" albo „złymi" miesiącami. Wszystkie są dobre, jeśli robisz to, co powinieneś. Rozumiesz, co mam na myśli?

– Tak – odpowiada Augie. – Rozumiem, co masz na myśli.

– Zadbałem o to, żeby Hank tu był, kiedy Doris umierała. Obaj z nią byliśmy.

Siedzę zupełnie nieruchomo. Augie poprawia się na stołku. Tom Stroud odwraca w końcu wzrok od okna.

– Powinienem do ciebie zadzwonić, Augie – mówi.

Augie macha lekceważąco ręką.

– Chciałem to zrobić – upiera się Tom. – Naprawdę. Miałem zamiar zadzwonić, ale...

– Nie musisz się tłumaczyć. – Augie odchrząkuje. – Czy Hank do ciebie zagląda?

– Tak, od czasu do czasu. Zastanawiałem się, czy nie sprzedać tego mieszkania. Pieniądze wpłaciłbym na fundusz dla Hanka. Ale mam wrażenie, że to miejsce daje mu jakieś pozory stabilności. Staram się załatwić mu pomoc. Czasami... czasami jest całkiem normalny. Co tylko pogarsza sprawę. Tak jakby przez chwilę widział, jak mogłoby wyglądać jego życie, a potem tracił to z oczu.

Tom Stroud po raz pierwszy spogląda w moją stronę.

– Chodził pan do szkoły z Hankiem? – pyta.

– Owszem.

– W takim razie chyba pan wie. Hank jest chory.

Kiwam lekko głową.

– Ludzie nie rozumieją, że to choroba. Oczekują, że Hank się z tego otrząśnie albo jakoś ogarnie. Ale to jak domaganie się od kogoś, kto ma dwie złamane nogi, żeby pokonał sprintem bieżnię. On nie jest w stanie tego zrobić.

– Kiedy widział go pan po raz ostatni? – pytam.

– Kilka tygodni temu, ale nie mogę powiedzieć, że mnie regularnie odwiedzał.

– Więc nie niepokoił się pan o niego?

Przez chwilę się nad tym zastanawia.

– I tak, i nie.

– To znaczy?

– To znaczy, że nawet jeśli się niepokoiłem, nie bardzo wiedziałem, co mogę zrobić. Hank jest dorosły. Nie jest ubezwłasnowolniony. Co byście zrobili, gdybym do was zadzwonił?

Nie musimy na to odpowiadać. To oczywiste.

– Czy Hank pokazał panu ten filmik, który nakręcono z nim w parku? – pytam.

– Jaki filmik?

Wyjmuję z kieszeni smartfona i puszczam mu wideo.

Kiedy się kończy, Tom zakrywa twarz rękami.

– Mój Boże… kto to umieścił?

– Nie wiemy.

– Czy mogę… nie wiem… zgłosić zaginięcie Hanka czy coś w tym rodzaju?

– Może pan – odpowiadam.

– W takim razie zróbmy to. Augie?

Augie spogląda na niego.

– Znajdź mojego chłopaka – prosi Tom.

Jego stary przyjaciel kiwa powoli głową.

– Zrobimy wszystko co w naszej mocy.

• • •

Tom Stroud prowadzi nas jeszcze do pokoju syna, który jego była żona pozostawiła w niezmienionym kształcie.

– Nigdy tu nie nocuje. Nie sądzę, żeby zajrzał tu choć raz od mojego powrotu – mówi.

Kiedy otwiera drzwi, uderza nas zapach stęchlizny. Wchodzimy do środka i zerkam na Augiego, żeby zobaczyć jego reakcję.

Cała przeciwległa ściana jest oklejona czarno-białymi fotografiami, wycinkami z gazet i zdjęciami lotniczymi bazy Nike z okresu, kiedy działała. Odbitki są w większości stare, zwinięte po bokach, wycinki – pożółkłe niczym poplamione nikotyną zęby. Wypatruję czegoś nowszego, a może czegoś, czego nie mógłbym normalnie znaleźć w internecie, ale nic takiego nie rzuca mi się w oczy.

Tom widzi, że wpatrujemy się w ścianę.

– Tak, trzeba przyznać, że Hank miał obsesję na punkcie tej starej bazy – mówi.

Zerkam na Augiego, ale on ponownie nie daje po sobie nic poznać.

– Czy Hank kiedykolwiek mówił panu coś na jej temat? – pytam Toma.

– Na przykład co?

– Cokolwiek. – Wzruszam ramionami.

– Nic, co miałoby jakikolwiek sens.

– A co mówił bez sensu?

Tom Stroud patrzy na Augiego.

– Myślicie, że ta baza ma coś wspólnego…?

– Nie – rzuca Augie.

– Hank po prostu sam się nakręcał – mówi Tom. – Znacie

te wymysły: że trzymają tam trupy w szafie, że to źli ludzie, że prowadzą eksperymenty na ludzkim umyśle. – Na jego twarzy pojawia się nagle smutny uśmiech. – To zabawne... – mruczy.

– Co takiego? – pytam.

– To znaczy, może nie zabawne, ale jest w tym jakaś ironia losu. Mówiłem już, że Hank miał obsesję na punkcie tego miejsca. Już jako dzieciak. – Tom przez chwilę się waha. Ja i Augie się nie odzywamy. – Tak czy inaczej, Doris żartowała, że może miał rację. Może w jakimś tajnym laboratorium rzeczywiście prowadzili tam dziwne eksperymenty. Może kiedy Hank był mały i spacerował którejś nocy tą ścieżką, źli ludzie złapali go i dobrali się do jego umysłu. Dlatego jest teraz taki, jaki jest.

W pokoju zapada cisza. Tom próbuje obrócić wszystko w żart.

– Doris nie mówiła tego serio – zaznacza. – To taki wisielczy humor. Kiedy coś takiego przytrafia się twojemu dziecku, chwytasz się ostatniej nadziei.

Rozdział 14

Dyrektor Deborah Keren jest w ciąży.

Wiem, że wytykanie tego nie jest w dobrym tonie, ale Keren jest raczej drobną kobietą i ubiera się na pomarańczowo, co jest dziwnym wyborem, chyba że świadomie chce się upodobnić do dyni. Opiera się o boczne poręcze fotela i z trudem się z niego unosi. Mówię, że wcale nie musi wstawać, ale pokonała już krytyczny moment i wygląda na to, że bezpieczne usadowienie jej z powrotem wymagałoby dźwigu z pełną załogą.

– Jestem w ósmym miesiącu – oznajmia. – Mówię o tym, bo nagle wszyscy się boją, że jeśli o to zapytają, okaże się, że są w błędzie, i będzie im głupio.

– Chwileczkę – mówię. – Jesteś w ciąży?

– Nie, połknęłam kulę od kręgli.

– Myślałem, że piłkę plażową.

– Zabawny z ciebie facet, Nap.

– To twoje pierwsze dziecko?

– Tak.

– Cudownie. Gratulacje.

– Dzięki. – Keren nachyla się do mnie. – Skończyłeś mnie uwodzić tą gadką?

– Jaką gadką?

– Tak uroczą, że gdybym nie była w ciąży, na pewno bym w nią zaszła. Czym mogę ci służyć, Nap?

Nie znamy się zbyt dobrze, ale oboje mieszkamy w Westbridge i trudno nie wpaść na siebie, kiedy jest się miejscowym gliniarzem i dyrektorką miejscowej szkoły. Wychodzimy z gabinetu i Keren zaczyna człapać korytarzem. Idę tuż za nią, starając się nie naśladować jej chodu. Korytarz jest tak pusty, jak tylko może być szkolny korytarz w trakcie lekcji. To miejsce nie zmieniło się zbytnio od czasów, gdy tu chodziliśmy, Leo. Ta sama posadzka z płytek, te same szafki po obu stronach, te same pomazane żółtymi kredkami ściany. Jedyne, co się zmieniło, to perspektywa. Powiadają, że szkoła wydaje się mniejsza, kiedy człowiek się starzeje. To prawda. To chyba właśnie zmiana perspektywy trzyma na uwięzi stare upiory.

– Chodzi o Hanka Strouda – mówię.

– To ciekawe.

– Dlaczego?

– Jak z pewnością dobrze wiesz, rodzice bez przerwy się na niego skarżą.

Kiwam głową.

– Ale nie widziałam go od kilku tygodni – kontynuuje Keren. – Pewnie wystraszył go ten film na Facebooku.

– Wiesz o nim?

– Staram się wiedzieć, co się dzieje w mojej szkole. – Keren zagląda przez małą prostokątną szybkę do jednej z klas, przechodzi do następnych drzwi i znów zagląda do środka. – Ale daj spokój, tak naprawdę wie o tym połowa hrabstwa.

– Widziałaś kiedykolwiek, żeby Hank się obnażał?

– Nie sądzisz, że gdyby to robił, wezwałabym policję?

– Zatem odpowiedź brzmi „nie".

– Odpowiedź brzmi „nie".

– Uważasz, że to zrobił?

– Obnażył się?

– Tak.

Idziemy dalej. Zagląda do następnej sali lekcyjnej. Ktoś w środku musiał ją zobaczyć, bo macha do niego ręką.

– Co do Hanka jestem w kropce – mówi i milknie. Zza rogu wychodzi jakaś uczennica, widzi nas i zatrzymuje się w pół kroku. – Dokąd idziesz, Cathy? – pyta ją Keren.

Dziewczynka patrzy wszędzie, tylko nie na nas.

– Do pani dyrektor – odpowiada.

– Dobrze. Zaczekaj w moim gabinecie. Będę tam za parę minut.

Cathy mija nas ze spłoszoną miną. Spoglądam na dyrektorkę, ale to w końcu nie moja sprawa. Keren człapie dalej.

– Co do Hanka jesteś w kropce – wracam do tematu.

– To publiczny teren, otwarty dla wszystkich. Tak mówią przepisy. Hank ma takie samo prawo jak każdy tam przebywać. Codziennie biegają tamtędy joggerzy i joggerki. Na przykład Kimmy Konisberg. Zauważyłeś ją chyba?

Kimmy Konisberg jest, z braku lepszego określenia, naszą lokalną milfetką. Ma w sobie to coś i wcale się z tym nie kryje.

– O kim mówisz? – pytam.

– No właśnie. Więc codziennie rano Kimmy biega w najbardziej obcisłym i jednocześnie najmniej cokolwiek zakrywającym kostiumie z lycry, jaki możesz sobie wyobrazić. Gdybym była pewnego rodzaju osobą, powiedziałabym, że chce, żeby ci dojrzewający chłopcy się na nią gapili.

– Ale czy można by wierzyć tego rodzaju osobie?

– Punkt dla ciebie. To miasto, choć sporo w tym hipokryzji, jest bardzo uczulone na kwestie bezpieczeństwa. I ja to rozumiem. Rozumiem, dlaczego ludzie przenoszą się tutaj, żeby wychowywać dzieci. Chcą, żeby były bezpieczne. Do licha – dotyka dłonią swojego brzucha – ja też chcę, żeby moje dzieci były bezpieczne. Ale można przesadzić z ochroną. I to będzie niezdrowe. Dorastałam w Brooklynie. Nie będę ci mówiła, jaki to był koszmar. Codziennie mijaliśmy sześciu takich Hanków. Więc może nasze dzieci będą mogły nauczyć się współczucia. Hank jest istotą ludzką, a nie kimś godnym pogardy. Kilka miesięcy temu dzieciaki odkryły, że chodził do tej szkoły. Jedna z uczennic… Znasz Cory Mistysyn?

– Znam jej rodziców. To porządni ludzie.

– Zgadza się, od dawna tu mieszkają. Więc Cory odnalazła szkolny album z ostatniej klasy Hanka. – Keren zatrzymuje się i patrzy mi prosto w oczy. – Ty i Hank chodziliście tu w tym samym czasie, prawda?

– Zgadza się.

– Więc wiesz. Dzieciaki były wstrząśnięte. Hank był kimś takim jak one: śpiewał w chórze, wygrał konkurs naukowy, był nawet skarbnikiem klasy. To dało im do myślenia.

– Tylko dzięki bożej łasce nie podzielili jego losu.

– Otóż to. – Keren robi jeszcze dwa kroki. – Boże, ciągle jestem głodna, a kiedy coś zjem, robi mi się niedobrze. Ósmy miesiąc jest do dupy. Swoją drogą nienawidzę teraz wszystkich facetów.

– Będę o tym pamiętał. Mówiłaś, że jesteś w kropce.

– Słucham?

– W związku z Hankiem. Mówiłaś, że jesteś w kropce. Więc jaka jest druga strona medalu?

– No tak. – Keren rusza dalej w ślad za swoim brzuchem. – Nie lubię, kiedy stygmatyzuje się kogoś z powodu choroby psychicznej… co do tego nie ma dwóch zdań… ale nie podoba mi się również, że Hank się tu kręci. Nie sądzę, żeby był niebezpieczny, ale nie wiem tego na pewno. Boję się, że jestem w tej kwestii aż tak politycznie poprawna, że nie chronię swoich uczniów. Rozumiesz, o co mi chodzi?

Kiwam głową na znak, że rozumiem.

– Więc nie podoba mi się, że Hank się tu kręci. Ale co z tego? Nie podoba mi się również, że mama Mike'a Ingi regularnie wysadza go z samochodu w miejscu, gdzie nie wolno tego robić. Nie podoba mi się, że tato Lisy Vance pomaga jej w projektach artystycznych. Nie podoba mi się, że rodzice Andrew McDade'a żebrzą o lepsze oceny dla syna za każdym razem, kiedy je wystawiam. Nie podoba mi się wiele rzeczy. – Keren zatrzymuje się i kładzie mi rękę na ramieniu. – Ale wiesz, co najbardziej mi się nie podoba?

Posyłam jej pytające spojrzenie.

– Piętnowanie kogoś w internecie. To najgorszy rodzaj obywatelskiego samosądu. To, co się dzieje z Hankiem, jest tylko najświeższym przykładem. W zeszłym roku ktoś zamieścił na Twitterze zdjęcie chłopca z podpisem **Ten gnojek ukradł mi iPhone'a, ale zapomniał, że wszystkie zdjęcia, które robi, lądują w mojej chmurze, więc, proszę, podawajcie dalej, żeby go namierzyć.** Domniemanym złodziejem był Evan Ober, nasz uczeń. Znasz go?

– Nazwisko z niczym mi się nie kojarzy.

– Bo nie powinno. Evan to dobry chłopak.

– Ukradł tego iPhone'a?

– Oczywiście, że nie. O to mi właśnie chodzi. Zaczął się spotykać z Carrie Mills. Jej były chłopak, Danny Turner, był z tego powodu wściekły.

– Więc zamieścił ten wpis?

– Tak, ale nie jestem w stanie tego udowodnić. Na tym właśnie polega ta zasrana anonimowość internetu. Pamiętasz dziewczynkę, którą przed chwilą minęliśmy?

– Tę, którą posłałaś do swojego gabinetu?

– Zgadza się. To Cathy Garrett. Chodzi do szóstej klasy. Do szóstej klasy, Nap. Przed kilkoma tygodniami zostawiła przez nieuwagę smartfona w toalecie. Znalazła go inna dziewczynka. Wzięła telefon, zrobiła z bliska zdjęcie swoich… eee… części intymnych i wysłała je wszystkim osobom z listy kontaktów Cathy, w tym także jej rodzicom, dziadkom, wszystkim.

Wydymam wargi.

– To chore.

– No, przecież wiem. – Keren krzywi się i opiera obie ręce na pośladkach.

– Dobrze się czujesz?

– Jestem w ósmym miesiącu ciąży, pamiętasz?

– No tak.

– Mam wrażenie, jakby na moim pęcherzu zaparkował szkolny autobus.

– Dorwałaś dziewczynkę, która zrobiła te zdjęcia?

– Nie. Mamy pięć albo sześć podejrzanych, wszystkie mają po dwanaście lat, ale jedynym sposobem, żeby się upewnić...

Podnoszę ręce.

– Nie mów nic więcej.

– Cathy bardzo przeżyła tę całą historię, przychodzi do mojego gabinetu prawie codziennie. Rozmawiamy, ona się uspokaja i wraca do klasy.

Keren zatrzymuje się i obraca przez ramię.

– Powinnam już do niej pójść.

Ruszamy z powrotem korytarzem.

– Mówiłaś o anonimowości internetu – odzywam się. – Chcesz w ten sposób zasugerować, że nie wierzysz, że Hank się obnażył?

– Nie, ale wyraziłeś dokładnie to, o co mi chodziło.

– To znaczy?

– Nie wiem, bo nie mogę tego wiedzieć. Na tym polega problem z takimi insynuacjami. Chce się im po prostu zaprzeczyć. Ale czasami to niemożliwe. Może Hank to zrobił, a może nie. Nie mogę tego cofnąć i przykro mi, to fatalne.

– Obejrzałaś to wideo?

– Owszem.

– Masz pojęcie, kto je nakręcił?

– Tu także nie mam dowodów.

– Nie potrzebuję dowodów.

– Nie będę nikogo oczerniała bez dowodów, Nap. Tak właśnie wygląda piętnowanie w internecie.

Podchodzimy do jej gabinetu. Ona patrzy na mnie, ja patrzę na nią. Keren głęboko wzdycha.

– Ale mogę ci powiedzieć, że w ósmej klasie mamy uczennicę, która nazywa się Maria Hanson. Moja sekretarka może ci podać adres. Jej matka, Suzanne, dość często mnie nachodziła i skarżyła się na Hanka. Kiedy tłumaczyłam jej, że z prawnego punktu widzenia nie bardzo można coś z tym zrobić, strasznie się wściekała.

Dyrektorka Keren patrzy przez oszklone drzwi na Cathy. W oczach stają jej łzy.

– Powinnam już do niej pójść – mówi.

– Okay.

– Niech to szlag. – Keren ociera łzy palcami i spogląda na mnie. – Nie widać, że płakałam? – pyta.

– Nie.

– Ósmy miesiąc – mówi tytułem wyjaśnienia. – Moje hormony dostają kręćka.

Wskazuję wzrokiem jej brzuch.

– To dziewczynka?

Keren uśmiecha się.

– Jak na to wpadłeś? – odpowiada i wchodzi do gabinetu.

Przez oszklone drzwi widzę, jak bierze Cathy w objęcia i dziewczynka wypłakuje się na jej ramieniu.

Wychodzę, by znaleźć Suzanne Hanson.

Rozdział 15

W Westbridge nie mamy gorszej części miasta. Co najwyżej gorszy zakątek.

Niedaleko centrum, między salonem Forda i sklepem sportowym Dick's, stoją trzy starzejące się wielorodzinne domy. Maura i jej matka wprowadziły się tu w wakacje przed naszą ostatnią klasą liceum. Po tym, jak ojciec Maury zgarnął całą ich gotówkę i się ulotnił, wynajęły dwa pokoiki od wietnamskiej rodziny. Matka Maury pracowała na kilku etatach i zdecydowanie za często zaglądała do butelki.

Hansonowie mieszkają w tym samym miejscu, na parterze budynku z rdzawoczerwonej cegły. Deski ganku skrzypią pod moimi stopami, gdy po nich idę. Wciskam dzwonek i drzwi otwiera mi wielki facet w kombinezonie mechanika. Na kieszonce po prawej stronie piersi ma namalowane szablonem imię Joe. Najwyraźniej nie cieszy się z mojej wizyty.

– Kim pan jest? – pyta.

Pokazuję mu odznakę. Za jego plecami pojawia się kobieta – jak się domyślam, Suzanne Hanson. Widząc policyjną odznakę, otwiera szerzej oczy, prawdopodobnie z obawy o córkę. Zapewniam ich od razu, że wszystko jest w porządku.

Nie uwalnia to faceta od podejrzliwości; przygląda mi się zmrużonymi oczami.

– Czego pan chce? – pyta.

– Kilku zatroskanych obywateli złożyło skargi na niejakiego Hanka Strouda – mówię, chowając odznakę. – Sprawdzam to.

– Widzisz, Joe. – Kobieta, którą biorę za Suzanne, wślizguje się przed męża i otwiera szerzej drzwi. – Niech pan wchodzi, panie władzo.

Mijamy pokój od frontu i wchodzimy do kuchni. Suzanne wskazuje mi miejsce za stołem. Podłoga jest tu z laminatu, okrągły stół ze sklejki, z białego krzesła ze szczebelkami złazi farba. Zegar nad drzwiami ma zamiast cyfr czerwone kostki do gry, a na górze napis BAJECZNE LAS VEGAS. Na stole leżą okruszki chleba. Suzanne zgarnia je ręką, wrzuca do zlewu i puszcza wodę.

Dla zachowania pozorów wyjmuję notes i długopis.

– Wiecie państwo, kim jest Hank Stroud? – pytam.

Suzanne siada naprzeciwko mnie. Joe staje za nią i kładzie jej rękę na ramieniu, wciąż łypiąc na mnie, jakbym chciał ich okraść albo przespać się z jego żoną.

– To ten straszny zboczeniec, który kręci się w pobliżu szkoły – mówi Suzanne.

– Rozumiem, że widziała go pani więcej niż raz.

– Prawie codziennie. Gapi się na wszystkie dziewczynki, w tym na moją córkę, Marię. Ona ma dopiero czternaście lat.

Kiwam głową, starając się przywołać na twarz przyjazny uśmiech.

– Widziała to pani na własne oczy?

– Ależ oczywiście. To straszne. Swoją drogą, czas już, żeby zajęła się tym policja. Człowiek haruje jak wół i odejmuje sobie od ust, żeby zamieszkać w takim pięknym mieście jak Westbridge. Mamy chyba prawo oczekiwać, że nasze dzieci będą bezpieczne, prawda?

– Absolutnie.

– I co widzimy? Jakiś włóczęga… nadal można mówić „włóczęga"?

Uśmiecham się i rozkładam ręce.

– Czemu nie?

– No więc dobrze. Włóczęga. Kręci się w pobliżu naszych dzieci. Człowiek przeprowadza się do tego miasta i codziennie widzi, jak ten menel… wiem, że nie powinno się używać takich słów, ale tym właśnie jest… jak ten menel nastaje na nasze dzieci. To tak, jakby w pięknym ogrodzie wyrósł wielki straszny chwast.

– Trzeba go wyrwać. – Kiwam głową.

– No właśnie!

Udaję, że zapisuję coś w notesie.

– Widziała pani, żeby pan Stroud robił coś poza gapieniem się na dzieci? – pytam.

Suzanne ma zamiar coś palnąć, ale widzę, jak dłoń męża zaciska się delikatnie na jej ramieniu. Spoglądam na Joego. On spogląda na mnie. Wie, po co tu przyszedłem. Ja wiem, że on wie, a on wie, że ja wiem.

Mówiąc w skrócie: gra jest skończona. Albo dopiero się zaczyna.

– To pani zamieściła w internecie to wideo z Hankiem Stroudem, prawda, pani Hanson?

Jej oczy miotają iskry. Strząsa dłoń męża ze swojego ramienia.

– Tego pan nie wie.

– Wprost przeciwnie, dobrze o tym wiem – odpowiadam. – Przeprowadziliśmy analizę głosu i sprawdziliśmy adres IP komputera, z którego wysłano wideo. – Odczekuję chwilę, żeby to do nich dotarło. – Z podjętych przez nas czynności wynika jednoznacznie, że to pani nakręciła i zamieściła w internecie ten film.

To oczywiście nieprawda. Nie analizowałem jej głosu i nie sprawdzałem adresu IP.

– A nawet jeśli to zrobiła, to co? – pyta Joe. – Nie mówię, że zamieściła ten film, ale jeśli nawet, to nie jest przecież zabronione?

– Mam to gdzieś – mówię. – Chcę tylko ustalić, co się wydarzyło, to wszystko. – Patrzę jej prosto w oczy. Suzanne spuszcza na chwilę wzrok, a potem kieruje go na mnie. – Sfilmowała pani Hanka. Jeśli dalej będzie pani zaprzeczać, tylko się wkurzę. Więc niech mi pani powie, co pani widziała.

– On… on ściągnął spodnie – mówi Suzanne.

– Kiedy?

– Chodzi panu o datę?

– Na początek niech będzie data.

– Jakiś miesiąc temu.

– Przed lekcjami, po lekcjach? Kiedy?

– Przed lekcjami. Wtedy go widuję. Odwożę córkę za kwadrans ósma. A potem codziennie stoję i czekam, aż podejdzie do samych drzwi, bo… pan by nie czekał? Podwozi pan czternastoletnią córkę do tej pięknej szkoły i widzi tego obleśnego zboka. Nie rozumiem, dlaczego policja czegoś z tym nie zrobi.

– Niech pani powie, co dokładnie się wydarzyło.

– Mówiłam już. Ściągnął spodnie.

– Pani córka podchodziła do drzwi szkoły. Wtedy ściągnął spodnie?

– Tak.

– Na pani filmie tego nie widać.

– Bo z powrotem je podciągnął.

– Rozumiem. Więc najpierw ściągnął spodnie, a potem je podciągnął.

– Tak. – Suzanne zerka w lewo. Nie pamiętam, czy to znaczy, że kłamie, czy że usiłuje sobie przypomnieć. To nie ma znaczenia. I tak nie wierzę w jej opowieść. – Zobaczył, że wyjęłam telefon, wpadł w panikę i je podciągnął.

– Jak długo tam stał ze ściągniętymi spodniami?

– Nie wiem. Skąd mam to wiedzieć?

– Myśli pan, że moja żona nosi ze sobą stoper? – wtrąca się Joe.

– Wystarczająco długo, tyle mogę panu powiedzieć.

– I co dalej? – pytam.

Suzanne robi zdziwioną minę.

– Jak to „co dalej”?

– Ściągnął spodnie, potem je podciągnął – mówię, jakby nie zrobiło to na mnie żadnego wrażenia. – I to wszystko?

Joe nie kryje oburzenia.

– To dla pana za mało? – pyta.

– Skąd pani wie, że spodnie po prostu same mu się nie zsunęły? – pytam.

Kobieta po raz kolejny zerka na stół i dopiero po chwili podnosi wzrok. Wiem, że usłyszę zaraz kłamstwo, i nie czeka mnie zawód.

– Ściągnął spodnie – powtarza – i krzyknął do mojej córki, żeby popatrzyła na jego… A potem zaczął go miętosić i w ogóle.

Ludzka natura. Czasami jest taka przewidywalna. Często to widuję, Leo. Świadek opowiada rzeczy, które jego zdaniem powinny wstrząsnąć tobą do głębi. Ja jako śledczy udaję, że nie robi to na mnie żadnego wrażenia. Ktoś prawdomówny przyjmuje to po prostu do wiadomości. Ale kłamca zaczyna koloryzować, próbuje tak udramatyzować swoją historię, żebym podzielił jego oburzenie. Użyłem słowa „koloryzować", ale tak naprawdę to ordynarne kłamstwo. Kłamca nie może się po prostu powstrzymać.

Wiem to teraz i nie chcę tracić więcej czasu. Czas przejść do sedna.

Patrz i ucz się, Leo.

– Kłamie pani – mówię.

Zszokowana Suzanne otwiera szeroko usta.

Joe robi się czerwony jak burak.

– Zarzuca pan mojej żonie kłamstwo?

– Czy zdanie „kłamie pani" jest dla pana z jakiegoś powodu niejasne, Joe?

Gdyby Suzanne miała na szyi perły, ścisnęłaby je spazmatycznie.

– Jak pan śmie?! – woła.

– Wiem, że pani kłamie, bo właśnie rozmawiałem z Marią – mówię z uśmiechem.

Wzbiera w nich gniew.

– Co pan zrobił?! – krzyczy Suzanne.

– Chwilę trwało, nim dziewczyna pękła, ale w końcu przyznała, że nic takiego nie miało miejsca.

Oboje są bliscy apopleksji. Staram się nie czerpać z tego zbyt dużej satysfakcji.

– Nie wolno panu tego robić!

– Czego?

– Nie może pan rozmawiać z Marią bez naszej zgody – mówi ona. – Zabiorą panu odznakę.

Marszczę czoło.

– Dlaczego wszyscy to powtarzają? – pytam.

– Co takiego?

– Te pogróżki. „Zabiorą panu odznakę". Widziała to pani w telewizji, tak?

Joe daje krok w moją stronę.

– Nie podoba mi się to, jak rozmawiasz z moją żoną.

– A ja mam to gdzieś. Siadaj, Joe.

– Ale z ciebie twardziel. Bo masz odznakę – mówi szyderczym tonem Joe.

– Co wy wszyscy z tą odznaką... – Wzdycham, wyjmuję

odznakę i przesuwam ją po stole. – Masz, tak ci na niej zależy? Weź ją sobie. – Staję naprzeciwko niego. – I co? Teraz jesteś gotów?

Joe cofa się. Ja idę w ślad za nim. Próbuje popatrzeć mi w oczy, ale mu to nie wychodzi.

– Nie warto – mruczy pod nosem.

– Coś powiedział?

Nie odpowiada. Obchodzi stół i siada na krześle obok żony.

Mierzę surowym wzrokiem Suzanne Hanson.

– Jeśli nie powie mi pani zaraz prawdy, zarządzę pełne dochodzenie i oskarżę panią o naruszenie paragrafu czterysta osiemnastego federalnej ustawy o internecie, co jest zagrożone karą czterech lat więzienia i stu tysięcy dolarów grzywny.

Wszystko to zmyślam. Nie sądzę, by istniało coś takiego jak federalna ustawa o internecie. Ale przyznasz, że podanie konkretnego paragrafu to niezły pomysł?

– Ten menel nie powinien się tam kręcić! – krzyczy Suzanne. – Powinniście coś z tym zrobić!

– A ponieważ nic nie zrobiliśmy, wzięła pani sprawę we własne ręce – mówię.

– Nie wolno mu przebywać tak blisko szkoły!

– On ma imię i nazwisko. Nazywa się Hank Stroud. I zaginął.

– Co takiego?

– Po tym, jak opublikowała pani ten film, nikt go nie widział.

– I bardzo dobrze – cieszy się Suzanne.

– Co?

– Może to wideo go wystraszyło.

– I dobrze się pani z tym czuje?

Suzanne otwiera usta i po chwili je zamyka.

– Chciałam tylko chronić swoje dziecko – mówi. – I wszystkie inne dzieci w szkole, naprawdę.

– Lepiej niech mi pani wszystko opowie.

• • •

I Suzanne opowiada.

Przyznaje, że trochę przesadziła, co oznacza praktycznie, że wszystko zmyśliła. Hank w ogóle się nie obnażył. Sfrustrowana tym, co uznała za brak działań ze strony dyrekcji i policji, Suzanne Hanson zrobiła to, co wydawało jej się właściwe.

– Było tylko kwestią czasu, kiedy zrobi coś strasznego – mówi. – Chciałam temu zapobiec.

– Bardzo szlachetnie – odpowiadam z całą pogardą, na jaką mnie stać.

Suzanne „sprzątała brudy", próbując zmienić swoje miasto w idylliczną przystań, którą w jej pojęciu powinno się stać. Hank był dla niej zwykłym śmieciem. Lepiej wywieźć go na wysypisko, gdzie nie będzie razić niczyjego węchu i wzroku. Wygłosiłbym jej kazanie na temat empatii, ale co by to dało? Pamiętam, że kiedyś, gdy mieliśmy mniej więcej dziesięć lat, jechaliśmy przez zakazaną dzielnicę Newark. Rodzice zawsze mówią wtedy dzieciom, żeby wyjrzały przez okno i dziękowały losowi, że tam nie mieszkają. Nasz tato miał do tego inny stosunek. Powiedział tylko jedno zdanie, które utkwiło mi w pamięci.

„Każdy ma swoje nadzieje i marzenia".

Staram się o tym pamiętać za każdym razem, gdy spotykam człowieka. Czy to obejmuje również takich wypierdków jak Trey? Oczywiście. On też ma swoje nadzieje i marzenia. W porządku. Ale kiedy twoje nadzieje i marzenia niszczą nadzieje i marzenia innych…

Znów zaczynam racjonalizować. W gruncie rzeczy nie dbam o Treyów tego świata. Po prostu. Może powinienem. Ale nie dbam o nich. A może niepotrzebnie się tłumaczę.

Jak myślisz, Leo?

Kiedy opuszczam w końcu zagracony dom Hansonów – a Joe zatrzaskuje za mną z impetem drzwi, żeby udowodnić przynajmniej samemu sobie, jaki z niego chojrak – biorę głęboki oddech. Zerkam tam, gdzie mieszkała kiedyś Maura. Nigdy nie zaprosiła mnie do siebie i byłem w jej mieszkaniu tylko raz. Dwa tygodnie po tym, jak zginęliście ty i Diana. Obracam się i spoglądam na drzewo po drugiej stronie ulicy. Za nim właśnie się schowałem, czekając na odpowiedni moment. Najpierw wyszli Wietnamczycy. Piętnaście minut później z domu wytoczyła się mama Maury w niedopasowanej letniej sukience. Lekko się zataczając, dotarła na przystanek autobusowy.

Kiedy zniknęła mi z oczu, włamałem się do ich mieszkania.

Dlaczego to zrobiłem? Odpowiedź jest chyba oczywista. Szukałem wskazówek, które powiedziałyby mi, dokąd uciekła Maura. Kiedy zaczepiłem wcześniej panią Wells, oznajmiła, że jej córka przeniosła się do prywatnej szkoły. Pytałem gdzie. Nie chciała mi tego zdradzić.

– To koniec, Nap – powiedziała, cuchnąc alkoholem. – Maura zerwała z przeszłością. Ty też powinieneś to zrobić.

Nie uwierzyłem jej i dlatego się do nich włamałem. Przetrząsnąłem wszystkie szuflady i szafki. Zajrzałem do pokoju Maury. Jej ubrania i plecak nadal tam były. Czy w ogóle coś spakowała? Raczej na to nie wyglądało.

Szukałem także mojej sportowej kurtki.

Maurze nie podobało się, że odnoszę sukcesy w sporcie i że całe miasteczko ma na punkcie sportu fioła. Uważała to za seksistowski obciach, mimo to uwielbiała chodzić w mojej kurtce. Może to było jakieś nawiązanie do tradycji, może ironia. Nie wiem. A może nie było w tym nic nadzwyczajnego. Maura była od nas znacznie dojrzalsza.

Szukałem więc swojej sportowej kurtki, zielonej, z białymi rękawami, ze skrzyżowanymi kijami hokejowymi na plecach i moim nazwiskiem oraz napisem KAPITAN z przodu.

Ale jej nie znalazłem.

Czy Maura zabrała ją ze sobą? Zawsze się nad tym zastanawiałem. Dlaczego jej tam nie było?

Odwracam wzrok od jej domu i spoglądam w drugą stronę. Mam trochę wolnego czasu. Wiem, dokąd mnie ciągnie. Przecinam jezdnię i dochodzę do torów kolejowych. Zasadniczo nie powinno się po nich chodzić, ale tego dnia mam to w nosie. Oddalając się od centrum, mijam Downing Road i Coddington Terrace, a potem magazyn i budynek starej fabryki, w którym urządzono centrum fitness.

Jestem teraz z dala od cywilizacji, wysoko na wzgórzu pomiędzy stacjami Westbridge i Kasselton. Mijam kilka potłuczonych butelek po piwie i docieram na szczyt wzniesienia.

Na dole widać wieżę kościoła prezbiteriańskiego w Westbridge. O dziewiętnastej jest podświetlana, więc zakładam, że tamtej nocy ją widziałeś. A może byłeś zbyt napruty albo zjarany, żeby cokolwiek zauważyć? Wiem, że za bardzo ci się spodobało rekreacyjne picie i ćpanie. Teraz sądzę, że powinienem dać ci do zrozumienia, żebyś z tym skończył, ale nie wydawało mi się to wówczas wielkim problemem. Wszyscy to robili – ty, Maura, większość naszych znajomych. Ja nie brałem w tym udziału tylko z powodu treningów.

Biorę kolejny głęboki oddech.

Więc jak do tego doszło, Leo? Jak to się stało, że znaleźliście się tutaj, po drugiej stronie Westbridge, a nie w lasach przy starej bazie Nike? Czy ty i Diana chcieliście być sami? Nie pasowało wam towarzystwo kumpli z Klubu Konspiratorów? A może celowo trzymaliście się z dala od starej bazy?

Po co tu przyszliście? Dlaczego chodziliście po tych torach?

Czekam, aż coś powiesz. Ale ty milczysz, Leo.

Zostaję tam jeszcze chwilę, bo wiem, że niedługo po torach przejedzie pociąg. O tej porze dnia składy jeżdżą tędy co godzina. Słyszę gwizd parowozu, który rusza ze stacji Westbridge. Pociąg jest już niedaleko. Mam ochotę zostać na torach. Nie, nie zamierzam ze sobą skończyć. Nie jestem samobójcą. Chcę tylko wiedzieć, jak to wyglądało w twoim przypadku. Chcę dokładnie odtworzyć tę noc, dowiedzieć się, co czułeś. Patrzę, jak pociąg nabiera szybkości. Szyny wibrują tak, jakby miały się zaraz wygiąć. Czy czułeś ich wibracje pod stopami? Czy czuła je Diana? A może staliście z boku, tak jak ja teraz stoję? Może oboje spojrzeliście w dół, na kościelną wieżę, odwróciliście się i postanowiliście przebiec w ostatniej chwili przez tory?

Widzę już teraz pociąg całkiem wyraźnie. Patrzę, jak się zbliża. Czy ty tamtej nocy też go widziałeś? Słyszałeś? Czułeś? Musiałeś go słyszeć. Toczy się po torach z niewyobrażalnym impetem. Cofam się krok dalej. Kiedy przejeżdża obok mnie, stoję dziesięć metrów od torów, mimo to muszę zamknąć oczy i osłonić dłonią twarz. Podmuch powietrza o mało nie zwala mnie z nóg. Moc tej lokomotywy, sama jej zwielokrotniona prędkością masa, jest niesamowita, druzgocząca, niepowstrzymana.

Umysł podobnie jak serce podąża tam, gdzie chce, dlatego wyobrażam sobie stalową przednią kratę, która miażdży ludzkie ciało. Wyobrażam sobie obracające się koła, które mielą kości w pył.

Unoszę z trudem powieki i mrużąc oczy, wpatruję się w pędzący pociąg. Mam wrażenie, że jest nieskończenie długi, że będzie się toczył bez końca, miażdżąc, druzgocząc i mieląc. Patrzę prosto przed siebie, obraz jest nieostry i rozmazany. W oczach stają mi łzy.

Widziałem straszne i krwawe zdjęcia z miejsca wypadku, ale co dziwne, wcale mnie nie poruszyły. Destrukcja była tak całkowita, deformacje tak olbrzymie, że albo nie potrafiłem powiązać z tobą i Dianą tych krwawych ochłapów, albo nie pozwalał mi na to mój umysł.

Kiedy pociąg w końcu mnie mija i powoli zapada cisza, zaczynam przyglądać się uważnie całej scenerii. Nawet teraz, tyle lat później, wypatruję jakiejś wskazówki, czegoś, co być może wcześniej pominięto. Czuję się dziwnie. To miejsce napawa mnie grozą, z drugiej jednak strony jest coś podniosłego, świętego w tym, że znajduję się tam, gdzie wydałeś ostatnie tchnienie.

Schodząc w dół, sprawdzam w smartfonie nowe wiadomości. Nie dostałem nic od naszej dawnej klasowej koleżanki, doktor Beth Fletcher, z domu Lashley. Dzwonię ponownie do jej gabinetu w Ann Arbor. Recepcjonistka usiłuje mnie jak zwykle zbyć, w związku z czym zmieniam ton na bardziej stanowczy i słyszę wkrótce w słuchawce głos osoby, która przedstawia się jako Cassie, „kierowniczka kliniki".

– Doktor Fletcher jest w tym momencie niedostępna – informuje mnie.

– Mam dosyć odsyłania mnie z kwitkiem, Cassie – mówię. – Jestem gliniarzem. Muszę z nią porozmawiać.

– Mogę tylko przekazać wiadomość.

– Gdzie w tej chwili jest doktor Fletcher?

– Nie mam pojęcia.

– Chwileczkę… nie wiecie, gdzie ona jest?

– To nie moja sprawa. Zapisałam pańskie nazwisko i numer telefonu. Czy mam przekazać pani doktor jeszcze jakąś wiadomość?

Skoro się powiedziało A, trzeba powiedzieć B.

– Masz długopis, Cassie?

– Tak.

– Powiedz doktor Fletcher, że zamordowano naszego wspólnego znajomego, Rexa Cantona. Powiedz jej, że zaginął Hank Stroud. Powiedz, że Maura Wells na chwilę się odnalazła, a potem znów zapadła się pod ziemię. Powiedz zacnej pani doktor, że wszystko to wiąże się w jakiś sposób z Klubem Konspiratorów. Powiedz, żeby do mnie zadzwoniła.

Cisza.

– Czy powiedział pan Laura czy Maura, bo nie dosłyszałam?

Nie zrobiło to na niej najmniejszego wrażenia.

– Maura, przez M.

– Przekażę doktor Fletcher wiadomość – mówi Cassie i rozłącza się.

Wcale mi się to nie podoba. Może powinienem zadzwonić na komisariat w Ann Arbor i poprosić, żeby wysłali kogoś do domu i do gabinetu Beth. Idąc dalej w stronę centrum miasta, analizuję jeszcze raz wszystkie elementy układanki: „wypadek", w którym zginąłeś ty i Diana, zabójstwo Rexa, obecność Maury w miejscu przestępstwa, zamieszczony na Facebooku film z Hankiem, Klub Konspiratorów. Próbuję odnaleźć jakieś związki, narysować diagram Venna, który połączyłby ze sobą wszystkie wydarzenia. Nie układa się to w żadną spójną całość.

Może nie ma żadnej spójnej całości. Tak właśnie twierdzi Augie. Prawdopodobnie ma rację, ale przyjęcie jego punktu widzenia donikąd mnie oczywiście nie doprowadzi.

Widzę przed sobą miejską bibliotekę i przychodzi mi do głowy pewien pomysł. Fronton z czerwonej cegły przypomina z wyglądu szkolne budynki z początku dwudziestego wieku. Reszta gmachu jest nowoczesna i elegancka. Nadal uwielbiam biblioteki. Uwielbiam ich hybrydowość – nowe działy komputerowe i żółknące ze starości książki. Biblioteki zawsze kojarzyły mi się z katedrami, są sanktuariami, w których my, ludzie, podnosimy książki i edukację do rangi religii. Kiedy byliśmy dziećmi, tato zabierał nas tutaj w sobotnie ranki i zostawiał w dziale dziecięco-młodzieżowym, nakazując surowo, żebyśmy się grzecznie zachowywali. Ja przeglądałem dziesiątki książek. Ty brałeś jedną – na ogół przeznaczoną dla starszych czytelników – sadowiłeś się gdzieś w rogu w worku sako – i pochłaniałeś ją całą od deski do deski.

Schodzę dwa poziomy niżej do obskurnego podziemia. Tu króluje stara szkoła – ustawione na aluminiowych regałach długie rzędy książek, które raczej nie zainteresują przypadkowego gościa biblioteki. Obok stoi kilka topornych biurek dla prawdziwych moli książkowych. W rogu, na tabliczce przy drzwiach, widnieje napis: DZIAŁ HISTORII MIASTA. Chylę głowę i pukam w drzwi z twardego drewna.

Kiedy doktor Jeff Kaufman podnosi wzrok, zamocowane na łańcuszku okulary do czytania zsuwają mu się z nosa i zawisają na piersi. Ma na sobie zapinany z przodu gruby wełniany sweter i jest w zasadzie łysy. Wianuszek siwych włosów po bokach wygląda, jakby chciał czym prędzej ulecieć z jego czaszki.

– Cześć, Nap.

– Dzień dobry, doktorze Kaufman.

Marszczy czoło. Był bibliotekarzem i historykiem miasta, zanim jeszcze przenieśliśmy się do Westbridge, i jeśli ktoś w dzieciństwie zwracał się do cieszącej się powszechną atencją osoby per „panie doktorze”, nie tak łatwo przejść z nią teraz na ty. Wchodzę do zagraconego gabinetu i pytam doktora Kaufmana, co może mi powiedzieć o położonej nieopodal gimnazjum dawnej bazie pocisków Nike.

Wyraźnie się ożywia. Prosi, żebym usiadł naprzeciwko niego przy stole, i przez dłuższą chwilę zbiera myśli. Przed sobą ma porozrzucane czarno-białe fotografie z dawnych czasów. Zerkam na nie w nadziei, że któreś przedstawia starą bazę, ale nie dostrzegam ani jednej.

Doktor Kaufman odchrząkuje.

– Bazy pocisków Nike zakładano w latach pięćdziesiątych w całym New Jersey – mówi. – To był szczytowy moment zimnej wojny. Nie uwierzysz, ale w trakcie szkolnych ćwiczeń przygotowujących do ataku nuklearnego uczniowie chowali się pod ławkami. Tak jakby to coś mogło pomóc. Baza w Westbridge została zbudowana w roku tysiąc dziewięćset pięćdziesiątym czwartym.

– Armia budowała te bazy na terenach podmiejskich?

– Jasne. Również na terenach wiejskich. W New Jersey mieliśmy wówczas sporo gospodarstw rolnych.

– Czemu konkretnie miały służyć pociski Nike? – pytam.

– To były rakiety ziemia–powietrze. Mówiąc w skrócie, stanowiły element obrony przeciwlotniczej. Miały zestrzeliwać atakujące sowieckie samoloty, przede wszystkim bombowce Tu dziewięćdziesiąt pięć, które były w stanie przelecieć bez tankowania dziesięć tysięcy kilometrów. W północnej części New Jersey baterie pocisków znajdowały się w dwunastu bazach. W Sandy Hook wciąż zachowały się pozostałości jednej z nich, jeśli miałbyś ochotę tam pojechać. Na terenie byłej bazy w Livingston powstała kolonia artystów.

Baterie przeciwlotnicze były także we Franklin Lakes, East Hanover i Morristown.

Trudno mi w to uwierzyć.

– Pociski Nike umieszczono w każdym z tych miasteczek?

– Oczywiście. Na początku to były trochę mniejsze pociski Nike Ajax, ale i tak miały dziesięć metrów długości. Trzymano je w podziemnych silosach i windowano na powierzchnię w taki sam sposób, w jaki w warsztacie podnosi się samochód na podnośniku.

– Nie bardzo rozumiem – mówię. – Jak rząd mógł utrzymywać coś takiego w tajemnicy?

– Wcale nie utrzymywali tego w tajemnicy. Przynajmniej na początku. – Doktor Kaufman odchyla się na oparcie krzesła i składa ręce na brzuchu. – W gruncie rzeczy szczycono się tymi bazami. Nie uwierzysz, ale kiedy miałem siedem lat… to było w roku tysiąc dziewięćset sześćdziesiątym… zwiedziłem bazę w Westbridge razem ze swoją drużyną skautów. Świadomość, że lokalna bateria rakiet broni nas przed sowieckimi bombowcami dalekiego zasięgu, miała nam gwarantować spokojny sen.

– Ale to się zmieniło?

– Owszem.

– Kiedy?

– Na początku lat sześćdziesiątych. – Jeff Kaufman wzdycha, podnosi się od stołu i otwiera stojącą za nim wysoką szafkę na akta. – Zastąpili wtedy pociski Nike Ajax większymi rakietami Nike Hercules. – Wyjmuje z szafki dwie fotografie groźnie wyglądających białych rakiet z napisem

US ARMY z boku. – Długość trzynaście metrów. Trzykrotna prędkość dźwięku. To mniej więcej trzy tysiące sześćset kilometrów na godzinę. Zasięg sto dwadzieścia kilometrów.

Siada z powrotem na krześle i kładzie ręce na stole.

– Ale największa zmiana, jaką wprowadzono w pociskach Nike Hercules, zmiana, w związku z którą utajniono program, wiąże się z ich ładunkiem.

– To znaczy?

– Pociski uzbrojono w głowice nuklearne.

Trudno to sobie wyobrazić.

– Broń atomowa była tu, w…

– Owszem, u nas w Westbridge. Uzbrojone głowice atomowe. Doszło nawet do kilku wypadków. Jedna z rakiet spadła z platformy, kiedy przewożono ją w górę zbocza. Wylądowała na betonie i głowica pękła. Zaczął się z niej wydobywać dym. Wtedy nikt oczywiście o tym nie wiedział. Wszystko było tuszowane. Tak czy owak, program Nike funkcjonował aż do początku lat siedemdziesiątych. Centrum dowodzenia w Westbridge zamknięto jako jedno z ostatnich. To było chyba w roku tysiąc dziewięćset siedemdziesiątym czwartym.

– A potem co? – zapytałem. – To znaczy, co działo się na tym terenie po zamknięciu centrum dowodzenia?

– W późnych latach siedemdziesiątych sprawy militarne zeszły na dalszy plan. Wojna w Wietnamie się skończyła. Bazy po prostu zamknięto na trzy spusty. Część popadła w ruinę. W końcu większość sprzedano. Na miejscu baterii w East Hanover zbudowano na przykład osiedle mieszkaniowe. Jedna z ulic nazywa się tam Nike Drive.

– A co z bazą w Westbridge?

Doktor Kaufman uśmiecha się.

– Historia naszej bazy jest nieco mroczniejsza – mówi.

Czekam.

Kaufman nagle nachyla się do mnie i zadaje pytanie, którego spodziewałem się właściwie wcześniej:

– Pozwolisz, że zapytam, dlaczego to wszystko tak bardzo cię zainteresowało?

Zastanawiam się, czy czegoś nie zmyślić albo oświadczyć, że wolałbym to zachować w tajemnicy, ostatecznie jednak dochodzę do wniosku, że nie zaszkodzi powiedzieć prawdę.

– To wiąże się ze sprawą, nad którą pracuję.

– Jakiego rodzaju sprawą, jeśli wolno spytać?

– To historia sprzed wielu lat.

– Mówisz o śmierci swojego brata? – pyta Kaufman, patrząc mi prosto w oczy.

Trafiony, zatopiony.

Nie odzywam się ani słowem – bo, po pierwsze, nauczyłem się trzymać język za zębami i nie wyrywać pochopnie do odpowiedzi, a po drugie, nie bardzo jestem w stanie.

– Przyjaźniłem się z twoim ojcem – mówi Kaufman. – Wiedziałeś o tym, prawda?

Udaje mi się kiwnąć głową.

– A Leo… – Odchyla się i widzę, że lekko pobladł. – On też chciał się dowiedzieć czegoś więcej o historii bazy.

– Leo przyszedł z tym do pana? – pytam.

– Tak.

– Kiedy?

– Nie powiem ci dokładnie. W ostatnim roku swojego życia przychodził do mnie kilka razy. Ta baza go fascynowała. I przychodzili z nim jego znajomi.

– Pamięta pan ich nazwiska?

– Nie, przykro mi.

– Co im pan powiedział?

– To samo, co mówię teraz tobie.

Kręci mi się w głowie. Nie wiem, co mam o tym myśleć.

– Na pogrzebie Leo podałem ci dłoń – mówi Kaufman. – Wątpię, żebyś to pamiętał. Było tam tyle osób, a ty sprawiałeś wrażenie zdruzgotanego. Powiedziałem o tym twojemu ojcu.

Te słowa przywołują mnie do rzeczywistości.

– O czym powiedział pan mojemu ojcu?

– Że Leo przychodził tutaj i wypytywał o bazę.

– I jak zareagował mój tato?

– Był mi chyba wdzięczny. Leo był taki inteligentny i dociekliwy. Pomyślałem po prostu, że twój ojciec będzie chciał się o tym dowiedzieć. Nigdy nie przyszło mi do głowy, że to może mieć jakiś związek z jego śmiercią... To znaczy nadal w to nie wierzę. Tyle że teraz ty przyszedłeś z tym do mnie, Nap. I ty też jesteś niegłupi. – Kaufman podnosi wzrok. – Więc powiedz mi. Czy istnieje jakiś związek?

– Muszę poznać resztę tej historii.

– W porządku.

– Co się stało z bazą po tym, jak program Nike został zamknięty?

– Oficjalnie przejął ją Departament Rolnictwa.

– A nieoficjalnie?

– Czy jako chłopak kiedykolwiek tam chodziłeś?

– Tak.

– My też, kiedy byliśmy młodzi. Zakradaliśmy się przez dziurę w ogrodzeniu i popijaliśmy alkohol. Pamiętam, że kiedyś tak się zalaliśmy, że jeden z żołnierzy odwiózł nas jeepem do domu. Ojciec dał mi potem na trzy tygodnie szlaban. – Kaufman uśmiecha się. – A tobie jak blisko udało się tam podejść?

– Niezbyt.

– No właśnie.

– Nie bardzo rozumiem.

– Kiedy bazę przejął Departament Rolnictwa, ochrona stała się bardziej szczelna, niż kiedy mieściła się tam baza pocisków z głowicami nuklearnymi. – Kaufman przekrzywia głowę. – Jak to wytłumaczyć?

Nie odpowiadam.

– Zastanów się. Masz do dyspozycji te puste bazy. Każda ma zainstalowany zaawansowany system bezpieczeństwa. Gdybyś był rządową instytucją, która woli się nie afiszować, realizuje jakieś tajne zadania… Pomyśl o jednej z tych agencji na trzy litery, które chciałyby ukryć się w ten sposób, nie rzucać w oczy. Nie zdarzyłoby się to po raz pierwszy. O dawnej bazie sił powietrznych Montauk krążą dziesiątki plotek.

– Jakiego rodzaju?

– Że pracowali tam nazistowscy naukowcy, eksperymentowano z LSD, badano UFO i techniki kontroli umysłu. Najróżniejsze szalone teorie.

– A pan w nie wierzy? Wierzy pan, że rząd Stanów Zjednoczonych ukrywał w Westbridge nazistów i kosmitów?

– Na litość boską, Nap, przecież mieli tutaj broń atomową! – stwierdza z błyskiem w oku Kaufman. – Czy tak trudno wyobrazić sobie, że ukrywali coś więcej?

Nie odpowiadam.

– To nie musieli być naziści ani kosmici – ciągnie. – Mogli tu testować zaawansowane technologie, projekty agencji DARPA, lasery, drony, metody modyfikacji pogody, hakerstwo. Czy to naprawdę wydaje się nieprawdopodobne, biorąc pod uwagę, jak dokładnie pilnowali tego miejsca?

Nie, nie wydaje się.

Jeff Kaufman wstaje i zaczyna chodzić po pokoju.

– Tak się składa, że jestem cholernie dobrym researcherem – mówi. – W swoim czasie dość dokładnie to sprawdziłem. Pojechałem nawet do Waszyngtonu, żeby pogrzebać w aktach i archiwach. Odkryłem jedynie, że prowadzono tu nieszkodliwe badania nad kukurydzą i żywym inwentarzem.

– Powtórzył pan to wszystko mojemu bratu?

– Tak, i jego kolegom.

– Ilu ich było?

– Słucham?

– Ilu kolegów przychodziło tu razem z Leo?

– Pięć, może sześć osób, nie pamiętam.

– Były z nim jakieś dziewczyny?

Kaufman zastanawia się nad tym.

– Były chyba dwie, ale nie mogę tego przysiąc. Być może tylko jedna.

– Wie pan, że Leo nie zginął sam.

Kaufman kiwa głową.

– Oczywiście. Była z nim Diana Styles. Córka komendanta.

– Czy Diana była jedną z tych dziewczyn, które przychodziły tu razem z moim bratem?

– Nie.

Nadal nie wiem, co o tym sądzić.

– Czy ma pan jeszcze jakieś informacje, które mogłyby mi pomóc, doktorze Kaufman? – pytam.

– Pomóc w czym, Nap?

– Powiedzmy, że ma pan rację. Że w bazie prowadzono ściśle tajne badania. I powiedzmy, że ci młodzi jakimś cudem to odkryli. Co by się z nimi stało?

Teraz to z kolei Kaufman nie wie, co powiedzieć. Opada mu szczęka.

– Czego jeszcze się pan dowiedział? – naciskam.

– Dwóch rzeczy. – Odchrząkuje i siada z powrotem na krześle. – Ustaliłem nazwisko jednego z komendantów bazy. Andy Reeves. Był podobno specjalistą od rolnictwa, z Michigan, ale kiedy zacząłem sprawdzać jego dane osobowe, były bardzo niejasne.

– CIA?

– Pasuje do wzoru. I nadal mieszka w okolicy.

– Czy kiedykolwiek rozmawiał pan z nim o bazie?

– Próbowałem.

– I co?

– Powiedział, że zajmowali się nudnymi rolniczymi sprawami. Liczeniem sztuk bydła i wysokości zbiorów, tak właśnie to ujął.

– A ta druga rzecz?

– Data zamknięcia bazy.

– No właśnie, kiedy to było?

– Piętnaście lat temu – odpowiada Kaufman. – Trzy miesiące po tym, jak na torach odnaleziono zwłoki twojego brata i córki Augiego.

Wracając do samochodu, dzwonię do Augiego.

– Rozmawiałem właśnie z Jeffem Kaufmanem – mówię.

Wydaje mi się, że słyszę w słuchawce westchnienie.

– Cudownie…

– Powiedział mi kilka interesujących rzeczy na temat dawnej bazy.

– Założę się, że były interesujące.

– Znasz Andy'ego Reevesa?

– Owszem.

Idę w tym momencie przez miasto.

– Skąd?

– Od trzydziestu lat jestem szefem miejscowej policji, pamiętasz? Był komendantem bazy, kiedy prowadzono tutaj badania nad rolnictwem.

Mijam nową knajpę, w której podają tylko różnie przyrządzone skrzydełka kurczaka. Sam zapach wystarcza, by stwardniały mi tętnice.

– Wierzysz w to? – pytam.

– W co?

– Że prowadzili tam badania rolnicze.

– Wierzę w to o wiele bardziej niż w to, że eksperymentowali na ludzkim umyśle. Jako szef policji znałem wszystkich komendantów bazy, którzy służyli tam, gdy pełniłem tę funkcję. Mój poprzednik znał wcześniejszych.

– Kaufman mówi, że w latach sześćdziesiątych w bazie były pociski z głowicami nuklearnymi.

– Też o tym słyszałem.

– Mówił również, że kiedy baza zmieniła przeznaczenie, zaczęto jej strzec o wiele pilniej.

– Bez obrazy dla Kaufmana, ale chyba za bardzo dramatyzuje.

– Nie rozumiem.

– Bazy pocisków Nike działały z początku całkiem jawnie. Na pewno ci o tym mówił?

– Zgadza się.

– Więc kiedy uzbrojono je w głowice nuklearne, ich nagłe utajnienie i wprowadzenie ściślejszej ochrony mogło się wydać podejrzane. Oczywiście uruchomiono dodatkowe środki bezpieczeństwa, ale zrobiono to w bardziej subtelny sposób.

– A co się stało, kiedy zabrano stąd rakiety?

– Ochrona mogła zostać wzmocniona, ale wynikało to po prostu z rozwoju technologii. Pojawił się nowy personel, wzniesiono nowe ogrodzenie.

Przecinam Oak Street, która jest naszym lokalnym zagłębiem gastronomicznym. Mijam knajpę japońską, tajską, francuską, włoską, dim sum i to, co nazywa się „California fusion". Dalej jest kilka oddziałów banków. Nie bardzo rozumiem, po co je tu ulokowano. Nigdy nie widziałem, żeby w miejscowych bankach ktoś robił coś poza wyjmowaniem forsy z bankomatu.

– Chciałbym porozmawiać z tym Andym Reevesem – mówię Augiemu. – Możesz to załatwić?

Oczekuję, że będzie się wzbraniał, lecz on od razu się godzi.

– Dobrze, zrobię to dla ciebie.

– Nie masz zamiaru mnie powstrzymywać? – pytam.

– Nie. Najwyraźniej tego potrzebujesz – odpowiada Augie i rozłącza się.

Kiedy podchodzę do samochodu, dzwoni komórka. Na wyświetlaczu widzę, że to Ellie.

– Cześć.

– Jesteś potrzebny w schronisku – mówi Ellie.

Nie podoba mi się jej ton.

– Coś się stało?

– Nic. Po prostu przyjedź jak najszybciej, dobrze?

– W porządku.

Ellie rozłącza się. Sięgam do wnętrza samochodu i wyjmuję przenośną policyjną syrenę. Prawie nigdy jej nie używam, ale teraz jest chyba odpowiednia pora. Mocuję ją na dachu i ruszam z piskiem opon.

W schronisku jestem po dwunastu minutach. Wchodzę szybkim krokiem do środka i skręcam w lewo. Ellie czeka na mnie przed swoim gabinetem. Po jej twarzy widzę, że to coś ważnego.

– Co jest? – pytam.

Ellie nie odzywa się, wskazuje tylko gestem, żebym wszedł do środka. Naciskam klamkę, otwieram drzwi i zaglądam do jej gabinetu.

W pomieszczeniu są dwie kobiety.

Tej po lewej nie znam. Ta druga... Poznaję ją dopiero po sekundzie. Ładnie się zestarzała, lepiej, niż mógłbym się spodziewać. Minione piętnaście lat okazało się dla niej łaskawe. Jakiś udział musiało w tym mieć życie w trzeźwości albo joga. Tak czy inaczej, wygląda świetnie.

Nasze oczy się spotykają. Przez chwilę nic nie mówię. Po prostu stoję w miejscu.

– Wiedziałam, że jeszcze się kiedyś spotkamy – mówi ona.

Cofam się pamięcią do dnia, gdy stojąc naprzeciwko jej domu, patrzyłem, jak w źle dopasowanej letniej sukience oddala się chwiejnym krokiem ulicą. To Lynn Wells.

Matka Maury.

Rozdział 16

– Gdzie jest Maura? – pytam, nie bawiąc się w ceregiele.

– Niech pan zamknie za sobą drzwi – mówi druga kobieta.

Jej włosy są w kolorze marchewkowym, takim samym jak szminka na ustach. Ma na sobie szyty na miarę szary kostium i bluzkę z falbankami. Nie jestem znawcą mody, ale jej ubranie wygląda mi na drogie.

– Kim pani jest? – pytam, po czym odwracam się w stronę drzwi. Ellie kiwa mi głową, kiedy je zamykam.

– Nazywam się Bernadette Hamilton. Jestem przyjaciółką Lynn.

Odnoszę wrażenie, że jest kimś więcej niż tylko przyjaciółką, ale mam to gdzieś. Serce wali mi tak mocno, że muszą to obie widzieć. Obracam się do pani Wells, żeby zapytać ją po raz drugi o to samo, lecz nagle zmieniam zdanie.

Wyluzuj, mówię sobie.

Mam do niej oczywiście milion pytań, ale wiem również, że ważne przesłuchania wymagają nadludzkiej wręcz cierpliwości. To pani Wells przyszła do mnie, a nie odwrotnie. Ona mnie znalazła. Użyła nawet Ellie jako pośredniczki, dzięki czemu nie musiała odwiedzać mnie w domu lub w pracy czy zostawiać telefonu. Wszystko to wymagało pewnego trudu.

Jaki z tego wniosek?

Ta kobieta czegoś ode mnie potrzebuje.

Powinienem pozwolić jej mówić. Czekać, aż powie coś niepytana. Wstrzymać się z komentarzem. To mój typowy *modus operandi*. Nie muszę go zmieniać tylko dlatego, że to sprawa osobista. Dlatego staram się zachować spokój. O nic jej nie pytam. Nie ponaglam ani niczego nie żądam.

Zwolnij. Zaczekaj. Wszystko zaplanuj.

Ale jedno jest pewne, Lęo: nie ma mowy, żeby pani Wells wyszła stąd, nie zdradziwszy, gdzie jest Maura.

Stoję i czekam, aż wykona pierwszy ruch.

– Zgłosiła się do mnie policja – odzywa się w końcu.

Milczę.

– Ich zdaniem Maura jest zamieszana w zabójstwo policjanta. Czy to prawda? – pyta, gdy nadal nic nie mówię.

Kiwam głową. Widzę, że Bernadette kładzie dłoń na jej ręce.

– Naprawdę wierzysz, że Maura może być zamieszana w morderstwo? – pyta Lynn.

– Tak, to możliwe – odpowiadam.

Otwiera szerzej oczy. Widzę, jak dłoń Bernadette zaciska się na jej ręce.

– Maura nie mogłaby nikogo zabić. Przecież wiesz.

Powstrzymuję się od uszczypliwej odpowiedzi.

– Policjantka, która mnie odwiedziła, nazywa się Reynolds. Jest z Pensylwanii. Podobno pomagasz jej w śledztwie?

Lynn Wells formułuje to jak pytanie. Ponownie nie daję się złapać na haczyk.

– Nie bardzo rozumiem, Nap. Dlaczego miałbyś badać sprawę zabójstwa, do którego doszło w innym stanie?

– Porucznik Reynolds powiedziała ci, jak nazywała się ofiara?

– Nie sądzę. Powiedziała tylko, że to był policjant.

– Nazywał się Rex Canton. – Uważnie obserwuję jej twarz. Zero reakcji. – Nic pani nie mówi to nazwisko?

Przez chwilę się zastanawia.

– Nie, nie sądzę.

– Rex chodził do naszej klasy w liceum.

– W Westbridge?

– Tak.

Krew zaczyna odpływać jej z twarzy.

Do diabła z cierpliwością. Czasami lepiej jest działać z zaskoczenia.

– Gdzie jest Maura? – pytam po raz kolejny.

– Nie wiem – odpowiada Lynn Wells.

Unoszę prawą brew, dając do zrozumienia, że naprawdę bardzo w to wątpię.

– Nie wiem – powtarza. – Dlatego do ciebie przyszłam. Miałam nadzieję, że mi pomożesz.

– Pomogę pani odnaleźć Maurę?

– Tak.

– Nie widziałem jej, odkąd skończyłem osiemnaście lat – mówię schrypniętym głosem.

Zaczyna dzwonić stojący na biurku telefon. Wszyscy go ignorujemy. Spoglądam na Bernadette, lecz ona nie odrywa wzroku od Lynn.

– Jeśli pani chce, żebym pomógł pani odnaleźć córkę – kontynuuję, starając się mówić rzeczowym, spokojnym tonem, choć serce wali mi jak opętane – musi mi pani powiedzieć wszystko, co pani wie.

Cisza.

W końcu Lynn Wells zerka na Bernadette, a ta kręci głową.

– On nam nie pomoże – mówi.

Lynn Wells najwyraźniej się z nią zgadza.

– To był błąd – stwierdza. Obie kobiety wstają. – Nie powinnyśmy były tu przychodzić.

Ruszają w stronę drzwi.

– Dokąd to? – pytam.

– Wychodzimy – oznajmia stanowczym głosem Lynn.

– Nie – mówię.

Bernadette ignoruje mnie i próbuje dostać się do drzwi. Blokuję jej drogę.

– Niech się pan odsunie – rzuca.

– Ta sprawa z Maurą ją przerasta – stwierdzam, spoglądając na Lynn.

– Nie ma pan o niczym pojęcia.

Nie odsuwam się, kiedy Bernadette sięga w stronę klamki.

– Będzie nas pan tu przetrzymywał siłą? – pyta.

– Tak.

Wcale nie blefuję. Przez całe swoje dorosłe życie chciałem poznać odpowiedzi na te pytania, i teraz, kiedy mogę je uzyskać, nie pozwolę im wyjść. Pod żadnym pozorem, w żadnym wypadku. Będę tu trzymał Lynn Wells tak długo, aż dowiem się, co przede mną ukrywa. Nie dbam, jak to będzie wyglądało z etycznego i prawnego punktu widzenia. Matka Maury nie wyjdzie z tego pokoju, dopóki nie powie mi tego, co chcę wiedzieć.

Nie zmieniam pozycji.

Próbuję swojego wzroku świra, ale nie bardzo mi się udaje. W środku cały się trzęsę i one chyba to dostrzegają.

– Nie możesz mu zaufać – mówi Bernadette.

– Piętnaście lat temu – zwracam się do Lynn, ignorując jej przyjaciółkę – wróciłem do domu z meczu hokeja. Miałem wtedy osiemnaście lat. Chodziłem do ostatniej klasy liceum. Miałem brata bliźniaka, który był moim najlepszym kumplem. I dziewczynę, którą uważałem za swoją drugą połówkę. Siedząc przy kuchennym stole, czekałem, aż brat wróci do domu…

Lynn Wells obserwuje moją twarz. Widzę coś, czego nie do końca rozumiem. W oczach stają jej łzy.

– Wiem – mówi. – Tamtej nocy twoje i moje życie zmieniło się na zawsze.

– Lynn…

Matka Maury daje znak Bernadette, żeby się przymknęła.

– Co się wtedy stało? – pytam. – Dlaczego Maura uciekła?

– Może pan nam to powie – odzywa się Bernadette.

Nie bardzo rozumiem, o co jej chodzi. Lynn kładzie dłoń na jej ramieniu.

– Zaczekaj na zewnątrz – prosi.

– Nie zostawię cię tu z nim samej.

– Muszę porozmawiać z Napem w cztery oczy.

Bernadette próbuje protestować, ale stoi na przegranej pozycji. Odsuwam się kilkanaście centymetrów od drzwi. Nadal wolę nie ryzykować. Uchylam je tylko na tyle, żeby Bernadette mogła się przecisnąć. Pilnuję, żeby matka Maury nie wymknęła się w ślad za nią. Niepotrzebnie. Wychodząc, Bernadette rzuca mi nienawistne spojrzenie.

Lynn Wells i ja zostajemy sami.

– Usiądźmy – prosi.

• • •

– Wiesz, jak wyglądały wtedy moje stosunki z Maurą – mówi.

Ustawiliśmy stojące przed biurkiem Ellie dwa krzesła tak, żeby móc siedzieć naprzeciwko siebie. Na serdecznym palcu jej lewej ręki zauważam teraz ślubną obrączkę. Mówiąc, przez cały czas ją obraca.

– Wiem – odpowiadam, widząc, że czeka na moje potwierdzenie.

– Były fatalne. Z mojej winy. W głównej mierze z mojej. Za dużo wtedy piłam. I byłam wściekła, bo bycie samotną matką nie pozwalało mi… sama nie wiem… pewnie pić jeszcze więcej. To był w ogóle fatalny okres. Maura weszła w trudny wiek, no i była urodzoną buntowniczką. Ale ty świetnie o tym wiesz. To właśnie cię do niej przyciągało, prawda? Więc kiedy się to wszystko połączy… – Lynn zaciska mocno obie dłonie, a potem nagle je otwiera, wskazując, że doszło do wybuchu. – Ledwo wiązałyśmy koniec z końcem. Ja pracowałam na dwóch etatach. W sklepie odzieżowym Kohl's i u Bennigana jako kelnerka. Maura przez jakiś czas dorabiała na pół etatu w sklepie zoologicznym Jensona. Chyba pamiętasz?

– Tak.

– Wiesz, dlaczego stamtąd odeszła?

– Mówiła, że ma alergię na psy.

Lynn ze smutkiem się uśmiecha.

– Mike Jenson ciągle się do niej dobierał – mówi.

Nawet teraz, po tylu latach, czuję, jak zalewa mnie fala gorąca.

– Mówi pani serio? – pytam, ale widzę, że to prawda.

– Maura mówiła, że jesteś w gorącej wodzie kąpany. Bała się, że jeśli ci powie... zresztą to nie ma teraz znaczenia. Mieszkałyśmy wtedy w Irvington, ale kiedy Maura zaczęła pracować u Jensona, spodobało nam się tu, w Westbridge. Ten pomysł podsunęła mi kobieta, z którą pracowałam w Kohl's. Powiedziała, że powinnam zamieszkać w najtańszej części miasta, w którym są dobre szkoły. „Dzięki temu twoja córka zdobędzie lepsze wykształcenie", mówiła. To mnie przekonało. Cokolwiek byś mówił o Maurze, była piekielnie zdolna. Wy dwoje poznaliście się wkrótce potem...

Lynn Wells milknie.

– Niepotrzebnie o tym wszystkim opowiadam.

– Niech pani przejdzie od razu do wydarzeń tamtej nocy – daję jej dobrą radę.

Kiwa głową.

– Maura nie wróciła do domu – mówi.

Wstrzymuję oddech.

– Z początku się nie zorientowałam. Pracowałam do późnego wieczora, a potem wyszłam na miasto z przyjaciółmi. Oczywiście żeby się napić. Do domu wróciłam dopiero o czwartej rano. A może później, nie pamiętam. Nie sądzę, żebym zajrzała do jej pokoju. Wzorowa matka, nie? Choć nie wiem, czy to by cokolwiek zmieniło. Co bym zrobiła, gdybym odkryła, że jej nie ma? Pewnie nic. Doszłabym do wniosku, że została u ciebie. Albo pojechała do Nowego Jorku. Zanim się poznaliście, często odwiedzała znajomych na Manhattanie. A kiedy się w końcu obudziłam i zorientowałam, że jej nie ma, zbliżało się południe. Uznałam, że już wyszła. To wydawało się logiczne, prawda? Więc specjalnie się nad tym nie zastanawiałam. A potem poszłam do pracy. Miałam podwójną zmianę u Bennigana. Zbliżała się pora zamknięcia, kiedy barman powiedział, że jest do mnie telefon. To było dziwne. Kierownik mnie za to ochrzanił. Dzwoniła Maura.

Czuję, jak w kieszeni wibruje komórka, ale to ignoruję.

– Co powiedziała? – pytam.

– Zaniepokoiło mnie to. Bo, jak mówiłam, Maura nigdy wcześniej nie dzwoniła do mnie do pracy. „Wszystko w porządku, skarbie?", zapytałam. „Jakiś czas mnie nie będzie, mamo", odparła. „Gdyby ktoś o mnie pytał, powiedz, że jestem wstrząśnięta tym, co się wydarzyło, i że zmieniam szkołę. I nie mów nic policji". – Lynn bierze głęboki oddech. – I wiesz, co na to odpowiedziałam?

– Co?

Na jej twarzy znów widzę ten smutny uśmiech.

– Zapytałam, czy się czymś najarała. To pierwsza rzecz, o którą zapytałam córkę, kiedy zadzwoniła do mnie z prośbą o pomoc. „Najarałaś się czy co?", zapytałam.

– I co ona na to?

– Nic. Po prostu się rozłączyła. Nie wiem nawet, czy mnie usłyszała. Nie miałam pojęcia, co ma na myśli, mówiąc, że wstrząsnęło nią to, co się wydarzyło. Byłam do tego stopnia niezorientowana, Nap. Nie wiedziałam nic o twoim bracie i o córce Stylesów. Wróciłam więc po prostu do pracy. Ludzie przy dwóch stolikach zaczynali się już skarżyć. I kiedy odbierałam zamówienie przy stoliku naprzeciwko baru... wiesz, że mają tam zawsze włączony telewizor?

Kiwam głową.

– Na ogół na kanał sportowy, ale ktoś przełączył na wiadomości... I wtedy właśnie zobaczyłam. – Lynn kręci głową. – Boże, to było straszne. Nie podali żadnych nazwisk. Więc nie wiedziałam nawet, że to był twój brat. Wyłącznie, że dwoje uczniów z Westbridge wpadło pod pociąg. W każdym razie zaczęłam pojmować, o czym mówiła Maura. Uznałam, że wytrąciło ją to z równowagi i potrzebuje kilku dni, żeby się ogarnąć. Nie wiedziałam, co robić, ale nauczyłam się w życiu kilku rzeczy. Jedną z nich jest, żeby nie reagować za szybko. Nie jestem zbyt inteligentna. Jeśli trzeba wybrać pomiędzy drogą A i drogą B, czasami lepiej jest zostać tam, gdzie się jest, i poznać ukształtowanie terenu. Dotrwałam więc spokojnie do końca zmiany. Jak mówiłam, wszystko to wydawało się dość sensowne. Z wyjątkiem tego, że mam nie mówić nic policji. To mnie trochę niepokoiło, ale byłam zbyt zarobiona, żeby o tym długo myśleć. Więc po skończonej zmianie wyszłam na parking do samochodu. Miałam się spotkać z facetem, z którym się wtedy widywałam, ale straciłam na to ochotę. Chciałam po prostu wrócić do domu i się tam zaszyć. Parking był praktycznie pusty. I czekali tam na mnie ci faceci.

Odwraca ode mnie wzrok i mruga.

– Faceci? – powtarzam.

– Było ich czterech.

– Chce pani powiedzieć, że to byli policjanci?

– Tak mówili. Pokazali mi odznaki.

– Czego chcieli?

– Dowiedzieć się, gdzie jest Maura.

Staram się to sobie wyobrazić. Knajpę Bennigana zamknięto przed wielu laty i zastąpiła ją inna sieciówka o nazwie Macaroni Grill, ale znam dobrze ten parking.

– Co im pani powiedziała?

– Że nie wiem.

– Rozumiem.

– Byli bardzo grzeczni. Ten, który nimi dowodził i trzymał całą gadkę, miał bladą cerę i świszczący głos. Kiedy go słuchałam, przechodziły mnie ciarki. I miał długie paznokcie u rąk. Nie cierpię tego u mężczyzn. Powiedział, że Maurze nic nie grozi. Że jeśli sama się zgłosi, wszystko będzie w porządku. Był bardzo przekonujący.

– Ale pani mu nie dowierzała.

– Zgadza się.

– I co potem?

– Potem... – Widzę, jak w jej oczach znów stają łzy. Przykłada dłoń do szyi. – Nie wiem nawet, jak to powiedzieć.

Kładę dłoń na jej dłoni.

– Proszę się nie bać – mówię.

W pokoju coś się zmienia. Tak jakby doszło do silnego wyładowania elektrycznego.

– Co się zdarzyło potem, pani Wells?

– Potem… – Lynn przerywa i wzrusza ramionami. – Ocknęłam się tydzień później.

– Nie rozumiem – odzywam się po chwili.

– Ja też tego nie rozumiem. Następną rzeczą, jaką pamiętam, było walenie do tylnych drzwi. Otworzyłam oczy i uświadomiłam sobie, że leżę w łóżku. Zerknęłam przez żaluzje, żeby sprawdzić, kto się tak dobija.

Lynn patrzy na mnie.

– To byłeś ty, Nap.

Oczywiście to pamiętam. Pamiętam, jak poszedłem do jej domu i waliłem w tylne drzwi. Chciałem odnaleźć Maurę, która nie skontaktowała się ze mną ani razu od śmierci mojego brata. Wysłała tylko esemesa, w którym napisała, że to było tak straszne, że wyjeżdża.

I że między nami wszystko skończone.

– Nie otworzyłam ci drzwi – mówi Lynn.

– Wiem.

– Przepraszam.

Zbywam to machnięciem dłoni.

– Powiedziała pani, że ocknęła się pani tydzień później.

– No właśnie. Myślałam, że to ranek następnego dnia, ale okazało się, że minął cały tydzień. Nie wiedziałam, jak to wytłumaczyć. Próbowałam odtworzyć, co się ze mną działo. Najbardziej prawdopodobny scenariusz był taki, że się urżnęłam i urwał mi się film, prawda? Że ten blady facet o świszczącym głosie podziękował za poświęcony mu czas, poprosił, żebym skontaktowała się z nim, gdyby odezwała się Maura, i odszedł. A ja wsiadłam do samochodu i poszłam w tango. – Lynn przechyla lekko głowę. – Nie wydaje ci się to najbardziej prawdopodobnym wytłumaczeniem, Nap?

Mam wrażenie, jakby temperatura w gabinecie Ellie spadła o dziesięć stopni.

– Ale nie sądzę, żeby tak to wyglądało – mówi Lynn.

– Co się pani zdaniem wydarzyło?

– Myślę, że ten blady facet o świszczącym głosie coś mi zrobił.

Słyszę, jak huczy mi w uszach, jakbym przystawił do nich muszle.

– Co konkretnie?

– Sądzę, że zawieźli mnie w jakieś miejsce i jeszcze raz zapytali o Maurę. Zaraz po obudzeniu coś jeszcze pamiętałam. Złe rzeczy. Ale potem te wspomnienia uleciały, tak jak ulatują czasem złe sny. Zdarzyło ci się to kiedyś? Że zaraz po obudzeniu pamiętałeś jeszcze koszmarny sen i myślałeś, że nigdy go nie zapomnisz, a potem wszystko się rozwiało?

– Tak – słyszę swój głos.

– Więc tak to wyglądało. Wiedziałam, że to było coś złego. Gorsze od najgorszego snu, jaki można sobie wyobrazić. Ale kiedy chciałam to odtworzyć, to było tak, jakbym próbowała złapać dym.

Kiwam machinalnie głową.

– I co pani zrobiła?

Lynn Wells wzrusza ramionami.

– Poszłam po prostu do pracy, do sklepu. Myślałam, że

będę miała kłopoty, bo przecież kilka dni mnie nie było, ale okazało się, że wzięłam wolne.

– Choć pani w ogóle tego nie pamiętała.

– Nie. Tak samo wyglądało to u Bennigana. Powiedzieli, że poszłam na chorobowe.

Odchylam się na oparcie krzesła, próbując to wszystko zrozumieć.

– Wpadłam w paranoję. Wydawało mi się ciągle, że ktoś mnie śledzi. Widziałam faceta czytającego gazetę i byłam przekonana, że mnie obserwuje. Ty też kręciłeś się koło domu, Nap. Pamiętam, że cię przepędzałam, ale jak długo to mogło trwać? Wiedziałam, że muszę coś zrobić, zanim Maura wyjaśni mi, co jest grane. Dlatego zrobiłam to, o co mnie prosiła. Okłamałam cię, mówiąc, że zmieniła szkołę. Skontaktowałam się również z waszym liceum. Powiedziałam, że się wyprowadzamy i że zawiadomię ich w późniejszym terminie, dokąd mają przesłać jej papiery. Tak naprawdę w szkole nie zadawali dużo pytań. Wielu waszych kolegów było chyba zdruzgotanych i nie chodziło na zajęcia.

Lynn Wells ponownie przykłada rękę do szyi.

– Muszę się napić wody – mówi.

Wstaję i obchodzę dookoła biurko. Pod parapetem Ellie ma małą lodówkę. Zastanawiam się, dlaczego Lynn dotarła do mnie akurat za jej pośrednictwem, ale w tym momencie mam na głowie bardziej naglące sprawy. Otwieram lodówkę, widzę precyzyjnie poukładane butelki z wodą mineralną, biorę jedną i podaję Lynn.

– Dziękuję. – Odkręca zakrętkę i pociąga długi łyk niczym nałogowa pijaczka.

– Rzuciła pani picie – zauważam.

– Alkoholikiem jest się do końca życia – odpowiada. – Ale zgadza się, minęło trzynaście lat, odkąd wypiłam ostatniego drinka.

Kiwam głową z uznaniem, choć ona raczej go ode mnie nie potrzebuje.

– Zawdzięczam to Bernadette. Jest moją opoką. Spotkałam ją, kiedy byłam na samym dnie. Dwa lata temu wzięłyśmy legalny ślub.

Nie wiem, jak mam to skomentować.

– W porządku – mówię po prostu, bo chcę, żebyśmy wrócili do tematu. – Kiedy ponownie dostała pani jakąś wiadomość od Maury? – pytam.

Lynn pociąga kolejny łyk i zakręca nakrętkę.

– Mijały dni. Potem tygodnie. Serce zamierało mi w piersi za każdym razem, kiedy dzwonił telefon. Chciałam się komuś zwierzyć, ale komu? Maura zakazała mi iść na policję, a po tym, czego doświadczyłam z tym bladym facetem, wolałam... Już ci mówiłam: kiedy nie wie się, czy skręcić w drogę A, czy B, lepiej zostać tam, gdzie się jest. Ale przez cały czas się bałam. Miałam straszne sny. Słyszałam ten świszczący głos, który pytał mnie ciągle, gdzie jest Maura. Nie wiedziałam, co robić. Całe miasto było w żałobie po śmierci twojego brata i Diany. Któregoś dnia zajrzał do mnie jej ojciec, szef policji. On też chciał się dowiedzieć czegoś więcej o Maurze.

– Co mu pani powiedziała?

– To samo, co mówiłam wszystkim. Że przeraziło ją to, co się wydarzyło. Że przez jakiś czas będzie mieszkała u mojego kuzyna w Milwaukee, a potem zmieni szkołę.

– Miała pani kuzyna w Milwaukee?

Kiwa głową.

– Obiecał, że będzie mnie krył.

– Więc kiedy Maura odezwała się ponownie?

Lynn wpatruje się w butelkę z wodą, jedną ręką obejmując ją na dole, a drugą trzymając na białej nakrętce.

– Po trzech miesiącach – odpowiada.

Wstaję z krzesła, starając się powściągnąć emocje.

– Więc przez trzy miesiące...?

– Nie miałam pojęcia, gdzie jest. Zero kontaktu. Nic.

Nie wiem, co powiedzieć. Znów wibruje moja komórka.

– Byłam chora ze zmartwienia. Maura była mądrą i zaradną dziewczyną, ale wiesz, co sobie pomyślałam?

Kręcę głową.

– Że już nie żyje. Że ten blady facet o świszczącym głosie znalazł ją i zabił. Próbowałam zachować spokój, ale co tak naprawdę mogłam zrobić? Nawet jeślibym poszła na policję, co bym im powiedziała? Kto by mi uwierzył, gdybym zaczęła opowiadać o tygodniu wykreślonym z kalendarza i innych rzeczach? Kimkolwiek byli ci ludzie, albo już ją zabili, albo jeśli narobię hałasu, pomogę im ją znaleźć. Widzisz, w jakiej byłam sytuacji? Idąc na policję, wcale bym jej nie pomogła. Wiedziałam, że Maura albo da sobie sama radę, albo...

– ...zginie – kończę za nią.

Lynn Wells kiwa głową.

– Więc gdzie się z nią pani w końcu zobaczyła?

– W Starbucksie w Ramsey. Poszłam do łazienki na zapleczu i nagle stanęła za moimi plecami.

– Wcześniej do pani nie zadzwoniła?

– Nie.

– Po prostu ot tak się pojawiła?

– Tak.

Próbuję to zrozumieć.

– I co było dalej?

– Powiedziała, że grozi jej niebezpieczeństwo, ale sobie poradzi.

– Co jeszcze?

– Nic.

– Nie powiedziała nic więcej?

– Nie.

– A pani o nic nie pytała?

– Oczywiście, że pytałam. – Lynn Wells po raz pierwszy podnosi głos. – Złapałam ją za rękę i nie chciałam puścić. Błagałam, żeby powiedziała mi coś więcej. Przepraszałam za wszystko, co zrobiłam nie tak. Uścisnęła mnie, a potem wybiegła z toalety i skręciła w stronę tylnego wyjścia. Ruszyłam za nią, ale… nie zrozumiesz tego…

– Więc proszę mi wyjaśnić.

– Kiedy wyszłam z łazienki, znów stało tam kilku facetów.

Nie jestem pewien, czy dobrze słyszę.

– Tych samych? – pytam.

– Nie, nie tych samych, ale… jeden z nich ruszył w stronę tylnego wyjścia. A ja wsiadłam do samochodu i…

– I co?

Lynn Wells podnosi wzrok i widzę, jak znów przykłada rękę do szyi. Serce zamiera mi w piersi.

– Ktoś mógłby powiedzieć, że stres, jakiego doznałam na widok córki, sprawił, że ponownie poszłam w tango – mówi.

Biorę ją za rękę.

– Ile dni tym razem?

– Trzy. Ale teraz to rozumiesz, prawda?

– Maura wiedziała – odpowiadam, kiwając głową.

– Tak.

– Wiedziała, że będą panią wypytywać. Być może przy użyciu narkotyków. Być może brutalnie. I jeśli nie będzie pani nic wiedziała…

– …niczego ode mnie nie wyciągną – kończy za mnie.

– Nie tylko to.

– Co masz na myśli?

– Maura dbała również o panią. Gdyby poznała pani powód, dla którego uciekła, pani też groziłoby niebezpieczeństwo.

– Mój Boże…

– I co dalej? – pytam, starając się poukładać sobie to wszystko w głowie.

– Nie wiem.

– Chce pani powiedzieć, że od tamtego dnia w Starbucksie nie widziała się pani z córką ani razu?

– Nie. Spotkałyśmy się sześć razy.

– W ciągu minionych piętnastu lat?

Lynn Wells kiwa głową.

– To było zawsze z zaskoczenia. Zawsze bardzo krótko, żeby pokazać tylko, że jest cała i zdrowa. W pewnym momencie założyła nam konto mailowe. Nigdy z niego nic nie wysyłałyśmy. Zostawiałyśmy tylko wiadomości w kopiach roboczych. Obie miałyśmy to samo hasło. Używała sieci VPN, żeby zapewnić nam anonimowość. Ale potem uznała, że to zbyt niebezpieczne. I może się to wydać dziwne, lecz zwykle nie miała mi nic do przekazania. To ja opowiadałam jej o swoim życiu. O tym, że rzuciłam picie i poznałam Bernadette. A ona nic o sobie nie pisała. To była dla mnie tortura. – Lynn ściska trochę zbyt mocno butelkę z wodą. – Nie mam pojęcia, gdzie była i co robiła.

Moja komórka znów zaczyna wibrować.

Tym razem zerkam na wyświetlacz. To Augie. Przykładam telefon do ucha.

– Tak?

– Znaleźliśmy Hanka.

Rozdział 17

Pamiętasz, Leo, dziesiąte urodziny Hanka?

To była epoka laserowego paintballu, wojen na nerfy i sportowych przyjęć tematycznych. Eric Kuby obchodził swoje urodziny na halowym boisku piłki nożnej, Alex Cohen w centrum handlowym z minigolfem i Rainforest Cafe. Michael Stotter załatwił gry wideo i przejażdżki po wirtualnej rzeczywistości. Przypięli nas pasami do foteli, zatrzęśli nimi i kazali gapić się w ekran. Naprawdę czułem się jak na rollercoasterze. Ty się wtedy pochorowałeś.

Przyjęcie urodzinowe Hanka podobnie jak sam Hank było inne. Urządził je w laboratorium badawczym Uniwersytetu Reston. Kilku jajogłowych facetów w laboratoryjnych białych fartuchach wykonało wraz z nami serię eksperymentów. Robiliśmy masę ze szkolnego kleju i tetraboranu sodu. Wyprodukowaliśmy sprężyste polimerowe piłki i gigantyczne kulki z lodu. Oglądaliśmy reakcje chemiczne, sztuczki z ogniem i statyczną elektrycznością. Zabawa okazała się lepsza, niż mogłem się spodziewać – ów raj entuzjastów nauki mógł się spodobać nawet zapalonym sportowcom – ale najbardziej wrył mi się w pamięć wyraz twarzy siedzącego w pierwszym rzędzie Hanka, jego szeroko otwarte rozmarzone oczy i przyklejony do twarzy głupawy uśmiech. Już wtedy, mając zaledwie dziesięć lat, rozumiałem, jak bardzo był szczęśliwy, jak bardzo w swoim żywiole (ha, ha!) i jak trudno byłoby któremukolwiek z nas się z nim równać. I już wtedy – choć wątpię, bym w tamtych czasach zdołał to wyartykułować – pragnąłem, by czas zatrzymał się dla niego w miejscu, by mógł cieszyć się dłużej niż czterdzieści pięć minut tą chwilą, w tej pracowni, wśród przyjaciół, patrząc, jak spełniają się jego marzenia. Wspominam teraz tamte urodziny, to, jakim były szczególnym momentem w życiu Hanka, i myślę, jak potoczyły się później nasze losy i co łączy tamtego uśmiechniętego, szczęśliwego chłopca z nagim okaleczonym trupem powieszonym na drzewie.

Patrząc na jego twarz – nabrzmiałą, groteskową, właściwie w stanie rozkładu – wciąż widzę tamtego małego chłopca z urodzin. Coś takiego jest możliwe tylko w przypadku ludzi, z którymi się wspólnie dorastało. Smród sprawia, że wszyscy cofają się o krok, ale mnie on wcale nie przeszkadza. Naoglądałem się już w życiu dość trupów. Nagie ciało Hanka wygląda, jakby ktoś wyłuskał z niego kości i zostawił wiszącą na sznurku marionetkę. Jego tors pokrywają zadane ostrym narzędziem cięcia, ale uwagę wszystkich przyciąga coś bardziej drastycznego.

Hanka wykastrowano.

Są ze mną moi zwierzchnicy. Po lewej stronie stoi przy mnie prokurator okręgowa hrabstwa Essex, Loren Muse. Po prawej – Augie. Wszyscy gapimy się na Hanka w milczeniu.

– Poprosił pan, zdaje się, o kilka dni wolnych – mówi Muse.

– To już nieaktualne. Chcę się zająć tą sprawą.

– Znał pan ofiarę, tak?

– Przed kilkudziesięciu laty.

– Ale to i tak pana wyklucza. Nie ma mowy. – Muse jest jedną z tych drobnych kobiet, z których emanuje wielka siła. Sprawy o zabójstwo prowadzi hrabstwo. Policja Westbridge, której komendantem jest Augie, może co najwyżej zaoferować wsparcie. Ja będę kimś w rodzaju oficera łącznikowego.

Muse ogląda się za siebie.

– Widzicie te wszystkie wozy transmisyjne?

– Tak.

– Wiecie, dlaczego ich tyle?

Ja wiem.

– To przez ten viral z Facebooka – rzucam.

Prokurator okręgowa kiwa głową.

– Ktoś zostaje oskarżony o wykroczenia seksualne przez internetowego strażnika moralności – mówi. – To wideo obejrzało... Ile osób...? Trzy albo cztery miliony. I teraz ten ktoś wisi w lesie na drzewie. Kiedy rozniesie się, że go wykastrowano...

Nie musi kończyć. Wszyscy to rozumiemy. Media poderżną nam gardło. Cieszę się prawie, że to nie ja będę prowadził tę sprawę.

Alan Manning mija naszą trójkę, jakby w ogóle nas nie widział. Staje pod lekko kołyszącymi się zwłokami Hanka i udaje, że je bada. Znam Manninga. Nie jest złym detektywem. Ale nie jest też dobrym.

Muse cofa się o krok. Augie i ja robimy to samo.

– Komendant poinformował mnie, że rozmawiał pan z kobietą, która zamieściła to wideo – zwraca się do mnie Muse.

– Z Suzanne Hanson.

– I co powiedziała?

– Że to nie była prawda. Że Hank wcale się nie obnażył.

Prokurator powoli obraca się w moją stronę.

– Słucham?

– Pani Hanson nie chciała po prostu, by niepożądany osobnik kręcił się w pobliżu szkoły.

– I ten człowiek teraz nie żyje. – Muse kręci głową.

Nie komentuję tego.

– Ignorancja, głupota... – Ponownie kręci głową. – Sprawdzę, czy możemy jej postawić jakieś zarzuty.

Nie mam nic przeciwko temu.

– Uważa pan, że pani Hanson może być w to zamieszana? – pyta Muse.

Szczerze mówiąc, raczej w to wątpię. Nie chcę, żeby detektyw Manning zgubił właściwy trop, ale leży mi również na sercu dobro tej sprawy. Dlatego może warto będzie podrzucić mu mylną wskazówkę.

– Moim zdaniem Manning powinien zacząć od Hansonów – mówię.

Ponownie spoglądamy na ciało. Manning obchodzi je dookoła, kręcąc nosem. Za bardzo się popisuje, jakby chciał naśladować kogoś, kogo zobaczył w telewizji. Spodziewam się prawie, że niczym Sherlock Holmes wyciągnie z kieszeni wielkie szkło powiększające.

Augie wciąż wpatruje się w zwłoki.

– Znam ojca Hanka – odzywa się po chwili.

– Więc może to pan powinien go zawiadomić – sugeruje Muse. – Biorąc pod uwagę, jak bardzo media interesują się sprawą, im wcześniej pan to zrobi, tym lepiej.

– Nie ma pani nic przeciwko, żebym mu towarzyszył? – pytam.

Muse wzrusza ramionami, jakby chciała powiedzieć: „Rób, co chcesz".

Augie i ja ruszamy z powrotem do samochodu. Na miejsce przyjechał właśnie Franco Cadeddu, który jest lekarzem sądowym i porządnym facetem, na miejscu przestępstwa zawsze bardzo rzeczowym. Mijając nas, pozdrawia mnie i Augiego posępnym skinieniem głowy. Ja rewanżuję mu się takim samym skinieniem, Augie nie. Po chwili mijają nas szybkim krokiem technicy kryminalistyczni w kombinezonach, rękawicach i maskach na twarzy. Augie w ogóle na nich nie patrzy. Ma zaciśnięte usta, koncentruje się na czekającej go rozmowie.

– To nie ma sensu – rzucam.

Augie odzywa się dopiero po kilku sekundach.

– Co takiego?

– Choćby twarz Hanka.

– Co z nią jest nie tak?

– Nie jest nawet purpurowa. Nie różni się odcieniem od reszty ciała – wyjaśniam.

Milczy, więc mówię dalej:

– To znaczy, że przyczyną śmierci nie było uduszenie ani złamany kark.

– Niech to ustali Franco.

– Kolejna rzecz to intensywny smród. Ciało jest już w stanie rozkładu.

Augie w ogóle się nie zatrzymuje.

– Hank zaginął przed trzema tygodniami – kontynuuję. – Moim zdaniem wtedy właśnie go zamordowano.

– Powtarzam jeszcze raz: zaczekajmy, co powie Franco.

– Kto znalazł ciało?

– David Elefant – odpowiada Augie. – Spuścił psa ze smyczy. Pies przybiegł w to miejsce i zaczął wyć.

– Jak często Elefant to robi?

– Co robi?

– Wyprowadza tu na spacer psa. Ten wąwóz położony jest na uboczu, ale nietrudno tam trafić.

– Nie wiem. Dlaczego pytasz?

– Powiedzmy, że mam rację. Powiedzmy, że Hank nie żyje od trzech tygodni.

– Okay.

– Gdyby jego ciało wisiało tu przez cały czas, nie sądzisz, że ktoś by je wcześniej zauważył? Albo poczuł ten smród? Nie jesteśmy aż tak bardzo oddaleni od cywilizacji, prawda?

Augie milczy.

– Słyszysz mnie?

– Słyszę.

– Coś nie jest w porządku.

W końcu się zatrzymuje i spogląda w stronę miejsca przestępstwa.

– Człowiek został wykastrowany i powieszony na drzewie – mówi. – Oczywiście, że to nie jest w porządku.

– Nie wydaje mi się, żeby powodem był ten viral w internecie.

Augie znów się nie odzywa.

– Moim zdaniem to ma związek z Klubem Konspiratorów i z dawną bazą wojskową – dodaję. – Ma związek z Rexem, Leo i Dianą.

Widzę, jak krzywi się na dźwięk imienia córki.

– Augie? – mówię, ale on odwraca się i rusza dalej.

– Później – rzuca.

– Co?

– Pogadamy o tym później. Teraz muszę zawiadomić Toma o śmierci syna.

• • •

Tom Stroud wpatruje się w swoje dłonie i drży mu dolna warga. Od chwili, gdy otworzył drzwi, nie powiedział ani słowa. Domyślił się od razu. Wystarczyło, że spojrzał na nasze twarze, i wiedział. Zawsze wiedzą. Zdaniem niektórych pierwszą reakcją na stratę jest zaprzeczanie. Będąc w życiu posłańcem całkiem sporej liczby złych wieści, przekonałem się, że jest wprost przeciwnie. Pierwszym krokiem jest natychmiastowe i pełne uświadomienie sobie tego, co się stało. Dowiadujesz się i natychmiast zdajesz sobie sprawę, że to absolutny koniec, że nie da się tego cofnąć, że cały twój świat legł w gruzach i że nic już nie będzie takie samo. Zdajesz sobie z tego sprawę w ciągu zaledwie kilku sekund. Ta świadomość wnika w twój krwiobieg i cię niszczy. Pęka ci serce. Uginają się pod tobą kolana. Każda komórka twojego ciała chce się rozpaść i poddać. Masz ochotę położyć się i zwinąć w kłębek. Masz ochotę rzucić się głową w dół w otchłań i spadać przez całą wieczność.

Dopiero potem zaczyna się faza zaprzeczania.

Zaprzeczanie cię ratuje. Podaje ci pomocną dłoń. Łapie cię, nim rzucisz się w dół z tej skalnej półki. Twoja ręka już dotykała gorącej blachy. Zaprzeczanie każe ci ją cofnąć.

Kiedy wchodzimy do domu Toma Strouda, wracają do mnie wspomnienia tamtej nocy. Czuję, że ja też potrzebuję pomocnej dłoni. Sądziłem, że przyjście tutaj jest świetnym pomysłem, ale kiedy Augie przekazuje złe wieści – tak samo jak robił to tamtej nocy, gdy zginąłeś – wstrząs, jakiego doznaję, jest gorszy, niż przewidywałem. Mrużę oczy i Tom Stroud staje się dziwnie podobny do naszego ojca. Tak samo jak on wbija wzrok w stół i krzywi się, jakby okładano go pięściami. Głos Augiego, informujący kolejnego ojca o śmierci dziecka – jednocześnie twardy i łagodny, obojętny i współczujący – bardziej niż jakikolwiek widok lub zapach wywołuje we mnie koszmarne *déjà vu*.

Obaj starsi mężczyźni siedzą w kuchni. Ja stoję może trzy metry za nimi, gotów wejść z ławki rezerwowych na boisko, ale wciąż mając nadzieję, że na niej zostanę. Próbuję to poskładać razem, ale cała historia wydaje się coraz mniej sensowna. Oficjalne śledztwo, to prowadzone przez Manninga i biuro prokuratora okręgowego, skupi się – jestem tego pewien – na nieszczęsnym wideo. Wszystko wyda im się proste: ludzie oglądali masowo film, byli oburzeni i ktoś sam wymierzył sprawiedliwość.

Ta teoria jest prosta, sensowna i być może nawet słuszna.

Ja będę oczywiście sprawdzał inną hipotezę. Ktoś zabija członków dawnego Klubu Konspiratorów. Z sześciu możliwych członków czterech zginęło przed ukończeniem trzydziestego piątego roku życia. Jakie jest prawdopodobieństwo, że te zgony są ze sobą zupełnie niezwiązane? Najpierw Leo i Diana. Potem Rex. Teraz Hank. Nie wiem, co się dzieje z Beth. No i jest oczywiście Maura, która zobaczyła tamtej nocy coś, przez co od piętnastu lat się ukrywa.

Tyle że…

Dlaczego akurat teraz? Powiedzmy, że wszyscy zobaczyli tamtej nocy coś, czego nie powinni widzieć. To oczywiście brzmi paranoicznie, nawet jeśli weźmie się pod uwagę, że nazwali się Klubem Konspiratorów, ale muszę to przeanalizować krok po kroku.

Przypuśćmy, że wszyscy wtedy coś zobaczyli.

Być może rzucili się do ucieczki… I co, tamci złapali tylko Leo i Dianę? Załóżmy, że tak. I co było potem? Zaciągnęli ich na tory kolejowe po drugiej stronie miasta, żeby wyglądało, że zginęli pod kołami pociągu? Okay, załóżmy, że tak. Załóżmy, że inni uciekli. Maury nie zdołali odnaleźć. Wszystko to można sobie wyobrazić.

Ale co z Rexem, Hankiem i Beth?

Ta trójka nigdy się nie ukrywała. Uczyli się dalej w liceum i razem z nami je ukończyli.

Dlaczego ci z bazy ich nie uśmiercili?

Dlaczego czekali z tym piętnaście lat?

A skoro mowa o zbieżności w czasie – dlaczego zabili Hanka akurat wtedy, kiedy w internecie pojawił się ten viral? Czy to ma jakiś sens?

Nie.

Więc jaki ma z tym związek filmik z Facebooka?

Coś mi umyka.

Tom Stroud zaczyna w końcu płakać. Broda opada mu na pierś. Ramiona zaczynają podrygiwać. Augie wyciąga rękę i kładzie ją na jego barku. To nie wystarcza, więc przysuwa się do Toma bliżej, a ten pochyla się i łka, przyciskając głowę do jego ramienia. Widzę teraz Augiego z profilu. Ma zamknięte oczy i dostrzegam ból malujący się na jego twarzy. Tom łka coraz głośniej. Mija trochę czasu. Nikt nie zmienia pozycji. Szloch powoli cichnie. Tom Stroud odchyla się na oparcie krzesła i spogląda na Augiego.

Ten kiwa głową.

Tom ociera twarz rękawem i z trudem się uśmiecha.

– Mamy teraz ze sobą coś wspólnego – mówi.

Augie rzuca mu pytające spojrzenie.

– To znaczy coś strasznego – kontynuuje Tom. – Obaj straciliśmy dzieci. Poznałem teraz twój ból. Tak jakbyśmy należeli do najgorszego możliwego do wyobrażenia klubu.

Teraz to z kolei Augie krzywi się, jakby dostał w twarz.

– Myślisz, że ma z tym coś wspólnego ten film z internetu? – pyta Tom.

Czekam, aż Augie mu odpowie, ale wydaje się nieobecny duchem, więc robię to za niego.

– Niewątpliwie to sprawdzą – zapewniam go.

– Hank na pewno na to nie zasłużył. Nawet jeśli się obnażył…

– Nie zrobił tego – mówię.

Tom Stroud wbija we mnie wzrok.

– To było kłamstwo – wyjaśniam. – Jedna z matek nie chciała, żeby Hank kręcił się w pobliżu szkoły.

Otwiera szerzej oczy. Myślę ponownie o różnych stadiach reakcji. Faza zaprzeczania może szybko przejść w fazę gniewu.

– Zmyśliła to? – pyta.

– Tak.

Jego wyraz twarzy się nie zmienia, ale widać, że burzy się w nim krew.

– Jak ona się nazywa?

– Nie możemy panu tego powiedzieć.

– Sądzi pan, że to ona zrobiła?

– Zabiła Hanka?

– Tak.

– Nie, nie sądzę – odpowiadam szczerze.

– W takim razie kto?

Wyjaśniam, że śledztwo dopiero się zaczęło, i powtarzam znane banały o tym, że zrobimy „wszystko co w naszej mocy". Pytam, czy ma kogoś, kto mógłby przyjechać i dotrzymać mu towarzystwa. Ma brata. Augie podchodzi w milczeniu do drzwi i staje tam, kołysząc się na piętach. Pocieszam Toma najlepiej, jak mogę, ale nie jestem przecież niańką. Spędziliśmy tu już i tak dość czasu.

– Jeszcze raz dziękuję – mówi do nas Tom, stając w progu.

– Przykro mi z powodu pana straty – odpowiadam na wypadek, gdyby usłyszał od nas za mało banałów.

Augie rusza szybkim krokiem w stronę ulicy i muszę się pospieszyć, żeby go dogonić.

– Co się stało?

– Nic.

– Nagle zrobiłeś się strasznie małomówny. Pomyślałem, że dostałeś jakiegoś esemesa albo coś w tym rodzaju.

– Nie.

Podchodzi do samochodu i odblokowuje drzwi. Obaj wsiadamy.

– Więc co jest grane? – pytam.

Augie mierzy wściekłym wzrokiem dom Strouda.

– Słyszałeś, co mi powiedział?

– Masz na myśli Toma?

Nie odrywa oczu od drzwi domu.

– On i ja mamy teraz ze sobą coś wspólnego – mówi i widzę, jak drży mu podbródek. – Zna mój ból.

W jego głosie słychać głęboką pogardę. Z trudem łapie oddech. Nie wiem, co robić, jak to rozegrać, dlatego po prostu czekam.

– Straciłem wspaniałą, pełną życia siedemnastoletnią córkę, przed którą stał otworem cały świat. Była dla mnie wszystkim, Nap. Potrafisz to zrozumieć? Była moim życiem.

Spogląda na mnie z tą samą wściekłością. Patrzę mu prosto w oczy i nie poruszam się.

– Co dzień rano budziłem Dianę, żeby nie spóźniła się do szkoły. W każdą środę robiłem jej naleśniki z czekoladową polewą. Kiedy była mała, jeździliśmy w każdy sobotni ranek do Armstrong Diner, tylko we dwójkę, a potem szliśmy do sklepu Silvermana i kupowałem jej szylkretowe spinki i neonowe gumki do kucyków. Kolekcjonowała ozdoby do włosów. Byłem tylko mało kumatym ojcem, co ja mogłem wiedzieć? Kiedy sprzątałem jej pokój, wszystkie te błyskotki nadal tam leżały. Wyrzuciłem je na śmietnik. Jak w siódmej klasie miała gorączkę reumatyczną, przez siedem kolejnych nocy spałem na krześle w szpitalu Saint Barnabas. Siedziałem tam, wpatrywałem się w nią i błagałem Boga, żeby jej nie krzywdził. Chodziłem z nią na każdy mecz hokeja na trawie, każdy wakacyjny koncert, każdy pokaz tańców, każde rozdanie świadectw, każdy Dzień Ojca. Jak poszła na pierwszą randkę, śledziłem ich oboje w drodze do kina, tak się denerwowałem. Kiedy wychodziła wieczorem na miasto, nie spałem przez całą noc, nie mogłem zasnąć, dopóki nie wróciła bezpiecznie do domu. Pomagałem jej w pisaniu prac na studia, prac, których w końcu nikt nie przeczytał, bo zginęła przed złożeniem papierów. Kochałem tę dziewczynę z całego serca, a on… on… – Augie praktycznie wypluwa to słowo, patrząc na dom Toma Strouda – on uważa, że mamy ze sobą coś wspólnego? Myśli, że co? Że on, człowiek, który porzucił syna, kiedy sytuacja w domu się skomplikowała, może znać mój ból?

Przy słowie „ból" uderza się w pierś. A potem się uspokaja i zamyka oczy.

Mam ochotę powiedzieć coś, co przyniesie mu ulgę, przypomnieć, że Tom Stroud właśnie stracił syna i nie powinniśmy być wobec niego zbyt surowi. Choć z drugiej strony, całkowicie rozumiem, co ma na myśli, i nie sądzę, bym musiał go pocieszać.

Po chwili otwiera oczy i ponownie spogląda na dom Strouda.

– Może powinniśmy przyjrzeć się tej sprawie od innej strony – mówi.

– To znaczy?

– Gdzie był Tom Stroud przez wszystkie te lata?

Nie odzywam się.

– Twierdzi, że wyjechał na zachód – kontynuuje Augie. – Że założył sklep wędkarski.

– Ze strzelnicą na zapleczu – dodaję.

Teraz już obaj wpatrujemy się w dom Strouda.

– Twierdzi również, że co jakiś czas tu wracał. Próbował nawiązać jakiś kontakt z chłopakiem, ale ten nie chciał go znać.

– I co z tego?

Augie przez chwilę nie odpowiada. W końcu wypuszcza z płuc długo wstrzymywane powietrze.

– Więc może wrócił tutaj piętnaście lat temu – mówi.

– To trochę naciągana hipoteza.

– Owszem, jest trochę naciągana – przyznaje Augie. – Ale nie zaszkodzi sprawdzić, gdzie wtedy był.

Rozdział 18

Kiedy wracam do domu, Walshowie krzątają się w ogródku. Posyłam im szeroki uśmiech Dobrego Sąsiada. Patrzcie, jakim nieszkodliwym facetem jest singiel. Machają mi w odpowiedzi.

Wszyscy oczywiście znają twoją tragiczną historię. W tych stronach przeszła, jak to mówią, do legendy. Dziwię się, że żaden z miejscowych Springsteenów nie napisał *Ody do Leo i Diany*. Mimo to wszyscy myślą, że coś takiego nie może im się przytrafić. Tacy są ludzie. Chcą poznać szczegóły nie tylko z upiornej ciekawości – choć ona też odgrywa pewną rolę – ale przede wszystkim, by się upewnić, że im się to nie przydarzy. Ci młodzi za dużo wypili. Brali narkotyki. Głupio ryzykowali. Rodzice źle ich wychowali. Nie dość dobrze ich pilnowali. Cokolwiek. Nam się to nie przytrafi.

Taktykę zaprzeczania uprawiają nie tylko ci, których dotknęła strata.

Nadal nie mam żadnej wiadomości od Beth Lashley. To mnie niepokoi. Dzwonię na komisariat policji w Ann Arbor i łączą mnie z detektywem Carlem Leggiem. Wyjaśniam mu, że szukam kardiolog o nazwisku Beth Fletcher, z domu Lashley, i że personel jej kliniki zbywa mnie niczym.

– Czy jest poszukiwana w związku z jakimś przestępstwem? – pyta Legg.

– Nie. Chcę z nią po prostu pogadać.

– Pofatyguję się osobiście do jej kliniki.

– Będę bardzo wdzięczny.

– Żaden problem. Przedzwonię, kiedy będę wiedział coś więcej.

W domu jest cicho, upiory poszły spać. Wchodzę na piętro i pociągam uchwyt drabiny, po której wchodzi się na strych. Wspinając się po niej, próbuję sobie przypomnieć, kiedy tam ostatnio byłem. Pomagałem chyba wnieść na górę twoje rzeczy, ale nawet jeśli tak było, zupełnie tego nie pamiętam. Być może tato oszczędził mi tego i wtaszczył wszystko sam. Twoja śmierć była taka nagła. Ojca wprost przeciwnie. On i ja mieliśmy dużo czasu. W przeciwieństwie do mnie pogodził się z losem. Zanim jego ciało się poddało, zdążył się pozbyć całego ziemskiego dobytku. Pooddawał swoje ubrania. Uprzątnął swój pokój.

Zanim przyszła po niego Kostucha, zrobił porządki, dzięki czemu ja nie musiałem ich robić.

Na strychu, co raczej mnie nie dziwi, jest gorąco i trąci stęchlizną. Trudno tu oddychać. Spodziewałem się ujrzeć setki pudeł i kufrów, tak jak to pokazują w filmach, ale jest tego bardzo mało. Tato położył na strychu niewiele desek i większą część podłogi pokrywa różowa warstwa izolacyjna. To rzecz, którą najlepiej zapamiętałem. Właziliśmy tu jako dzieciaki i cała zabawa polegała na tym, żeby nie schodzić z desek, bo jeśli nadepniemy na różową izolację, przebijemy sufit i wylądujemy piętro niżej. Nie wiem, czy naprawdę nam to groziło, ale tato zawsze nas przed tym przestrzegał. Pamiętam, że w dzieciństwie bardzo się tego bałem, tak jakby izolacja była czymś w rodzaju ruchomych piasków, które pochłoną mnie na wieki.

W realu nigdy nie trafiłeś na ruchome piaski, prawda? Jak na coś, co tak często pokazują w filmach i w telewizji, dziwne, że nigdy nie słyszeliśmy o nikim, kto naprawdę by w nich ugrzązł i zginął.

Takie myśli chodzą mi po głowie, kiedy dostrzegam stojące w kącie pudło. Tylko jedno pudło, Leo. Wiesz, że tato nie dbał o dobra materialne. Nie ma śladu po twoich ubraniach. Nie ma śladu po twoich zabawkach. Pozbywanie się rzeczy było u taty częścią reakcji na stratę – nie wiem tylko, w którym stadium. Być może akceptacji, choć akceptacja jest podobno ostatnia, a po pozbyciu się rzeczy tato przechodził jeszcze wiele stadiów. Wiedzieliśmy, że jest bardzo emocjonalny, ale jego szloch, to, jak unosiła się i opadała jego pierś, jak drżały mu ramiona, jak żałośnie zawodził – to wszystko mnie przerażało. Bywały chwile, kiedy bałem się, że fizycznie pęknie na pół, że ta nieustająca rozpacz rozerwie go od środka.

I nie, nie mieliśmy żadnej wiadomości od mamy.

Czy tato w ogóle ją poinformował? Nie wiem. Nigdy o to nie pytałem. On nigdy o tym nie wspomniał.

Otwieram pudło, żeby zobaczyć, co po tobie zachował. Nagle uświadamiam sobie coś ważnego. Tato z pewnością wiedział, że nigdy nie będzie miał odwagi otworzyć tego pudła. To znaczy, że cokolwiek tu leży, cokolwiek zdecydował się zachować, będzie miało wartość tylko dla mnie. Cokolwiek tutaj włożył, zrobił to z myślą, że któregoś dnia będę chciał to zobaczyć.

Pudło jest oklejone taśmą. Niełatwo ją oderwać. Wyjmuję z kieszeni klucz, przecinam ją na złączeniu klap, podnoszę je i zaglądam do środka. Nie wiem, co spodziewam się zobaczyć. Znam cię. Wiem o tobie prawie wszystko. Przez całe życie mieszkaliśmy w tym samym pokoju. Jest mało prawdopodobne, żebym o czymś nie wiedział.

Ale na widok leżącej na samej górze fotografii nagle tracę tę pewność. Przedstawia naszą czwórkę: ciebie, Dianę, mnie i Maurę. Ktoś zrobił to zdjęcie na podwórku Diany w jej siedemnaste – ostatnie – urodziny. Była ciepła październikowa noc. Dzień spędziliśmy w parku rozrywki Six Flags. Augie miał znajomego, byłego gliniarza, który pracował w biurze głównego sponsora parku i załatwił nam opaski uprawniające do korzystania bez kolejki ze wszystkich atrakcji. Przed rollercoasterami kolejek nie było. Pamiętasz Leo? Z tamtego dnia nie mam wielu związanych z wami wspomnień. Rozdzieliliśmy się: ty i ona poszliście grać w gry wideo, a my na hardkorowe diabelskie kolejki. Maura była w topie odsłaniającym brzuch, na widok którego zasychało mi w ustach. Ty i Diana zrobiliście sobie dla żartu zdjęcie z jedną z postaci ze *Zwariowanych melodii*. Założę się, że tu jest. Tak, to druga fotografia. Wyciągam ją z pudła. Stoicie po obu stronach kanarka Tweety'ego, za waszymi plecami widać wodę tryskającą z fontanny Six Flags.

Dwa tygodnie później oboje już nie żyliście.

Wracam do fotografii całej naszej czwórki. W tle widać innych uczestników przyjęcia. Wszyscy jesteśmy chyba zmęczeni, to był długi dzień. Maura siedzi mi na kolanach, nasze ciała oplatają się tak mocno, jak mogą się oplatać tylko ciała zakochanych nastolatków. Ty siedzisz obok Diany, która wcale się nie uśmiecha. Robisz wrażenie pijanego. Masz szkliste, mętne oczy. I wydajesz się… czymś zdenerwowany. Wtedy tego nie zauważyłem. Miałem na głowie swoje sprawy. Maurę, hokej, studia na jakiejś superuczelni. Byłem przekonany, że los będzie mi sprzyjał, choć nie miałem żadnych konkretnych planów, nie miałem pojęcia, kim chcę zostać. Wiedziałem tylko, że odniosę wielki sukces.

Rozlega się dzwonek do drzwi.

Odkładam fotografię i chcę się wyprostować, ale sufit strychu jest zbyt niski. Z pochyloną głową zmierzam do włazu. Kiedy schodzę po drabinie, dzwonek odzywa się ponownie. A potem jeszcze raz. Ktoś jest bardzo niecierpliwy.

– Już idę! – krzyczę.

Zbiegam po schodach i widzę przez okno dawnego kolegę z klasy, Davida Rainiva. Jego nieskazitelny biznesowy garnitur musiał wyjść spod ręki boskiego krawca. Otwieram drzwi. Twarz, którą widzę nad windsorskim węzłem krawata od Hermèsa, jest wymięta i pobladła.

– Dowiedziałem się o Hanku – mówi.

Nie pytam go nawet skąd. Stare powiedzenie, że złe wieści rozchodzą się z prędkością błyskawicy, nigdy nie było prawdziwsze niż teraz, w erze internetu.

– To prawda? – pyta.

– Nie wolno mi o tym mówić.

– Podobno wisiał na drzewie.

Na twarzy ma wyryty smutek. Pamiętam, że zaoferował pomoc, kiedy pytałem go o Hanka przy boisku koszykówki. Nie muszę traktować go tak obcesowo.

– Przykro mi – bąkam.

– Czy Hank sam się powiesił, czy go zamordowano?

Mam zamiar powtórzyć, że nie wolno mi o tym mówić, ale widzę w jego oczach dziwną desperację. Zastanawiam się, czy przyjechał tu tylko po to, żeby potwierdzić to, co usłyszał, czy po coś więcej.

– Został zamordowany – mówię.

David zamyka oczy.

– Wiesz coś na ten temat? – pytam.

Nadal stoi z zamkniętymi oczami.

– David?

– Nie mam pewności – odpowiada w końcu. – Ale chyba coś wiem.

Rozdział 19

Rainivowie mieszkają przy samym końcu ulicy, w ekskluzywnej willi z krytym basenem, regularną salą balową, dziesięcioma łazienkami i dziesiątkami hektarów w większości niezagospodarowanego terenu. Cała rezydencja tchnie nuworyszostwem. Brama wjazdowa jest właściwie ozdobną rzeźbą z kutego żelaza i przedstawia dzieci puszczające latawiec. Wszystko ma sprawiać wrażenie bardzo starego, lecz jest sztuczne i tandetne. Ale to w końcu tylko mój pogląd. Znam Davida od dawna. Zawsze był porządnym facetem. Udziela się charytatywnie. Poświęca swój czas i energię miastu. Widziałem go razem z dziećmi. Nie jest jednym z tych ojców na pokaz, którzy demonstrują, jak bardzo dbają o swoje pociechy w parku albo w centrum handlowym, żebyś pomyślał sobie: rany, co za troskliwy tata! David jest inny. Widzę też, jaki jest przybity, i przypominam sobie, jak opowiadał o przyjaźni łączącej go z Hankiem. Tego rodzaju lojalność najdobitniej świadczy o człowieku. Więc nawet jeśli nie podzielam jego gustu albo gustu jego żony, kogo to, do diabła, obchodzi? Powinienem się ogarnąć. Przestać wszystko krytykować.

Wjeżdżamy do garażu wielkości sali gimnastycznej – czy to przypadkiem znów nie jest krytyka? – i wysiadamy. David otwiera boczne drzwi i prowadzi mnie przez coś, co w innych domach nazywa się piwnicą, ale tu jest i kino domowe, i piwniczka na wino, więc musimy chyba znaleźć nowe określenie. Może poziom minus jeden? David wchodzi do niewielkiego pomieszczenia i zapala światło. W prawym przeciwległym rogu stoi wysoki na ponad metr staroświecki sejf z wielkim zamkiem szyfrowym.

– Nie prowadzisz śledztwa w sprawie jego śmierci? – pyta David. Zadaje mi to pytanie już trzeci raz.

– Nie. Dlaczego to dla ciebie takie ważne?

Nachyla się i zaczyna kręcić tarczą.

– Hank poprosił mnie, żebym coś dla niego przechował.

– Ostatnio?

– Nie. Osiem, dziewięć lat temu. Powiedział, że jeśli padnie ofiarą morderstwa, powinienem przekazać to komuś, komu ufam. Ostrzegł, żebym nie dawał tego nikomu z policji i nikomu, kto będzie zaangażowany w śledztwo. – David patrzy mi prosto w oczy. – Rozumiesz teraz mój dylemat?

Kiwam głową.

– Jestem policjantem.

– No właśnie. Jak mówiłem, to było osiem, dziewięć lat temu. Hank nie miał już wtedy w zasadzie kontaktu z rzeczywistością. Uznałem, że to nic ważnego, zwykłe rojenia chorego umysłu. Ale strasznie się przy tym upierał. Więc obiecałem mu, że jeśli padnie ofiarą morderstwa, zrobię to, o co mnie prosił. Tak naprawdę nigdy nie zdawałem sobie sprawy, co to oznacza, bo to były w końcu tylko rojenia, tak? Tyle że teraz…

Obraca po raz ostatni tarczę sejfu i słyszę kliknięcie. David naciska dźwignię i patrzy mi prosto w oczy.

– Ufam ci, Nap – mówi. – Jesteś policjantem, ale wydaje mi się, że Hank nie miałby nic przeciwko temu, żebym ci to przekazał.

Otwiera sejf, wsadza rękę do środka, przetrząsa jego zawartość – nie zaglądam tam, żeby mu nie przeszkadzać – i wyciąga kasetę wideo, która w mgnieniu oka cofa mnie w przeszłość. Przypominam sobie, jak w drugiej klasie liceum tato kupił ci cyfrową kamerę Canon PV1. Szalałeś z radości, Leo. Przez jakiś czas wszystko filmowałeś. Chciałeś zostać reżyserem. Mówiłeś, że będziesz kręcił filmy dokumentalne. Na myśl o tym po raz kolejny przeszywa mnie ból.

Kaseta, którą wręcza mi David, jest w czerwonym plastikowym pudełku, na którym widnieje napis MAXELL, 60 MINUTES. Dokładnie takiej samej używałeś. Oczywiście nie ty jeden nagrywałeś materiał na kasetach Maxella. Były dość popularne. Ale kiedy widzę po tylu latach jedną z nich…

– Oglądałeś ją? – pytam.

– Powiedział, żebym tego nie robił.

– Masz jakieś pojęcie, co może na niej być?

– Nie. Hank prosił tylko, żebym ją przechował.

Wpatruję się w kasetę jeszcze przez chwilę.

– To nie ma prawdopodobnie nic wspólnego z tym drugim filmem – mówi David. – To znaczy… słyszałem o tym nagraniu, które ukazało się w internecie, tym, na którym się obnażał.

– To było kłamstwo.

– Kłamstwo? Dlaczego, do diabła, ktoś miałby kłamać?

David był przyjacielem Hanka. Jestem mu coś winien. Przedstawiam mu w skrócie debilne motywy, które przyświecały Suzanne Hanson. David kiwa głową, zamyka sejf i przekręca tarczę.

– Rozumiem, że nie masz żadnego sprzętu, na którym dałoby się to odtworzyć – mówię.

– Nie, nie sądzę.

– Więc poszukajmy miejsca, w którym go mają.

• • •

– Bob znalazł w piwnicy starą kamerę Canona – mówi mi przez telefon Ellie. – Jego zdaniem nadal jest sprawna, choć będziemy ją pewnie musieli podładować.

Raczej mnie to nie dziwi. Ellie i Bob absolutnie niczego nie wyrzucają. Co jeszcze bardziej bulwersujące, przechowują wszystko w nienagannym porządku, w związku z czym nawet coś takiego jak stara kamera wideo, która od dekady nie widziała światła dziennego, na pewno jest dokładnie opisana i trzymana razem z kablem ładującym.

– Mogę u was być za dziesięć minut.

– Zostaniesz na kolacji?

– To zależy, co zobaczę na taśmie.

– No tak, rozumiem. – Ellie, która dobrze mnie zna, usłyszała coś w moim głosie. – Poza tym wszystko w porządku?

– Porozmawiamy na miejscu – mówię i pierwszy się rozłączam.

David Rainiv prowadzi samochód, trzymając kierownicę obiema rękami.

– Nie chcę, żeby to się rozniosło – mówi – ale jeśli Hank nie ma żadnych bliskich krewnych, czy moglibyście przekazać ciało po sekcji do domu pogrzebowego Feeneya i powiedzieć im, żeby przesłali mi rachunek?

– Jego ojciec wrócił do miasta – przypominam mu.

– No tak, rzeczywiście – przyznaje David, marszcząc czoło. – Zapomniałem.

– Nie sądzisz, że będzie chciał się tym zająć?

David wzrusza ramionami.

– Ten facet przez całe życie miał go w nosie. Nie wiem, dlaczego zakładamy, że zrobi teraz coś jak należy.

Trafna uwaga.

– Zobaczę i dam ci znać – obiecuję.

– Jeśli to możliwe, chciałbym to załatwić anonimowo. Dam znać ludziom, z którymi grał w kosza. Uczcimy jego pamięć. Hank na to zasługuje.

Nie wiem, na co ludzie zasługują, a na co nie, ale jest mi wszystko jedno.

– To było dla niego ważne – dodał David. – Hank zawsze czcił pamięć zmarłych: swojej mamy… twojego brata, Diany – dodaje ciszej.

Nie odzywam się. Przez chwilę jedziemy w milczeniu. Trzymam w ręce kasetę. W końcu zaczyna do mnie docierać, co powiedział.

– Co miałeś na myśli? – pytam.

– W jakiej kwestii?

– Wspominając, że Hank czcił pamięć zmarłych. Między innymi mojego brata i Diany.

– Mówisz serio?

Spoglądam na niego.

– Hank był zdruzgotany tym, co przytrafiło się Leo i Dianie – odpowiada.

– To nie to samo co „czczenie ich pamięci".

– Naprawdę nic o tym nie wiesz?

Domyślam się, że pytanie jest retoryczne.

– Hank spacerował codziennie tą samą trasą. Chyba wiesz?

– No tak. Zaczynał od Ścieżki przy gimnazjum.

– I wiesz, gdzie kończył?

Nagle mam wrażenie, jakby ktoś dotykał zimnym palcem mojego karku.

– Przy torach kolejowych – mówi David. – Kończył spacer dokładnie tam, gdzie… no wiesz.

Zdaję sobie sprawę, że huczy mi w uszach. Moje słowa wydają się dobiegać z bardzo daleka.

– Więc codziennie Hank zaczynał swój spacer przy dawnej bazie wojskowej… – staram się mówić powoli i wyraźnie – i kończył go tam, gdzie zginęli Leo i Diana?

– Myślałem, że o tym wiesz.

Kręcę głową.

– Czasami mierzył, ile czasu zajmuje przejście – kontynuuje David. – Kilka razy… to już naprawdę dziwne…

– Co takiego?

– Prosił, żebym go podwiózł. Chciał sprawdzić, jak długo trzeba tam jechać samochodem.

– Jak długo trzeba jechać z dawnej bazy wojskowej do torów kolejowych po drugiej stronie miasta?

– Zgadza się.

– Do czego mu to było potrzebne?

– Nie powiedział. Zapisywał jakieś obliczenia i mruczał pod nosem.

– Co takiego liczył?

– Nie mam pojęcia.

– Ale interesowało go, ile czasu trwa przejazd z jednego do drugiego miejsca?

– Interesowało? – David przez chwilę milczy. – Powiedziałbym raczej, że miał na tym punkcie obsesję. Widziałem go przy tych torach… nie wiem, może trzy albo cztery razy. To było, kiedy wybierałem się pociągiem do Nowego Jorku i go mijaliśmy. Zawsze płakał. Bardzo się tym przejmował, Nap. Chciał uczcić pamięć zmarłych.

Próbuję to sobie wszystko przyswoić. Proszę Davida o więcej szczegółów, ale on nie ma już nic do dodania. Proszę, żeby powiedział mi to, co wie na temat związków Hanka z Leo, z Klubem Konspiratorów, Rexem, Maurą i Beth, z czymkolwiek, co zdarzyło się w przeszłości. Ale tu również nie potrafi mi pomóc.

Zatrzymujemy się przed domem Ellie i Boba. Dziękuję mu. Wymieniamy uścisk dłoni. David jeszcze raz powtarza, że jest gotów ponieść wszelkie koszty, żeby wyprawić Hankowi godny pogrzeb.

– Nie muszę wiedzieć, co jest na tej taśmie – dodaje, a ja wysiadam i patrzę, jak odjeżdża.

Trawnik Ellie i Boba jest tak równo przystrzyżony, że można by na nim rozegrać turniej golfa, a ich rabatki z kwiatami do tego stopnia symetryczne, że teren po lewej stronie domu wygląda jak lustrzane odbicie terenu po prawej. Bob otwiera drzwi i wita mnie szerokim uśmiechem i mocnym uściskiem dłoni.

Wiem, że pracuje w komercyjnych nieruchomościach, choć nie do końca się orientuję, co to oznacza. Jest wspaniałym facetem i dałbym za niego głowę. Wybraliśmy się kilka razy sami do sportowego baru Yag's, żeby pooglądać finały akademickiej ligi koszykówki, ale bez Ellie nasze relacje wyraźnie kuleją. Obaj się z tym pogodziliśmy. Słyszałem, że mężczyźni i kobiety nie mogą się przyjaźnić, jeśli w ich stosunkach nie ma komponentu seksualnego, ale z całym szacunkiem dla politycznej poprawności, to gówno prawda.

Ellie zbliża się do mnie z większą rezerwą niż zwykle i cmoka w policzek. Po spotkaniu z Lynn Welsh oboje wiemy, że musimy przedyskutować pewne sprawy, ale w tym momencie mam chyba większe zmartwienia.

– Kamera jest w warsztacie – mówi Bob. – Jeszcze się nie naładowała, ale jeśli będzie podłączona do prądu, możesz obejrzeć na niej kasetę.

– Dzięki.

– Wujku Nap!

Ich dwie córki, Leah, lat dziewięć, i Kelsi, lat siedem, śmigają zza rogu, jak potrafią śmigać tylko małe dziewczynki, i jak tylko one potrafią, oplatają mnie ramionami, o mało nie zbijając z nóg w tym porywie czułości. Za Leah i Kelsi dałbym nie tylko głowę, ale pourywał parę innych, gdyby zaszła taka potrzeba.

Jako ojciec chrzestny obu – i mężczyzna niemający poza tym praktycznie żadnej rodziny – szaleję na punkcie Leah i Kelsi i rozpieszczam je do tego stopnia, że Ellie i Bob muszą mnie upominać. Pytam szybko, co słychać w szkole, a one mnie z entuzjazmem informują. Nie jestem głupcem. Wiem, że w miarę upływu lat nie będą już tak szybko biec do wujka, ale się z tym pogodziłem. Ktoś mógłby się zastanawiać, czy nie jest mi żal, że nie mam własnej rodziny lub że nie mogę być wujkiem twoich dzieci.

Obaj bylibyśmy wspaniałymi wujkami, ja dla twoich, ty dla moich dzieciaków, Leo.

Ellie zaczyna je przeganiać.

– No już, dziewczynki, starczy tego dobrego. Wujek Nap musi popracować z tatą w warsztacie.

– Nad czym musi popracować? – pyta Kelsi.

– To sprawy zawodowe – odpowiada Bob.

– Jakie sprawy zawodowe? – pyta Leah.

– Czy to policyjna robota, wujku Nap? – dopytuje się Kelsi.

– Czy łapiesz przestępców?

– To nic aż tak bardzo dramatycznego – odpowiadam i od razu zaczynam się zastanawiać, czy w ogóle znają to słowo i czy nie skłamałem, mówiąc, że to „nic dramatycznego". – Muszę po prostu obejrzeć tę taśmę – dodaję.

– Oo! Czy my też możemy? – pyta Leah.

– Z całą pewnością nie – przychodzi mi z pomocą Ellie. – Idźcie nakryć do stołu.

Dziewczynki przez chwilę narzekają, a potem idą robić to, o co je poproszono. Bob i ja zmierzamy do warsztatu. Na drzwiami wisi wyryty na desce napis WARSZTAT BOBA i każda jego litera jest w innym kolorze. Jak się pewnie spodziewasz, można by tu nagrywać filmiki z serii ZRÓB TO SAM. Narzędzia wiszą w równej odległości od siebie, w kolejności od największych do najmniejszych. Deski i rury leżą w idealnych piramidach przy tylnej ścianie. Pod sufitem wiszą jarzeniówki. W plastikowych, odpowiednio podpisanych pojemnikach są gwoździe, śrubki, obejmy i złączki. Podłogę tworzą połączone ze sobą gumowe moduły. Wszystkie kolory w tym pomieszczeniu są neutralne i kojące. Nie ma ani jednej plamki brudu, trocin, niczego, co zakłócałoby wrażenie harmonii i porządku.

Ja nie potrafię nawet wbić gwoździa, ale rozumiem, dlaczego Bob lubi tu siedzieć.

Kamera, którą widzę na roboczym stole, jest dokładnie taka sama jak twoja – Canon PV1 – i zastanawiam się nawet, czy to nie ta sama. Jak już wspominałem, tato rozdał większość twoich rzeczy. Kto wie, może jakimś cudem kamera wylądowała właśnie u Ellie i Boba? Stoi pionowo z obiektywem wycelowanym w sufit. Bob obraca ją, wciska przycisk EJECT i czeka, aż podam mu kasetę. Kiedy to robię, wsuwa ją i zatrzaskuje kieszeń.

– Wszystko gotowe – rzuca. – Wciśnij tylko PLAY – pokazuje przycisk – i oglądaj obraz tutaj – dodaje, otwierając mały, obracający się na zawiasach ekran.

Wszystko to przypomina mi ciebie. W niezbyt przyjemny sposób.

– Gdybyś potrzebował pomocy, będę w kuchni – mówi Bob.

– Dzięki.

Zamyka za sobą drzwi i wraca do domu. Nie ma sensu tego odwlekać. Wciskam PLAY. Obraz najpierw śnieży, a potem staje się zupełnie czarny. Na ekranie widać tylko datę.

Tydzień przed śmiercią twoją i Diany.

Obraz kołysze się, jakby osoba, która filmuje, szła przed siebie. Po chwili kołysanie się nasila, co może oznaczać, że kamerzysta biegnie. Nadal widzę tylko czerń. Wydaje mi się, że coś słyszę, ale bardzo niewyraźnie.

Odnajduję gałkę głośności i przekręcam ją na maksimum.

Obraz przestaje się kołysać, ale jest wciąż zbyt ciemny, żeby coś zobaczyć. Przekręcenie do oporu gałki jasności nic nie daje, gaszę więc światło, żeby mieć lepszy kontrast. Warsztat pogrąża się w mroku, wiszące na ścianie narzędzia rzucają złowrogie cienie. Wbijam wzrok w mały ekran.

I nagle słyszę dobiegający z przeszłości głos: „Kamera jest włączona, Hank?".

Serce staje mi w piersi. To twój głos, Leo.

„Tak, włączona", odpowiada Hank.

I kolejny głos: „Podnieś obiektyw w górę, Hank".

To Maura. Moje serce, które przed chwilą przestało bić, teraz eksploduje.

Opieram się rękami o blat roboczego stołu, żeby nie upaść. Maura wydaje się ożywiona. Dobrze pamiętam ten ton. Widzę, jak kamera się unosi. Wcześniej Hank filmował ziemię. Teraz dostrzegam światła dawnej bazy.

I znów twój głos, Leo. „Nadal to słyszycie?", pytasz.

„Ja słyszę. Ale bardzo słabo". To chyba Rex.

„Dobra, bądźcie przez chwilę cicho", mówisz.

Po jakimś czasie słyszę Maurę: „Niech to szlag, patrzcie! Tak samo jak w zeszłym tygodniu".

„Mój Boże". To znów ty. „Miałaś rację, Maura".

Słychać teraz głośne westchnienia i podekscytowane głosy. Próbuję je rozpoznać – słyszę ciebie, Maurę, Rexa, Hanka… i jeszcze jeden kobiecy głos. Czy to Diana? Beth? Będę musiał zrobić kopię i przesłuchać to uważniej. Zezuję na ekran, starając się odkryć, co ich tak zaskoczyło.

I nagle ja również widzę coś, co pojawiło się wysoko na niebie. Sam też głośno wciągam w płuca powietrze.

To helikopter.

Chcę pogłośnić, żeby usłyszeć łopaty wirnika, ale gałka jest już nastawiona do oporu.

„To sikorsky black hawk – mówi Hank, jakby czytał w moich myślach. – Jest w nim wykorzystana technologia stealth. Prawie go nie słychać".

Ekran kamery jest maleńki i nawet przy zgaszonym świetle trudno dostrzec, co się dzieje. Jedno nie ulega kwestii: helikopter unosi się nad starą bazą wojskową.

„Podejdźmy bliżej", szepcze Maura, kiedy maszyna zaczyna się obniżać.

„Zobaczą nas", ostrzega Rex.

„I co z tego?", pyta Maura.

Beth: „No, nie wiem…"

Maura: „Chodź, Hank".

Obraz znów zaczyna podskakiwać. Hank najwyraźniej zbliża się do bazy. W którymś momencie się potyka. Obiektyw kamery jest wycelowany w dół. Widzę wyciągniętą dłoń osoby, która pomaga mu odzyskać równowagę... i biały rękaw mojej sportowej kurtki. Obiektyw wędruje w górę i Hank filmuje z bliska twarz Maury. Czuję, jak przeszywa mnie prąd. Jej ciemne włosy są potargane, w oczach płonie podniecenie. Zabójczy uśmiech na twarzy świadczy o tym, że kompletnie jej odbiło.

– Maura...

Właściwie mówię to na głos.

„Cicho, stójcie", słyszę twój głos, Leo, z małego głośnika.

Helikopter ląduje. Ciężko jest cokolwiek zobaczyć, ale łopaty wirnika wciąż się obracają. Nie mogę uwierzyć, jak bardzo są ciche. Nie mam pewności, co widzę, lecz otwierają się chyba przesuwane drzwi. Błyska w nich jasnopomarańczowy kolor. To może być jakiś człowiek. Nie jestem pewien. Chyba tak.

Pomarańczowy kolor kojarzy mi się ze strojem więźnia.

Rozlega się hałas, jakby ktoś nadepnął gałązkę. Hank przesuwa kamerę w prawo.

„Wynośmy się stąd, do diabła!", krzyczy Rex.

Ekran robi się całkiem czarny.

Przewijam taśmę do przodu. Ale to wszystko. Nie ma na niej nic więcej. Przewijam z powrotem i oglądam jeszcze raz scenę z helikopterem. Potem robię to ponownie. Za każdym razem niełatwo mi słuchać twojego głosu i oglądać twarz Maury.

Oglądając film po raz czwarty, zaczynam się zastanawiać, co w tym czasie robiłem. Gdzie byłem tamtej nocy? Nie należałem do Klubu Konspiratorów. W tamtym czasie tak naprawdę niewiele o nim myślałem; cała ta „tajna grupa" była dla mnie częściowo czymś zabawnym, częściowo dziecinnym, z jednej strony nieszkodliwym, z drugiej (kiedy nie byłem wobec was tak łaskawy) – żałosnym. Mieliście swoje małe sekrety. Rozumiem to.

Ale jak mogłeś ukryć przede mną coś takiego?

Mówiłeś mi przecież wszystko.

Próbuję cofnąć się w czasie. Gdzie byłem tamtej nocy? To był piątek, podobnie jak wtedy, gdy zginęliście. W piątek grałem w hokeja. Z kim graliśmy tamtego wieczoru? Nie pamiętam. Czy zwyciężyliśmy? Czy widziałem się z tobą po powrocie do domu? Nie pamiętam. Wiem, że spotkałem się z Maurą. Poszliśmy na polanę w lesie. Wciąż mam przed oczami jej potargane włosy, zabójczy uśmiech, oczy płonące podnieceniem, ale kiedy kochaliśmy się tamtej nocy, było trochę inaczej, wszystko wydawało się jeszcze bardziej elektryzujące. Nie sądzę, żebym się wtedy nad tym zastanawiał – Maura lubiła ryzyko – ale przypisałem to prawdopodobnie własnej atrakcyjności. Tak bardzo byłem wtedy zapatrzony w siebie, jurny byczek z maturalnej klasy.

A mój brat bliźniak?

Myślę o znalezionej na strychu fotografii. Tej, która przedstawiała naszą czwórkę. Twój szklisty wzrok, zagubienie na twarzy. Coś się z tobą działo, Leo. Coś poważnego i prawdopodobnie rzucającego się w oczy, ale ponieważ byłem samolubnym ćwokiem, nie zauważyłem tego i zginąłeś.

Odłączam kamerę od prądu. Wiem, że Bob się nie pogniewa, jeśli ją ze sobą zabiorę. Muszę się po prostu zastanowić.

Nie chcę działać pochopnie. Hank poprosił Davida o przechowanie tej kasety, bo bez względu na dręczące go problemy zdawał sobie sprawę z jej znaczenia. Był paranoikiem, prawdopodobnie niezbyt zdrowym na umyśle, mimo to chcę spełnić jego życzenie.

Więc dokąd z tym pójdę?

Do władz? Czy mam powiedzieć o tym prokurator Muse lub Manningowi? Czy powiem o tym Augiemu?

Wszystko po kolei. Najpierw muszę zrobić kopie. I umieścić oryginał w bezpiecznym miejscu.

Analizuję to, czego się do tej pory dowiedziałem, próbując wszystko do siebie dopasować. Dawna baza pocisków Nike pozostawała pod kontrolą rządu. Chcąc ukryć jej prawdziwe przeznaczenie, udawano, że mieści się tam nieszkodliwe centrum rolnicze. W porządku, rozumiem to. Przyjmuję również, że zobaczyliście tamtej nocy coś, co mogło narazić bazę na publiczną kontrolę.

Mogę nawet pójść krok dalej. Mogę wyobrazić sobie, dlaczego „oni" – a przez „nich" rozumiem ludzi pracujących w bazie – chcieli uciszyć ciebie i Dianę, choć jej akurat nie słyszałem na taśmie. Czy tam była? Nie wiem. Ale tak czy owak dla was obojga zakończyło się to tragicznie.

Pytanie: Dlaczego nie zginęli pozostali?

Możliwa odpowiedź: „Oni" nie wiedzieli o Rexie, Hanku i Beth. Wiedzieli tylko o tobie i Dianie. No dobrze, jest w tym odrobina sensu. Niewiele, ale jest. I mogę wprowadzić do tego równania również Maurę. W jakiś sposób „oni" dowiedzieli się także o niej. Dlatego uciekła i się ukrywa.

Z taśmy wynika, że ty i Maura byliście prowodyrami. Więc może oboje tam wróciliście i zrobiliście coś nierozsądnego. Ciebie złapali. Ona uciekła.

To nadal można od biedy przyjąć.

Znów jednak rodzi się pytanie: co z innymi? Rex, Hank i Beth żyli dalej jakby nigdy nic. Żadne z nich się nie ukrywało. Może po piętnastu latach „oni" zaczęli ponownie szukać? Może po piętnastu latach coś się wydarzyło i „oni" nagle się dowiedzieli?

Ale o czym?

Nie mam pojęcia. Może Augie trafił na jakiś ślad, kiedy zaczął się zastanawiać nad rolą, jaką odegrał w tym wszystkim Tom Stroud. Może muszę ustalić, kiedy dokładnie Tom wrócił do Westbridge.

Na razie dość tych spekulacji. Nadal czegoś nie dostrzegam. I jest coś, co muszę zrobić już teraz.

Muszę na serio pogadać z Ellie.

Nie jest przypadkiem, że matka Maury skontaktowała się ze mną za jej pośrednictwem. Ellie coś wie. Chciałbym to zignorować, lecz nie bardzo mogę. Otrzymałem już dzisiaj całkiem sporo ciosów, dziękuję bardzo, ale jeśli nie mogę ufać Ellie – jeśli mnie okłamała i nie stoi po mojej stronie – w takim razie na kogo jeszcze mogę liczyć?

Biorę głęboki oddech i wychodzę z warsztatu. Pierwszą rzeczą, jaką słyszę, jest śmiech Leah i Kelsi. Zdaję sobie sprawę, że chyba za bardzo idealizuję tę rodzinę, że w moich oczach wydają się trochę nierealni, ale tak właśnie ich widzę. Zapytałem kiedyś Ellie, jak im się to udało. „Ja i Bob stoczyliśmy ze sobą kilka wojen – odpowiedziała – więc teraz walczymy, żeby to ocalić". Nie wiem, czy dobrze to zrozumiałem. Ellie bardzo mocno przeżyła późny rozwód swoich rodziców. Może tu tkwi przyczyna. A może nikogo nie znamy aż tak dobrze.

Staram się dostrzec jakieś skazy w życiu Ellie i Boba. To, że ich nie widzę, nie musi znaczyć, że ich nie ma. A to, że potrafią je ukryć, wcale nie znaczy, że są mniej wspaniali i ludzcy.

Maksyma taty: „Każdy ma swoje nadzieje i marzenia".

Wchodzę do kuchni, ale Ellie tam nie ma. Przy stole stoi puste krzesło.

– Musiała nagle wyjść – mówi Bob. – Zostawiła ci talerz.

Przez okno widzę, że Ellie zmierza szybkim krokiem do swojego samochodu. Przepraszam Boba i wybiegam w ślad za nią.

– Wiesz, gdzie jest Maura?! – wołam, widząc, że otwiera drzwi auta i chce do niego wsiąść.

Ellie obraca się w moją stronę.

– Nie – odpowiada.

– Jej matka skontaktowała się z tobą, żeby do mnie dotrzeć. – Patrzę jej prosto w oczy.

– Wiem.

– Dlaczego akurat z tobą, Ellie?

– Obiecałam jej, że nic nie powiem.

– Komu obiecałaś?

– Maurze.

Wiedziałem, że usłyszę właśnie to imię, a mimo to czuję, jakbym oberwał prosto w zęby.

– Ty.... – załamuje mi się głos – ...obiecałaś coś Maurze?

Dzwoni moja komórka. To Augie. Nie odbieram. Cokolwiek teraz się zdarzy – cokolwiek powie mi Ellie – wiem, że między nami nic już nie będzie takie samo. W moim świecie mało jest rzeczy, które dają mi poczucie pewności. Mało kogo do siebie dopuszczam. Nie mam rodziny.

Ktoś, kto był mi najbliższy, pozbawił mnie właśnie, jeśli można to tak określić, bezpiecznego oparcia.

– Muszę jechać – mówi Ellie. – Doszło do jakiegoś incydentu w schronisku.

– Przez wszystkie te lata mnie okłamywałaś.

– Nie – odpowiada.

– Ale nigdy nie powiedziałaś ani słowa.

– Obiecałam.

– Byłaś moją najlepszą przyjaciółką. – Nie chcę, żeby usłyszała, jak bardzo czuję się zraniony.

– Jestem nią. Ale to wcale nie oznacza, że wolno mi zdradzić wszystkich innych.

Znów odzywa się moja komórka.

– Jak mogłaś ukryć przede mną coś takiego? – pytam.

– Nie mówimy sobie wszystkiego – odpowiada.

– Co ty gadasz?! Oddałbym za ciebie życie.

– Ale nie mówisz mi wszystkiego, prawda, Nap?

– Oczywiście, że mówię.

– Gówno prawda – odpowiada Ellie scenicznym szeptem, którego dorośli używają, kiedy są wściekli, ale nie chcą zbudzić dzieci. – Ukrywasz przede mną wiele rzeczy.

– Na przykład co? – pytam i widzę błysk w jej oku.

– Chcesz mi opowiedzieć o Treyu? – odpowiada.

„O kim?", mam ochotę zapytać. Tak bardzo jestem skupiony na tym śledztwie, na tym, że mogę poznać prawdę o tamtej nocy, i tak bardzo czuję się zdradzony przez kobietę, z którą, jak mi się zdawało, jestem blisko związany. Po chwili przypominam sobie jednak kij baseballowy i manto, jakie spuściłem Treyowi.

Ellie wbija we mnie wzrok.

– Nie okłamałem cię – mówię.

– Po prostu nic mi nie powiedziałeś.

Nie odzywam się.

– Nie przyszło ci do głowy, że wiem, że to przez ciebie Trey trafił do szpitala? – pyta Ellie.

– To nie ma z tobą nic wspólnego.

– Jestem zamieszana w przestępstwo.

– Nie, nie jesteś. Tylko ja ponoszę za to odpowiedzialność.

– Naprawdę jesteś taki ograniczony? Istnieje granica między dobrem i złem, Nap. I ty sprawiłeś, że ją przekroczyłam. Złamałeś prawo.

– Żeby dorwać skurwiela. Żeby pomóc ofierze. Czy nie to właśnie powinniśmy robić?

Kręci głową i na twarz występują jej rumieńce.

– Nic z tego nie rozumiesz? Kiedy wpadła do nas policja, bo uznali, że może istnieć jakiś związek między pobiciem faceta i prześladowaną kobietą, musiałam ich okłamać. Wiesz o tym, prawda? Więc czy to ci się podoba, czy nie, jestem zamieszana w przestępstwo. Wciągnąłeś mnie w to i nie masz dość przyzwoitości, żeby się do tego przyznać.

– Nie mówiłem nic, żeby cię w to nie mieszać.

Ellie potrząsa głową.

– Na pewno o to ci chodziło, Nap?

– O czym ty mówisz?

– Może nic nie mówiłeś, bo bałeś się, że cię powstrzymam. Może nic nie mówiłeś, bo to, co robisz, jest złe. Założyłam to schronisko, żeby pomagać prześladowanym kobietom, a nie wymierzać karę tym, którzy je prześladowali.

– To nie ma z tobą nic wspólnego, Ellie – powtarzam. – To była moja decyzja.

– Wszyscy podejmujemy jakieś decyzje – mówi trochę ciszej. – Ty postanawiasz spuścić manto Treyowi. Ja postanawiam dotrzymać słowa, które dałam Maurze.

Kręcę głową i w tym momencie dzwoni moja komórka. To znowu Augie.

– Nie możesz tego przede mną ukrywać, Ellie – mówię.

– Odpuśćmy to sobie – odpowiada.

– Jak to?

– Mówisz, że nie powiedziałeś mi o Treyu, żeby mnie chronić.

– No i?

– Więc może ja w podobny sposób chcę chronić ciebie.

Komórka nadal dzwoni. Muszę ją odebrać. Kiedy przystawiam telefon do ucha, Ellie wskakuje do samochodu i odjeżdża. Chcę ją powstrzymać, ale zdaję sobie nagle sprawę, że w progu stoi Bob i obserwuje mnie z dziwnym wyrazem twarzy.

Muszę z tym poczekać.

– O co chodzi?! – krzyczę do telefonu.

– Udało mi się w końcu skontaktować z Andym Reevesem – mówi Augie.

To komendant „rolniczej” bazy.

– I co?

– Znasz knajpę Rusty Nail?

– To ta speluna w Hackensack?

– Dawna speluna. Możesz się z nim tam spotkać za godzinę.

Rozdział 20

Kopiuję starą kasetę wideo w najszybszy, choć może najmniej wyszukany technologicznie sposób. Puszczam po prostu film na małym ekraniku kamery i nagrywam go swoim smartfonem. Jakość nie jest tak okropna, jak można by się spodziewać, zwłaszcza że nie liczę raczej na Oscara. Następnie przesyłam kopię wideo na moją chmurę i dmuchając na zimne, również na jeden z moich kilku adresów mailowych.

Czy nie powinienem jej poza tym przesłać komuś innemu?

Chyba tak. Zastanawiam się nad Davidem Rainivem, ale jeżeli mój mail zostanie namierzony – owszem, wiem, że wpadam w paranoję – nie chcę go narażać na niebezpieczeństwo. To samo dotyczy Ellie. Poza tym, jeśli o nią chodzi, naprawdę muszę się zastanowić, jak mają wyglądać dalej nasze stosunki.

Oczywistym wyborem wydaje się Augie, ale czy naprawdę chcę mu to wysłać bez żadnego ostrzeżenia?

Dzwonię do niego.

– Jesteś już w Rusty Nail? – pyta.

– Nie, jeszcze w drodze. Wyślę ci mailem pewien film – mówię i opowiadam o wizycie Davida Rainiva i starej taśmie wideo. Augie milczy. Pytam, czy mnie słyszy.

– Nie wysyłaj mi tego do pracy – odpowiada.

– Okay.

– Masz mój prywatny adres mailowy?

– Tak.

– Więc prześlij to tam. – W telefonie na dłuższą chwilę zapada cisza. W końcu Augie odchrząkuje. – Diana... mówisz, że nie ma jej na taśmie?

Zawsze to słyszę, kiedy wypowiada jej imię. Ja straciłem ciebie. Brata bliźniaka. To potworny cios, jasne. Ale Augie stracił jedyne dziecko. Za każdym razem, gdy wymawia imię Diany, robi to ochrypłym, zbolałym głosem, jakby ktoś okładał go pięściami. Każda sylaba sprawia mu fizyczny ból.

– Nie widziałem ani nie słyszałem Diany – mówię – ale taśma nie jest zbyt dobrej jakości. Może uda ci się wychwycić coś, czego nie zauważyłem.

– Nadal uważam, że podążasz mylnym tropem.

Przez chwilę się nad tym zastanawiam.

– Ja też się tego boję – przyznaję.

– A zatem?

– To jedyny trop, jaki w tej chwili mam. Więc będę nim dalej podążał i zobaczę, dokąd mnie doprowadzi.

– To brzmi, jakbyś miał jakiś plan.

– Choć może nie jest zbyt dobry.

– Z pewnością nie jest zbyt dobry – zgadza się ze mną Augie.

– Co powiedziałeś Andy'emu Reevesowi? – pytam.

– O tobie?

– O powodzie, dla którego chcę z nim gadać.

– Nic. Co mogłem mu powiedzieć? Nawet ja go nie znam.

– Na tym polega mój plan. Ten niezbyt dobry.

– To chyba lepsze niż nic. Obejrzę to wideo. Zadzwonię do ciebie, jeśli coś zobaczę.

• • •

Rusty Nail mieści się w obłożonym winylowym zielonkawym sidingiem budynku z solidnymi czerwonymi drzwiami. Parkuję między żółtym fordem mustangiem z rejestracją EB-NY-IVRY i busem, na którym wymalowano napis *Centrum Seniorów hrabstwa Bergen*. Nie wiem, co Augie miał na myśli, mówiąc, że dziś to już nie speluna. Z zewnątrz nic się nie zmieniło. Jedyną zmianą, jaką zauważam, jest obecność długiego podjazdu dla wózków inwalidzkich. Wcześniej go nie było. Wchodzę po schodkach i otwieram czerwone drzwi.

Pierwsze wrażenie: sporo tu starszych osób.

Bardzo starych. Zgaduję, że średni wiek zbliża się do osiemdziesiątki. Pewnie przyjechali z tego centrum seniorów. Ciekawe. Seniorzy odwiedzają na ogół supermarkety, wyścigi konne i kasyna.

Dlaczego nie knajpy?

Drugą rzeczą, jaką zauważam, jest stojący pośrodku sali ostentacyjnie biały fortepian z kieliszkiem na datki i srebrnym obramowaniem, które nawet Liberace mógłby uznać za zbyt krzykliwe. Scena wygląda jak z piosenki *Piano Man* Billy'ego Joela. Spodziewam się niemal ujrzeć Davy'ego z US Navy oraz popijającego drinka niedoszłego pisarza pracującego w nieruchomościach. Nie widzę jednak nikogo, kto by ich przypominał. Zauważam za to sporo balkoników, lasek i wózków inwalidzkich.

Pianista bębni *Sweet Caroline*. Ta piosenka stała się standardowym numerem na każdym weselu i na każdej imprezie sportowej, uwielbianym tak samo przez seniorów, jak i dzieci. Staruszkowie podśpiewują refren z wielkim entuzjazmem. Fałszują, nie trzymają rytmu, ale mają to wszystko w nosie. To miła scena.

Nie bardzo wiem, który z nich to Andy Reeves. Wyobrażam sobie, że ma sześćdziesiąt kilka lat, krótko ostrzyżone włosy i wojskowy sznyt. Kilku z tych starszych facetów chyba spełnia te kryteria. Po chwili spostrzegam paru młodszych osiłków, którzy omiatają wzrokiem salę, jakby byli ochroniarzami. To prawdopodobnie barmani albo opiekujący się seniorami pielęgniarze.

Pianista podnosi wzrok i pozdrawia mnie skinieniem głowy. Nie jest krótko ostrzyżony i nie przypomina z wyglądu wojskowego. Ma pierzaste blond włosy i lśniącą cerę, jakby się poddał zabiegowi eksfoliacji. Daje znak, bym usiadł obok niego.

– *Ba, ba, ba, good times never seemed so good, so good, so good, so good...* – śpiewa na całe gardło tłum starców.

Siadam. Jeden ze staruszków zarzuca mi ręce na szyję i zachęca, bym śpiewał wraz z innymi. Dołączam z umiarkowanym entuzjazmem, czekając, aż ktoś – najlepiej Andy Reeves – wybawi mnie z kłopotu. Nikt się nie pojawia. Rozglądam się po sali. Widzę plakat przedstawiający czterech najszczęśliwszych, najzdrowszych seniorów z reklamy viagry, z wypisanymi na piersi słowami *Bingo we wtorek po południu – 3 $ za drinka.* Kilku facetów, których wziąłem za barmanów lub pielęgniarzy, rozlewa przy barze czerwony koktajl do rozstawionych plastikowych kubków.

Kiedy kończy się *Sweet Caroline*, staruszkowie pohukują i pokrzykują z aprobatą. Ta quasi-normalność zaczyna mi się podobać i czekam niemal z wytęsknieniem na następną piosenkę, ale facet z pierzastymi włosami nagle wstaje i ogłasza „krótką przerwę".

Seniorzy dają głośno wyraz rozczarowaniu.

– Pięć minut – mówi pianista. – Przy barze czekają na was drinki. Możecie złożyć kilka zamówień.

To nieco studzi niezadowolenie. Pianista zgarnia datki z przydużego kieliszka i podchodzi do mnie.

– Funkcjonariusz Dumas? – pyta. Kiwam głową. – Jestem Andy Reeves – przedstawia się.

Pierwsza rzecz, jaką spostrzegam: ma schrypnięty głos.

Albo świszczący.

Siada obok mnie. Próbuję ocenić jego wiek. Różne zabiegi kosmetyczne nadały jego skórze dziwne lśnienie, ale nie może mieć więcej niż pięćdziesiąt kilka lat. Z drugiej strony bazę zamknięto dopiero przed piętnastu laty. Dlaczego miałby być starszy?

– To miejsce… – mówię, rozglądając się.

– Tak?

– Wydaje się bardzo odległe od Departamentu Rolnictwa.

– No tak, rozumiem. – Reeves rozkłada ręce. – Cóż mogę powiedzieć? Potrzebowałem odmiany.

– Więc nie pracuje już pan dla rządu?

– Odszedłem na emeryturę jakieś siedem lat temu. Pracowałem w Departamencie Rolnictwa przez dwadzieścia pięć lat. Dostałem pokaźną emeryturę i teraz realizuję swoje pasje.

– Grę na fortepianie.

– Owszem. To znaczy nie tutaj. Ale od czegoś trzeba zacząć, prawda?

Przyglądam się jego twarzy. Opalił się w solarium, nie na słońcu. Przy linii włosów dostrzegam blady pasek skóry.

– Prawda – zgadzam się.

– W biurze w Westbridge mieliśmy fortepian. Stale na nim grałem, żeby się odstresować. – Reeves wierci się na krześle i błyska zębami tak wielkimi i olśniewająco białymi, że mogłyby posłużyć za klawisze do fortepianu. – Czym mogę panu służyć, detektywie? – pyta.

– Jakiego rodzaju działalność prowadziliście w bazie wojskowej? – pytam, przechodząc od razu do sedna.

– W bazie wojskowej?

– Tym właśnie było to miejsce – wyjaśniam. – Bazą pocisków Nike.

– No tak, oczywiście. – Reeves kręci z podziwem głową. – To miejsce ma niesamowitą historię, prawda?

Nie odzywam się.

– Ale to wszystko działo się wiele lat przed tym, nim nas tam skierowano. Za naszych czasów mieściły się tam po prostu biura, nie baza wojskowa.

– Biura Departamentu Rolnictwa.

– Zgadza się. Naszym zadaniem było zapewnienie Stanom Zjednoczonym przewagi w dziedzinie wyżywienia, technologii rolniczej, wykorzystania bogactw naturalnych oraz rozwoju terenów wiejskich w oparciu o zdrową politykę publiczną, wiodące badania naukowe i skuteczne zarządzanie.

Brzmi to jak wyuczona formułka, którą prawdopodobnie jest.

– Dlaczego tam? – pytam.

– Słucham?

– Departament Rolnictwa mieści się przy Independence Avenue w Waszyngtonie.

– To główna siedziba. My byliśmy filią.

– Ale dlaczego akurat tam, w środku lasu?

– A dlaczego nie? – odpowiada Reeves, podnosząc dłonie. – To było wspaniałe miejsce. Wiele rzeczy, którymi się tam zajmowaliśmy… to znaczy, nie chcę się przechwalać ani przypisywać sobie większych zasług, niż powinienem, ale wiele naszych badań opatrzono klauzulą „ściśle tajne". – Reeves nachyla się do mnie. – Widział pan film *Nieoczekiwana zmiana miejsc*?

– Z Eddiem Murphym, Danem Aykroydem i Jamie Lee Curtis – odpowiadam.

To, że znam ten film, sprawia mu wielką przyjemność.

– Właśnie. Jak pan zapewne pamięta, bracia Duke próbowali tam opanować rynek soku pomarańczowego.

– Zgadza się.

– Pamięta pan, w jaki sposób? – Reeves uśmiecha się, widząc, że owszem, pamiętam. – Przekupili państwowego urzędnika, żeby przekazał im kopię miesięcznego raportu Departamentu Rolnictwa na temat wysokości plonów. Raportu Departamentu Rolnictwa Stanów Zjednoczonych, detektywie Dumas. To byliśmy my. Wiele naszych opracowań miało aż tak wielkie znaczenie. Dlatego potrzebowaliśmy ściśle strzeżonej siedziby.

– Stąd ten płot i tablice z napisem TEREN ZAMKNIĘTY?

– Właśnie. – Reeves ponownie rozkłada ręce. – Była baza wojskowa świetnie się nadawała do tego rodzaju działalności.

– Czy ktoś naruszył kiedykolwiek te zakazy?

Po raz pierwszy wydaje mi się, że uśmiech spełza mu z twarzy.

– Co pan ma na myśli?

– Mieliście jakichś intruzów?

– Czasami – odpowiada, starając się to zbagatelizować. – Młodzi przychodzili nieraz do lasu, żeby pić alkohol albo palić trawkę.

– I co się wtedy działo?

– Co pan ma na myśli?

– Ignorowali tablice ostrzegawcze?

– Coś w tym stylu.

– Co konkretnie robili?

– Nic. Po prostu je mijali.

– A wy wtedy?

– Nic.

– Nic?

– Mogliśmy ich informować, że to prywatny teren.

– Mogliście ich informować? – pytam. – Czy informowaliście?

– Czasami chyba informowaliśmy.

– W jaki sposób?

– Słucham?

– Niech mi pan to przybliży. Jakiś dzieciak mija wasze tablice. Co wtedy robicie?

– Dlaczego pan pyta?

– Proszę po prostu odpowiadać na moje pytania – mówię nieco ostrzejszym tonem.

– Każemy mu zawrócić. Wyjaśniamy, że wtargnął na cudzy teren.

– Kto mu to wyjaśnia?

– Nie rozumiem.

– Pan?

– Nie, oczywiście, że nie ja.

– W takim razie kto?

– Któryś ze strażników.

– Patrolowali las?

– Co?

– Tablice zaczynały się pięćdziesiąt metrów od ogrodzenia.

Andy Reeves przez chwilę się nad tym zastanawia.

– Nie, nie zapuszczali się tak daleko. Patrolowali teren przy samym ogrodzeniu.

– Więc nie zobaczyliby intruza, gdyby nie dotarł do samego ogrodzenia?

– Nie bardzo widzę, jakie to ma znaczenie…

– Skąd wiedzieliście, że w pobliże bazy zakrada się jakiś dzieciak? – pytam. – Polegaliście wyłącznie na spostrzegawczości strażników czy mieliście kamery?

– Chyba mieliśmy kilka…

– Chyba? Nie pamięta pan tego?

Wystawiam na próbę jego cierpliwość i robię to celowo. Reeves zaczyna stukać paznokciem w blat stołu. Dość długim paznokciem, co w tym momencie zauważam.

– Naprawdę nie mam ochoty odpowiadać na te wszystkie pytania, detektywie – szepcze w końcu, ponownie szczerząc zęby w uśmiechu.

– No tak, w porządku, przepraszam – mówię i przechylam głowę. – Więc pozwoli pan, że zapytam o jedno: w jakim celu przy filii Departamentu Rolnictwa Stanów Zjednoczonych lądowały w nocy helikoptery Black Hawk?

Mleko się rozlało, jak powiedziałaby jedna z moich chrześnic.

Andy Reeves chyba się tego po mnie nie spodziewał. Na chwilę opada mu szczęka, ale zaraz potem bierze się w garść. Spojrzenie jego oczu staje się twarde. Zamiast szerokiego uśmiechu widzę zaciśnięte usta i coś zdecydowanie bardziej w gadzim stylu.

– Nie mam pojęcia, o czym pan mówi, detektywie – szepcze.

Patrzę mu prosto w oczy, ale facet nie ma z tym żadnego problemu. Niezbyt mi się to podoba. Zdaje nam się czasem, że kontakt wzrokowy świadczy o czyjejś uczciwości, lecz podobnie jak w przypadku innych rzeczy, co za dużo, to niezdrowo.

– Minęło piętnaście lat, Reeves – mówię.

Facet wciąż się na mnie gapi.

– Nie obchodzi mnie, co tam robiliście – dodaję. – Muszę po prostu wiedzieć, co się przytrafiło mojemu bratu.

– Nie mam pojęcia, o czym pan mówi – odpowiada tak samo cicho, z taką samą intonacją, dokładnie tymi samymi słowami.

– Nazywał się Leo Dumas.

Reeves udaje, że się zastanawia, próbuje wyłowić z otchłani pamięci to nazwisko.

– Wpadł pod pociąg razem z dziewczyną, Dianą Styles.

– Ach, z córką Augiego. – Andy Reeves kręci głową, jak robią to ludzie mówiący o cudzej tragedii. – To pański brat był tym młodym człowiekiem, który zginął razem z nią?

Dobrze o tym wie. Ja wiem, że on wie. I on wie, że ja wiem.

– Przykro mi z powodu pańskiej straty.

Politowanie kapie z jego słów jak syrop klonowy z naleśników. Robi to oczywiście celowo. Oddaje cios, który mu zadałem.

– Powiedziałem już panu, że nie obchodzi mnie, co robiliście w tej bazie – próbuję po raz ostatni. – Więc jeśli nie chce pan, żebym zaczął drążyć, musi mi pan tylko powiedzieć prawdę. Chyba że…

– Chyba że co?

– Chyba że to pan zabił mojego brata – odpowiadam.

Reeves nie daje się sprowokować. Zerka znacząco na zegarek, a potem na staruszków, którzy zaczynają powoli wracać z baru.

– Moja przerwa dobiegła końca – mówi i wstaje.

– Zanim pan odejdzie… – Wyciągam smartfona. Wideo jest już gotowe do odtworzenia, od momentu kiedy po raz pierwszy pojawia się helikopter. Wciskam PLAY i podsuwam mu pod oczy. Reevesowi schodzi z twarzy opalenizna z solarium.

– Nie wiem, co mi pan tu pokazuje – mówi, ale nie brzmi to przekonująco.

– Ależ oczywiście, że pan wie. To helikopter Black Hawk typu stealth, zbliżający się do miejsca, w którym mieściły się według pana biura Departamentu Rolnictwa Stanów Zjednoczonych. Jeśli obejrzy pan dalszy ciąg tego filmu, zobaczy pan, jak helikopter ląduje. A potem jak wysiada z niego mężczyzna w pomarańczowym więziennym dresie.

Trochę koloryzuję – tak naprawdę widać tylko pomarańczową plamę – ale to wystarczy.

– Nie może pan zweryfikować…

– Ależ oczywiście, że mogę. Jest tutaj data nagrania. Budynki i krajobraz łatwo da się rozpoznać. Ściszyłem fonię, ale nagranie jest komentowane zza kadru. Dzieciaki, które to filmowały, dokładnie opisują, gdzie są i co widzą – dodaję, po raz kolejny lekko przeinaczając fakty.

Reeves ponownie piorunuje mnie wzrokiem.

– I jeszcze jedno – rzucam.

– Co takiego?

– Na taśmie słychać trzech nastolatków. Wszyscy trzej zginęli w podejrzanych okolicznościach.

– Hej, Andy, możesz zagrać *Livin' on a Prayer*?! – woła jeden ze staruszków.

– Nienawidzę Madonny – oświadcza inny.

– Madonna śpiewa *Like a Prayer*, kretynie. *Livin' on a Prayer* to Bon Jovi.

– Kogo nazywasz kretynem?

Andy Reeves ignoruje staruszków i odwraca się do mnie. Fasada znika.

– To jedyna kopia, jaką pan ma? – pyta schrypniętym szeptem.

– Jasne – odpowiadam, patrząc mu w oczy. – Jestem na tyle głupi, żeby przychodzić tutaj, nie zrobiwszy wcześniej kilku kopii.

– Jeśli… podkreślam słowo „jeśli”… ta taśma przedstawia to, co pan twierdzi… – mówi Reeves przez zaciśnięte zęby – ujawnienie jej będzie przestępstwem federalnym zagrożonym karą więzienia.

– Andy?

– Co?

– Czy wyglądam na przestraszonego?

– Ujawnienie jej będzie aktem zdrady.

Uśmiecham się, dając mu do zrozumienia, że jego groźby nie robią na mnie najmniejszego wrażenia.

– Jeśli ośmieli się pan komukolwiek to pokazać…

– Pozwól, że ci przerwę, Andy. Nie chcę, żebyś zawracał sobie tym swoją śliczną główkę. Jeśli nie powiesz mi, co chcę wiedzieć, z całą pewnością to pokażę. Opublikuję to na Twitterze i na Facebooku z twoim nazwiskiem. – Udaję, że wyciągam notes i pióro. – Reeves pisze się przez dwa „e”, czy przez „ea”?

– Nie mam nic wspólnego z twoim bratem – mówi.

– Może w takim razie z moją dziewczyną. Nazywa się Maura Wells. Chcesz mi powiedzieć, że z nią też nie masz nic wspólnego?

– Mój Boże... – Andy Reeves kręci powoli głową. – Tak naprawdę nie masz o niczym pojęcia.

Nie podoba mi się ton, jakim to mówi. Zupełnie jakby odzyskał nagle pewność siebie.

– Więc mi powiedz – mówię, nie bardzo wiedząc, jak zareagować.

– Zagraj *Don't Stop Believin'*, Andy! – woła kolejny gość.

– Coś Sinatry!

– Zespołu Journey!

Słyszę pomruk aprobaty.

– *Just a small town girl*... – zaczyna śpiewać jeden ze staruszków.

– ...*Living in a lonely world*... – podejmuje następny.

– Chwileczkę, kochani. – Reeves uśmiecha się i macha do nich: swój chłop cieszący się, że jego występ wzbudził takie emocje. – Oszczędzajcie siły.

Odwraca się do mnie i nachyla do mojego ucha.

– Jeśli opublikuje pan tę taśmę, detektywie Dumas, zabiję pana i wszystkich, których pan kocha. Czy wyraziłem się jasno?

– Krystalicznie – odpowiadam, kiwając głową, po czym łapię go za jaja i mocno ściskam.

Nocne powietrze przeszywa przenikliwy krzyk pianisty.

Kilku staruszków zrywa się na nogi. Kiedy go puszczam, Reeves osuwa się na podłogę niczym ryba rzucona na pomost.

Młodsi faceci, których wziąłem za pielęgniarzy, ruszają w moją stronę. Cofam się i wyjmuję odznakę.

– Nie ruszać się z miejsc – ostrzegam. – Policja.

Staruszkom wcale się to nie podoba. Nie podoba się również pielęgniarzom. Podchodzą bliżej, okrążając mnie z trzech stron. Wyjmuję smartfona i robię szybko zdjęcie. Seniorzy wrzeszczą na mnie.

– Co pan sobie wyobraża?

– Gdybym był dziesięć lat młodszy…

– Nie wolno panu w ten sposób się zachowywać!

– *Livin' on a Prayer*!

Jeden z nich przyklęka przy kontuzjowanym Reevesie. Pielęgniarze są coraz bliżej.

Muszę to szybko zakończyć.

Pokazuję pielęgniarzom broń w kaburze na biodrze. Nie wyciągam jej, ale sam widok wystarcza, by zatrzymali się w pół kroku.

Jakiś staruszek wygraża mi pięścią.

– Złożymy na pana skargę! – krzyczy.

– Róbcie to, co uważacie za stosowne – odpowiadam.

– Lepiej pan stąd zjeżdżaj.

Z tym akurat trudno mi się nie zgodzić. Pięć sekund później już mnie tam nie ma.

Rozdział 21

Nie przejmuję się zbytnio ewentualnym złożeniem skargi. Andy Reeves szybko dojdzie do siebie i nie będzie chciał, żeby ktoś zgłaszał ten incydent.

Większe wrażenie wywarły na mnie groźby, które wysunął. Cztery osoby – ty, Diana, Rex i Hank – zostały zamordowane. Tak to trzeba teraz nazwać. Dość opowiadania, że to był wypadek albo samobójstwo. Zostałeś zamordowany, Leo. I niech mnie diabli, jeśli tak to zostawię.

Dzwonię do Ellie, lecz ona nie odbiera, co doprowadza mnie do białej gorączki. Sprawdzam fotografię, którą zrobiłem smartfonem Reevesowi. Leży na podłodze z grymasem bólu na twarzy, ale zdjęcie jest dość wyraźne. Wysyłam je ememesem do Ellie razem z prośbą:

Sprawdź, czy matka Maury go rozpoznaje.

Jadąc do domu, uświadamiam sobie, że jeszcze nic nie jadłem. Skręcam w prawo i podjeżdżam do Armstrong Diner. Knajpa jest otwarta przez dwadzieścia cztery godziny na dobę. Przez okno widzę, że stoliki obsługuje Bunny. Kiedy wysiadam z samochodu, dzwoni moja komórka. To Ellie.

– Hej – mówi.

– Hej – odpowiadam.

Oboje zdajemy sobie chyba sprawę, że trochę się zagalopowaliśmy.

– Gdzie jesteś? – pyta.

– W Armstrong Diner.

– Będę tam za pół godziny.

W telefonie zapada cisza. Zamykam samochód i ruszam w stronę knajpy. Dwie dziewczyny koło dwudziestki stoją przy drzwiach, paląc i plotkując. Jedna jest blondynką, druga brunetką, obie w typie „internetowych modelek" albo niedoszłych gwiazd reality show. Kiedy je mijam, głęboko się zaciągają. Widząc to, zatrzymuję się, obracam w ich stronę i czekam, aż poczują na sobie mój wzrok. Przez kilka sekund rozmawiają dalej, ukradkiem na mnie zerkając. Nie zmieniam pozycji. W końcu milkną.

– Masz jakiś problem? – pyta wyzywająco blondynka.

– Powinienem wejść po prostu do środka – mówię. – Powinienem pilnować własnego nosa. Ale najpierw chcę wam coś powiedzieć.

Obie patrzą na mnie jak na czubka.

– Proszę, przestańcie palić – mówię.

Brunetka bierze się pod boki.

– Czy my się znamy? – pyta.

– Nie.

– Jesteś gliniarzem czy co?

– Tak się składa, że jestem, ale to nie ma nic do rzeczy.

Mój ojciec zmarł na raka płuc, bo palił. Więc mogę was po prostu minąć albo spróbować uratować wam życie. Jest duże prawdopodobieństwo, że mnie nie posłuchacie, ale jeśli będę to robił wystarczająco często, może ktoś zastanowi się i być może nawet rzuci palenie. Więc proszę was... właściwie to nawet błagam: przestańcie palić.

Na tym kończę i wchodzę do środka. Za kasą siedzi Stavros. Przybija mi piątkę i kieruje w stronę stolika w rogu. Jestem singlem, który nie lubi gotować, dlatego często się tu stołuję. Karta dań Armstrong Diner – podobnie jak karty dań w większości knajp w New Jersey – jest grubości Biblii. Bunny daje mi do wyboru wyłącznie dania dnia i mrugając okiem, wskazuje łososia z kuskusem.

Wyglądam przez okno. Dwie dziewczyny nadal stoją przy drzwiach. Brunetka jest odwrócona do mnie plecami i nadal pali. Blondynka patrzy na mnie z wyrzutem, ale nie widzę w jej dłoni papierosa. Pokazuję jej uniesione kciuki. Dziewczyna odwraca się. Prawdopodobnie po prostu go wypaliła, ale trzeba się cieszyć z każdego małego zwycięstwa.

Kiedy do środka wchodzi Ellie, kończę akurat łososia. Stavros uśmiecha się na jej widok. Banałem jest mówienie, że ktoś, wchodząc do jakiegoś pomieszczenia, sprawia, że robi się tam jaśniej, ale jakkolwiek to ująć, obecność Ellie podnosi wszędzie średni poziom dobroci, przyzwoitości i moralności.

Po raz pierwszy nie wydaje mi się to takie oczywiste.

Ellie wślizguje się do mojego boksu i podwija nogę pod pupę.

– Przekazałaś to zdjęcie Maurze? – pytam.

Kiwa głową.

– Jeszcze nie odpowiedziała.

Widzę, że z trudem powstrzymuje łzy.

– Co się stało, Ellie?

– Chodzi o coś, o czym nigdy ci nie powiedziałam.

– Co takiego?

– Przed dwoma laty, kiedy wyjechałam na miesiąc do Waszyngtonu…

Kiwam głową.

– Brałaś udział w konferencji na temat bezdomnych.

Prycha znacząco.

– Słyszałeś kiedyś o konferencji, która trwa cały miesiąc? – pyta, biorąc do ręki serwetkę i ocierając nią oczy.

Nie mam pojęcia, co o tym sądzić, więc się nie odzywam.

– Swoją drogą, to nie ma nic wspólnego z Maurą. Ja po prostu…

Wyciągam rękę i kładę na jej ramieniu.

– Co się stało? – pytam.

– Jesteś najlepszym człowiekiem, jakiego znam, Nap. Ufam ci jak mało komu. A mimo to nic ci nie powiedziałam…

– Czego mi nie powiedziałaś?

– Bob…

Zastygam w bezruchu.

– Bob poznał w pracy pewną kobietę. Zaczął wracać do domu później. Więc któregoś wieczoru go zaskoczyłam. Byli ze sobą w…

Czuję, jak pęka mi serce. Nie wiem, co powiedzieć, i nie sądzę, żeby chciała ode mnie coś usłyszeć, zaciskam więc tylko lekko dłoń na jej ramieniu. Chcę ją w jakiś sposób pocieszyć. Wiem, że dałem ciała.

Trwająca cały miesiąc konferencja. Człowieku.

Moja najlepsza przyjaciółka cierpiała najgorsze katusze. A ja nawet tego nie zauważyłem.

I uważam się za świetnego detektywa?

Ellie ociera oczy i z trudem się uśmiecha.

– Teraz jest już między nami lepiej. Oczyściliśmy atmosferę.

– Chcesz o tym pogadać?

– Nie, w tym momencie nie. Przyszłam porozmawiać z tobą o Maurze. O obietnicy, jaką jej złożyłam.

Bunny kładzie przed Ellie kartę dań i puszcza do niej oko. Kiedy odchodzi, nie wiem, jak kontynuować tę rozmowę. Ona chyba też nie.

– Obiecałaś coś Maurze – odzywam się w końcu.

– Tak.

– Kiedy?

– W dniu, gdy zginęli Leo i Diana.

Kolejny cios prosto w splot słoneczny.

Bunny podchodzi do nas ponownie i pyta ją, czy chce coś zamówić. Ellie prosi o bezkofeinową kawę. Ja zamawiam herbatę miętową. Bunny pyta, czy któreś z nas ma ochotę na bananowy pudding, jest przepyszny. Oboje odmawiamy.

– Tamtego dnia spotkałaś się z Maurą przed czy po śmierci Leo? – zwracam się do Ellie.

– Przed i po – odpowiada i znów mam mętlik w głowie.

Nie wiem, co powiedzieć, a może boję się tego, co mógłbym powiedzieć. Ona patrzy przez okno na parking.

– Ellie?

– Złamię teraz obietnicę daną Maurze – mówi. – Ale wiesz co, Nap?

– Co?

– Obawiam się, że wcale ci się to nie spodoba.

• • •

– Zacznijmy od tego, co stało się po śmierci Leo – mówi Ellie.

Knajpa pustoszeje, ale nie zwracamy na to uwagi. Bunny i Stavros kierują nowych gości w inne części sali, żebyśmy mogli spokojnie porozmawiać.

– Maura przyszła do mnie do domu.

Czekam, aż to rozwinie, ale ona tego nie robi.

– Tamtej nocy? – pytam.

– Tak.

– O której godzinie?

– Koło trzeciej nad ranem. Moi rodzice się rozeszli, a tato… tato chciał, żebym była szczęśliwa, więc przerobił garaż na pokój dla mnie. Dla nastolatki to było coś wspaniałego. Znajomi mogli mnie odwiedzać o każdej porze dnia i nocy. Można było do mnie wejść, nikogo nie budząc.

Docierały do mnie plotki o „otwartym domu" Ellie, ale to było, zanim się zaprzyjaźniliśmy, zanim mojego brata i jej najlepszą przyjaciółkę, Dianę, znaleziono na torach kolejowych. Zastanawiam się nad tym teraz. W dorosłym życiu najbliższe relacje wiążą mnie z Ellie i Augiem i obie zrodziły się tamtej tragicznej nocy.

– Więc kiedy usłyszałam pukanie, w pierwszej chwili

zbytnio się tym nie przejęłam – kontynuuje Ellie. – Ludzie wiedzieli, że jeśli nie mogą jeszcze wrócić do domu... są zbyt pijani czy coś w tym stylu, zawsze mogą u mnie znaleźć schronienie.

– Maura przychodziła do ciebie wcześniej? – pytam.

– Nie, nigdy. Już ci o tym mówiłam, ale ona trochę mnie onieśmielała. Wydawała się po prostu... no, nie wiem... bardziej na poziomie od nas wszystkich. Bardziej dojrzała i światowa. Wiesz, o co mi chodzi?

Kiwam głową.

– Więc po co do ciebie przyszła?

– Zapytałam ją o to, ale na samym początku w ogóle nie było z nią kontaktu. Zalewała się łzami i histeryzowała. Co uznałam za dziwne, bo zawsze zachowywała taki olimpijski spokój. Dopiero po jakichś pięciu minutach udało mi się ją uspokoić. Była cała ubłocona. Myślałam, że może ktoś ją napadł. Zaczęłam nawet sprawdzać, czy nie ma podartego ubrania. Czytałam wcześniej o traumie, jakiej doznają ofiary gwałtu. Tak czy inaczej, kiedy wzięła się w końcu w garść, bardzo szybko doszła do siebie. Nie wiem, jak to inaczej ująć. Jakby ktoś dał jej po buzi i krzyknął „Ogarnij się, dziewczyno!".

– Co zrobiłaś?

– Wyciągnęłam butelkę whisky Fireball, którą miałam schowaną pod łóżkiem.

– Ty?

Ellie kręci głową.

– Naprawdę wydaje ci się, że wszystko o mnie wiesz, prawda?

Najwyraźniej tak nie jest, myślę.

– Maura odsunęła butelkę i powiedziała, że musi zachować trzeźwy umysł. Zapytała, czy może u mnie na jakiś czas zostać. Oczywiście się zgodziłam. Prawdę mówiąc, pochlebiało mi, że zwróciła się akurat do mnie.

– To wszystko działo się o trzeciej nad ranem?

– Koło trzeciej, tak.

– Więc nie wiedziałaś jeszcze nic o Leo i Dianie – mówię.

– Zgadza się.

– Maura ci o tym powiedziała?

– Nie. Mówiła tylko, że musi się gdzieś ukryć. – Ellie pochyla się do przodu. – A potem spojrzała mi prosto w oczy i kazała obiecać. Wiesz, jaka potrafiła być sugestywna, prawda? Kazała mi obiecać, że nie powiem nikomu, nawet tobie, że się u mnie ukryła.

– Mówiła konkretnie o mnie?

Ellie kiwa głową.

– W pierwszej chwili pomyślałam nawet, że mieliście jakąś straszną kłótnię. Ale była zbyt wystraszona. Sądzę, że przyszła do mnie, bo byłam Niezawodną Ellie. Były osoby, z którymi się bliżej przyjaźniła. Długo o tym myślałam. Dlaczego zwróciła się akurat do mnie? Teraz wiem.

– Co takiego wiesz?

– Dlaczego do mnie przyszła. Słyszałeś, co mówiła jej mama. Maura była poszukiwana. Wtedy tego nie wiedziałam. Musiała dojść do wniosku, że wszyscy, z którymi utrzymywała bliższe relacje, będą pod obserwacją.

Kiwam głową.

– Dlatego nie mogła wrócić do domu – mówię.

– Właśnie. I prawdopodobnie obawiała się, że będą cię

śledzić albo przesłuchiwać twojego ojca. Że chcąc ją odnaleźć, będą sprawdzać ludzi, z którymi była blisko związana.

Teraz to rozumiem.

– A ty raczej nie byłaś jej przyjaciółką.

– Otóż to. Uznała, że do mnie nie przyjdą.

– Więc o co im chodziło? Dlaczego ci ludzie jej szukali?

– Nie wiem.

– Nie zapytałaś o to?

– Zapytałam, ale mi nie odpowiedziała.

– A ty dałaś za wygraną?

Ellie niemal się uśmiecha.

– Zapomniałeś już, jaka potrafiła być przekonująca?

Owszem, pamiętam.

– Domyśliłam się później, że nie puściła pary z gęby z tego samego powodu, dla którego nie mówiła nic matce.

– Żeby cię chronić.

– Tak.

– Ponieważ nic nie wiedziałaś, nie mogłaś im nic zdradzić.

– Kazała mi również przyrzec coś innego, Nap. Że dopóki sama nie wróci, nie wolno mi nikomu mówić o tym, że u mnie była. Próbowałam dotrzymać tej obietnicy. Wiem, że jesteś na mnie o to wściekły. Ale coś w jej głosie, kiedy o tym mówiła... naprawdę bałam się, że jeżeli złamię tę obietnicę, czeka ją katastrofa. Jeśli mam być szczera, nawet teraz, kiedy tu siedzimy, boję się, że źle robię. Nie chciałam ci o tym mówić.

– Więc dlaczego zmieniłaś zdanie?

– Ginie zbyt wiele osób, Nap. I zastanawiam się, czy jedną z nich nie jest Maura.

– Uważasz, że nie żyje?

– Jej mama i ja… po tym wszystkim w naturalny sposób się do siebie zbliżyłyśmy. Ten pierwszy telefon do sklepu, w którym pracowała… pomogłam to zorganizować. Rozmawiając z tobą, Lynn nie wspomniała o tym, żeby mnie chronić.

Nie wiem, jak to wszystko skomentować.

– Przez wszystkie te lata mnie okłamywałaś – mówię.

– Miałeś obsesję.

Znów to słowo. Ellie twierdzi, że to ja miałem obsesję. David Rainiv – że miał ją Hank.

– Nie mam pojęcia, jak byś zareagował, gdybym powiedziała ci o tej obietnicy.

– Nie musiałaś się o to martwić.

– Może i nie. Ale nie musiałam również łamać obietnicy.

– Wciąż nie za bardzo to wszystko rozumiem. Jak długo została u ciebie Maura?

– Dwie noce.

– A potem?

Ellie wzrusza ramionami.

– Kiedy wróciłam do domu trzeciego dnia, już jej nie było.

– Nie zostawiła żadnego listu, nic?

– Nic.

– A później?

– Też nic. Od tamtego czasu nie miałam z nią żadnego kontaktu.

Coś tu się nie zgadza.

– Chwileczkę. Kiedy dowiedziałaś się o śmierci Leo i Diany?

– Dzień po tym, jak ich odnaleziono. Zadzwoniłam do domu Diany, poprosiłam ją do telefonu… – w oczach Ellie ponownie stają łzy – i jej mama… Boże, jaki ona miała głos.

– Audrey Styles powiedziała ci o śmierci córki przez telefon?

– Nie. Poprosiła, żebym do niej przyszła. Ale usłyszałam to w jej głosie. Biegłam przez całą drogę. Kazała mi usiąść w kuchni. Kiedy skończyła, wróciłam biegiem do siebie, żeby zapytać Maurę. Tyle że już jej nie było.

Nadal coś tu się nie zgadza.

– Ale… ale musiałaś chyba pomyśleć, że jedno z drugim ma coś wspólnego? – pytam.

Nie odpowiada.

– Maura przyszła do ciebie w nocy po śmierci Leo i Diany. Musiałaś dojść do wniosku, że te sprawy się łączą.

Ellie kiwa powoli głową.

– Tak, domyśliłam się, że to nie może być zbieg okoliczności.

– A mimo to nikomu nie powiedziałaś?

– Obiecałam, że tego nie zrobię, Nap.

– Właśnie zamordowano twoją najlepszą przyjaciółkę – mówię. – Jak mogłaś nikogo nie poinformować?

Ellie opuszcza głowę. Przez chwilę się nie odzywam.

– Byłaś najbardziej odpowiedzialną dziewczyną w klasie – zaczynam od nowa. – Rozumiem, dlaczego nie chciałaś złamać obietnicy. Ale kiedy dowiedziałaś się, że Diana nie żyje…

– Wszyscy myśleliśmy, że to był wypadek, pamiętasz? Albo jakieś dziwaczne podwójne samobójstwo, choć w to akurat nigdy nie uwierzyłam. Nie przyszło mi do głowy, że Maura może mieć z tym coś wspólnego.

– Daj spokój, Ellie, nie możesz być aż tak naiwna. Jak mogłaś nikogo nie poinformować?

Ellie znowu opuszcza głowę. Teraz już wiem. Coś przede mną ukrywa.

– Ellie?

– Komuś o tym powiedziałam.

– Komu?

– Teraz widzę, że na tym polegał geniusz Maury. Bo co mogłam komukolwiek powiedzieć? Nie miałam pojęcia, gdzie jest.

– Komu powiedziałaś?

– Rodzicom Diany.

Zastygam w bezruchu.

– Powiedziałaś Augiemu i Audrey?

– Tak.

Myślałem, że nic mnie już nie zaskoczy, ale byłem w błędzie.

– Augie wiedział, że Maura nocowała u ciebie w domu?

Ellie kiwa głową, a ja znowu mam mętlik w głowie. Czy na tym świecie można komukolwiek ufać, Leo? Okłamywała mnie Ellie. Okłamywał Augie. Kto jeszcze? Oczywiście nasza mama. Kiedy powiedziała, że zaraz wraca.

Czy tato też mnie okłamywał?

I ty też?

– Co ci powiedział Augie? – pytam.

– Podziękował mi. A potem poprosił, żebym dotrzymała obietnicy.

Muszę się spotkać z Augiem. Muszę do niego podjechać i dowiedzieć się, co tu, do diabła, jest grane. Ale nagle przypominam sobie, co jeszcze usłyszałem przed chwilą od Ellie.

– Powiedziałaś, że spotkałaś się przed i po – mówię.

– Słucham?

– Zapytałem, czy spotkałaś się z Maurą przed czy po śmierci Leo i Diany. Odparłaś, że i przed, i po.

Ellie kiwa głową.

– Opowiedziałaś mi o tym późniejszym spotkaniu. A to wcześniejsze?

Ucieka wzrokiem gdzieś w bok.

– O co chodzi? – pytam.

– Ta część najmniej ci się spodoba.

Rozdział 22

Stoi po drugiej stronie ulicy naprzeciwko Armstrong Diner i obserwuje ich przez okno.

Piętnaście lat temu, kiedy w nocnej ciszy rozległy się strzały, rzuciła się do ucieczki i przez dwie godziny ukrywała w lesie. Kiedy stamtąd w końcu wyszła, zobaczyła facetów w zaparkowanych samochodach. Wiedziała, że na nią czekają. Pobiegła w stronę dworca autobusowego przy Karim Square. To, do jakiego wsiądzie autobusu, nie miało znaczenia. Chodziło o to, by znaleźć się jak najdalej od Westbridge. Wszystkie wyjeżdżające stąd autobusy kończyły trasę w Newark albo w Nowym Jorku. Tam mogła poszukać znajomych i wsparcia. Ale był środek nocy. O tej porze prawie nic nie jeździło. Co gorsza, podchodząc do dworca, również spostrzegła facetów, którzy czekali w zaparkowanych samochodach. Następne dwie noce spędziła u Ellie. Potem przez trzy dni ukrywała się w Livingston w pracowni Hugh Warnera, jej nauczyciela plastyki. Pan Warner był singlem, nosił kucyk i zawsze czuć było od niego maryśką. Później przenosiła się z miejsca na miejsce. Warner miał znajomego w Alphabet City. Spędziła u niego dwa dni. Ścięła włosy i przefarbowała je na blond. Przez kilka tygodni kręciła się przy zagranicznych turystach w Central Parku, kradnąc im gotówkę, ale uznała, że musi z tym skończyć, kiedy o mało co nie złapał jej gliniarz z Connecticut, spędzający urlop w Nowym Jorku. Sprzedawca patelni dał jej namiar na faceta w Brooklynie, który fabrykował fałszywe dowody tożsamości. Kupiła od niego dokumenty na cztery nazwiska. Nie były idealne, ale pozwalały tymczasowo się zatrudnić. W ciągu następnych trzech lat odwiedziła wiele miejsc. W Cincinnati była kelnerką w barze przekąskowym. W Birmingham pracowała na kasie w Piggly Wiggly. W Daytona Beach przywdziała bikini i sprzedawała apartamenty na zasadzie własności wakacyjnej, co wydawało jej się bardziej podłe od okradania turystów. Sypiała na ulicy, w publicznych parkach, w sieciowych motelach (zawsze były czyste) i w domach obcych mężczyzn. Wiedziała, że dopóki się przemieszcza, jest bezpieczna. Nie była ścigana listem gończym. Nigdzie nie było plakatów z jej zdjęciem. Ścigali ją, ale mieli ograniczone możliwości. Zwykli ludzie nie mogli im pomóc. Wstępowała do różnych sekt, udając, że urzekli ją przewodzący im egomaniacy, i znajdowała tam wikt, dach nad głową i ochronę. Tańczyła w „klubach dżentelmenów" – przedziwny eufemizm, bo nie były to kluby i nie było tam dżentelmenów – gdzie nieźle zarabiała, ale też przyciągała zbyt wiele uwagi. Dwa razy ją obrabowano i pobito i pewnej nocy o mało nie straciła życia. Starała się o tym zapomnieć i żyła dalej. Zaczęła nosić przy sobie nóż. Na parkingu na obrzeżach Denver napadli ją dwaj mężczyźni. Dźgnęła jednego z nich w brzuch i krew puściła mu się z ust. Uciekła. Być może nie przeżył. Nigdy się tego nie dowiedziała. Czasami kręciła się przy kampusach, które nie były zbyt pilnie strzeżone, i chodziła nawet na zajęcia. W okolicach Milwaukee chciała się ustatkować i próbowała nawet wyrobić sobie licencję agenta nieruchomości, ale adwokat zauważył, że coś jest nie tak z jej dowodem tożsamości.

W Dallas pomagała wypełniać zeznania w agencji doradców podatkowych – zapewniali, że zatrudniają dyplomowanych księgowych, ale jej wystarczył trzytygodniowy kurs w Courtyard Marriott – i po raz pierwszy, być może dlatego, że samotność zaczęła jej naprawdę doskwierać, zaprzyjaźniła się z koleżanką z pracy, niejaką Ann Hannon. Ann była szalenie zabawną i ciepłą osobą i wkrótce razem zamieszkały. Chodziły do kina i na podwójne randki, pojechały nawet na wspólne wakacje do San Antonio. Ann Hannor była pierwszą osobą, której mogłaby powiedzieć prawdę, ale oczywiście, chroniąc siebie i ją, nigdy tego nie zrobiła. Któregoś dnia, wchodząc do agencji, zauważyła dwóch mężczyzn, którzy siedzieli w poczekalni i czytali gazety. W poczekalni często czekali różni ludzie. Ale ci faceci jej się nie spodobali. Przez szybę widziała Ann. Jej stale uśmiechnięta przyjaciółka miała tym razem poważną minę. Dlatego znów dała nogę. Tak po prostu. Nie zadzwoniła nawet do Ann, żeby się pożegnać. Latem tamtego roku pracowała w fabryce konserw na Alasce. Potem przez trzy miesiące sprzedawała bilety na rejs wycieczkowy ze Skagway do Seattle.

Podróżując po kraju, spotkała kilku miłych mężczyzn. Ale większość nie była miła. O większości można było powiedzieć wszystko, tylko nie to, że byli mili. W ciągu tych lat dwa razy trafiła na ludzi, którzy ją rozpoznali – raz w Los Angeles, raz w Indianapolis. Kiedy teraz się nad tym zastanawia, wie, że to musiało się zdarzyć. Jeśli spędzasz połowę życia na ulicy, ktoś musi cię w końcu zobaczyć. Nie robiła z tego wielkiej afery. Nie usiłowała ich przekonać, że są w błędzie i tak naprawdę jest kimś zupełnie innym. Miała na tę okazję przygotowane historyjki, najczęściej – że jest na studiach podyplomowych. Kiedy te osoby znikały z pola widzenia, natychmiast wyjeżdżała. Zawsze miała plan awaryjny, zawsze wiedziała, gdzie jest najbliższy parking ciężarówek, bo z jej wyglądem był to najłatwiejszy sposób podróżowania. Facet nie mógł jej po prostu nie podwieźć. Czasami, jeśli udało jej się dotrzeć wcześniej na parking, obserwowała, jak kierowcy jedzą, rozmawiają ze sobą i jak się zachowują, żeby ocenić, który z nich jest najmniej agresywny. Można to było poznać. Albo się pomylić. Kobiet, nawet tych na pozór przyjaznych, nigdy nie prosiła o podwiezienie, bo kobiety za kółkiem nauczyły się nie ufać nikomu, i bała się, że ją wsypią. Miała teraz cały komplet peruk i różne okulary bez korekcji. Do tego sprowadzało się całe jej przebranie, gdyby ktoś pytał.

Są różne teorie tłumaczące, dlaczego czas płynie szybciej, kiedy się starzejemy. Najbardziej popularna jest ta, która wydaje się również najbardziej oczywista. Z biegiem czasu każdy rok staje się mniejszą częścią czyjegoś życia. Dla kogoś, kto ma dziesięć lat, każdy rok stanowi dziesięć procent życia. Dla kogoś, kto ma pięćdziesiąt, tylko dwa procent. Zetknęła się jednak z teorią, która podważa to tłumaczenie. Zgodnie z nią czas mija szybciej, kiedy nasze życie toczy się utartym torem, kiedy nie uczymy się niczego nowego, kiedy tkwimy w rutynie. Kluczem do tego, by czas zwolnił, są nowe doświadczenia. Żartujemy, że tydzień wakacji minął nam o wiele za szybko, ale jeśli się nad tym zastanowimy, ten tydzień wydawał się znacznie dłuższy niż tydzień spędzony w codziennym kieracie. Skarżymy się, że minął za szybko, bo świetnie się bawiliśmy, a nie dlatego, że czas płynął szybciej. Więc jeśli chcecie zwolnić upływ czasu – głosi ta teoria – zróbcie coś innego. Odwiedźcie egzotyczne miejsca. Zapiszcie się na kurs.

Pod pewnymi względami tak właśnie wyglądało jej życie.

Aż do śmierci Rexa. Aż do kolejnej strzelaniny. Aż do śmierci Hanka.

Przez szybę dostrzega zgnębioną twarz Napa. Widzi go po raz pierwszy od piętnastu lat. To największa niewiadoma w jej życiu. Ścieżka, której nie wybrała. Nie jest w stanie opanować emocji. Nawet nie stara się tego robić.

W którymś momencie wychodzi nawet z cienia.

Staje pod latarnią na parkingu, na widoku, pozwalając, by los rozstrzygnął to za nią, by Nap obrócił się, wyjrzał przez okno, zobaczył ją i...

Daje mu dziesięć sekund. A potem kolejne dziesięć. Na próżno.

Nap nie obraca się i nie wygląda przez okno.

Maura cofa się i ponownie znika w mroku nocy.

Rozdział 23

– Diana i ja musiałyśmy podjąć pewne decyzje – mówi Ellie.

Poza naszym w knajpie zajęte są już tylko dwa stoliki, oba daleko od nas. Staram się nie wybiegać myślą do przodu, nie wyciągać pochopnych wniosków, najpierw chcę wysłuchać, co ma do powiedzenia, i dopiero potem to oceniać.

– Patrząc wstecz, można uznać, że zajmowałyśmy się głupotami. Ja byłam przewodniczącą rady uczniowskiej, Diana jej wiceprzewodniczącą. Byłyśmy wspólnie kapitankami żeńskiej drużyny piłki nożnej. Nasi rodzice przyjaźnili się ze sobą. Chodzili razem na miasto. – Ellie podnosi wzrok. – Czy Augie umawia się na randki?

– Nie bardzo.

– Mówiłeś, że niedawno wyjechał z jakąś panią na południe.

– Z Yvonne. Na Hilton Head.

– To gdzieś w Georgii?

– Nie, to wyspa u wybrzeża Karoliny Południowej.

– I jak poszło?

Jak ujął to Augie?

– Nie sądzi, żeby to miało jakąś przyszłość – informuję Ellie.

– Przykro mi to słyszeć – mówi.

Nie komentuję tego.

– Powinien sobie kogoś znaleźć – kontynuuje Ellie. – Diana nie chciałaby, żeby jej ojciec stał się takim odludkiem.

Łapię wzrok Bunny, która szybko się odwraca, nie chcąc nam przeszkadzać. Ktoś wrzucił monetę do starej szafy grającej. *Everybody Wants to Rule the World*, przypominają nam w swojej piosence Tears for Fears.

– Mówiłaś, że Maura spotkała się z tobą przed śmiercią Leo i Diany – mówię, starając się wrócić do tematu.

– Właśnie do tego zmierzam.

Czekam.

– Diana i ja siedziałyśmy w szkolnej bibliotece. Pewnie tego nie pamiętasz… bo niby skąd… ale za tydzień miał się odbyć nasz coroczny jesienny bal. Diana była szefową komitetu, który zajmował się przygotowaniami. Ja jej pomagałam.

Ellie ma rację. Nie pamiętam. Coroczny jesienny bal. Maura na pewno by go olała. Mnie byłoby wszystko jedno.

– Źle to opowiadam – stwierdza nagle Ellie.

– Nie przejmuj się.

– Tak czy inaczej, ten bal był dla Diany oczkiem w głowie. Przygotowywała go cały miesiąc. Nie mogła się tylko zdecydować, czy tematem przewodnim ma być „Stary Lunapark" czy „Dawno Temu w Bajce". W końcu zaproponowała, żebyśmy miały dwa tematy. – Ellie uśmiecha się do własnych myśli. – Byłam temu zdecydowanie przeciwna.

Powiedziałam Dianie, że musimy, m u s i m y wybrać jeden temat przewodni, bo w przeciwnym razie dojdzie do totalnego chaosu. A ponieważ byłam głupią żałosną małą perfekcjonistką, w trakcie ostatniej rozmowy z najlepszą przyjaciółką pokłóciłyśmy się ostro o to, jaki wybrać temat przewodni.

Ellie przerywa. Daję jej chwilę, żeby doszła do siebie.

– Spierałyśmy się o to coraz mocniej i nagle pojawiła się Maura i zaczęła ją do czegoś namawiać. Byłam zafiksowana na kwestii tematu przewodniego, więc z początku nie słuchałam zbyt uważnie. Pamiętam tylko, że Maura chciała, żeby Diana gdzieś z nią poszła tej nocy. Diana odmawiała, mówiła, że ma tego powyżej dziurek w nosie.

– Czego miała powyżej dziurek w nosie?

– Nie wyjaśniła tego. Ale potem zwróciła się do nas obu i...

Ellie znów przerywa i bacznie mi się przygląda.

– I co? – pytam.

– Powiedziała, że ma dosyć tej całej ich ekipy.

– Co miała na myśli, mówiąc o „ich ekipie"?

– Słuchaj, w gruncie rzeczy mało mnie to wtedy obchodziło. Byłam skupiona na tym, że jeden bal nie może mieć dwóch tematów przewodnich i że nie można połączyć „Starego Lunaparku", który bardzo mi się podobał, bo oznaczał atrakcje z wesołego miasteczka, popcorn i prażone orzeszki, z czymś, co nazywało się „Dawno Temu w Bajce" i czego w ogóle nie rozumiałam. Co to w ogóle miało znaczyć? Teraz, po tym, co odkryłam w szkolnym albumie, wydaje mi się, że Diana mówiła o Klubie Konspiratorów. Sama nie wiem. Ale to nie jest ta część, która ci się nie spodoba.

– A co mi się nie spodoba?

– To, co Diana powiedziała potem.

– Czyli?

– Chciała poczekać z tym kilka tygodni. Chciała to załatwić po balu, bo w końcu to ona go organizowała. Powiedziała, że ma już dosyć twojego brata i jego kumpli. Zakazała mi o tym komukolwiek mówić, ale miała zamiar zerwać z Leo.

– To bzdura – oświadczam stanowczym tonem.

Teraz to Ellie się nie odzywa.

– Diana i Leo byli ze sobą mocno związani – mówię. – To znaczy... to była oczywiście tylko szkolna miłość, ale...

– On się zmienił, Nap.

Kręcę z niedowierzaniem głową.

– Zrobił się humorzasty. Tak mówiła Diana. Naskakiwał na nią. Słuchaj, w ostatniej klasie wiele osób zaczęło eksperymentować, ostro imprezować czy co tam jeszcze...

– Leo nie robił nic strasznego. Był w porządku.

– Nie, Nap, on nie był w porządku.

– Mieszkaliśmy w jednym pokoju. Wiedziałem o nim wszystko.

– A mimo to nie miałeś pojęcia, co się dzieje w Klubie Konspiratorów. Nie wiedziałeś, że on i Diana mieli trudny okres. To nie twoja wina. Miałeś Maurę i swój hokej. Byłeś jeszcze dzieciakiem...

Ellie, widząc wyraz mojej twarzy, na chwilę milknie.

– Cokolwiek się zdarzyło tamtej nocy... – zaczyna znowu.

– Co masz na myśli, mówiąc „cokolwiek się zdarzyło”? – przerywam jej. – W tej bazie prowadzono jakieś tajne badania. Leo, Maura i pozostali odkryli, co to jest. Nie obchodzi mnie, czy Leo był pijany i czy być może…. powtarzam: być może… Diana zastanawiała się, czy z nim za tydzień nie zerwać. Wszyscy coś zobaczyli. Teraz mam na to dowód.

– Wiem – mówi cicho Ellie. – Jestem po twojej stronie.

– Raczej tego nie dostrzegam.

– Nap?

– Tak? – Patrzę jej prosto w oczy.

– Może powinieneś to sobie odpuścić.

– Nie ma takiej możliwości.

– Może Maura wcale nie chce być odnaleziona.

– Nie robię tego dla Maury – upieram się. – Robię to dla Leo.

• • •

Mimo to kiedy wychodzimy na parking, kiedy całuję Ellie w policzek i patrzę, jak wsiada do samochodu, rodzi się we mnie myśl, której nie potrafię od siebie odpędzić: a może ona ma rację. Może powinienem sobie odpuścić.

Patrzę, jak Ellie odjeżdża. Nie odwraca się, żeby mi pomachać. Do tej pory zawsze to robiła. To głupie, że zwracam na takie rzeczy uwagę, ale jednak. Zastanawiam się nad tym. Może i złożyła obietnicę, lecz przez piętnaście lat trzymała przede mną coś w tajemnicy. Można by sądzić, że teraz, kiedy mi się zwierzyła, będziemy sobie bardziej ufać.

Ale raczej na to nie wygląda.

Rozglądam się po parkingu, wypatrując palących dziewczyn, lecz one dawno się zmyły. Mimo to czuję, że ktoś mnie obserwuje. Nie wiem, kto to może być, i mam to w nosie. Słowa Ellie nie dają mi spokoju.

„Może powinieneś to sobie odpuścić. Może Maura wcale nie chce być odnaleziona".

Co właściwie chcę w tej sprawie osiągnąć?

Ogłaszanie, że zrobię wszystko, by sprawiedliwości stało się zadość, wydaje się szlachetne i odważne. Jednak to wcale nie znaczy, że postępuję właściwie. Ile jeszcze musi zginąć osób, żebym się opamiętał? Czy szukając Maury, nie narażam jej i innych na niebezpieczeństwo?

Jestem uparty i zdeterminowany. Ale nie jestem lekkomyślny i nie jestem samobójcą.

Czy powinienem sobie odpuścić?

Nadal czuję na sobie czyjś wzrok. Rozglądam się. Ktoś stoi za drzewem przy barze kanapkowym Jersey Mike's. Chyba nic mi nie grozi, lecz w tym momencie wszystko wydaje mi się podejrzane. Opieram dłoń na rękojeści tkwiącego w kaburze pistoletu. Nie wyciągam go. Chcę się po prostu upewnić, że tam jest.

Kiedy ruszam w stronę drzewa, wibruje moja komórka. Numer jest zastrzeżony. Podchodzę do swojego samochodu.

– Halo?

– Detektyw Dumas?

– Tak.

– Mówi Carl Legg z policji Ann Arbor. Prosił pan, żebym ustalił miejsce pobytu tej kardiolog, doktor Fletcher.

– Udało się panu?

– Nie – odpowiada Legg. – Ale jest kilka rzeczy, o których powinien pan wiedzieć. Halo, jest pan tam?

– Słucham – mówię, wsiadając do samochodu.

– Myślałem, że coś nam przerwało. Złożyłem wizytę

w klinice, w której pracuje doktor Fletcher, i rozmawiałem z kierowniczką.

– Z Cassie.

– Zgadza się. Zna ją pan?

– Rozmawiałem z nią przez telefon. Nie okazała się zbyt pomocna.

– W bezpośrednim kontakcie również nie jest wzorem serdeczności, ale udało mi się czegoś dowiedzieć.

– Jestem panu bardzo wdzięczny, Carl.

– My, gliniarze, musimy sobie pomagać i tak dalej. Tak czy owak, w zeszłym tygodniu doktor Fletcher zadzwoniła nagle do kliniki i powiedziała, że bierze urlop. Odwołała wszystkie wizyty swoich pacjentów i przekazała ich doktorowi Paulowi Simpsonowi. To jej wspólnik.

Spoglądam w stronę drzewa. Nikogo tam nie ma.

– Zdarzało jej się wcześniej coś takiego? – pytam.

– Nie. Według Cassie doktor Fletcher to osoba raczej skryta, ale jest bardzo oddana pacjentom. Nagłe odwołanie wszystkich wizyt jest do niej zupełnie niepodobne. Następnie odbyłem rozmowę z jej mężem.

– Co powiedział?

– Że są w separacji i nie ma pojęcia, gdzie Beth aktualnie przebywa. Że przedzwoniła do niego i też powiedziała, że bierze urlop. Zgodził się, że to do niej niepodobne, ale dodał, że od czasu separacji jego żona szuka, jak to ujął, „swojego nowego ja".

Uruchamiam silnik i wyjeżdżam z parkingu.

– Może pan oczywiście wszcząć regularne śledztwo – sugeruje Carl Legg. – Poprosić o jej rejestr połączeń, wyciągi z karty kredytowej i tak dalej.

– Tak, chyba to zrobię – mówię.

Niestety, oznacza to konieczność załatwienia pewnych formalności, na przykład uzyskania nakazów, a nie wiem, czy chcę podążać tą drogą. Jeszcze raz dziękuję Leggowi, rozłączam się i ruszam w stronę domu Augiego przy Oak Street. Jadę powoli, bo muszę trochę ochłonąć i przemyśleć wszystko na spokojnie.

Augie wiedział od Ellie, że Maura spędziła u niej tamtą noc. Co to dokładnie oznacza? Naprawdę nie wiem. Czy podążył tym tropem? Czy wykorzystał w jakiś sposób tę informację?

A przede wszystkim dlaczego nic mi o tym nie powiedział?

Ponownie słyszę brzęczenie komórki. Tym razem to prokurator okręgowa, Loren Muse.

– Jutro rano – rzuca. – Punkt dziewiąta. W moim gabinecie.

– Co się stało?

– Punkt dziewiąta – powtarza Muse i rozłącza się.

Pięknie. Zastanawiam się, czy któryś ze staruszków z Rusty Nail nie doniósł jej o moim niecnym ataku na przyrodzenie Andy'ego Reevesa. Ale nic nie zyskam, martwiąc się na zapas. Próbuję bezskutecznie dodzwonić się do Augiego. Dziwi mnie, że nie odezwał się od czasu, gdy przesłałem mu kopię wideo Hanka Strouda.

Przed sobą mam skręt w Oak Street. To tyle, jeśli chodzi o szczytny zamiar przemyślenia sobie wszystkiego na spokojnie. Wjeżdżam na parking za budynkiem z cegły, gaszę silnik i przez chwilę gapię się w przednią szybę. Niewiele to pomaga. Wysiadam i obchodzę budynek, kierując się w stronę wejścia. Uliczne latarnie rzucają bursztynowe światło. Sto metrów przede sobą widzę starszą kobietę prowadzącą na smyczy olbrzymiego psa. To chyba dog niemiecki. Tak naprawdę widzę tylko ich kontury. Dostrzegając w jej dłoni coś, co wygląda jak żarzący się papieros, wzdycham i zastanawiam się, czy do niej nie podejść.

Nie. Jestem wścibskim sukinsynem, ale nie prowadzę krucjaty.

Patrzę, jak pochyla się z plastikową torebką, żeby posprzątać po psie, i nagle coś przyciąga mój wzrok.

Żółty samochód.

W każdym razie sprawia wrażenie żółtego. Tego rodzaju bursztynowe światło zmienia różne odcienie bieli, a nawet niektórych jasnych metalików. Skręcam na chodnik i ruszam w stronę samochodu. Mijając starszą kobietę, dochodzę do wniosku, że nic nie będzie mnie kosztować, jeśli nie okażę się choć raz totalnym hipokrytą.

– Proszę, niech pani już nie pali – rzucam.

Kobieta mierzy mnie zdziwionym wzrokiem, co wcale mi nie przeszkadza. Spotkałem się już z najróżniejszymi reakcjami. Jeden z palaczy był weganem i zaczął dowodzić, że moje nawyki żywieniowe są o wiele bardziej szkodliwe od tytoniu i nikotyny. Może i miał rację.

Samochód na pewno jest żółty. To ford mustang.

Dokładnie taki sam jak ten, który stał przed Rusty Nail.

Podchodzę całkiem blisko i widzę tablicę rejestracyjną: EBNY-IVRY.

Przedtem nie zastanawiałem się nad tym, ale teraz rozumiem.

HEBAN i KOŚĆ SŁONIOWA. Używało się ich do wyrobu klawiszy.

Żółty ford mustang należy do Andy'ego Reevesa.

Znowu dotykam rękojeści pistoletu. Sam nie wiem dlaczego. Czasami to po prostu robię. Zastanawiam się, gdzie jest w tej chwili właściciel mustanga, ale odpowiedź wydaje się oczywista.

U Augiego.

Zawracam w stronę budynku.

– Dziękuję – mówi starsza kobieta, kiedy ją ponownie mijam.

Głos ma gęsty od flegmy. Zatrzymuję się w pół kroku.

– Dla mnie jest już za późno – dodaje kobieta i dostrzegam w jej oczach smutek. – Ale doceniam pańską determinację. Niech pan to robi dalej.

Przychodzi mi do głowy kilka odpowiedzi, ale żadna nie jest zbyt wyszukana i każda naruszałaby powagę tej chwili. Dlatego kiwam tylko głową i idę dalej.

Osiedle Augiego powstało w epoce, kiedy triumfy święcił utylitaryzm, dlatego domy nie mają tu wymyślnych nazw, lecz oznaczone są literami. Budynki A, B i C stoją przy samej drodze, budynki D, E i F w rzędzie za nimi, a G, H i I jeszcze dalej. W każdym mieszczą się po cztery mieszkania, dwa na parterze (nr 1 i nr 2) i dwa na piętrze (nr 3 i nr 4). Augie zajmuje mieszkanie nr 2 w budynku G. Ruszam szybkim krokiem alejką i skręcam w lewo.

I o mało na niego nie wpadam.

Odwrócony do mnie plecami Andy Reeves wychodzi właśnie z mieszkania Augiego i zamyka za sobą drzwi. Cofam się kilka kroków i schodzę mu z widoku, ale po chwili dociera do mnie, że jeśli będzie szedł tą samą drogą, na pewno mnie zobaczy.

Schodzę więc z alejki i chowam się za krzakiem. Zerkając w okno za moimi plecami – mieszkania nr 1 w budynku E – widzę wpatrującą się we mnie czarną kobietę z burzą włosów na głowie.

Pięknie.

Próbuję jej posłać krzepiący uśmiech. Nie wydaje się pokrzepiona.

Ewakuuję się stamtąd i kieruję w stronę budynku D. Nie boję się, że ktoś zgłosi moje podchody policji. Zanim na miejsce przyślą radiowóz, i tak będzie już po wszystkim. Poza tym sam jestem policjantem, a Augie jest naszym komendantem.

Andy Reeves rzeczywiście wybiera alejkę, którą przed chwilą szedłem. Specjalnie się nie spieszy. Gdyby spojrzał w prawo, mógłby mnie dostrzec, ale częściowo zasłania mnie niedziałająca latarnia. Wyciągam komórkę i próbuję się ponownie dodzwonić do Augiego. Przełącza mnie od razu na pocztę głosową.

Nie podoba mi się to.

Przypuśćmy, że Andy Reeves zrobił coś Augiemu. Czy mam pozwolić mu odejść?

Gorączkowo się zastanawiam. Mogę albo sprawdzić mieszkanie Augiego, albo od razu zatrzymać Andy'ego Reevesa. Podjąwszy decyzję, okrążam budynek D i biegnę do budynku G. Rozumuję w sposób następujący: jeśli okaże się, że Augie jest poszkodowany, będę miał dość czasu, by dogonić wlokącego się noga za nogą Andy'ego Reevesa. A jeśli nawet trochę się spóźnię, facet będzie uciekał jaskrawożółtym fordem mustangiem. Czy muszę mówić coś więcej?

W mieszkaniu Augiego jest ciemno. To też mi się nie podoba. Dobiegam do drzwi i energicznie w nie walę.

– Spokojnie, zrelaksuj się – słyszę. – Otwarte.

Oddycham z ulgą. To głos Augiego.

Naciskam klamkę i uchylam drzwi. W środku nie pali się nawet najmniejsza lampka. Augie siedzi w ciemności odwrócony do mnie plecami.

– Co ty sobie wyobrażasz? – pyta, nie obracając się.

– Słucham?

– Naprawdę zaatakowałeś Reevesa?

– Mogłem go lekko ścisnąć za jaja.

– Jezu, czyś ty zwariował?!

– Groził mi. Właściwie groził i tobie.

– Co powiedział?

– Że zabije mnie i wszystkich, których kocham.

Augie wzdycha. Nadal siedzi odwrócony do mnie plecami.

– Usiądź, Nap.

– Możemy zapalić światło? To trochę niesamowita sceneria.

Wyciąga rękę i zapala stojącą na stole lampę. Daje niewiele światła, ale lepsze to niż nic. Siadam w tym samym fotelu co zwykle. Augie zostaje w swoim.

– Skąd wiedziałeś, że złapałem go za jaja? – pytam.

– Reeves właśnie mnie odwiedził. Był naprawdę wkurzony.

– Nie dziwię się.

W dłoni Augiego widzę szklankę. A on widzi, że ją widzę.

– Nalej sobie – mówi.

– Dziękuję, nie mam ochoty.

– Ta taśma, którą mi przysłałeś... Ta, na której dzieciaki filmują helikopter.

– Co z nią?

– Nie możesz jej nikomu pokazać.

Nie ma sensu pytać dlaczego, więc próbuję innego podejścia.

– Oglądałeś ją? – pytam.

– Tak.

– Usłyszałbym chętnie, co o niej sądzisz.

Augie ciężko wzdycha.

– Banda wyrostków zlekceważyła zakaz wstępu i sfilmowała helikopter lądujący na państwowym terenie.

– I to wszystko?

– Coś pominąłem?

– Rozpoznałeś głosy, które słychać na taśmie? – pytam.

Przez chwilę się nad tym zastanawia.

– Na sto procent rozpoznałem tylko twojego brata – mówi.

– A głos Diany?

Kręci głową.

– Nie było go na taśmie.

– Jesteś tego całkiem pewny?

Augie podnosi szklankę do ust, ale nagle zmienia zdanie i odstawia ją z powrotem. Nie patrzy teraz na mnie, ale gdzieś w przestrzeń, a może nawet w przeszłość.

– W weekend przed swoją śmiercią Diana była w Filadelfii i odwiedzała uczelnie, na których mogłaby podjąć studia – mówi. – Pojechaliśmy tam wszyscy troje: Diana, Audrey i ja. Odwiedziliśmy uniwersytety Villanova, Swarthmore i Haverford. Wszystkie nam się podobały, ale Diana obawiała się, że Haverford może być trochę za mały, a Villanova trochę za duży. Kiedy wróciliśmy w niedzielę do domu, wahała się pomiędzy Swarthmore i Amherst, który odwiedziliśmy wcześniej, w wakacje. – Augie nadal wpatruje się gdzieś w przestrzeń, jego głos jest zupełnie pozbawiony emocji. – Nawet jeśli podjęła tę decyzję, nie miała szansy mi o tym powiedzieć. Tamtej nocy, kiedy zginęła, oba podania leżały na jej biurku.

Teraz dopiero pociąga pokaźny łyk ze szklanki.

Odczekuję moment.

– Oni odkryli, co naprawdę działo się w tej bazie, Augie – mówię.

Spodziewam się zaprzeczeń, ale on kiwa głową.

– Na to wygląda.

– Nie jesteś zaskoczony? – pytam.

– Że położona na odludziu, ogrodzona drutem kolczastym rządowa agencja była przykrywką dla czegoś innego? Nie, Nap, nie jestem zaskoczony.

– Domyślam się, że Andy Reeves pytał cię o tę taśmę.

– Owszem.

– I co?

– Powiedział, że nie mogę pozwolić, żebyś ją ujawnił. Twierdzi, że coś takiego równałoby się zdradzie i że to sprawa bezpieczeństwa narodowego.

– To musi mieć jakiś związek z Leo i Dianą.

Augie zamyka oczy i kręci głową.

– Daj spokój – rzucam. – Leo i Diana odkryli ich sekret i tydzień później byli już martwi.

– Nie – odpowiada Augie. – Jedno nie jest związane z drugim. Przynajmniej nie w taki sposób, jak sądzisz.

– Mówisz serio? Twoim zdaniem to jeden wielki zbieg okoliczności?

Spogląda na swoją szklankę, jakby na jej dnie naprawdę znajdowała się odpowiedź.

– Jesteś dobrym śledczym, Nap. I nie mówię tego tylko dlatego, że to ja cię wyszkoliłem. Twój umysł... jest pod wieloma względami wyjątkowy. Widzisz rzeczy, których inni nie dostrzegają. Ale czasami trzeba wrócić do podstaw, do tego, co wiesz na pewno. Trzeba przestać wybiegać myślą do przodu i przyjrzeć się faktom. Temu, co wiemy ponad wszelką wątpliwość.

Czekam.

– Po pierwsze, Leo i Diana zostali odnalezieni przy torach kolejowych kilka kilometrów od bazy wojskowej.

– Mogę to wyjaśnić.

Augie podnosi rękę, żeby mnie powstrzymać.

– Wiem, że możesz. Wiem, że powiesz mi, że mogli zostać tam przewiezieni i tak dalej. Ale w tym momencie skupmy się wyłącznie na faktach. Nie na hipotezach. – Podnosi jeden palec. – Fakt numer jeden: ich ciała znaleziono kilka kilometrów od bazy wojskowej. – Podnosi drugi. – Fakt numer dwa: lekarz sądowy uznał, że ponieśli śmierć wyłącznie w wyniku obrażeń, których doznali, wpadając pod pociąg. Czy jesteśmy co do tego zgodni, zanim przejdę dalej?

Kiwam głową, nie dlatego, żebym się z nim do końca zgadział – obrażenia zadane przez pociąg są rozległe i mogą przesłonić wcześniejsze urazy – lecz ponieważ chcę usłyszeć, co jeszcze ma do powiedzenia.

– Teraz przejdźmy do taśmy, którą odkryłeś. Zakładając, że jest autentyczna… a nie mamy powodu sądzić inaczej… tydzień przed wypadkiem Leo, który był jedną z jego ofiar, zobaczył nad bazą helikopter. Rozumiem, że twoim zdaniem właśnie przez to zginął. Pamiętaj, że kiedy kręcili ten film, Diany tam nie było.

– Leo na pewno by jej powiedział – oponuję.

– Nie – mówi Augie.

– Nie?

– Powtarzam jeszcze raz: trzymajmy się dowodów. Jeśli będziesz trzymał się dowodów, dojdziesz do takiego samego wniosku co ja: Diana nie mogła o tym wiedzieć.

– Nie bardzo za tobą nadążam – mówię.

– To proste. – Augie patrzy mi prosto w oczy. – Czy Leo powiedział ci o helikopterze?

Otwieram usta i milczę. Rozumiem, do czego zmierza. Powoli kręcę głową.

– A twoja dziewczyna, Maura? Widać ją na tym filmie, prawda?

– Tak.

– Czy ci powiedziała?

– Nie – przyznaję.

Augie czeka chwilę, chcąc, żeby to do mnie dotarło.

– No i mamy jeszcze raport toksykologa – mówi.

Znam jego treść: w organizmach obojga odkryto ślady alkoholu, trawki i środków halucynogennych.

– I co z tego? – pytam.

Augie stara się, by to, co mówi, brzmiało jak chłodne rozważania analityka, „same gołe fakty, proszę pani", ale głos ma schrypnięty z bólu.

– Znałeś moją córkę dość długo.

– Tak.

– Można nawet powiedzieć, że się przyjaźniliście.

– Tak.

– Właściwie – teraz Augie zachowuje się jak adwokat podczas przesłuchania – to ty ich ze sobą zeswatałeś.

To nie jest do końca prawdą. Nie tyle ich zeswatałem, ile spowodowałem, że się bliżej poznali, ale nie jest to chwila na semantyczne dzielenie włosa na czworo.

– Do czego zmierzasz, Augie?

– Wszyscy ojcowie są naiwni, kiedy chodzi o ich ukochane córeczki. Ze mną było pewnie tak samo. Wydawało mi się, że słońce wzeszło i oświetliło ją swoimi promieniami. Jesienią Diana grała w piłkę nożną. W zimie była cheerleaderką. Brała udział w różnych zajęciach pozalekcyjnych. – Augie pochyla się w stronę światła. – Jestem gliniarzem, nie jakimś głupcem. Wiem, że to wszystko wcale nie oznacza, że twoje dziecko nie będzie brało narkotyków i nie wpadnie w kłopoty, ale czy powiedziałbyś, że Diana była wielką imprezowiczką?

Tak naprawdę nie muszę się wcale zastanawiać nad odpowiedzią.

– Nie.

– Nie – powtarza Augie. – I zapytaj Ellie. Zapytaj ją, jak często Diana brała wcześniej narkotyki albo piła alkohol… –

Przerywa i zamyka oczy. – A mimo to tamtej nocy, kiedy Leo po nią przyjechał, nie zareagowałem. Otworzyłem mu drzwi. Podałem mu rękę i dobrze to widziałem.

– Co widziałeś?

– Był pijany. I to nie po raz pierwszy. Chciałem coś powiedzieć. Chciałem zabronić jej wyjść. Ale Diana posłała mi po prostu to błagalne spojrzenie. No wiesz, w stylu: „Nie rób scen, tato". Więc nic nie powiedziałem. Pozwoliłem jej wyjść.

Mówiąc to, Augie przenosi się w przeszłość. Podaje ci rękę, Leo, patrzy na swoją córkę, widzi wyraz jej twarzy. Nigdy nie przestanie żałować tego, co wtedy zrobił i czego nie zrobił.

– Więc teraz, kiedy już znamy wszystkie fakty, Nap, powiedz, co wydaje ci się bardziej prawdopodobne? Wielki spisek z udziałem agentów CIA, którzy… no, nie wiem… porwali dwoje dzieciaków, bo tydzień wcześniej jedno z nich sfilmowało helikopter… swoją drogą, skoro CIA o tym wiedziało, dlaczego czekało cały tydzień, żeby zrobić z tym porządek… porwali ich, zawlekli na tory kolejowe po drugiej stronie miasta i wepchnęli pod pędzący pociąg? Czy też bardziej możliwe jest to, że dziewczyna poszła na randkę z chłopakiem, który lubił ostro tankować i popalać trawkę? Przesadzili z prochami, przypomnieli sobie historię Jimmy'ego Riccio i będąc oboje na haju, próbowali przebiec przez tory przed jadącym pociągiem?

Augie wbija we mnie wzrok i czeka.

– Pomijasz całą masę rzeczy – mówię.

– Nie, Nap, to ty włączasz w to całą masę rzeczy.

– Mamy Rexa... Mamy Hanka...

– Piętnaście lat później.

– I wiesz, że Maura ukryła się tamtej nocy. Dowiedziałeś się o tym od Ellie. Dlaczego mi nie powiedziałeś?

– Kiedy miałem ci o tym powiedzieć? Byłeś osiemnastolatkiem. Miałem zaczekać, aż skończysz dziewiętnaście lat? Aż będziesz po akademii? Kiedy przyjmą cię do policji hrabstwa? Kiedy miałem ci powiedzieć coś tak mało istotnego jak to, że twoja dziewczyna nie chciała wracać do domu i przenocowała u Ellie?

Czy on naprawdę w to wierzy?

– Maura była przerażona i się ukrywała. – Staram się nie krzyczeć. – Bała się, że przytrafi jej się to samo co Leo i Dianie.

Augie kręci głową.

– Powinieneś to sobie odpuścić. Dla dobra nas wszystkich.

– No tak, ciągle to słyszę.

– Kocham cię, Nap. Mówię serio. Kocham cię... nie, nie powiem, że jak syna. To byłoby z mojej strony bezczelnością. Mówiąc tak, obraziłbym pamięć twojego taty, wspaniałego faceta, z którym łączyły cię świetne relacje i którego bardzo mi brakuje. I obraziłbym moją córkę. Ale kocham cię. Starałem się być dla ciebie nie tylko mentorem, ale dobrym przyjacielem.

– Byłeś nim, a nawet kimś więcej.

Augie odchyla się na oparcie fotela. Jego szklanka jest pusta. Odstawia ją na boczny stolik.

– Ani ty, ani ja nie mamy wielu osób, na których bardzo by nam zależało. Nie zniósłbym, gdyby coś ci się przytrafiło... Jesteś młody, Nap. Jesteś bystry. Jesteś sympatyczny, wielkoduszny... Cholera, to brzmi, jakbym pisał o tobie na którymś z tych portali randkowych.

Uśmiecha się do mnie. Ja odwzajemniam mu się tym samym.

– Musisz żyć dalej. Bez względu na to, jak było, zadzierasz z bardzo niebezpiecznymi ludźmi. Skrzywdzą cię. Skrzywdzą i mnie. Słyszałeś, co mówił Reeves. Dorwie każdego, na kim ci zależy. Załóżmy, że masz rację, a ja jestem w błędzie. Załóżmy, że twoi znajomi coś zobaczyli, a oni... no, nie wiem... zabili Dianę i Leo. Dlaczego? Pewnie, żeby ich uciszyć. I załóżmy, że czekali potem piętnaście lat... Dlaczego czekali? Też tego nie wiem... ale załóżmy, że nagle wynajęli zawodowego zabójcę, który wpakował Rexowi dwie kulki w tył głowy. I wypatroszyli Hanka, a potem powiązali to z tym internetowym viralem. Czy to wszystko wydaje się bardziej logiczne od mojej teorii, że Leo i Diana się najarali? Nie wiem, może. Ale załóżmy, że Reeves i jego siepacze są nadal szalenie niebezpieczni. Zabili już tyle osób. Załóżmy, że twoja teoria jest prawdziwa, tak?

Kiwam głową.

– Nie mówimy o tobie i o mnie, Nap... ale nie sądzisz, że chcąc cię powstrzymać, mogą coś zrobić Ellie? Albo jej dwóm córeczkom?

Widzę przed oczyma Leah i Kelsi. Widzę ich uśmiechnięte twarzyczki, słyszę je, czuję, jak obejmują mnie swoimi ramionami.

To mnie trochę otrzeźwia. Zjeżdżałem z tej górki na złamanie karku, ale słowa Augiego sprawiają, że ściągam ostro lejce. Przypominam sobie zasadę, która przyświecała mi wcześniej. Nie wyciągaj pochopnych wniosków. Myśl i analizuj.

– Zrobiło się późno – mówi Augie. – Dziś w nocy nic już się nie zdarzy. Prześpij się. Pogadamy jutro rano.

Rozdział 24

Wracam do domu, ale za żadne skarby nie mogę zasnąć.

Myślę o tym, co powiedział Augie – że niebezpieczeństwo może również grozić Ellie i jej córkom – i nie wiem, co mam o tym sądzić. Łatwo powiedzieć, że nie mogę dać się zastraszyć, ale muszę być również pragmatyczny. Jakie jest prawdopodobieństwo, że rozwiążę tę sprawę?

Niewielkie.

A jakie jest prawdopodobieństwo, że nie tylko dowiem się, co się przytrafiło Leo i Dianie, ale uda mi się zebrać dość dowodów, by postawić kogoś w stan oskarżenia, nie mówiąc już o skazaniu?

Jeszcze mniejsze.

A z drugiej strony, jakie jest prawdopodobieństwo, że ktoś bardzo mi bliski poniesie straszliwe konsekwencje ślepej determinacji, z jaką staram się realizować tę misję?

Pytanie jest chyba retoryczne.

Czy warto kopać się z koniem?

Nie wiem tego na pewno. Rozsądek rzeczywiście nakazuje sobie odpuścić. Nie żyjesz już od piętnastu lat, Leo. Cokolwiek teraz zrobię, jakiekolwiek okropności odkryję, nic tego nie zmieni. Nic cię nie wskrzesi. Niby dobrze to wiem. A jednak...

Włączam laptopa i otwieram przeglądarkę. Wpisuję Andy Reeves, stan New Jersey i dodaję słowo fortepian. I czytam w jednym z linków:

> Witajcie na stronie fanów Wirtuoza Fortepianu
> Andy'ego

Strona fanów. Otwieram link. Okazuje się, że Andy Reeves, jak prawie każdy wykonawca, ma swoją stronę internetową. Na zamieszczonym tam zdjęciu jest ubrany w coś, co wygląda jak wysadzana cekinami marynarka.

> Znany na całym świecie pianista Andy Reeves jest
> utalentowanym wokalistą i komikiem, nazywanym
> przez tych, którzy go kochają, Wirtuozem Fortepianu...

Rany boskie!

Przewijam stronę w dół. Andy *okazjonalnie* występuje na *wytwornych* przyjęciach takich jak *wesela, eventy korporacyjne, urodziny i bar micwy.*

> Chcesz wstąpić do fanklubu Wirtuoza Fortepianu?
> Zapisz się na nasz newsletter!

– czytam pośrodku strony. Niżej jest ramka, w której można wpisać swój adres mailowy. Odkładam to na kiedy indziej.

Na dole po lewej stronie są odsyłacze: STRONA DOMOWA, BIOGRAM, ALBUM, LISTA PIOSENEK i KONCERTY.

Klikam na KONCERTY i odnajduję dzisiejszą datę. Występ w Rusty Nail miał trwać do szóstej po południu. Widzę, że tego samego dnia od dziesiątej do północy będzie grał w klubie o nazwie Hunk-A-Hunk-A.

Brzęczy moja komórka. To esemes od Ellie.

Nie śpisz jeszcze?

Jest dopiero dziesiąta. Nie śpię, odpowiadam.

Masz ochotę na mały spacer?

Jasne. Mam po ciebie wpaść?

Na wyświetlaczu poruszają się małe kropeczki. Po chwili pojawia się na nim odpowiedź Ellie:

Wyszłam już z domu. Spotkajmy się na parkingu przy Gimnazjum Franklina.

Pięć minut później wjeżdżam na pusty parking przy gimnazjum. Ellie i Bob mieszkają niedaleko stąd. Jak większość szkolnych parkingów, ten też jest dobrze oświetlony, ale nigdzie jej nie widzę. Wysiadam z samochodu.

– Tu jestem.

Po lewej stronie jest klasyczny placyk zabaw dla dzieci. Huśtawki, zjeżdżalnie, siatki, drabinki i belki, wszystko na miękkiej darni. Ellie siedzi na huśtawce i odpycha się nogami, ale robi to bardzo słabo, tak że efekt przypomina bardziej bujanie się w fotelu.

Kiedy się do niej zbliżam, w nozdrza wpada mi cedrowy zapach darni.

– Wszystko w porządku? – pytam.

Ellie kiwa głową.

– Nie chciałam jeszcze wracać do domu – wyjaśnia.

Nie bardzo wiem, co na to odpowiedzieć, więc kiwam tylko głową.

– Uwielbiałam takie placyki, kiedy byłam mała – mówi. – Grałeś kiedyś w klasy?

– Nie – odpowiadam zgodnie z prawdą.

– Nieważne. Opowiadam głupoty. Ale często tu przychodzę.

– Na ten plac zabaw?

Kiwa głową.

– W nocy. Nie mam pojęcia dlaczego.

Siadam na huśtawce obok niej.

– Nie wiedziałem – mówię.

– No tak, dużo się o sobie wzajemnie dowiadujemy.

– Niekoniecznie.

– Co masz na myśli?

– Ty wiesz o mnie wszystko, Ellie. Może i nie powiedziałem ci, że pobiłem Treya, ale wiedziałaś o tym od samego początku.

– Owszem. – Kiwa głową.

– I wiedziałaś o innych. O Roscoe, Brandonie i tym chłopaku Alicii... zapomniałem, jak miał na imię.

– Colin.

– Właśnie.

– Więc wiesz o mnie wszystko. Dosłownie wszystko.

– Chcesz powiedzieć, że ty nie wiesz o mnie wszystkiego?

Nie odzywam się.

– Masz trochę racji – przyznaje Ellie. – Nie mówię ci o wszystkim.

– Nie ufasz mi?

– Dobrze wiesz, że tak nie jest.

– Więc dlaczego?

– Mam prawo do swoich sekretów. Nie powinnam była ci mówić o Bobie, bo teraz zacząłeś go nienawidzić i rozmyślasz o tym, co mu zrobisz.

– Troszeczkę.

Uśmiecha się.

– Nic nie rób. Nie rozumiesz tego. To ten sam facet, którego podziwiałeś dziś rano.

Nie do końca się z nią zgadzam, lecz nie mam zamiaru się o to spierać.

Ellie wpatruje się w nocne niebo. Widać na nim kilka gwiazd, ale powinno ich być chyba więcej.

– Dostałam wiadomość od mamy Maury. W sprawie fotografii tego mężczyzny, którą mi przesłałeś. To ten sam, który ją przesłuchiwał. Blady facet o świszczącym głosie.

Specjalnie mnie to nie dziwi.

– Widziałem się z nim dzisiaj – mówię.

– Co to za jeden?

– Nazywa się Andy Reeves. – Wskazuję podbródkiem Ścieżkę. – Kiedy zginęli Leo i Diana, był dowódcą bazy wojskowej.

– Rozmawiałeś z nim?

Kiwam głową.

– Powiedział ci coś?

– Zagroził, że jeśli będę to dalej drążył, zabije wszystkich, których kocham.

– Kolejna osoba, która radzi ci, żebyś sobie odpuścił – zauważa Ellie.

– Radzi?

Wzrusza ramionami.

– Ale masz rację – stwierdzam. – Dołączył do klubu, w którym jesteś ty i Augie.

– Augie. To kolejna osoba, którą kochasz.

Znów kiwam głową.

– Zastanawiasz się nad tym?

– Nad czym? Żeby dać sobie spokój?

– Tak.

– Zastanawiam się.

Ellie spogląda znów w stronę Ścieżki. Mruży oczy.

– O co chodzi? – pytam.

– Być może powinnam zmienić zdanie.

– To znaczy?

– Uważam, że nie powinieneś teraz dawać za wygraną.

– Zrobię to, jeśli to naraża na niebezpieczeństwo ciebie i dziewczynki.

– Nie, jest wprost przeciwnie.

– Nie bardzo rozumiem – mówię.

– Wiem, że wcześniej radziłam ci, żebyś sobie odpuścił. Ale to było, zanim ten obleśny typ zagroził, że zrobi coś moim dzieciom. Teraz nie chcę, żebyś się wycofał. Jeśli to zrobimy, już zawsze będziemy z nim mieli do czynienia. Zawsze będę się oglądać przez ramię.

– Jeśli się wycofam, nie będzie się tobą interesował.

– Jasne – rzuca drwiącym tonem Ellie. – Powiedz to Rexowi i Hankowi.

Mógłbym odpowiedzieć, że Rex i Hank stanowili bardziej bezpośrednie zagrożenie, że byli naocznymi świadkami tego, jak przed piętnastu laty helikopter unosił się nad bazą, ale nie sądzę, by to miało jakieś znaczenie. Rozumiem, o co jej chodzi. Ellie nie chce żyć w strachu. Chce, żebym się tym zajął, i nie chce wiedzieć, jak to zrobię.

Odpycha się mocniej nogami. Huśtawka odchyla się do tyłu i kiedy opada z powrotem, Ellie zeskakuje z gracją na ziemię, podnosząc z triumfem ramiona niczym gimnastyczka na macie. Tak bardzo mi na niej zależy, a mimo to po raz pierwszy zdaję sobie sprawę, że nadal jej nie znam, i to sprawia, że zależy mi na niej jeszcze bardziej.

– Nie pozwolę, żeby przydarzyło ci się coś złego – mówię.

– Wiem.

Przypominam sobie program koncertów *Andy'ego, Wirtuoza Fortepianu*. W tym momencie powinien być w Klubie Hunk-A-Hunk-A, czymkolwiek jest to miejsce.

Pojadę tam i stawię mu czoło.

– Jeszcze jedna sprawa – odzywa się Ellie.

– Tak?

– Być może wiem, gdzie może przebywać Beth Lashley. Kiedy byliśmy w liceum, jej rodzice kupili małą ekologiczną farmę w Far Hills. W okolicy mieszka moja kuzynka Merle. Poprosiłam, żeby tam podjechała i po prostu zapukała do drzwi. Powiedziała mi, że próbowała, ale brama i furtka były zamknięte.

– To nie musi o niczym świadczyć.

– Nie musi. Ale jutro i tak tam pojadę i dam ci znać.

– Dzięki.

– Jasne. – Ellie bierze głęboki oddech i patrzy na budynek gimnazjum. – Nie wydaje ci się, że chodziliśmy tam bardzo dawno temu? – mówi.

– W poprzednim życiu – zgadzam się, patrząc tam gdzie ona.

Ellie parska śmiechem.

– Lepiej już pójdę – mówi.

– Mam cię odwieźć?

– Nie – odpowiada. – Wrócę na piechotę.

Rozdział 25

Klub Hunk-A-Hunk-A reklamuje się jako *ekskluzywna rewia erotyczna dla pań z klasą*, bo nikt już dzisiaj nie używa nazwy „knajpa z męskim striptizem". Tego wieczoru głównym wykonawcą jest Dick Shaftwood*, co jak podejrzewam, może być pseudonimem. Odnajduję żółtego forda mustanga w samym rogu parkingu za klubem. Nie ma sensu wchodzić do środka, więc zatrzymuję się w miejscu, z którego widzę wszystkie wejścia i mustanga. Na parkingu stoją dwa autobusy, a także kilka vanów, z czego może wynikać, że na rewię przyjechały zorganizowane grupy.

Obserwując wchodzącą do środka i wychodzącą klientelę, zauważam rzecz oczywistą. Panie nie przychodzą tutaj w pojedynkę. Nie widzę ani jednej kobiety, która weszłaby do klubu sama, tak jak robią to faceci odwiedzający kluby tego rodzaju. Panie przybywają w grupach, na ogół dużych, wszystkie rozbawione i na co najmniej lekkim rauszu. Większość – jeśli nie wszystkie – spędza tu chyba wieczór panień-

* *Dick* (ang.) – również potoczne określenie penisa; *shaftwood* (ang.) – drąg.

ski, co tłumaczy obecność autobusów i vanów. Są odpowiedzialne – miła bezpieczna sprośna rozrywka, na którą dowozi ich wynajęty kierowca.

Robi się późno. Z klubu wychodzi coraz więcej kobiet i są na ogół żenująco pijane – krzyczą na całe gardło, zataczają się, wpadają jedna na drugą, wzajemnie się podtrzymują – ale przez cały czas trzymają się razem, czekają, aż dołączą do nich maruderki. Do domu zaczynają wracać pierwsi striptizerzy. Nietrudno ich rozpoznać, chociaż są w ubraniu. Wszyscy wodzą dokoła wyniosłym wzrokiem i stąpają, jakby połknęli kije. Większość ma na sobie luźne, niedopięte na górze flanelowe koszule. Wydepilowane klaty lśnią w świetle ulicznych latarni.

Nie bardzo rozumiem, do czego w klubie Hunk-A-Hunk-A potrzebują pianisty, ale zaglądając w smartfonie do internetu (swoją drogą okazuje się, że Hunk-A-Hunk-A też ma własną stronę), dowiaduję się, że są tam organizowane tematyczne eventy, w tym także numery, w których panowie we frakach tańczą do klasycznych melodii granych na fortepianie Steinwaya.

Nie jestem powołany, żeby to oceniać, Leo.

Kilka minut po północy z klubu wychodzi odziany w smoking Andy Reeves. Nie widzę powodu, by rozgrywać to w miły i kulturalny sposób. Wysiadam z samochodu i ruszam w jego stronę. Mój widok nie budzi w nim entuzjazmu.

– Co tu robisz, Dumas?

– Używaj mojego pseudonimu artystycznego – mówię. – Nazywam się Dick Shaftwood.

Wcale go to nie śmieszy.

– Jak mnie znalazłeś? – pyta.

– Dostałem twój newsletter. Jestem pełnoprawnym członkiem fanklubu Wirtuoza Fortepianu.

To też go nie rozśmiesza. Przyspiesza kroku.

– Nie mam ci nic do powiedzenia – rzuca. – Chyba że przyniosłeś taśmę – dodaje po chwili.

– Nie przyniosłem. Ale mam już tego dosyć, Andy.

– To znaczy?

– To znaczy, że albo ze mną porozmawiasz, albo natychmiast wyślę tę taśmę. – Wyjmuję smartfon i udaję, że zaraz wcisnę kciukiem WYŚLIJ. Oczywiście blefuję. – Na początek do mojej znajomej w „Washington Post", potem do innych.

Reeves piorunuje mnie wzrokiem.

– No dobrze. – Udaję, że wysyłam.

– Zaczekaj!

Nie odrywam kciuka od wyświetlacza.

– Czy obiecasz, że jeśli powiem ci prawdę o bazie, w końcu dasz sobie z tym spokój?

– Tak.

Andy podchodzi do mnie bliżej.

– Chcę, żebyś przysiągł to na pamięć swojego brata.

Nie powinien cię w to wciągać, ale robię to, o co mnie prosi. Mogę zawsze uznać, że w danych okolicznościach przysięga mnie już nie obowiązuje. Mogę mu powiedzieć, że jeśli on i jego pomagierzy mieli coś wspólnego z twoją śmiercią, nie tylko ogłoszę to wszem wobec, ale osobiście zadbam, by zostali pociągnięci do odpowiedzialności.

Dlatego zupełnie nie przejmuję się przysięgą. Jeśli okaże

się, że to, co mi powiedział, musi zostać ujawnione, zrobię to bez najmniejszego wahania.

– W porządku – mówi Andy Reeves. – Chodźmy gdzieś porozmawiać.

– To miejsce jest tak samo dobre jak każde inne.

Reeves rozgląda się z podejrzliwą miną. W pobliżu kręci się kilka maruderek, lecz trudno uznać, że będą nas podsłuchiwać. Z drugiej strony, facet przez całe życie pracował w jakiejś tajnej agencji rządowej, w CIA albo czymś podobnym, więc nie dziwię się jego paranoi.

– Wsiądźmy przynajmniej do mojego samochodu – proponuje.

Zabieram mu kluczyk do mustanga i siadam na miejscu pasażera. Reeves zajmuje miejsce za kierownicą. Obaj patrzymy prosto przed siebie, na stary płot, który pamiętał lepsze czasy. Z brakującymi i połamanymi sztachetami przypomina uzębienie włóczęgi, który brał udział w zbyt wielu bójkach na pięści.

– Słucham – mówię.

– Nie podlegaliśmy Departamentowi Rolnictwa – przyznaje Reeves.

– Raczej się tego domyślałem. – Czekam na ciąg dalszy.

– W takim razie reszta jest prosta. To, co zdarzyło się w tej bazie, jest ściśle tajne. Teraz już wiesz. Potwierdzam to. To powinno ci wystarczyć.

– A jednak nie wystarcza.

– Nie mieliśmy nic wspólnego z tym, co przytrafiło się twojemu bratu i Dianie Styles.

Daję mu niedwuznacznie do zrozumienia, żeby przeszedł

do rzeczy. Andy Reeves udaje, że zastanawia się usilnie nad następnym krokiem. Każe mi po raz kolejny przyrzec, że nie powtórzę nikomu ani słowa, powtarza, że w razie czego wszystkiemu zaprzeczy, że nic, co tu usłyszę, nie ma prawa opuścić wnętrza tego samochodu, i tak dalej.

Zgadzam się na wszystko, żebyśmy tylko mogli kontynuować.

– Wiesz, o jakim mówimy tu okresie – zaczyna Andy Reeves. – Piętnaście lat temu. Zaraz po jedenastym września. Wojna w Iraku. Al-Kaida. Musisz to umieścić w odpowiednim kontekście.

– Okay.

– Mówi ci coś nazwisko Fremond? Terry Fremond.

Przeszukuję bank pamięci. Coś kojarzę.

– Pochodzący spod Chicago bogaty biały chłopak, który został terrorystą – mówię. – Jego grupę nazywali Al-Kaidą Wuja Sama... coś w tym rodzaju. Był na liście dziesięciu najbardziej poszukiwanych przestępców FBI.

– Nadal tam figuruje – uściśla Reeves. – Piętnaście lat temu, zaraz po powrocie do kraju, Fremond założył komórkę terrorystyczną. Byli bliscy dokonania najgorszego w dziejach zamachu na amerykańskiej ziemi, drugiego jedenastego września. – Odwraca się i patrzy mi prosto w oczy. – Pamiętasz oficjalną wersję tego, co się z nim stało?

– Dowiedział się, że federalni są na jego tropie, i uciekł do Kanady. A stamtąd przedostał się z powrotem do Syrii albo do Iraku.

– Owszem. Taka była oficjalna wersja – odpowiada powoli i z namaszczeniem Andy Reeves, wbijając we mnie wzrok.

Myślę o pomarańczowej plamie, którą wziąłem za więzienny drelich. O potrzebie zachowania wszystkiego w tajemnicy. O tajnych ośrodkach CIA. O helikopterze lądującym w bazie pod osłoną nocy.

– Tak naprawdę złapaliście go – domyślam się. – I przewieźliście do tej bazy.

Wszyscy słyszeliśmy wtedy pogłoski na ten temat, prawda, Leo? Przypominam sobie coś jeszcze, coś, co od ciebie usłyszałem… nie pamiętam tylko dokładnie kiedy. To musiało być w liceum. Fascynowałeś się tym, co media nazywały „wojną z terroryzmem". Opowiadałeś mi o zlokalizowanych za granicą ustronnych miejscach, do których wywożono wrogich bojowników, żeby zmusić ich do mówienia. Nie do regularnych obozów jenieckich, ale…

– Baza była tajnym więzieniem – mówię na głos.

Andy Reeves ponownie wbija wzrok w przednią szybę.

– Mieliśmy tajne więzienia w krajach takich jak Afganistan, Litwa, Tajlandia, miejsca opatrzone kryptonimami Salt Pit, Bright Light i Quartz… Jedno z tajnych więzień CIA mieściło się na wyspie na Oceanie Indyjskim, inne w szkole jeździeckiej, jeszcze inne w lokalu sklepowym, pozornie na widoku. Były kluczowym narzędziem w wojnie z terroryzmem. Tam właśnie nasze wojsko przetrzymywało najważniejszych zagranicznych więźniów i stosowało wobec nich zaawansowane techniki przesłuchania.

Zaawansowane techniki przesłuchania.

– Trzymanie ich w więzieniach za granicą miało sens – kontynuuje Reeves. – Ci ludzie byli w większości cudzoziemcami, więc po co mieliśmy ich tu przywozić? Prawnicze wymogi są dość skomplikowane, ale jeśli przesłuchuje się terrorystę poza terytorium Stanów Zjednoczonych, pewnych przepisów nie trzeba było... jak by to powiedzieć... stosować w literalny sposób. I możesz być za albo przeciwko zaawansowanym technikom przesłuchania. W porządku, to mnie nie obchodzi. Ale nie pocieszaj się kłamliwymi zapewnieniami, że nie uzyskiwaliśmy dzięki nim informacji, które pozwalały nam ratować ludzkie życie. To argument, jaki wysuwają ludzie. Uzyskiwaliśmy je. „Jesteśmy przeciwko torturom", mówią ludzie. Naprawdę? A jeśli pobicie potwora, który ma na sumieniu tysiące ludzkich istnień, ocali życie waszego dziecka? Co wtedy? Posunęlibyście się do tego? Nie potrafią odpowiedzieć na to pytanie. Nie powiedzą: „Jasne, poświęciłbym życie własnego dziecka, byle być w zgodzie z moimi zasadami moralnymi", więc opowiadają bajki w rodzaju: „To i tak nie daje efektów".

Andy Reeves odwraca się do mnie i w jego oczach widzę mrok.

– Tortury dają efekty. To jest w nich najgorsze – mówi.

Siedząc po ciemku w samochodzie z tym człowiekiem, czuję, jak przechodzi mnie zimny dreszcz. Za to on dla odmiany wyraźnie się rozgrzewa. Widywałem już coś takiego. Sekret jest ponury, wyznanie straszne, a mimo to kiedy ktoś zrzuca w końcu z barków ten ciężar, kiedy zaczyna mówić, poczucie ulgi jest tak wielkie, że nie zamykają mu się usta.

– Problem był dość oczywisty. Zapomnij o zagranicy. Mieliśmy do czynienia... nadal mamy... z wieloma komórkami terrorystycznymi tu, w Stanach Zjednoczonych. Jest ich więcej, niż możesz sobie wyobrazić. Większość to niestety nasi obywatele, żałośni nihiliści, których podnieca przemoc i masowa destrukcja. Ale jeśli aresztujemy ich tu w Stanach, przysługują im prawa do sprawiedliwego procesu, do obrony i tak dalej. Nie będą chcieli sypać i być może dojdzie do zamachu na wielką skalę.

– Łapiecie więc podejrzanego – mówię – wsadzacie go do helikoptera, przewozicie do takiej bazy i przesłuchujecie.

– Wyobrażasz sobie lepszą lokalizację na tego rodzaju miejsce?

Nie odpowiadam.

– Zatrzymani nigdy nie przebywali u nas długo. Nazywaliśmy tę bazę Czyśćcem. Decydowaliśmy tu, czy pozwolić im pójść do Nieba, czy wysłać za granicę, do Piekła.

– Na podstawie czego podejmowaliście te decyzje?

Reeves odwraca się i patrzy mi prosto w oczy. Musi mi to wystarczyć za całą odpowiedź.

– Teraz przejdźmy do części dotyczącej mojego brata – proponuję.

– Nie ma żadnej części dotyczącej twojego brata. To koniec historii.

– Nie, przyjacielu, to nie koniec. Wiem teraz, że on i jego koledzy nagrali na taśmie przetrzymywanego nielegalnie obywatela Stanów Zjednoczonych.

Twarz mu ciemnieje.

– Ratowaliśmy ludziom życie – twierdzi.

– Nie uratowaliście życia mojemu bratu – odpowiadam. – I Dianie Styles.

– Nie mieliśmy z tym nic wspólnego. Dopóki nie pokazałeś mi tej taśmy, nie wiedziałem nawet o jej istnieniu.

Próbuję wyczytać z jego twarzy, czy mówi prawdę, czy mnie okłamuje, ale Andy Reeves nie jest amatorem. Mimo to nie wydaje mi się, żeby mnie oszukiwał. Czy rzeczywiście nie wiedział o taśmie? Jak to możliwe?

Mam jeszcze w zanadrzu kartę atutową i zamierzam jej użyć.

– Skoro nic nie wiedziałeś o taśmie, dlaczego ścigaliście Maurę? – pytam.

– Kogo?

Tym razem widać, że kłamie. Krzywię się z niesmakiem.

– Przesłuchiwałeś jej matkę – przypominam mu. – Co więcej, myślę, że zabrałeś ją do waszego tajnego ośrodka. I zrobiłeś coś, żeby zapomniała, co tam z nią wyprawiałeś.

– Nie mam pojęcia, o czym mówisz.

– Pokazałem jej twoje zdjęcie, Andy. Potwierdziła, że to ty ją przesłuchiwałeś.

Andy Reeves wbija wzrok w przednią szybę i powoli kręci głową.

– Kompletnie nic nie rozumiesz – rzuca.

– Umówiliśmy się, że będziemy grali w otwarte karty. Jeśli znów masz zamiar robić ze mnie idiotę…

– Otwórz schowek w desce rozdzielczej – mówi.

– Że co?

Reeves wzdycha.

– Po prostu otwórz schowek, dobrze?

Wyciągam rękę w stronę schowka i odwracam głowę tylko na sekundę, żeby zlokalizować otwierający go przycisk, ale to mu wystarcza. Jego pięść – zakładam, że to pięść, bo w ogóle jej nie widzę – ląduje gdzieś między moją lewą skronią i kością policzkową. Uderzenie jest tak mocne, że głowa leci mi w bok i grzechoczą zęby. Drętwieje mi policzek i kark.

Jestem lekko ogłuszony, ale jedna myśl sprawia, że trzeźwieję.

Pistolet. Reeves sięga po pistolet.

Zaciska palce na jakimś metalowym przedmiocie. Nie bardzo widzę, co to jest, ale czy to naprawdę ma jakieś znaczenie? Łapię go oburącz za nadgarstek. To oznacza, że ja mam teraz obie ręce zajęte, a on jedną wolną. Wykorzystuje to, zadając mi krótkie ciosy w żebra.

Nie puszczam jego ręki.

Reeves zaczyna się obracać i kręcić nadgarstkiem. Próbuje się wyrwać albo... tak, chce chyba skierować w moją stronę lufę. Przesuwam dłoń niżej, żeby objąć jego palce. Żaden nie jest zaciśnięty na spuście. Łapię go mocniej. Może obrócić broń, ale nic mi nie zrobi, bo nie trzyma palca na spuście.

Tak mi się w tym momencie wydaje: trzymam go za palce, więc nie może mnie postrzelić. Jestem bezpieczny.

Ta pewność mnie gubi.

Andy Reeves obraca ponownie dłoń. Przez sekundę czuję, jak chłodny metal dotyka mojego ramienia. Ale tylko przez sekundę. Widzę teraz, że to nie pistolet. Ten przedmiot jest na to za długi. Wygląda jak policyjna pałka. Słyszę trzask elektryczności statycznej i w tym samym momencie przeszywa mnie ból, który wyłącza wszelkie inne doznania, który sprawia, że człowiek kuli się, by nie doznać go nigdy więcej.

Prąd razi moją rękę, czyniąc ją bezużyteczną.

Reeves bez trudu wyrywa dłoń z mojego nieistniejącego uścisku i z triumfalnym uśmiechem przykłada mi to urządzenie – policyjny paralizator, rodzaj elektrycznego pastucha – do torsu.

Wstrząsa mną paroksyzm bólu.

Andy Reeves powtarza to. Moje mięśnie przestają pracować.

Teraz sięga za tylne siedzenie i wyciąga coś innego. Nie widzę, co to jest. Może klucz do opon. Może kij baseballowy. Nie wiem i nigdy się tego nie dowiem.

Wali mnie tym czymś raz i drugi w głowę i zaraz potem zapada ciemność.

Rozdział 26

Odzyskuję przytomność w przedziwny sposób.

Śniło ci się kiedyś, że nie możesz wykonać żadnej fizycznej czynności, Leo? Że próbujesz się przed czymś schronić, ale przy każdym kroku brniesz przez sięgający bioder mokry śnieg? Właśnie tak się czuję w tej chwili. Chcę się ruszyć, zerwać na nogi, uciec, ale jestem totalnie unieruchomiony, zupełnie jakby moje ciało znalazło się w gipsowym odlewie.

Otwieram oczy. Leżę na plecach, nad sobą widzę rury i odsłonięte belki. To sufit jakiejś starej piwnicy. Staram się zachować spokój, nie wykonywać żadnych gwałtownych ruchów.

Próbuję obrócić głowę, żeby zobaczyć coś więcej.

To niemożliwe.

Nie mogę w ogóle poruszyć głową. Nawet na centymetr. Mam wrażenie, że moja czaszka tkwi w żelaznym imadle. Natężam siły i próbuję ponownie. Bez skutku. Staram się usiąść, ale jestem przywiązany do czegoś w rodzaju stołu. Ręce mam przymocowane pasami do boków, nogi ciasno skrępowane.

W ogóle nie mogę się ruszyć. Jestem całkowicie bezsilny.

– Musisz mi powiedzieć, gdzie jest taśma, Nap – słyszę świszczący głos Reevesa.

Rozmowa nic tutaj nie da. Zdaję sobie z tego od razu sprawę. Więc zaczynam wołać o pomoc. Na całe gardło. Krzyczę do momentu, kiedy wciska mi w usta gałgan.

– To bezcelowe – mówi.

Wykonuje jakieś czynności – robiąc to, nuci pod nosem – ale nie mogę obrócić głowy, żeby to zobaczyć. Słyszę odgłos odkręcanego kranu i wody nalewanej do wiadra. Po chwili Reeves zakręca kran.

– Wiesz, dlaczego Navy SEALs nie stosują już podtapiania w ramach szkolenia? – pyta. – Bo kursanci pękali tak szybko, że to obniżało morale – wyjaśnia, nie doczekawszy się ode mnie odpowiedzi: trudno coś powiedzieć, gdy ma się w ustach knebel. – Rekruci CIA już po mniej więcej czternastu sekundach błagali instruktorów, żeby przestali.

Andy Reeves staje nade mną. Patrzę na jego uśmiechniętą facjatę i widzę, że sprawia mu to przyjemność.

– Z zatrzymanymi uprawialiśmy też różne psychologiczne gierki. Uzbrojeni strażnicy eskortowali ich z zawiązaną na oczach opaską. Czasami dawaliśmy im nadzieję, a potem nagle jej pozbawialiśmy. Innym razem uświadamialiśmy im, że nie mają żadnych szans. Stosuje się różne zagrania w zależności od delikwenta. Ale dzisiaj nie mam czasu na cały ten teatr. Przykro mi z powodu Diany, ale to naprawdę nie była moja wina. Więc przejdźmy od razu do rzeczy. Jesteś już przywiązany do stołu. I wiesz, że to nie będzie miłe.

Reeves idzie w kierunku moich stóp. Staram się śledzić go wzrokiem, ale znika mi z pola widzenia. Nie chcę wpadać w panikę. Słyszę jakiś chrobot i uświadamiam sobie, że stół, na którym leżę, zaczyna się przechylać. Mam nadzieję, że zsunę się z niego głową w dół, ale jestem przywiązany tak mocno, że grawitacja w ogóle nie działa.

– Dzięki opuszczeniu twojej głowy i podniesieniu nóg będziesz miał otwartą tchawicę i łatwiej będzie wypełnić ci wodą nozdrza – tłumaczy Reeves. – Wyobrażasz sobie pewnie, że to będzie straszne. Mogę cię zapewnić, że będzie o wiele gorsze.

Pojawia się ponownie w polu mojego widzenia i wyciąga mi z ust gałgan.

– Powiesz, gdzie jest taśma? – pyta.

– Pokażę ci – odpowiadam.

– Nie, ten numer nie przejdzie.

– Nie zdołasz jej sam znaleźć.

– Nieprawda. Słyszałem już takie kłamstwa, detektywie Dumas. Wymyślisz teraz jakąś historyjkę. Kiedy poddam cię tej procedurze po raz pierwszy, wymyślisz kolejną. A potem jeszcze jedną. Dlatego krytycy twierdzą, że tortury są nieskuteczne. Jesteś zdesperowany. Powiesz wszystko, żeby tylko to się skończyło. Ale ze mną to nie przejdzie. Znam wszystkie sztuczki. I w końcu pękniesz. W końcu powiesz mi prawdę.

Być może, ale co do jednego nie mam wątpliwości: kiedy zdobędzie taśmę, od razu mnie zabije. Tak jak zabił innych. Więc niezależnie od tego, co się będzie działo, nie mogę się poddać.

– Powiesz mi, nawet jeśli będzie to oznaczało, że umrzesz – odzywa się Reeves, jakby czytał w moich myślach. – Żołnierz, który przesłuchiwał jeńców podczas wojny filipińsko-amerykańskiej, tak opisał to, czego zaraz doświadczysz: „Ci ludzie cierpieli jak ktoś, kto tonie, ale nie może utonąć". Gotów? – pyta, po czym pokazuje mi ręcznik i kładzie go na mojej twarzy.

Materiał nie przylega ściśle do skóry, lecz i tak mam wrażenie, że się duszę. Próbuję ponownie poruszyć głową, ale to niemożliwe. Zaczynam rozpaczliwie łapać powietrze.

Uspokój się, nakazuję sobie w duchu.

Staram się zrelaksować. Staram się wolniej oddychać i przygotować na to, co mnie czeka. Wiem, że w pewnym momencie będę musiał wstrzymać oddech.

Mijają sekundy. Nic się nie dzieje.

Mój oddech nie staje się bardziej regularny. Nadal jest urywany i nierówny. Natężam słuch, ale Andy Reeves milczy, nie porusza się, nic nie robi.

Mijają kolejne chwile. Ile sekund? Trzydzieści, czterdzieści?

Zaczynam się zastanawiać, czy nie blefował. Może to jedna z jego psychologicznych sztuczek, sposób na pognębienie przeciwnika…

I w tym momencie słyszę plusk. Sekundę później przez ręcznik zaczyna się sączyć woda.

Czując wilgoć na ustach, zaciskam wargi, zamykam oczy i wstrzymuję oddech.

Leje się coraz więcej wody, najpierw małą strużką, potem pełnym strumieniem.

Czuję, że wlewa mi się do nozdrzy. Próbuję je zacisnąć, nadal nie otwieram ust.

Woda spada kaskadami na ręcznik. Staram się poruszyć głową, podnieść ją, uniknąć w jakiś sposób tej kaźni. Woda całkowicie wypełnia mi nos. Zaczynam wpadać w panikę.

Nie mogę wstrzymywać dłużej oddechu, muszę pozbyć się wody z nosa i ust. Jest tylko jeden sposób. Wydmuchać ją. Ale na twarzy mam ręcznik. Mimo to próbuję wykonać wydech, pozbyć się w ten sposób wody i przez kilka sekund mi się to udaje. Staram się wydychać powietrze dalej, opróżnić płuca, żeby nie dostała się do nich woda. Ale po twarzy płynie mi zbyt dużo wody i nagle pojawia się poważny problem.

Człowiek może wydychać powietrze tylko przez jakiś czas. A kiedy nie ma już powietrza w płucach, musi nastąpić wdech. I to jest najgorsze.

Do tego punktu właśnie docieram.

Kiedy przestaję wydychać powietrze, woda wlewa się z powrotem, wypełnia mi nozdrza i usta. Nie mogę na to nic poradzić. Nie mam czym oddychać i ból przesłania wszystko. Wstrzymywanie oddechu mnie zabija, lecz wiem, co mnie za chwilę czeka. Muszę odetchnąć, muszę zaczerpnąć powietrza, ale powietrza nie ma, jest tylko woda, dużo wody. Wdech otwiera śluzę. Woda wlewa mi się swobodnie do nosa i ust. Nie można temu zapobiec. Woda wpada mi do tchawicy.

Brakuje mi powietrza.

Moim ciałem wstrząsają konwulsje. Zaczynam się prężyć, próbuję wierzgać, miotać głową, ale jestem przywiązany. Nie mogę uciec przed wodą. Nie czeka mnie żadna ulga ani wytchnienie. Jest coraz gorzej.

Nie chodzi o to, że chcę, żeby to się skończyło. Że tego potrzebuję.

To po prostu musi się skończyć.

Można to porównać do przytrzymywania kogoś pod wodą, tyle że jest znacznie gorsze. Jestem uwięziony w betonie. Ja tonę, Leo. Tonę i się duszę. Nie rozumuję racjonalnie. Czuję, jak ogarnia mnie szaleństwo, jak coś we mnie pęka, wiem, że psychicznie nigdy się z tego nie pozbieram.

Każda komórka mojego ciała błaga o tlen, o jeden oddech. Ale ten oddech nie będzie mi dany. Krztuszę się i łykam coraz więcej wody. Chcę się powstrzymać, lecz odruch wymiotny zmusza mnie do kolejnych wdechów i wydechów. Woda wlewa mi się do gardła i tchawicy.

Boże, pozwól mi zaczerpnąć powietrza…

Umieram. Zdaję sobie teraz z tego sprawę. Pierwotna część mojej jaźni już się poddała, pragnie, by śmierć nadeszła jak najszybciej, żeby to się skończyło. Ale to się nie kończy. Miotam się. Wierzgam. Cierpię.

Zaczynam mieć halucynacje.

Wydaje mi się, że słyszę głos, który woła: „Przestań! Odsuń się od niego!". Gdyby każda cząstka mojego ciała nie łaknęła powietrza, gdyby każda moja komórka nie starała się uchronić przed tym, co mnie spotyka, powiedziałbym, że to głos kobiety.

Czuję, jak oczy stają mi w słup, i jednocześnie gdzieś głęboko w mózgu słyszę huk wystrzału.

A potem widzę światło.

Umieram, Leo, umieram i mam przywidzenia, a ostatnim, co widzę, jest najpiękniejsza twarz, jaką mogę sobie wyobrazić.

Twarz Maury.

Rozdział 27

Nie jestem już związany i leżę na boku.

Łapię kurczowo powietrze i przez jakiś czas nie chcę się zajmować niczym innym. Krztuszę się i staram nie przełykać śliny. Woda leje mi się z ust i z nosa, spływa na podłogę i miesza się ze szkarłatną krwią, która sączy się z głowy Andy'ego Reevesa. Zupełnie się tym nie przejmuję. Obchodzi mnie tylko mój oddech.

Wkrótce zaczynam odzyskiwać siły. Podnoszę wzrok, by zobaczyć, kto mnie uratował, ale najwyraźniej już umarłem albo mój mózg był zbyt długo pozbawiony tlenu. Może wciąż jestem podtapiany i zostałem wprowadzony w jakiś dziwny stan, bo to przywidzenie – ten miraż – wciąż tam jest.

To Maura.

– Musimy stąd wiać – mówi.

Nadal nie wierzę własnym oczom.

– Maura? Ja…

– Nie teraz, Nap.

Słyszę coś w jej głosie, gdy wymawia moje imię.

Próbuję zebrać myśli, zastanowić się nad następnym ruchem, ale zwykła logika nie ma tu zastosowania.

– Możesz chodzić? – pyta mnie Maura.

Kiwam głową. Kiedy stawiam stopę na drugim schodku, wszystko to do mnie wraca. Po kolei, mówię sobie.

Musimy stąd wiać. Kiedy docieramy na parter, uświadamiam sobie, że jesteśmy w jakimś obracającym się w ruinę magazynie. Dziwi mnie panująca wszędzie cisza, ale jest chyba... Która może być godzina? Spotkałem się z Reevesem o dwunastej, więc musi być jeszcze środek nocy albo wczesny ranek.

– Tędy. – Maura wskazuje mi drogę.

Wychodzimy na zewnątrz. Na niebie świecą gwiazdy. Zauważam, że oddycham w dziwny sposób, trochę szybciej niż normalnie, jakbym wciąż się bał, że ktoś pozbawi mnie tego dobrodziejstwa. Dostrzegam w rogu żółtego mustanga Reevesa, ale Maura – wciąż nie mogę uwierzyć, że to ona – prowadzi mnie do innego auta. Naciska przycisk pilota, który trzyma w lewej ręce. W prawej ma pistolet.

Siadam na miejscu pasażera, ona za kierownicą. Dwie minuty później jesteśmy już na Garden State Parkway i zmierzamy na północ. Przyglądam się jej z profilu i nie sądzę, bym widział w życiu coś tak pięknego.

– Maura...?

– To może poczekać, Nap.

– Kto zabił mojego brata?

Widzę łzę, która spływa po tym pięknym policzku.

– Obawiam się, że być może zginął przeze mnie – odpowiada Maura.

Rozdział 28

Jesteśmy z powrotem w Westbridge. Maura zajeżdża na parking przed Gimnazjum Benjamina Franklina.

– Daj mi swój telefon – mówi.

Z zaskoczeniem odkrywam, że w kieszeni mam komórkę. Odblokowuję ją odciskiem palca i daję jej. Jej kciuki tańczą po ekranie.

– Co robisz? – pytam.

– Jesteś gliniarzem – odpowiada. – Chyba wiesz, że te komórki mogą być namierzane?

– Oczywiście.

– Ładuję coś w rodzaju wirtualnej sieci prywatnej, żeby wyglądało, że jesteś w innym stanie.

Nie wiedziałem nawet, że istnieje taka technologia, ale specjalnie mnie to nie dziwi. Maura kończy pisać, oddaje mi telefon, otwiera drzwi samochodu i wysiada. Robię to samo.

– Po co tu przyjechaliśmy? – pytam.

– Chcę to znów zobaczyć.

– Co chcesz zobaczyć? – pytam, lecz ona rusza po prostu Ścieżką.

Podążam w ślad za nią. Staram się nie wodzić za nią wzrokiem – nadal stąpa cicho i sprężyście jak pantera – ale nie mogę się powstrzymać. Kiedy wchodzimy między drzewa, nagle przystaje i odwraca się w moją stronę.

– Boże, jak mi ciebie brakowało – mówi, po czym idzie dalej.

Tak po prostu.

Nie reaguję. Nie jestem w stanie zareagować. Ale w środku cały płonę.

Przyspieszam kroku, żeby ją dogonić.

Drogę przed nami oświetla księżyc w pełni. Cienie przesuwają się po naszych twarzach, gdy idziemy znajomą trasą. Nie odzywamy się, bo ciemność nie nastraja do rozmowy i ponieważ… no cóż… ten las należał kiedyś do nas. Można by pomyśleć, że akurat w tym miejscu będą mnie prześladować wspomnienia. Że akurat teraz, gdy idę przez ten las razem z Maurą, stare upiory będą mnie poklepywać po ramieniu, wyzierać zza głazów i drzew.

Ale nigdzie ich nie widzę.

Dziś w nocy nie cofam się w przeszłość. Nie słyszę niczyich szeptów. Upiory, co dziwne, gdzieś się pochowały.

– Wiesz o tej taśmie wideo – mówi Maura po części oznajmującym, po części pytającym tonem.

– Od jak dawna mnie śledziłaś? – pytam.

– Od dwóch dni.

– Wiem o taśmie – mówię. – A ty o niej wiedziałaś?

– Przecież na niej jestem, Nap.

– Nie, miałem na myśli, czy wiedziałaś, że miał ją Hank. I że dał ją na przechowanie Davidowi Rainivowi?

Kręci głową. Przed nami wyłania się z mroku stare ogrodzenie. Maura skręca ze Ścieżki w prawo, zbiega kilka kroków po zboczu i zatrzymuje się przy jednym z drzew. Ja zbiegam za nią. Jesteśmy coraz bliżej starej bazy.

Maura przystaje i wpatruje się w ogrodzenie. Ja przystaję i wpatruję się w jej twarz.

– Czekałam tu tamtej nocy – mówi. – Za tym drzewem. – Spogląda na ziemię. – Siedziałam tutaj i obserwowałam ogrodzenie. Miałam skręta od twojego brata. I piersiówkę od ciebie. – Patrzy mi prosto w oczy i może to nie upiory, ale coś przeszywa mi serce. – Pamiętasz tę piersiówkę?

Kupiłem ją na wyprzedaży garażowej przed dawnym domem państwa Siegelów. Była stara i poobijana. Koloru ciemnoszarego. Z boku wygrawerowano napis *A Ma Vie de Cœr Entier*, co w piętnastowiecznej francuszczyźnie znaczyło „Kocham Cię całym sercem i przez całe życie". Pamiętam, że zapytałem pana Siegela, skąd ją ma, ale nie mógł sobie przypomnieć. Zawołał żonę i zapytał ją, ale ona nie wiedziała nawet, że mieli coś takiego. Piersiówka wydawała się czymś magicznym, niczym odnaleziona w cudowny sposób lampa dżina, kupiłem ją więc za trzy dolary i dałem Maurze. „Podarunek, który symbolizuje jednocześnie miłość i alkohol?" – zapytała uszczęśliwiona. „Czyż nie jestem idealnym chłopakiem?" – odparłem. „Jesteś" – powiedziała, po czym zarzuciła mi ręce na szyję i mocno pocałowała.

– Pamiętam – odpowiadam. – Więc siedziałaś pod tym drzewem ze skrętem i piersiówką. Kto jeszcze tu z tobą był?

– Byłam sama.

– A Klub Konspiratorów?

– Wiedziałeś o nim?

Wzruszam lekko ramionami.

Maura znów spogląda w stronę bazy.

– Tamtej nocy mieliśmy się nie spotykać – mówi. – Myślę, że widok tego helikoptera i fakt, że to sfilmowaliśmy, niektórych lekko wystraszył. Przedtem to była tylko zabawa. Tamtej nocy przekonali się, że to nie przelewki. Swoją drogą nie czułam się do końca członkiem tego – pokazuje palcami cudzysłów – „klubu". Tak naprawdę przyjaźniłam się tam tylko z Leo. Tamtej nocy miał jakieś plany związane z Dianą. Przyszłam więc tutaj i usiadłam pod tym drzewem, ze skrętem i jackiem daniel'sem w piersiówce.

Maura siada na ziemi w miejscu, w którym, jak zakładam, siedziała wtedy w nocy. Na jej twarzy pojawia się uśmiech.

– Myślałam o tobie. Żałowałam, że nie oglądam twojego meczu. Zanim cię poznałam, nie znosiłam tego podniecania się szkolnym sportem, ale potem uwielbiałam patrzeć, jak jeździsz na łyżwach.

Nie wiem, co na to odpowiedzieć, więc milczę.

– Tak czy owak, mogłam oglądać mecze tylko tu, w Westbridge, ale wy graliście wtedy mecz wyjazdowy. Chyba w Summit.

– W Parsippany Hills.

Maura cicho chichocze.

– Wiedziałam, że to zapamiętasz. Zresztą nie miało to znaczenia. Za kilka godzin i tak mieliśmy się spotkać. Więc tu, w lesie, trochę się na to przygotowywałam. Dzieciaki nazywają to teraz biforem. Popijałam jacka daniel'sa z butelki i pamiętam, że byłam trochę smutna.

– Dlaczego?

Kręci głową.

– To nie ma teraz znaczenia.

– Chcę wiedzieć.

– Bałam się, że wkrótce to się skończy.

– Co się skończy? – pytam.

Maura podnosi wzrok.

– Nasza znajomość.

– Chwileczkę... siedząc tu, pod tym drzewem, wiedziałaś, co się wydarzy?

Znowu kręci głową.

– Czasami wciąż jesteś taki ograniczony, Nap. Nie miałam pojęcia, co się zaraz wydarzy.

– Więc...?

– Wiedziałam, że nasza znajomość się nie utrzyma. Nie utrzyma się na dłuższą metę. Skończymy ostatnią klasę, może będziemy się jeszcze spotykać w wakacje...

– Kochałem cię – mówię, nie mogąc się powstrzymać.

Maura milczy.

– Ja też cię kochałam, Nap – odzywa się po chwili. – Ale miałeś stąd wyjechać, zacząć studia na jakiejś dobrej uczelni, żyć w wielkim świecie, w którym nie było dla mnie miejsca. Boże, jakie ja opowiadam głupoty... – Zamyka oczy i kręci głową. – Nie ma powodu, żeby to teraz wałkować.

Ma rację.

– Więc siedziałaś tutaj, popalając i popijając – próbuję naprowadzić ją z powrotem na temat.

– Zgadza się. I trochę się wstawiłam. Nie za bardzo, ale jednak. Gapiłam się na bazę. Zawsze było tam tak cicho, ale nagle usłyszałam hałas.

– Jakiego rodzaju?

– Nie wiem. Krzyki mężczyzn. Odgłos uruchamianego silnika. Więc wstałam – Maura robi teraz to samo, szorując plecami o pień drzewa – i pomyślałam sobie: a co tam. Trzeba to w końcu, do cholery, wyjaśnić. Przynajmniej zasłużę się w Klubie Konspiratorów. Ruszyłam w kierunku ogrodzenia.

Maura maszeruje w tamtą stronę. Dotrzymuję jej kroku.

– Co zobaczyłaś? – pytam.

– Wtedy było tu o wiele więcej tablic ostrzegawczych. Otaczały całą bazę. Były jaskrawoczerwone, pamiętasz?

– Tak.

– Jakby ogłaszały wszem wobec: to twoja ostatnia szansa, cofnij się albo zginiesz. Zawsze baliśmy się przekroczyć tę linię, bo była bardzo blisko ogrodzenia. Ale tamtej nocy nawet nie zwolniłam kroku. Wprost przeciwnie, puściłam się biegiem.

Oboje cofamy się pamięcią do tamtej nocy i waham się niemal, gdy mijamy miejsce, w którym wisiały tablice. Przekraczamy niewidzialną barierę i zmierzamy prosto do przerdzewiałego płotu. Maura pokazuje mi narożny słupek.

– Była tu zamontowana kamera. Pamiętam, jak pomyślałam, że mogą mnie zobaczyć. Ale byłam w jakiejś dziwnej euforii, nic nie mogło mnie zatrzymać. Biegłam dalej i nagle…

Maura zwalnia i zatrzymuje się. Podnosi dłoń do gardła.

– Maura?

– Byłam mniej więcej w tym miejscu, kiedy zapaliły się światła.

– Światła?

– Reflektory. Wielkie ostre reflektory. Były tak jasne, że musiałam zasłonić oczy, żeby mnie nie raziły. – Osłania oczy przed wyimaginowanym światłem. – Niczego nie widziałam. Zastygłam w bezruchu, nie wiedząc, co robić. A potem usłyszałam strzały.

Maura opuszcza rękę.

– Strzelali do ciebie?

– Tak. Chyba tak.

– Nie jesteś tego pewna?

– To znaczy... od tego się chyba zaczęło, tak? – Jej głos podnosi się o oktawę. Słyszę w nim lęk i żal. – Od tego mojego wygłupu. To ja biegłam w stronę ogrodzenia jak jakaś idiotka. Zignorowałam ostrzeżenia. Może zahaczyłam nogą o linkę, a może mnie zobaczyli. I zrobili to, przed czym ostrzegali. Zaczęli strzelać. Więc owszem, uznałam, że strzelali do mnie.

– I co zrobiłaś?

– Rzuciłam się do ucieczki. Pamiętam, że usłyszałam, jak kula trafia w drzewo tuż nad moją głową. Ale w końcu udało mi się stamtąd zwiać. Żadna z kul mnie nie trafiła.

Maura podnosi głowę i patrzy mi prosto w oczy.

– Jak zginął Leo? – pytam.

– Biegłam dalej, a oni wciąż strzelali. I nagle...

– Nagle co?

– Usłyszałam krzyk kobiety. Biegłam najszybciej, jak mogłam, omijając drzewa i chowając głowę w ramionach, żeby mnie nie trafili. Ale kiedy usłyszałam krzyk, obejrzałam się. W blasku reflektorów zobaczyłam kogoś, chyba mężczyznę… potem padły kolejne strzały i ta kobieta zaczęła znowu krzyczeć, tyle że tym razem… tym razem chyba rozpoznałam jej głos. „Leo!”, krzyczała. „Pomóż mi, Leo!” I w tym momencie padł strzał i przestała krzyczeć.

Uświadamiam sobie, że wstrzymuję oddech.

– A potem… potem usłyszałam, jak ktoś woła, żeby przestali strzelać. Zapadła cisza… martwa cisza. I po jakimś czasie, nie pamiętam już dobrze, ale ktoś chyba krzyknął: „Coście narobili…!”. A potem: „Była jeszcze jedna dziewczyna, musimy ją odszukać…”, choć właściwie nie wiem, czy to rzeczywiście słyszałam, nie wiem, czy to się działo naprawdę, czy mi się przywidziało, bo znów puściłam się biegiem, biegłam i w ogóle się nie zatrzymywałam…

Maura patrzy na mnie, jakby chciała, żebym ją jakoś wsparł, i jakby wolała, żebym tego nie robił.

Stoję w miejscu. Chyba nie jestem w stanie się poruszyć.

– Oni… oni po prostu ich zastrzelili? – pytam.

Nie odpowiada. Mówię wtedy coś głupiego:

– A ty po prostu uciekłaś?

– Co takiego?

– To znaczy… rozumiem, dlaczego uciekałaś. Groziło ci bezpośrednie niebezpieczeństwo. Ale dlaczego nie zgłosiłaś tego na policję, kiedy już byłaś bezpieczna?

– Co miałam im powiedzieć?

– Może: „Halo, widziałam, jak zastrzelono dwie osoby”?

Maura odwraca ode mnie wzrok.

– Może powinnam to była zrobić…

– To naprawdę nie jest wystarczająca odpowiedź.

– Byłam wstawiona i przerażona, rozumiesz? Poza tym nie miałam pewności, że ich zastrzelili. Nie widziałam ani nie słyszałam Leo, wyłącznie Dianę. Spanikowałam, rozumiesz? Więc przez jakiś czas się ukrywałam.

– Gdzie?

– Pamiętasz ten kamienny domek za miejskim basenem?

Kiwam głową.

– Siedziałam tam po prostu w ciemności. Nie wiem jak długo. Widać stamtąd Hobart Avenue. Widziałam jadące nią powoli duże czarne samochody. Może to była paranoja, ale uznałam, że mnie szukają. W którymś momencie postanowiłam pójść do ciebie.

To dla mnie coś nowego, ale przecież wszystko, czego się dziś dowiaduję, jest dla mnie nowością.

– Poszłaś do mojego domu?

– Taki miałam zamiar, owszem, ale kiedy skręciłam w twoją ulicę, zobaczyłam zaparkowany przy rogu kolejny duży czarny samochód. Dwaj faceci w garniturach obserwowali z niego twój dom. W tym momencie miałam już pewność. Obstawili wszystkie możliwe miejsca. – Maura podchodzi do mnie bliżej. – Załóżmy, że zgłosiłabym to na policję. Że zadzwoniłabym do nich i powiedziała, że ludzie z bazy wojskowej chyba kogoś zastrzelili. Tak naprawdę nie znałam żadnych szczegółów. Ale musiałabym im podać swoje nazwisko. Zapytaliby wtedy, co robiłam w pobliżu bazy. Mogłabym ich okłamać albo powiedzieć, że paliłam skręta i popijałam whiskey. Zanimby mnie wysłuchali, ci faceci w bazie i tak wszystko by uprzątnęli. Naprawdę tego nie rozumiesz?

– Więc po prostu uciekłaś.

– Tak.

– Do Ellie.

Maura kiwa głową.

– W pewnym momencie powiedziałam sobie: odczekam dzień albo dwa, zobaczę, co się będzie działo. Może o mnie zapomną. Ale oni oczywiście nie zapomnieli. Obserwowałam z ukrycia, jak przesłuchiwali moją matkę. A potem, kiedy zobaczyłam w wiadomościach, że znaleźli zwłoki Leo i Diany… wtedy nie miałam już wątpliwości. Ale w telewizji nie podali, że ich zastrzelono. Mieli podobno wpaść pod pociąg po drugiej stronie miasta. I co teraz? Co mogłam zrobić? Dowody rzeczowe zostały usunięte. Kto by mi uwierzył?

– Ja bym uwierzył – mówię. – Dlaczego nie przyszłaś z tym do mnie?

– Och, Nap, nie mówisz chyba serio.

– Mogłaś mi powiedzieć.

– I co byś z tym zrobił? Ty, narwany osiemnastolatek. – Maura piorunuje mnie wzrokiem. – Gdybym ci powiedziała, ty też byś już nie żył.

Dopiero teraz dociera do mnie ta prawda. Maura wzdryga się.

– Chodź – mówi. – Wynośmy się stąd.

Rozdział 29

– Zostawiłem przy tamtym klubie swój samochód – mówię, kiedy podchodzimy z powrotem do jej auta.

– Zadzwoniłam do nich – informuje mnie Maura.

– To znaczy?

– Zadzwoniłam do klubu, podałam im markę i numer rejestracyjny pojazdu i powiedziałam, że byłam zbyt pijana, żeby prowadzić. I że zabiorę samochód dzisiaj.

Najwyraźniej pomyślała o wszystkim.

– Nie możesz teraz wracać do domu, Nap – mówi.

I tak nie miałem takiego zamiaru. Maura uruchamia silnik.

– Dokąd jedziemy? – pytam.

– Mam bezpieczne miejsce.

– A więc od tamtej nocy... – nie wiem nawet, jak to ująć – przez cały czas byłaś ścigana?

– Tak.

– Tylko dlaczego to dzieje się teraz, Mauro? Dlaczego po piętnastu latach ktoś morduje pozostałych członków Klubu Konspiratorów?

– Nie wiem.

– Ale byłaś z Rexem, kiedy zginął?

Maura kiwa głową.

– Jakieś trzy, cztery lata temu trochę wyluzowałam. Po co mieliby mnie dalej ścigać, tłumaczyłam sobie. Nie ma żadnych dowodów. Baza jest od dawna zamknięta. Nikt nie uwierzy w ani jedno moje słowo. Kończyły mi się fundusze i próbowałam znaleźć bezpieczny sposób... bezpieczny sposób, żeby sprawdzić, jak wygląda sytuacja. Tak czy owak, podjęłam to ryzyko, a poza tym wydawało mi się, że Rex chciał się odciąć od przeszłości tak samo mocno jak ja. Prowadził na boku interes i ktoś musiał mu pomóc.

– Interes polegający na tym, że wrabiał facetów, którzy prowadzili po pijanemu.

– On określał to w bardziej wyszukany sposób, ale zgoda, na tym to polegało.

Zjeżdżamy z Eisenhower Parkway tuż za restauracją Jima Johnstona.

– Widziałem nagrania monitoringu z nocy, kiedy został zabity Rex – mówię.

– Facet był stuprocentowym zawodowcem.

– A mimo to zdołałaś uciec.

– Powiedzmy.

– To znaczy?

– Widząc, jak zastrzelił Rexa, pomyślałam: znaleźli nas, już po mnie. No wiesz. Byłam tam tamtej nocy... tak naprawdę to ja byłam celem, tłumaczyłam sobie, ale być może wiedzieli o innych członkach Klubu Konspiratorów. To wydawało się logiczne. Więc kiedy ten facet zabił Rexa, zareagowałam błyskawicznie. Obracał już pistolet w moją stronę. Skoczyłam za kierownicę, przekręciłam kluczyk w stacyjce i wcisnęłam gaz do dechy…

– Ale?

– Ale jak już powiedziałam, to był zawodowiec. – Maura wzrusza ramionami. – Więc jak to się stało, że mnie też nie zabił?

– Myślisz, że darował ci życie?

Maura nie potrafi na to odpowiedzieć. Parkujemy na tyłach zapuszczonego taniego motelu w East Orange, ale okazuje się, że wcale nie tam wynajęła pokój. To stara sztuczka, wyjaśnia. Parkuje w tym miejscu, bo jeśli policja albo ktokolwiek namierzy ten samochód, i tak jej tam nie znajdzie. W rzeczywistości wynajmuje pokój niecałe pół kilometra dalej. Samochód jest kradziony. Jeśli wyczuje, że coś jest nie tak, po prostu go porzuci i ukradnie następny.

– Ostatnio zmieniam lokalizację co dwa dni – informuje mnie.

Wchodzimy do jej pokoju i siadamy na łóżku.

– Chcę ci opowiedzieć resztę – mówi.

Wpatruję się w nią, gdy to robi. Nie mam poczucia *déjà vu*. Nie jestem napalonym nastolatkiem, który kochał się z nią w lesie. W jej oczach widzę wszystko – całą historię jej życia, to, co się wydarzyło i co mogło się wydarzyć. W jej oczach widzę też ciebie, Leo. Widzę osobę, którą kiedyś znałem i za którą zawsze tęskniłem.

Maura opowiada, jak po tamtej nocy przenosiła się z miejsca na miejsce. Trudno uwierzyć, że tak mogło wyglądać jej życie, ale słucham jej, nie przerywając. Nie wiem już, co czuję. Mam wrażenie, że wszystkie moje nerwy są na wierzchu. Dopiero o trzeciej w nocy jej opowieść dobiega końca.

– Musimy trochę odpocząć – mówi, po czym idzie do łazienki, żeby wziąć prysznic.

Po kilku minutach wychodzi stamtąd w szlafroku kąpielowym, z ręcznikiem na głowie. Światło księżyca pada na nią w idealny sposób i nie sądzę, bym kiedykolwiek w życiu widział coś tak cudownego. Idę do łazienki, rozbieram się, biorę prysznic. Kiedy wychodzę obwiązany ręcznikiem w pasie, w pokoju pali się tylko mała lampka na szafce nocnej. Maura stoi obok niej. Zdjęła ręcznik z mokrych włosów, ale nadal ma na sobie szlafrok. Spogląda na mnie. Koniec udawania. Oboje to wiemy. Żadne z nas nie mówi tego na głos. Biorę ją w ramiona i całuję. Jej język zakrada się do moich ust. Ściąga ręcznik z moich bioder, ja rozchylam jej szlafrok.

To nie przypomina niczego, czego doświadczyłem wcześniej. Jest głodem, rozdarciem i uzdrowieniem. Jest tańcem i uliczną napaścią. Jest namiętne i brutalne. Jest łagodne i okrutne. Jest łapczywe, intensywne, gwałtowne i prawie niewiarygodnie czułe.

Kiedy jest już po wszystkim, padamy na łóżko, oszołomieni i rozdarci, czując, że już nigdy nie będziemy tacy sami. I chyba nie będziemy. Po jakimś czasie Maura kładzie mi głowę na piersi. Nie odzywamy się. Wpatrujemy się w sufit i w końcu zamykamy oczy.

Ostatnia myśl, jaka przelatuje mi przez głowę tuż przed zaśnięciem, nie jest zbyt wyszukana.

Nie opuszczaj mnie. Już nigdy mnie nie opuszczaj.

Rozdział 30

O świcie kochamy się ponownie.

Maura siada na mnie i przez cały czas patrzymy sobie prosto w oczy. Tym razem to odbywa się wolniej, trochę smutniej, bez takiej zaciekłości. Później, kiedy leżymy na plecach i wpatrujemy się w milczeniu w sufit, słyszę, że przyszedł do mnie esemes. Jest od Muse i ma tylko sześć słów:

Niech pan nie zapomni. Punkt dziewiąta.

Pokazuję wiadomość Maurze.

– Od prokurator okręgowej.

– To może być zasadzka.

Kręcę głową.

– Muse wezwała mnie do siebie, zanim jeszcze spotkałem się z Reevesem.

Maura przytula się do mnie i opiera brodę na mojej piersi.

– Myślisz, że go znaleźli? – pyta.

Ja też się nad tym zastanawiam. Wiem, jak to będzie wyglądało: ktoś zauważy żółty samochód i być może od razu zawiadomi policję, a być może przeszuka okoliczne budynki. Cokolwiek. W pewnym momencie odnajdą zwłoki. Czy Reeves miał przy sobie dowód tożsamości? Prawdopodobnie tak. Jeśli nie, zidentyfikują go na podstawie numerów rejestracyjnych mustanga, sprawdzą program jego koncertów, dowiedzą się, że w nocy występował w Hunk-A-Hunk-A. Tego rodzaju klub na pewno ma monitoring.

Zobaczą mnie na nagraniach. Zobaczą mój samochód.

Zobaczą, jak wsiadam do żółtego forda mustanga razem z ofiarą.

Będę ostatnią osobą, która widziała go żywego.

– Możemy przejechać obok tego magazynu – mówię. – Zobaczyć, czy są już tam gliniarze.

Maura wstaje z łóżka. Mam zamiar zrobić to samo, ale najpierw wpatruję się w nią z czymś, co graniczy z czystym zachwytem.

– Po co prokurator wzywa cię dziś rano? – pyta.

– Wolałbym na ten temat nie spekulować – odpowiadam. – Ale to chyba niedobrze.

– Więc nie idź tam.

– Co twoim zdaniem powinienem zrobić?

– Uciec za mną.

Być może to najwspanialszy pomysł pod słońcem. Ale ja nie widzę się w roli zbiega. Przynajmniej w tym momencie. Kręcę głową.

– Musimy to wszystko rozwikłać – mówię.

W odpowiedzi zaczyna się ubierać. Ja robię to samo. Wychodzimy na dwór. Maura prowadzi mnie na parking obskurnego motelu. Sprawdzamy, czy nikt go nie obserwuje, i dochodzimy do wniosku, że nic nam nie grozi. Wsiadamy do tego samego samochodu, którym przyjechaliśmy w nocy, i ruszamy w stronę drogi numer 280.

– Pamiętasz, jak tam dojechać? – pytam.

Maura kiwa głową.

– Magazyn był w Irvington niedaleko tego cmentarza przy dwupasmówce.

Dojeżdżamy drogą numer 280 do Garden State Parkway i skręcamy w następny zjazd, kierując się w stronę South Orange Avenue. Mijamy stare centrum handlowe i po chwili docieramy do dzielnicy przemysłowej, która podobnie jak wiele innych miejsc w New Jersey pamięta lepsze czasy. Przemysł się wycofuje, zakłady produkcyjne są zamykane. W większości przypadków buduje się na ich miejscu coś nowego, ale czasami, tak jak tutaj, magazyny i fabryki po prostu się porzuca, by niszczały i obracały się w ruinę, przypominając o dawnej świetności.

W okolicy nie widać żadnych ludzi, żadnych samochodów, w ogóle żadnej aktywności. Przypomina to scenerię filmu dystopijnego przedstawiającego świat po katastrofie nuklearnej. Mijamy żółtego mustanga, prawie nie zwalniając.

Nikt się tu jeszcze nie pojawił. Jesteśmy bezpieczni. Na razie.

Maura wjeżdża z powrotem na dwupasmówkę.

– Gdzie spotykasz się ze swoją prokurator? – pyta.

– W Newark. Ale najpierw powinienem wziąć prysznic i się przebrać.

Maura posyła mi szelmowski uśmiech.

– Moim zdaniem wyglądasz wspaniale.

– Wyglądam na człowieka spełnionego – odpowiadam. – A to nie to samo.

– Masz rację.

– Spotkanie nie będzie należało do łatwych. Więc muszę znaleźć jakiś sposób, żeby zetrzeć ten szeroki uśmiech ze swojej twarzy.

– Spróbujmy.

Oboje uśmiechamy się niczym zadurzeni w sobie idioci. Maura kładzie dłoń na mojej dłoni.

– Więc dokąd jedziemy? – pyta.

– Do Hunk-A-Hunk-A. Zabiorę swój samochód i odstawię go do domu.

– Okay.

Przez dłuższą chwilę milczymy.

– Nie potrafię ci powiedzieć, ile razy brałam telefon i chciałam do ciebie zadzwonić – odzywa się w końcu Maura cichym głosem.

– Więc dlaczego tego nie zrobiłaś?

– I dokąd by to nas zawiodło, Nap? Rok później, pięć lat później, dziesięć lat później? Gdzie bylibyśmy teraz, gdybym zadzwoniła i powiedziała ci prawdę?

– Nie wiem.

– Ja też nie. Więc siedziałam z telefonem w dłoni i bez końca wałkowałam to w głowie. Co zrobiłbyś, gdybym ci powiedziała? W jakiej postawiłabym cię sytuacji? Nie chciałam cię narażać na niebezpieczeństwo. I kto by mi uwierzył, gdybym wróciła do domu i powiedziała prawdę? Nikt. A jeśli ktoś by mi jednak uwierzył, jeśli policja potraktowałaby mnie serio, wtedy ludzie z bazy musieliby mi zamknąć usta, prawda? Potem przyszło mi do głowy coś innego: Tamtej nocy byłam w lesie sama. Uciekłam i przez długie lata się ukrywałam. Więc może ci z bazy o śmierć Leo i Diany obwinią mnie. Chyba nietrudno byłoby im to sfabrykować?

Przyglądam się jej z profilu.

– Czego mi nie mówisz? – pytam.

Maura włącza trochę zbyt uważnie kierunkowskaz, kładzie z powrotem dłoń na kierownicy i nie odrywa wzroku od jezdni.

– Trochę trudno mi to wytłumaczyć – mówi.

– Spróbuj.

– Przez długi czas byłam w drodze. Przemieszczałam się, ukrywałam, stale ryzykowałam. Tak to wyglądało prawie przez całe moje dorosłe życie. To jedyne życie, jakie znam. W bezustannym biegu. Przywykłam do tego, że uciekam i ukrywam się. Nie wiedziałam, co to znaczy żyć na luzie. To było coś nie z mojej bajki. I właściwie wszystko było w porządku, dopóki żyłam w zagrożeniu, dopóki starałam się przetrwać. Ale kiedy zwolniłam i mogłam się temu spokojnie przyjrzeć…

– Wtedy co?

Maura wzrusza ramionami.

– Moje życie okazało się puste. Nie miałam nic, nikogo. Myślałam, że taki już mój los, rozumiesz. Dopóki trzeba było działać, jakoś to znosiłam… najbardziej bolało mnie, kiedy uświadamiałam sobie, że wszystko mogło wyglądać inaczej. – Maura ściska mocniej kierownicę. – A ty, Nap? – pyta.

– Co ja?

– Jak wyglądało twoje życie?

Mam ochotę powiedzieć: „Wyglądałoby o wiele lepiej, gdybyś została”, ale nie mówię tego. Proszę, żeby wysadziła mnie dwie przecznice od klubu. Nie chcę, żeby sfilmowały ją kamery monitoringu. Jasne, jest całkiem możliwe, że sfilmuje ją jakaś inna kamera, ale zanim sprawdzą nagrania w całej okolicy, ta sprawa i tak się rozstrzygnie, w jedną albo drugą stronę.

Maura ponownie pokazuje mi nową aplikację, za pomocą której mam się z nią kontaktować. Podobno jest nie do namierzenia i wiadomości są kasowane pięć minut po dostarczeniu. Następnie daje mi telefon. Naciskam powoli klamkę. Chciałbym, żeby mi obiecała, że cokolwiek się będzie działo, nie zapadnie się ponownie pod ziemię, że mnie nie opuści. Ale to nie w moim stylu. Całuję ją długo i delikatnie w usta.

– Jest tyle rzeczy, które czuję – mówię.

– Ja też.

– I chcę je wszystkie czuć w dalszym ciągu. Nie chcę się przy tobie pilnować.

Oboje jesteśmy wobec siebie całkowicie otwarci, rozumiemy się bez słów, prawda? Żadne z nas nie jest już dzieckiem i wiem, jak tego rodzaju potężny koktajl pożądania, pragnień, zagrożeń i nostalgii może wypaczyć czyjąś perspektywę. Ale nas to nie dotyczy. Czuję to. Ona też to czuje.

– Cieszę się, że wróciłaś – mówię, co może stanowić jedno z największych niedopowiedzeń w moim życiu.

Maura całuje mnie ponownie, tym razem mocniej, a potem odpycha od siebie, jak w tej starej piosence o szczerości, która staje się zbyt trudna do zniesienia.

– Zaczekam na ciebie przy biurze prokuratora okręgowego w Newark – obiecuje.

Wysiadam z samochodu. Ona odjeżdża. Mój samochód stoi tam, gdzie go zostawiłem. Hunk-A-Hunk-A jest oczywiście zamknięty. Na parkingu stoją dwa inne samochody i zastanawiam się, czy ich właściciele również próbują się usprawiedliwić tym, że za dużo wypili. Muszę poinformować Augiego o powrocie Maury i śmiertelnym zejściu Reevesa.

Jadąc do domu, dzwonię do niego z komórki.

– Muse wezwała mnie do siebie na dziewiątą – mówię, kiedy odbiera.

– O co chodzi? – pyta Augie.

– Nie powiedziała. Ale są pewne rzeczy, o których muszę cię poinformować.

– Słucham.

– Możemy się spotkać za kwadrans dziewiąta w Mike's?

Kafeteria Mike's mieści się niedaleko biura prokuratora okręgowego.

– Będę tam – rzuca Augie i rozłącza się.

Podjeżdżam pod dom i gramoląc się z samochodu na podjeździe, słyszę za sobą śmiech. To moja sąsiadka, Tammy Walsh.

– Patrzcie, kogo nam przywiało – mówi.

– Cześć, Tammy. – Macham do niej ręką.

– Długa noc?

– Po prostu zasiedziałem się w pracy – wyjaśniam.

Ale Tammy uśmiecha się, jakbym miał wszystkie grzechy wypisane na twarzy.

– Tak, jasne, Nap.

Nie pozostaje mi nic innego, jak również się uśmiechnąć.

– Nie wierzysz mi?

– W najmniejszym stopniu – odpowiada. – Ale cieszę się razem z tobą.

– Dzięki.

Dużo się wydarzyło w ciągu ostatnich dwudziestu czterech godzin.

Biorąc prysznic, próbuję poukładać to sobie w głowie. Wiem teraz z grubsza, jak to wyglądało, prawda, Leo? Ale czegoś jeszcze nie dostrzegam. A może za bardzo kombinuję? W bazie działy się paskudne rzeczy: tak naprawdę była tajnym więzieniem, w którym przetrzymywano ważnych terrorystów. Czy władze gotowe były zabić świadków, by utrzymać to w tajemnicy? Odpowiedź jest oczywista. To pytanie retoryczne. Oczywiście, że były gotowe. Zatem tamtej nocy coś ich do tego skłoniło. Być może Maura biegnąca w stronę ogrodzenia. A może dostrzegli najpierw ciebie i Dianę. Tak czy inaczej, wpadli w panikę.

Padły strzały.

Ty i Diana zginęliście. Więc co pozostało Reevesowi i jego zbirom? Nie mogli zgłosić tego na policję. W żadnym wypadku. To naraziłoby na szwank całą tajną operację. Nie mogli również sprawić, żeby wszelki słuch o was zaginął. To sprowokowałoby zbyt wiele pytań. Gliniarze – a zwłaszcza Augie – tak by tego nie zostawili. Nie, sprawę trzeba było w regularny, tradycyjny sposób zatuszować. Wszyscy słyszeli o facecie, który zginął na torach. Nie znam oczywiście szczegółów, ale domyślam się, że wyciągnęli kule z ciał i przewieźli was w pobliże torów. Obrażenia zadane przez pociąg powinny być tak rozległe, że żadnemu lekarzowi sądowemu nie udałoby się ustalić prawdziwej przyczyny zgonu.

To wydaje się całkowicie logiczne. Znam odpowiedzi na każde pytanie, prawda?

Tyle że…

Tyle że piętnaście lat później giną Rex i Hank.

Jak to wytłumaczyć?

W tym momencie żyją tylko dwie członkinie Klubu Konspiratorów. Beth, która się ukrywa. I Maura.

Więc co to oznacza? Nie mam pojęcia, ale może Augie podsunie mi jakiś pomysł.

Mike's Coffee Shop & Pizzeria dziwnym trafem nie wygląda ani jak kawiarnia, ani jak pizzeria. Mieści się w samym centrum Newark, na rogu Broad i William Street i ma wielką czerwoną markizę. Augie siedzi przy oknie i wpatruje się w faceta, który wcina pizzę jeszcze przed dziewiątą rano. Jest tak nieprzyzwoicie wielka, że regularny tekturowy talerz wygląda przy niej jak mała serwetka. Augie ma zamiar wygłosić jakiś zgryźliwy komentarz, ale nagle dostrzega wyraz mojej twarzy.

– Co jest? – pyta.

Nie ma sensu owijać tego w bawełnę.

– Leo i Diana nie zginęli pod kołami pociągu – rzucam na wstępie. – Zostali zastrzeleni.

Trzeba przyznać Augiemu, że nie odpowiada w standardowy sposób, mówiąc „Co ty powiesz?", „Skąd wiesz?" albo „Przecież nie znaleziono żadnych pocisków". Wie, że nie wyjeżdżałbym z czymś takim bez solidnych podstaw.

– Mów – odpowiada, a ja spełniam jego życzenie.

Najpierw mówię mu o Andym. Widzę, że się ze mną nie zgadza. Jego zdaniem Reeves podtapiał mnie nie dlatego, że on sam albo jego ludzie zabili Dianę i Leo, lecz ponieważ chciał zachować w tajemnicy samo istnienie tajnego więzienia. Nie przerywa mi jednak. Za dobrze mnie zna.

Następnie opowiadam o Maurze, o tym, jak mnie uratowała. Nie mówię mu, jak zginął Reeves. Ufam Augiemu jak sobie samemu, ale nie chcę stawiać go w trudnej sytuacji, gdyby musiał zeznawać. Mówiąc wprost: jeśli nie powiem, że to Maura zastrzeliła Reevesa, Augie nie będzie musiał zeznać tego pod przysięgą.

Opowiadam dalej. Widzę, że każde wypowiedziane przeze mnie słowo sprawia mojemu dawnemu mentorowi fizyczny ból. Chcę na chwilę przerwać, dać mu czas, żeby ochłonął, ale wiem, że to tylko pogorszy sprawę, że Augie wcale by tego nie chciał. Dlatego nie liczę się z tym, że cierpi.

Mówię mu o krzyku, który usłyszała Maura.

O strzałach, po których zapadła cisza.

Kiedy kończę, odchyla się na oparcie krzesła, wygląda przez okno i mruga.

– Więc teraz już wiemy – stwierdza.

Nie odzywam się. Po prostu obaj siedzimy. Teraz, kiedy poznaliśmy już prawdę, wydaje nam się, że nic już nie będzie takie samo. Ale tamten facet nadal zajada olbrzymią pizzę. Za oknem nadal przejeżdżają samochody. Ludzie nadal spieszą się do pracy. Nic się nie zmieniło.

Ty i Diana nadal jesteście martwi.

– Więc to już koniec? – pyta Augie.

– Koniec czego?

Rozkłada szeroko ręce, pokazując, że ma na myśli wszystko.

– Nie wydaje mi się – odpowiadam.

– To znaczy?

– Winni śmierci Leo i Diany powinni zostać ukarani.

– Powiedziałeś chyba, że on nie żyje.

On. Augie na wszelki wypadek nie wymienia nazwiska Andy'ego Reevesa.

– Tamtej nocy w bazie byli inni ludzie – mówię.

– I chcesz ich wszystkich dorwać.

– A ty nie?

Augie ucieka w bok wzrokiem.

– Ktoś pociągnął za spust – przypominam mu. – Prawdopodobnie nie był to sam Reeves. Ktoś zabrał ich ciała i załadował do samochodu albo ciężarówki. Ktoś usunął kule z ich zwłok. Ktoś cisnął zwłoki twojej córki na szyny i...

Augie krzywi się i zamyka oczy.

– Byłeś naprawdę wspaniałym mentorem, Augie – ciągnę. – Dlatego nie mogę tego tak zostawić. To ty nie pozwalałeś mi zamykać oczu na niesprawiedliwość. Tobie, bardziej niż komukolwiek innemu, kogo znam, zależało, żeby źli ludzie ponieśli karę za to, co zrobili. Ty nauczyłeś mnie, że jeśli nie wymierzymy sprawiedliwości, jeśli nikt nie zostanie ukarany, nigdy nie zaznamy spokoju.

– Wymierzyłeś sprawiedliwość Andy'emu Reevesowi.

– To za mało.

Pochylam się nad stołem. Widziałem, jak Augie spuszczał łomot draniom więcej razy, niż potrafię zliczyć. To on pomógł mi załatwić mojego pierwszego „Treya": niezasługującego na miano człowieka łachmytę, którego aresztowałem za zgwałcenie sześcioletniej córki swojej przyjaciółki. Sprawa wzięła w łeb z powodu kruczków formalnych i facet wracał do domu – żeby znowu dobierać się do tej dziewczynki. Augie i ja do tego nie dopuściliśmy.

– Czego mi nie mówisz, Augie? – pytam.

Mój mentor kryje twarz w dłoniach.

– Augie?

Przez chwilę masuje twarz. Kiedy ponownie na mnie spogląda, ma zaczerwienione oczy.

– Powiedziałeś, że Maura wini się za to, co się wydarzyło, bo pobiegła w stronę ogrodzenia.

– Tak, w jakiejś mierze.

– Powiedziała, że to mogła być jej wina.

– Ale nie jest.

– Tak jej się w każdym razie wydaje. Bo gdyby się nie upiła i nie pobiegła jak szalona… Sama ci to powiedziała, tak?

– Do czego zmierzasz? – pytam.

– Czy chcesz ukarać Maurę? – odpowiada Augie.

Patrzę mu prosto w oczy.

– Co to, do diabła, ma znaczyć?

– Chcesz czy nie?

– Oczywiście, że nie.

– Mimo że być może częściowo ponosi winę?

– Nie ponosi.

Augie znowu odchyla się na oparcie krzesła.

– Maura powiedziała, że zapaliły się wielkie ostre reflektory. I doszło do strzelaniny. Nie dziwi cię, że nikt tego nie zgłosił?

– Dziwi.

– Znasz przecież ten teren. Niedaleko bazy mieszkali Meyerowie. Przy tej ślepej uliczce. A także Carlinowie i Brannumowie.

– Chwileczkę… chcesz powiedzieć, że dostaliście zgłoszenie?

Augie spogląda w bok.

– Zadzwoniła do nas Dodi Meyer. Powiedziała, że coś się dzieje w bazie. Że włączyli reflektory. Myślała… że być może włamały się tam jakieś dzieciaki, zapaliły reflektory i odpalają sztuczne ognie.

Czuję, jak w piersi rośnie mi kamień.

– I co wtedy zrobiłeś, Augie? – pytam.

– Byłem na komisariacie. Dyspozytorka zapytała, czy chcę przyjąć zgłoszenie. Było późno. Drugi patrol pojechał do domowej awantury. Odparłem, że tak.

– I co było dalej?

– Kiedy tam przyjechałem, reflektory już się nie paliły. Zauważyłem stojącego przy bramie pick-upa. Był gotów do wyjazdu. Z tyłu leżało coś, co przykryli plandeką. Wcisnąłem dzwonek przy furtce. Wyszedł do mnie Andy Reeves. Był środek nocy, ale nie zapytałem, dlaczego w filii Departamentu Rolnictwa nadal przebywa tyle osób. To, co mówiłeś o tajnym więzieniu, nie jest dla mnie zaskoczeniem. Nie wiedziałem dokładnie, co tam się dzieje, mimo to wierzyłem głupio, że mój rząd nie robi nic złego. Więc kiedy Reeves podszedł do bramy, powiedziałem mu, że dostaliśmy zgłoszenie.

– I co odpowiedział?

– Że na ogrodzenie skoczył jeleń. I dlatego włączył się alarm i reflektory. Dodał, że jeden ze strażników wpadł w panikę i zaczął strzelać. Stąd ten hałas. Powiedział, że strażnik zabił jelenia, i pokazał pick-upa z plandeką.

– Uwierzyłeś mu?

– Sam nie wiem… Chyba nie do końca. Ale to była tajna rządowa baza. Więc nie drążyłem dalej.

– Co zrobiłeś potem?

Głos Augiego wydaje się dobiegać z bardzo daleka.

– Wróciłem do domu. Kończyła się moja zmiana. Poszedłem spać, a kilka godzin później…

Nie kończy zdania, więc robię to za niego.

– …dostałeś wiadomość o Dianie i Leo.

Augie kiwa głową. Ma łzy w oczach.

– I nie dostrzegłeś żadnego związku?

Przez chwilę się nad tym zastanawia.

– Może nie chciałem go dostrzec. Dzięki temu mogłem sobie powiedzieć, że to nie moja wina. Może nie chciałem po prostu przyjąć do wiadomości, że popełniłem błąd. Dlatego nigdy nie wiązałem ze sobą tych spraw.

Wibruje moja komórka. Jest dziesięć po dziewiątej. Czytam esemesa od Muse:

Gdzie pan qrva jest??!!

Będę za minutę, odpisuję i wstaję z krzesła.

Augie wbija wzrok w podłogę.

– Spóźnisz się na spotkanie – mówi, nie podnosząc wzroku. – Idź.

Waham się. Na swój sposób to wiele wyjaśnia: jego okazywaną od lat powściągliwość, upór, z jakim utrzymywał, że to po prostu bezmyślność dwojga pijanych nastolatków, niechęć do wyciągania logicznych wniosków. Jego umysł nie chciał połączyć śmierci córki z nocną wizytą w bazie, bo musiałby wtedy żyć z poczuciem winy, że być może nie zrobił wszystkiego, co należało. Wychodząc z kafejki, myślę o tym. Zastanawiam się, czy już do końca życia, zamykając oczy, będzie widział tę plandekę z tyłu pick-upa i zadawał sobie pytanie, co się pod nią znajdowało. Może w podświadomy sposób robił to od dawna? I dlatego tak chętnie zaakceptował bardziej oczywistą wersję śmierci córki? Bo nie mógł się pogodzić z myślą, że sam też odegrał niewielką rolę w tym, co się stało?

Dzwoni moja komórka. To Muse.

– Za minutę u pani będę – mówię.

– Co pan, do cholery, nabroił?

– Ale o co chodzi?

– Niech się pan po prostu pospieszy.

Rozdział 31

Biuro prokuratora hrabstwa Essex mieści się przy Market Street, w budynku noszącym dumne miano Sądu Weteranów. Ponieważ tu pracuję, dobrze go znam. Stale mamy tu duży ruch: miejscowe biuro prokuratora prowadzi ponad jedną trzecią śledztw kryminalnych z całego stanu. Wchodząc do środka, słyszę nietypowy sygnał dochodzący z mojej komórki i zdaję sobie sprawę, że to nowa aplikacja, którą zainstalowała mi Maura. Czytam otrzymaną od niej wiadomość:

Znów tamtędy przejeżdżałam. Gliny znalazły żółtego mustanga.

To oczywiście niedobrze, lecz wiem, że ślady, które zostawiłem, nie od razu ich do mnie doprowadzą. Mam jeszcze trochę czasu. Chyba. Odpisuję:

OK. Idę teraz na spotkanie.

Oczy czekającej przy drzwiach Loren Muse ciskają pioruny. Jest niską kobietą, ale obok siebie ma wysokich facetów w garniturach. Młodszy jest chudy i żylasty i mierzy mnie twardym spojrzeniem. Starszy ma wianuszek przydługich włosów wokół łysego sklepienia czaszki. Jego wystający brzuch toczy ciężki bój z guzikami koszuli.

– Jestem agent specjalny Rockdale. A to agent specjalny Krueger – mówi, kiedy wchodzimy do sekretariatu Muse.

FBI.

Podajemy sobie dłonie. Krueger usiłuje mnie oczywiście zdeprymować silnym uściskiem.

Po przywitaniu Rockdale zwraca się do Muse:

– Dziękujemy pani za pomoc. Bylibyśmy wdzięczni, gdyby zostawiła nas teraz pani samych.

Wcale się jej to nie podoba.

– Mam wyjść?

– Tak, proszę pani.

– To mój gabinet.

– Biuro docenia, że zechciała pani współpracować z nami w tym zakresie, ale naprawdę musimy porozmawiać z detektywem Dumasem bez udziału osób trzecich.

– Nie – protestuję.

Obaj agenci odwracają się w moją stronę.

– Słucham?

– Chciałbym, żeby prokurator Muse uczestniczyła w moim przesłuchaniu.

– Nie jest pan podejrzany o żadne przestępstwo.

– Mimo to chcę, żeby była obecna.

Rockdale patrzy wyczekująco na Muse.

– Słyszał pan, co mówi detektyw Dumas.

– Proszę pani…

– I proszę nie zwracać się do mnie w ten sposób…

– Pani prokurator, proszę przyjąć moje przeprosiny. Dostała pani chyba telefon od swojego zwierzchnika?

– Owszem, dzwonił do mnie – przyznaje Muse i zaciska zęby.

Wiem, że jej zwierzchnikiem jest gubernator stanu New Jersey.

– I poprosił, żeby pani z nami współpracowała i przekazała nam jurysdykcję w sprawie, która dotyczy bezpieczeństwa narodowego. Zgadza się?

W tym momencie wibruje moja komórka. Zerkam ukradkiem na wyświetlacz i odkrywam z zaskoczeniem, że dostałem esemesa od Tammy.

Jacyś faceci przyjechali furgonetką i przeszukują twój dom. Mają na kurtkach napis FBI.

Zbytnio mnie to nie dziwi. Szukają oryginalnej taśmy. Nie znajdą jej u mnie w domu. Zakopałem ją… w lesie nieopodal starej bazy. Gdzież by indziej?

– Owszem, gubernator skontaktował się ze mną – potwierdza Muse. – Ale detektyw Dumas poprosił mnie o pomoc prawną…

– To bez znaczenia.

– Słucham?

– To sprawa bezpieczeństwa narodowego. To, o czym mamy mówić, jest ściśle tajne.

Muse patrzy na mnie.

– Nap?

Zastanawiam się, co robić. Myślę o problemach, które poruszył Augie, o tym, co powinniśmy zachować w sekrecie, kogo winić o to, co przytrafiło się Leo, i jak mam dotrzeć do samego sedna tej afery i zakończyć ją raz na zawsze.

Stoimy wszyscy w drzwiach. Czterej podwładni Muse udają, że nic nie słyszą. Spoglądam na dwóch agentów. Rockdale patrzy mi prosto w oczy. Krueger zaciska i rozprostowuje palce, wpatrując się we mnie, jakbym był psim gównem.

Wiem już, jak to rozegrać.

Odwracam się do Muse.

– Piętnaście lat temu w dawnej bazie pocisków Nike w Westbridge urządzono nielegalne tajne więzienie, w którym przetrzymywano i przesłuchiwano amerykańskich obywateli podejrzanych o współpracę z terrorystami. Grupa licealistów, wśród których był mój brat bliźniak, sfilmowała na kasecie wideo lądujący tam w nocy helikopter Black Hawk. Ci dwaj panowie – wskazuję agentów – chcą mi odebrać tę taśmę. Tak się składa, że ich koledzy przeszukują w tym momencie mój dom. Swoją drogą, nie znajdą jej tam.

Krueger mierzy mnie wściekłym wzrokiem, rozczapierza palce i próbuje złapać mnie za szyję. Musisz to zrozumieć, Leo. Radzę sobie nie najgorzej w walce na pięści. Dużo trenowałem i jestem raczej wysportowany. Ale sądzę, że w normalnych okolicznościach ten facet bez trudu by mnie pokonał. Więc jak wytłumaczyć to, co się teraz dzieje? Jak wytłumaczyć, że udaje mi się zablokować jego atak ramieniem? To proste.

Facet chciał mnie złapać za gardło.

Część ciała, dzięki której oddycham.

A po ubiegłej nocy, po tym, jak leżałem przywiązany do stołu, coś pierwotnego w mojej naturze nie może pozwolić, by odebrano mi tę możliwość.

Niestety, zablokowanie czyjegoś ciosu nigdy nie kończy starcia. Trzeba zadać własny. Uderzam go kłębem dłoni prosto w splot słoneczny. Pozbawiony tchu Krueger przyklęka na jedno kolano. Odskakuję z podniesionymi pięściami do tyłu, na wypadek gdyby do akcji chciał się włączyć jego kolega. Nie robi tego. Patrzy zszokowany na powalonego towarzysza.

– Uderzył pan właśnie agenta federalnego – zwraca się do mnie.

– W obronie własnej! – krzyczy Muse. – Co z wami, facetami, jest nie tak?

– Detektyw Dumas ujawnił właśnie ściśle tajne informacje, co jest sprzeczne z prawem, zwłaszcza jeśli są nieprawdziwe – rzuca jej prosto w twarz Rockdale.

– Jak mogą być ściśle tajne, skoro są nieprawdziwe? – odpala Muse.

Moja komórka znów wibruje. Tym razem wiadomość wysłała mi Ellie:

ZNALAZŁAM BETH.

Zdaję sobie sprawę, że muszę stąd jak najszybciej zmykać.

– Posłuchajcie, panowie – mówię. – Naprawdę bardzo mi przykro. Wejdźmy wszyscy do środka i załatwmy to jak kulturalni ludzie.

Podchodzę do Kruegera, by pomóc mu wstać. Nie podoba mu się to, odtrąca moją rękę, ale na razie osłabła w nim wola walki. Wchodząc do wewnętrznego gabinetu Muse, w dalszym ciągu udaję Pana Zgodnego. Mam plan, śmiesznie prosty plan, ale czasami takie są najlepsze. Wchodzimy wszyscy do środka, siadamy i nagle podrywam się z miejsca.

– Przepraszam, ale muszę na chwilkę wyjść – rzucam.

– Co znowu? – pyta Muse.

– Nic takiego – odpowiadam, udając zakłopotanie. – Muszę po prostu do toalety. Zaraz wracam.

Tak naprawdę nie czekam na jej pozwolenie. Jestem chyba dorosły? Wybiegam na korytarz. Nikt mnie nie ściga. Przed sobą mam drzwi do męskiej toalety. Mijam je i kieruję się w stronę schodów. Zbiegam na parter i tam zwalniam do szybkiego kroku.

Niespełna sześćdziesiąt sekund po wyjściu z gabinetu Muse jestem na ulicy i z każdym krokiem coraz większa odległość dzieli mnie od federalnych.

Dzwonię do Ellie.

– Gdzie jest Beth? – pytam.

– Na farmie swoich rodziców w Far Hills. Tak mi się w każdym razie wydaje. A ty gdzie jesteś?

– W Newark.

– Przyślę ci adres esemesem. Powinieneś tam dojechać w niecałą godzinę.

Rozłączam się i idąc szybko Market Street, docieram do University Avenue. Skręcam w nią i korzystając z nowej aplikacji, dzwonię do Maury. Podświadomie boję się, że nie odbierze telefonu, że znów zapadła się pod ziemię, ale odbiera prawie natychmiast.

– Co jest? – pyta.

– Gdzie jesteś?

– Parkuję na drugiego przed biurem prokuratora przy Market Street.

– Jedź na wschód i skręć w prawo w University Avenue. Musimy złożyć wizytę starej znajomej.

Rozdział 32

Siedząc w samochodzie Maury, wysyłam esemesa do prokurator Muse:

Przepraszam, wszystko później wyjaśnię.

– Więc dokąd jedziemy? – pyta Maura.

– Odwiedzimy Beth.

– Odnalazłeś ją?

– Odnalazła ją Ellie.

Wpisuję do GPS-u adres, który podała mi Ellie. Dowiaduję się, że podróż będzie trwała trzydzieści osiem minut. Wyjeżdżamy z Newark i zmierzamy drogą numer 78 na zachód.

– Masz jakąś teorię, co ma z tym wszystkim wspólnego Beth Lashley? – pyta Maura.

– Oni też byli tamtej nocy przy bazie – odpowiadam. – Rex, Hank, Beth.

Maura kiwa głową.

– Rozumiem. Więc wszyscy mieliśmy powód, żeby uciekać gdzie pieprz rośnie.

– Tyle że inni tego nie zrobili. Przynajmniej nie od razu. Skończyli liceum. Poszli na studia. Dwoje z nich, Rex i Beth, nie wróciło do Westbridge. Nie można powiedzieć, że się ukrywali, ale nie chcieli mieć z tym miastem nic wspólnego. Z Hankiem mamy inną sytuację. Codziennie wybierał się na spacer od starej bazy do torów kolejowych. Tak jakby coś sprawdzał. Jakby próbował ustalić, jak to się stało, że Leo i Dianę znaleziono właśnie tam. Teraz chyba to rozumiem. Podobnie jak ty, ostatni raz widział ich martwych przy bazie.

– Tak naprawdę nie widziałam ich martwych.

– Wiem. Ale załóżmy, że poza tobą byli tam wszyscy członkowie Klubu Konspiratorów: Leo, Diana, Hank, Beth i Rex. Załóżmy, że zobaczyli te reflektory, usłyszeli strzały i uciekli. Być może Hank i inni zobaczyli, jak Leo i Diana giną od kul. Podobnie jak ty, byli śmiertelnie przerażeni. Nazajutrz dowiedzieli się, że ciała Leo i Diany znaleziono przy torach kolejowych po drugiej stronie miasta. To musiało ich całkowicie zdezorientować.

Maura kiwa głową.

– Domyślili się chyba, że przewieźli je tam ludzie z bazy.

– No właśnie.

– A mimo to zostali w mieście. – Maura wjeżdża na autostradę. – Więc musimy zakładać, że Reeves i jego ludzie nie wiedzieli o Hanku, Rexie i Beth. Może tylko Leo i Diana dotarli do ogrodzenia.

To ma sens.

– Sądząc po reakcji Reevesa, nie wiedzieli również o istnieniu taśmy – dodaję.

– I do niedawna byli przekonani, że jestem jedynym żyjącym świadkiem – stwierdza Maura.

– Zgadza się.

– Więc jak dowiedzieli się o innych? Minęło piętnaście lat.

Zastanawiam się nad tym i nagle przychodzi mi do głowy prawdopodobna odpowiedź. Maura zerka na mnie i to widzi.

– Co?

– To musi mieć związek z tym viralem na Facebooku.

– Z jakim viralem?

– Hank jakoby się na nim obnażał.

Wyjaśniam jej, jak nakręcono ten filmik, jak wielką zyskał oglądalność i dlaczego zdaniem większości ludzi mord na Hanku był rodzajem obywatelskiego samosądu.

– Więc twoim zdaniem ktoś z bazy zobaczył to wideo i być może rozpoznał Hanka? – pyta Maura.

– Nie, to nie ma sensu – odpowiadam. – Gdyby dostrzegli Hanka tamtej nocy…

– …zidentyfikowaliby go wcześniej.

Nadal brakuje nam pewnych fragmentów układanki, ale nie mogę się oprzeć wrażeniu, że to miało jakiś związek z viralem na Facebooku. Przez piętnaście lat cała trójka żyła bezpiecznie. I nagle film z Hankiem obejrzały miliony ludzi.

To musi mieć jakiś związek.

WITAJCIE W FAR HILLS, głosi napis na brązowej tablicy z odzianym na czerwono jeźdźcem. Tak naprawdę nie są to typowe tereny rolnicze. Tę część hrabstwa Somerset przejęli posiadacze ziemscy, ludzie pragnący mieć duże domy na rozległych działkach, tak rozległych, że nie będą widzieli sąsiadów. Znam pewnego filantropa, który ma tu trzydołkowe pole golfowe. Znam też takich, co hodują konie, uprawiają jabłka na cydr albo robią inne rzeczy, które mieszczą się w pojęciu hobbystycznym rolnictwa.

Przyglądam się ponownie Maurze z profilu i czuję, że to jest silniejsze ode mnie. Biorę ją za rękę. Ona uśmiecha się do mnie i ten uśmiech przenika mnie na wskroś, sprawia, że krew burzy mi się w żyłach i furkoczą nerwy. Podnosi do ust moją rękę i całuje wierzch dłoni.

– Mauro?

– Tak.

– Jeśli będziesz musiała znów uciec, zabierz mnie ze sobą.

Przyciska moją dłoń do policzka.

– Nie zostawię cię, Nap – obiecuje. – Możesz być tego pewny. Bez względu na to, czy przeżyjemy, czy nie, czy zostaniemy tu, czy uciekniemy, już cię nie opuszczę.

Nie mówimy nic więcej. Wszystko jest jasne. Nie jesteśmy napalonymi nastolatkami ani skazanymi na tragiczny los kochankami. Jesteśmy zahartowanymi w boju, zaciekłymi wojownikami i wiemy, co to oznacza. Niczego nie udajemy, niczego przed sobą nie ukrywamy, nie stosujemy żadnych sztuczek.

Ellie zaparkowała za rogiem posiadłości, w której ukrywa się Beth. Stajemy za jej samochodem i wysiadamy. Ellie i Maura się obejmują. Nie widziały się od piętnastu lat, od tamtego ranka, gdy Ellie udzieliła Maurze schronienia po spędzonej w lesie nocy. Chwilę później wsiadamy wszyscy do auta Ellie – ona za kierownicą, ja po jej prawej stronie, Maura z tyłu – i podjeżdżamy do zamkniętej bramy posiadłości.

Ellie wciska przycisk interkomu. Bez odpowiedzi. Wciska go ponownie. Nadal nic.

W oddali widzę biały wiejski domek. Jak każdy inny biały wiejski domek, który widziałem w życiu, budzi podziw i nostalgię i kojarzy się z prostym szczęśliwym życiem na łonie natury. Wysiadam i próbuję otworzyć bramę. Bez skutku.

Nie ma mowy, żebym dał teraz za wygraną. Podchodzę do płotu przy bramie, podciągam się i przeskakuję na drugą stronę. Daję znak Ellie i Maurze, żeby zostały tam, gdzie są. Prowadzący pod dom podjazd ma około dwustu metrów. Po drodze nie ma żadnych drzew i w ogóle niczego, za czym można by się skryć, więc stawiam wszystko na jedną kartę i idę po prostu podjazdem.

Podchodząc bliżej, widzę stojące w otwartym garażu volvo kombi. Zerkam na tablicę rejestracyjną. Samochód jest z Michigan. Beth mieszka w Ann Arbor. Nie trzeba być wielkim detektywem, żeby zgadnąć, że volvo należy do niej.

Nie mam zamiaru wciskać dzwonka przy drzwiach. Jeśli Beth jest w środku, wie już chyba, że złożyliśmy jej wizytę. Obchodzę dom dookoła, zerkając przez kolejne okna do środka.

Zaglądając do kuchni, widzę Beth. Siedzi przy stole, na którym stoi prawie pusta butelka jamesona i do połowy pełna szklanka.

Na kolanach trzyma strzelbę.

Na moich oczach podnosi drżącą dłonią szklankę do ust i wychyla prawie całą zawartość. Jej ruchy są powolne, wystudiowane. Jak już wspomniałem, butelka jest prawie pusta i to samo można teraz powiedzieć o szklance. Zastanawiam się, jak to rozegrać. Nie mam ochoty na długie podchody. Zakradam się do tylnych drzwi i kopię je tuż nad klamką. Drewniana obudowa zamku pęka niczym zapałka, a ja, w ogóle się nie zatrzymując, wpadam do środka i w jedną sekundę pokonuję dystans dzielący mnie od stołu.

Beth reaguje z opóźnieniem. Kiedy podnosi strzelbę, bez trudu wyrywam ją z jej rąk.

Przez chwilę mi się przygląda.

– Cześć, Nap – mówi.

– Cześć, Beth.

– Miejmy to już za sobą. Zastrzel mnie.

Rozdział 33

Rozładowuję broń i ciskam naboje w jeden róg kuchni, a strzelbę w drugi. Korzystając z aplikacji Maury, piszę, że wszystko jest pod kontrolą, i każę im zostać tam, gdzie są. Beth przygląda mi się z zaciętą miną. Podsuwam sobie krzesło i siadam obok niej przy kuchennym stole.

– Dlaczego miałbym cię zabić? – pytam.

Nie zmieniła się bardzo z wyglądu. Zauważyłem, że kobiety, które chodziły ze mną do klasy, mające teraz trzydzieści dwa, trzydzieści trzy lata, z biegiem czasu stają się coraz atrakcyjniejsze. Nie wiem, dlaczego tak się dzieje, czy to ma coś wspólnego z dojrzałością, większą pewnością siebie, czy czymś bardziej przyziemnym, fizycznym – na przykład z tonowaniem mięśni lub napinaniem skóry na kościach policzkowych. Wiem tylko, że patrząc na Beth, bez trudu rozpoznaję dziewczynę, która grała w szkolnej orkiestrze na pierwszych skrzypcach i dostała stypendium na studia biologiczne.

– Z zemsty – mówi lekko bełkotliwym głosem.

– Zemsty za co?

– Albo żeby nas uciszyć. Nie dopuścić do ujawnienia prawdy. Co jest głupotą, bo nigdy nie pisnęliśmy ani słowa. Przysięgam na Boga, że nigdy nic nie powiem.

Nie wiem, jak to rozegrać. Czy mam powiedzieć, żeby się nie bała, że nie zrobię jej nic złego? Czy wtedy się przede mną otworzy? Czy może raczej podtrzymywać w niej lęk, dać do zrozumienia, że przeżyje tylko wtedy, jeśli będzie mówić?

– Masz rodzinę – mówię.

– Dwóch chłopców: osiem i sześć lat.

Beth spogląda na mnie z lękiem, jakby zaczynała trzeźwieć. Nie chcę tego. Chcę, żeby powiedziała prawdę.

– Powiedz, co się zdarzyło tamtej nocy – mówię.

– Naprawdę tego nie wiesz?

– Naprawdę nie wiem.

– Co ci powiedział Leo?

– Co masz na myśli?

– Wybierałeś się przecież na mecz hokeja, tak?

– Owszem.

– Więc co ci powiedział, zanim wyjechałeś?

To pytanie mnie zaskakuje. Próbuję przypomnieć sobie, co się działo przed tamtą nocą. Byłem w domu, torbę hokejową miałem już spakowaną. Na mecz trzeba było zabrać masę sprzętu: łyżwy, kij, maskę, ochraniacze na łokcie, nakolanniki, ochraniacze na ramiona, rękawice, ochraniacze szyi, klatki piersiowej, kask. Tato kazał mi w końcu zrobić listę, bo przed meczem stale dzwoniłem do niego i skarżyłem się, że czegoś zapomniałem.

Gdzie wtedy byłeś, Leo?

Teraz, gdy się nad tym zastanawiam, przypominam sobie, że kiedy sprawdzałem z tatą pozycje z listy, ciebie z nami nie było. Normalnie nam asystowałeś, a potem podwoziłeś mnie pod szkołę, gdzie wsiadałem do autokaru.

Ale tamtego wieczoru cię nie było. Nie pamiętam już dlaczego. Kiedy skończyliśmy pakować torbę, tato spytał o ciebie. Wzruszyłem chyba ramionami. A potem poszedłem do naszego pokoju, żeby zobaczyć, czy cię tam nie ma. Światło było zgaszone. Leżałeś na górnym łóżku.

– Odwieziesz mnie? – zapytałem.

– Możesz poprosić o to tatę? Chciałbym tu przez chwilę poleżeć – odparłeś.

I pod szkołę odwiózł mnie tato. Tak to wyglądało. Tak brzmiały ostatnie słowa, jakie ze sobą zamieniliśmy. Wtedy raczej się nad tym nie zastanawiałem. Kiedy ludzie zaczęli sugerować, że to było podwójne samobójstwo, przypomniałem sobie nie tyle twoje słowa, ile ponury nastrój, to, jak leżałeś po ciemku na łóżku. Ostatecznie jednak nie poświęciłem temu większej uwagi. A nawet jeśli poświęciłem, starałem się do tego nie wracać, podobnie jak Augie, który nie wracał myślami do swojej nocnej wizyty w bazie. Nie chciałem, żeby twoja śmierć okazała się samobójstwem, więc pewnie dlatego o tym zapomniałem. Tak właśnie wszyscy funkcjonujemy. Zwracamy uwagę na to, co pasuje do naszej narracji. Ignorujemy to, co do niej nie pasuje.

– Leo nic mi nie powiedział – zwracam się do Beth.

– Nie mówił ci nic o Dianie? O tym, co planował zrobić tamtej nocy?

– Nic a nic.

Beth nalewa sobie do szklanki resztki whiskey.

– Myślałam, że byliście ze sobą blisko związani.

– Co się wydarzyło, Beth?

– Dlaczego to nagle takie ważne?

– Nie nagle. To zawsze było ważne.

Podnosi szklankę i przygląda się wypełniającej ją bursztynowej cieczy.

– Co się wydarzyło, Beth?

– Prawda wcale ci nie pomoże, Nap. Tylko ci zaszkodzi.

– Nie dbam o to – odpowiadam. – Powiedz mi prawdę.

I Beth spełnia moją prośbę.

• • •

– Zostałam już tylko ja, prawda? Pozostali nie żyją. Wydaje mi się, że wszyscy staraliśmy się to jakoś odpokutować. Rex został gliniarzem. Ja jestem kardiologiem, ale leczę głównie niezamożne osoby. Założyłam klinikę, żeby pomagać ludziom, których nie stać na porządne leczenie: zajmujemy się profilaktyką, terapią zachowawczą, ustawieniem leków. Jeśli trzeba, wykonujemy zabiegi. Ludziom wydaje się, że jestem wielką altruistką, ale tak naprawdę staram się chyba odkupić to, co zrobiłam tamtej nocy.

Beth przez dłuższą chwilę wpatruje się w stół.

– Wszyscy jesteśmy winni, ale mieliśmy prowodyra. To był jego pomysł. On to zainicjował. Pozostali z nas byli zbyt słabi, żeby mu się przeciwstawić. Z pewnego punktu widzenia to obciąża nas jeszcze większą winą. Kiedy byłam mała, zawsze nienawidziłam tych, którzy znęcali się nad słabszymi. Ale wiesz, kogo nienawidziłam bardziej?

W odpowiedzi kręcę głową.

– Tych, którzy wspierali małego tyrana i uwielbiali patrzeć, jak to robi. Tacy właśnie byliśmy.

– Kto był tym prowodyrem? – pytam.

Beth wydyma wargi.

– Przecież wiesz – mówi.

I ma rację. Ty, Leo. Ty byłeś prowodyrem.

– Leo dowiedział się jakoś, że Diana ma zamiar z nim zerwać. Czekała z tym do tego głupiego balu, co było naprawdę wredne. Takie wykorzystywanie go było świństwem. Boże, mówię zupełnie jak nastolatka, prawda? Tak czy inaczej, Leo najpierw się tym zamartwiał, a potem się wściekł. Wiesz, że twój brat sporo wtedy popalał?

Kiwam bez przekonania głową.

– Chyba wszyscy paliliśmy wtedy za dużo trawki – dodaje Beth. – Pod tym względem Leo też był prowodyrem. Osobiście uważam, że to właśnie poróżniło go z Dianą. Leo lubił imprezować. Diana była córką policjanta i niekoniecznie jej się to podobało. Tak czy inaczej, Leo coraz bardziej się nakręcał. Chodził w tę i we w tę, wykrzykiwał, jaka z niej dziwka, jak jej się za to odpłaci i tak dalej. Wiedziałeś o istnieniu Klubu Konspiratorów?

– Owszem.

– Należeliśmy do niego ja, Leo, Rex, Hank i Maura. Leo wymyślił, że na Dianie zemści się cały Klub. Nie sądzę, żeby któreś z nas wzięło to na serio. Mieliśmy się wszyscy spotkać w domu u Rexa, ale Maura w ogóle się nie pojawiła. Co było dziwne. Bo właśnie ona zaginęła tamtej nocy. Zawsze się nad tym zastanawiałam: dlaczego uciekła, skoro nie brała udziału w planie.

Beth opuszcza głowę.

– Co to był za plan? – pytam.

– Każdy z nas miał przydzielone zadanie. Hank miał zdobyć LSD.

To dla mnie coś nowego.

– Zażywaliście LSD?

– Nie, przed tamtą nocą nigdy. To też było częścią planu. Hank znał kogoś z klasy chemicznej, kto dostarczył mu LSD w wersji płynnej. Rex zapewnił lokum. Mieliśmy się spotkać u niego w piwnicy. Ja miałam zadbać o to, żeby Diana zażyła towar.

– Czyli LSD?

Beth kiwa głową.

– Diana na pewno nie wzięłaby tego z własnej woli, ale uwielbiała dietetyczną colę. Więc miałam jej zaprawić tę colę. Jak już mówiłam, każdy z nas miał przydzielone zadanie i czekaliśmy w pełnej gotowości, kiedy Leo po nią pojechał.

Pamiętam słowa Augiego, który zorientował się od razu, że Leo jest pijany, i teraz żałował, że pozwolił córce wyjść z nim z domu.

– Co było dalej? – naciskam.

– Kiedy Leo sprowadził Dianę do piwnicy, wydawała się trochę niespokojna. Dlatego moja obecność była taka ważna. Byłam jedyną poza nią dziewczyną i miała się przy mnie zrelaksować. Obiecaliśmy, że nie będzie żadnego pijaństwa. Zaczęliśmy grać w ping-ponga. Obejrzeliśmy film. I wszyscy popijaliśmy oczywiście colę. Nasza była zaprawiona wódką, a Diany zawierającą LSD miksturą, którą przyniósł Hank.

Wszyscy zaśmiewaliśmy się do łez i w ogóle świetnie się bawiliśmy. Zapomniałam prawie, po co się tam zebraliśmy. Pamiętam, że w pewnym momencie spojrzałam na Dianę i zobaczyłam, że jest półprzytomna. Zastanawiałam się, czy nie dolałam jej do coli za dużo LSD. Chodzi o to, że nie było z nią żadnego kontaktu. Tak czy owak, uznałam, że zadanie zostało wykonane. Że to już koniec.

Beth przerywa. Zgubiła chyba wątek.

– Ale to jeszcze nie był koniec – mówię, żeby ją naprowadzić.

– Nie, nie był – przyznaje. Patrzy gdzieś ponad moim ramieniem, jakby mnie tu w ogóle nie było, i być może w tym momencie ona też jest myślami gdzie indziej. – Nie wiem, czyj to był pomysł. Chyba Rexa. Pracował jako wychowawca na letnich koloniach. Opowiadał nam, że niektóre dzieciaki śpią naprawdę kamiennym snem i że czasami dla zgrywu wynosili któregoś razem z łóżkiem do lasu i po prostu go tam zostawiali. Chowali się gdzieś obok, wybuchali śmiechem, i kiedy dzieciak się budził, obserwowali jego reakcję. Rex często opowiadał te historie i wydawały nam się bardzo śmieszne. Pewnego razu wlazł pod łóżko dzieciaka i podnosił pod nim materac aż do chwili, gdy mały obudził się z krzykiem. Innym razem zanurzył dłoń innego chłopca w ciepłej wodzie. Chodziło o to, żeby mały pomyślał, że się zsikał, ale on zerwał się z łóżka, żeby iść do ubikacji, i wpadł prosto w krzaki. I teraz Leo… tak, to z pewnością był Leo… zaproponował, żebyśmy zanieśli Dianę do lasu przy bazie.

O nie…

– I tak właśnie zrobiliśmy. Na dworze było naprawdę ciemno. Wszyscy wlekliśmy Dianę ścieżką. Czekałam, aż ktoś przemówi reszcie do rozumu, ale nikt tego nie zrobił. Za skałami w lesie jest niewielka polana. Wiesz, gdzie to jest. Leo chciał ją tam zostawić, bo to było miejsce, „gdzie się miziali". Powtórzył to kilka razy sarkastycznym tonem. „Gdzie się mizialiśmy". Diana nigdy nie pozwoliła mu na nic więcej, dodał. Więc tam ją zostawiliśmy. Tak po prostu. Pamiętam, że Leo spojrzał na nią tak, jakby… sama nie wiem. Jakby chciał ją zgwałcić czy coś w tym rodzaju. Ale nie zrobił tego. Powiedział, że powinniśmy się teraz wszyscy schować i zobaczyć, co będzie dalej. Posłuchaliśmy go. Rex i Hank głośno chichotali, przypuszczam, że z nerwów. Nie wiedzieli, jak Diana zareaguje na tę miksturę. A Leo gapił się na nią tylko wściekłym wzrokiem. Chciałam… chciałam to zakończyć. I wrócić do domu. „Ma już chyba dosyć", powiedziałam. Pamiętam, że zwróciłam się bezpośrednio do Leo. „Na pewno chcesz to dalej ciągnąć?", zapytałam. I wtedy… zobaczyłam wtedy na jego twarzy ogromny smutek. Tak jakby nagle zdał sobie sprawę, co, do cholery, narobił. „Wszystko będzie dobrze – powiedziałam – zabierzmy ją po prostu do domu". Leo kiwnął głową. Kazał Hankowi i Rexowi się zamknąć i ruszył w stronę Diany. I wtedy…

Po twarzy Beth płyną łzy.

– Co się wtedy stało? – pytam.

– Nagle rozpętało się piekło. Zapaliły się te wielkie reflektory. Kiedy nas oświetliły, Diana ocknęła się, jakby ktoś wylał jej na głowę wiadro lodowatej wody. Zerwała się z krzykiem i ruszyła sprintem w stronę ogrodzenia. Leo pobiegł za nią. Rex, Hank i ja zostaliśmy tam, gdzie byliśmy, po prostu zastygliśmy w bezruchu. Widziałam Dianę w oślepiającym świetle reflektorów. Wciąż krzyczała. Coraz głośniej. Zaczęła zrywać z siebie ubranie. Wszystko, co na sobie miała. A potem... potem usłyszałam strzały. I zobaczyłam... zobaczyłam, jak Diana pada. Leo odwrócił się w naszą stronę. „Wynoście się stąd!", krzyknął. Nie trzeba nam było tego dwa razy powtarzać. Uciekliśmy. Gnaliśmy jak charty aż do piwnicy Rexa. Przez całą noc czekaliśmy na Leo albo... sama nie wiem. W końcu zawarliśmy pakt. Przysięgliśmy, że nigdy nie powiemy nikomu o tamtej nocy. Siedzieliśmy w piwnicy, licząc mijające godziny i mając nadzieję, że wszystko rozejdzie się po kościach. Nie wiedzieliśmy, co się wydarzyło. Nawet rano nie mieliśmy o niczym pojęcia. Może Diana była w szpitalu, może nic jej się nie stało. A potem... potem, kiedy usłyszeliśmy, że zwłoki Leo i Diany znaleziono przy torach kolejowych, od razu wiedzieliśmy, co się stało. Ci bandyci zastrzelili ich i wszystko zatuszowali. Hank chciał puścić farbę, chciał iść na policję, ale Rex i ja nie pozwoliliśmy mu na to. Co mogliśmy zeznać? Że podaliśmy LSD córce komendanta policji, wynieśliśmy ją do lasu i ci faceci w końcu ją zastrzelili? Więc dotrzymaliśmy złożonej przysięgi. Nigdy już o tym nie mówiliśmy. Ukończyliśmy liceum i wyjechaliśmy z miasta.

Beth opowiada dalej. Mówi o życiu w wiecznym lęku, o nienawiści do samej siebie, o atakach depresji, anoreksji, poczuciu winy i horrorze nocy, o koszmarach, w których widzi Dianę nagą, próbuje ją ostrzec, biegnie do niej, stara się ją złapać, nim rozbłysną reflektory. Opowiadając o tym, zaczyna w końcu płakać, błaga o przebaczenie i przyznaje, że zasłużyła na wszystkie te straszne rzeczy, które jej się przytrafiły.

Ale ja słucham jej tylko jednym uchem. Bo mam mętlik w głowie i myślę o rzeczach, które zawsze od siebie odsuwałem. Pamiętasz, jak mówiłem, że akceptujemy to, co zgadza się z naszą narracją, i ignorujemy to, co do niej nie pasuje? Nie chcę tego teraz robić. Próbuję się skupić, choć wcale tego nie chcę. Wolałbym to wszystko zignorować. Beth miała rację, mówiąc, że lepiej by było, gdybym nie poznał prawdy. Miała rację pod wieloma względami, nawet tymi, o których nie miała pojęcia. Tak naprawdę chciałbym się cofnąć w czasie do momentu, kiedy Reynolds i Bates zapukali do moich drzwi, i powiedzieć im od razu, że o niczym nie wiem i żeby zostawili sprawy swojemu biegowi. Lecz teraz jest na to za późno. Nie mogę schować głowy w piasek. Więc tak czy inaczej, nieważne jakim kosztem, sprawiedliwość zostanie wymierzona.

Bo teraz już wiem. Teraz znam prawdę.

Rozdział 34

– Masz laptopa? – pytam Beth.

Moje słowa wyrywają ją z transu. Od co najmniej pięciu minut nie przerywałem jej monologu. Teraz wstaje, przynosi komputer, włącza go i obraca w moją stronę. Otwieram przeglądarkę i wpisuję adres pewnej strony internetowej. Jako login wpisuję znany mi adres mailowy i zastanawiam się nad hasłem. Trafiam za trzecim razem. Przeglądam prywatne wiadomości i znajduję tę z pasującym nazwiskiem. Zapisuję je razem z numerem telefonu.

W komórce mam dziesiątki nieodebranych połączeń – od Muse, Augiego, Ellie, być może nawet z FBI. Mam także masę esemesów. To zrozumiałe. FBI poszukuje mnie w związku z taśmą. Gliniarze być może obejrzeli już zapis z kamer, na którym siedzę w żółtym mustangu przed klubem Hunk-A-Hunk-A.

Wszystko to ignoruję.

Zaczynam sam dzwonić w różne miejsca. Najpierw na komisariat policji w Westbridge, gdzie udaje mi się załatwić to, co chciałem. Następnie dzwonię dalej na południe. Potem do osoby, której numer znalazłem w internecie i której przedstawiam się jako funkcjonariusz policji. Na koniec dzwonię do porucznik Stacy Reynolds w Pensylwanii.

– Mogłabyś wyświadczyć mi przysługę? – pytam.

Reynolds wysłuchuje tego, co mam do powiedzenia.

– W porządku, za dziesięć minut wyślę ci mailem to wideo – mówi.

– Wielkie dzięki.

– Wiesz już, kto zlecił zabójstwo Rexa? – pyta Reynolds.

Wiem to, ale na razie nie chcę jej powiedzieć. Nadal nie wykluczam, że mogę się mylić.

Dzwonię do Augiego.

– Federalni mogą podsłuchiwać moje rozmowy – zaznacza, odbierając.

– To nie ma znaczenia – odpowiadam. – Za parę minut i tak ruszam z powrotem. Pogadam z nimi, kiedy wrócę.

– Co się dzieje?

Nie wiem, co powiedzieć temu pogrążonemu w żalu ojcu, ale w końcu wybieram prawdę. Za dużo było do tej pory kłamstw, za dużo sekretów.

– Odnalazłem Beth Lashley – informuję go.

– Gdzie?

– Ukrywa się na farmie rodziców w Far Hills.

– Co powiedziała?

– Diana…

Po policzku spływa mi łza. Mój Boże, Leo, coś ty narobił? Czy leżąc wtedy na łóżku, wściekałeś się na Dianę? Obmyślałeś, jak się na niej zemścisz? Dlaczego mi się nie zwierzyłeś? Kiedyś nie było między nami tajemnic, Leo. Dlaczego się ode mnie oddaliłeś? A może to moja wina? Może byłem tak skoncentrowany na swoich sprawach – hokeju, szkole, Maurze – że nie dostrzegłem twojego bólu, nie zorientowałem się, że podążasz drogą autodestrukcji?

Jest tyle osób, które ponoszą tutaj winę. Czy jestem jedną z nich?

– Diana co? – pyta Augie.

– Za kilka minut stąd wyjeżdżam. Będzie chyba lepiej, jeśli powiem ci osobiście.

– Więc jest aż tak źle.

Augie nie pyta. On stwierdza fakt.

Nie odpowiadam. Boję się, że zdradzi mnie ton głosu.

– Będę u siebie – mówi w końcu Augie. – Przyjeżdżaj najszybciej, jak możesz.

• • •

Na widok Augiego pęka mi z żalu serce.

Czekałem tu przez całą minioną godzinę. Nie jestem tak nieostrożny, by siedzieć jak Beth przy oknie. Znalazłem sobie miejsce w rogu salonu. Mam stąd widok na wszystkie wejścia. Nikt nie może mnie zaskoczyć.

Znam prawdę, ale wciąż mam nadzieję, że się mylę. Mam nadzieję, że marnuję po prostu czas, że będę siedział na tej farmie cały dzień i całą noc, i w końcu zdam sobie sprawę, że popełniłem błąd, że wyciągnąłem niewłaściwe wnioski, że na szczęście totalnie się mylę.

Okazuje się jednak, że się nie mylę. Jestem dobrym detektywem. Szkolili mnie najlepsi.

Augie jeszcze mnie nie widzi.

Podnoszę broń i zapalam światło. Augie odwraca się błyskawicznie w moją stronę. Chcę mu powiedzieć, żeby się nie ruszał, ale głos więźnie mi w gardle. Siedzę z wycelowanym w niego pistoletem i mam nadzieję, że nie sięgnie po swój.

– Wszedłem na twój portal randkowy – mówię.

– Jak?

– Jako login wpisałeś swój adres mailowy.

Augie kiwa głową.

– A hasło?

– Czternaście, jedenaście, osiemdziesiąt cztery – mówię. – Data urodzin Diany.

– Byłem nieostrożny.

– Przejrzałem twoją korespondencję. Była tylko jedna kobieta o imieniu Yvonne. Yvonne Shifrin. Był tam jej numer telefonu.

– Zadzwoniłeś do niej?

– Tak. Byłeś z nią tylko na jednej randce. Na lunchu. Yvonne Shifrin przyznała, że byłeś miły, ale zobaczyła zbyt wielki smutek w twoich oczach.

– Robiła wrażenie dobrej kobiety – mówi Augie.

– Mimo to zadzwoniłem jeszcze do Sea Pine Resort na Hilton Head. Żeby mieć pewność. Nigdy nie zarezerwowałeś tam pokoju.

– Mogłem ci podać niewłaściwy hotel.

– Naprawdę chcesz podążać tą drogą, Augie?

Kręci głową.

– Beth powiedziała ci, co zrobili Dianie?

– Tak.

– Więc chyba rozumiesz.

– To ty zabiłeś mojego brata, Augie?

– Wymierzyłem sprawiedliwość za śmierć córki.

– To ty zabiłeś Leo? – pytam.

Ale Augie nie zamierza mi tego ułatwić.

– Tego wieczoru zamówiłem kurczaka z parmezanem w Nellie's – mówi. – Audrey miała zebranie komitetu rodzicielskiego, więc kolację zjedliśmy tylko we dwoje, ja i Diana. Widziałem, że coś ją dręczy. Dziobała jedzenie widelcem, a przecież normalnie zajadała kurczaka z Nellie's, aż jej się uszy trzęsły. Zapytałem, czy coś się stało. Odparła, że ma zamiar zerwać z Leo. Bez owijania w bawełnę. Takie mieliśmy ze sobą relacje, Nap.

Spogląda na mnie. Nie odzywam się ani słowem.

– Zapytałem ją, kiedy ma zamiar to zrobić. Powiedziała, że nie wie, ale chyba zaczeka z tym do jesiennego balu. Ja… – Augie zamyka oczy – …odparłem, że to jej decyzja, ale moim zdaniem to niezbyt uczciwe w stosunku do Leo. Jeśli już go nie lubi, nie powinna tego dalej ciągnąć. Rozumiesz, Nap? Może gdybym nie trzaskał dziobem, może gdybym pilnował własnego nosa… Widziałem twojego brata, kiedy po nią przyjechał. Był zalany w trupa, a ja, jak kompletny idiota… Boże, dlaczego pozwoliłem jej wtedy wyjść? Co noc, leżąc w łóżku, zadaję sobie to pytanie. W każdą noc mojego żałosnego, okropnego, pustego życia. Leżę w łóżku, odtwarzam to w nieskończoność i próbuję na różne sposoby dobić targu z Bogiem. Mówię, co bym oddał, co bym zrobił, jakie tortury byłbym gotów znosić, aby tylko móc wrócić do tamtej nocy i cofnąć tę decyzję. Bóg jest czasami taki okrutny. Dał mi najwspanialszą córkę pod słońcem. Wiedziałem, jaka jest krucha. Starałem się ze wszystkich sił być jednocześnie surowym ojcem i dać mojemu dziecku jak najwięcej wolności, balansować na tej cienkiej linie.

Stojąc przede mną, Augie cały się trzęsie. Nadal w niego celuję.

– Więc jak to wyglądało, Augie?

– Tak, jak ci wcześniej powiedziałem. Pojechałem do bazy, bo zgłoszono zakłócenie porządku. Andy Reeves wpuścił mnie do środka. Widziałem, że stało się coś złego. Wszyscy byli bladzi. Najpierw pokazał mi zwłoki leżące na skrzyni pick-upa. To był facet, którego tam trzymali. Jakiś znany z pierwszych stron gazet Amerykanin. Udało mu się wydostać za ogrodzenie. Nie mogli pozwolić mu uciec. Facet nie miał prawa tam przebywać, więc zamierzali pozbyć się jakoś ciała i ogłosić, że zbiegł do Iraku czy coś w tym rodzaju. Reeves powiedział mi to wszystko w zaufaniu. Ale to było dla mnie jasne. Tajemnica państwowa. Chciał wiedzieć, czy może mi zaufać. Odparłem, że tak. A potem… potem powiedział, że musi mi pokazać coś strasznego.

Twarz Augiego powoli zapada się w sobie.

– Zaprowadził mnie do lasu. Szli z nami dwaj jego ludzie. Dwaj inni już tam byli. Dotarli tam przed nami. Reeves zapalił reflektor i tam na ziemi, naga, leżała…

Podnosi głowę i widzę w jego oczach furię.

– A obok, tuż przy ciele mojej córki, szlochając histerycznie i trzymając ją za rękę, klęczał Leo. Reeves zaczął wszystko tłumaczyć, a ja słuchałem go, wbijając wzrok w ziemię, kompletnie odrętwiały. Więźniowi udało się zbiec. Zapalili reflektory. Żołnierze na wieżach strażniczych zaczęli strzelać na oślep. Nikogo tam miało nie być. Była noc. Wszędzie wisiały tablice z ostrzeżeniami. Strażnicy zabili zbiega, ale przypadkowo, w ogniu walki... Diana wrzeszczała podobno jak opętana i była zupełnie naga, więc jeden z żołnierzy, niedawno wcielony, wpadł w panikę i pociągnął za spust. Trudno go chyba winić. I tak tam staliśmy. Myślisz, że padłem na kolana? Moja ukochana córeczka leżała na ziemi, a ja chciałem... chciałem po prostu położyć się przy niej, objąć ją i szlochać godzinami. Ale nie zrobiłem tego.

Augie patrzy na mnie. Nie wiem, co powiedzieć, w związku z czym nie mówię nic.

– Leo wciąż histerycznie zawodził. Zapytałem go, najspokojniej w świecie, co się wydarzyło. Reeves dał sygnał swoim ludziom, żeby wycofali się do bazy. Leo otarł twarz rękawem. Powiedział, że on i Diana byli w lesie, całowali się, pieścili i chcieli posunąć się dalej... no wiesz, tego rodzaju rzeczy. Zaczęli się rozbierać. I kiedy zapaliły się światła, Diana zerwała się na nogi i spanikowała. Reeves stał obok nas i słuchał. Kiedy na niego spojrzałem, pokręcił głową. Widział na twarzy twojego brata to samo co ja. Leo kłamał. „Mamy to nagrane na wideo", szepnął Reeves. Pomogłem twojemu bratu wstać. Wróciliśmy do bazy, żeby obejrzeć taśmę. Reeves najpierw pokazał mi nagranie z twoją dziewczyną. Ją też sfilmowali. Zapytał, czy ją znam. Byłem zbyt zszokowany, żeby myśleć o ewentualnych konsekwencjach. Powiedziałem, że tak, to Maura Wells. Reeves pokiwał głową i pokazał mi następne nagranie. Zobaczyłem Dianę. Biegła i krzyczała. Oczy miała szerokie jak spodki i zrywała z siebie ubranie, jakby się paliła. Tak wyglądały ostatnie chwile życia mojej córki. Była przerażona i krzyczała. Zobaczyłem, jak kula trafia ją w pierś. Osunęła się na ziemię. I nagle pojawił się za nią Leo. Reeves zatrzymał taśmę. Spojrzałem na Leo… Kulił się ze strachu. „Jak to się stało, że ty jesteś nadal kompletnie ubrany?", pytam. Leo płacze. Płacze i zaczyna pleść, jak bardzo się kochali. A ja przecież wiem co innego: Diana miała zamiar z nim zerwać. W tym momencie całkiem się uspokajam. Ja jestem gliniarzem, on sprawcą. Zaczynam go przesłuchiwać. Serce pęka mi w piersi, ale mówię tylko: „W porządku, Leo, po prostu powiedz mi prawdę. I tak zrobią sekcję zwłok. Jakie narkotyki są w jej krwi?". Przez jakiś czas go maglowałem. To był jeszcze dzieciak. Szybko pękł.

– Co powiedział?

– Powtarzał, że to był żart. Że nie miał zamiaru jej skrzywdzić. Że się wygłupiał. Żeby się na niej odegrać.

– I co zrobiłeś?

– Spojrzałem na Reevesa. Pokiwał głową, jakbyśmy się dobrze rozumieli. Ja go w każdym razie rozumiałem. To było nielegalne więzienie. Władze nie mogły tego ujawnić, nawet jeśli w grę wchodziła śmierć kilku cywili. Reeves wyszedł z pomieszczenia. Leo nadal płakał. Powiedziałem mu, żeby się nie przejmował, że wszystko będzie dobrze. Że to, co zrobił, było złe, ale tak naprawdę co uda nam się udowodnić przed sądem? Niewiele. W końcu dosypał tylko dziewczynie LSD do drinka. To nie jest wielka zbrodnia. W najgorszym razie oskarżą go o współudział w zabójstwie i będzie miał dozór sądowy. Powiedziałem mu to wszystko, bo to była prawda, i mówiąc to, wyciągnąłem broń, przycisnąłem lufę do jego czoła i pociągnąłem za spust.

Kulę się, jakbym tam był, Leo, jakbym stał tuż obok ciebie, kiedy Augie pociągnął z zimną krwią za spust.

– Reeves wrócił do pomieszczenia i kazał mi ruszać do domu. On miał się wszystkim zająć. Ale nie wyjechałem z bazy. Zostałem razem z nimi. Odszukałem rzeczy mojej córki. Ubrałem ją. Nie chciałem, żeby znaleźli ją nagą. Załadowaliśmy dwa ciała do pick-upa i pojechaliśmy przez miasto do torów kolejowych. To ja położyłem Dianę na szynach i patrzyłem, jak wielka lokomotywa przejeżdża po mojej pięknej córce. I nawet przy tym nie mrugnąłem. Nawet się nie skrzywiłem. Chciałem, żeby to było straszne. Im było straszniejsze, tym lepiej. Dopiero potem wróciłem do domu. I czekałem, aż zadzwoni telefon. To wszystko.

Chcę go zwyzywać od najgorszych. Chcę mu zrobić coś złego. Ale to wydaje się takie bezcelowe, tak skrajnie bezsensowne.

– Jesteś dobrym śledczym – mówię – ale Leo nie powiedział ci całej prawdy.

– Nie – odpowiada Augie. – Chronił swoich przyjaciół.

Kiwam głową.

– Zadzwoniłem również na komisariat w Westbridge. Odebrała twoja nowa policjantka, Jill Stevens. Zawsze dziwiło mnie, że zostawiła ci na biurku sprawę Hanka, a ty nic nie zrobiłeś. Ale ty się nią zająłeś, prawda?

– Znalazłem go przy boisku koszykówki. Był nieźle zszokowany całą tą aferą z filmem na Facebooku. Zawsze miałem do niego słabość, więc powiedziałem, że może u mnie przenocować. Obejrzeliśmy w telewizji mecz Knicksów. A kiedy się skończył, posłałem mu łóżko w naszej gościnnej sypialni. Wszedł tam i widząc na komodzie fotografię Diany, nagle kompletnie się rozkleił. Zaczął płakać, szlochać i błagać mnie o wybaczenie. Powtarzał bez końca, że to była jego wina, i z początku nie wiedziałem, co o tym wszystkim sądzić, myślałem, że to jakiś epizod maniakalny, ale nagle wyjąkał: „Nie powinienem nigdy przynosić tego LSD".

– I w tym momencie już wiedziałeś.

– Hank ugryzł się w język. Zorientował się, że powiedział za dużo. Więc musiałem trochę nad nim popracować. Dość ostro. Ale w końcu opowiedział mi o tej nocy wszystko, o tym, co zrobili on, Rex i Beth. Nie jesteś ojcem, więc nie spodziewam się, żebyś to zrozumiał. Ale to oni wszyscy zabili Dianę. Zamordowali razem moje maleństwo. Moją córkę. Moje życie. Troje z nich przeżyło kolejne piętnaście lat. Mogli oddychać, śmiać się, dorastać, podczas gdy moja maleńka, która była dla mnie całym światem, gniła w ziemi. Naprawdę tego nie rozumiesz?

Nie chcę się w to wgłębiać.

– Hanka zabiłeś pierwszego? – pytam.

– Tak. Ukryłem ciało w miejscu, w którym nikt by go nie znalazł. Ale potem odwiedziliśmy jego ojca. Pomyślałem, że Tom powinien wiedzieć, co przydarzyło się jego synowi. I dopiero wtedy powiesiłem Hanka na drzewie. Pociąłem go, żeby zasugerować, że to ma związek z tym filmem.

– A jeszcze wcześniej pojechałeś do Pensylwanii – mówię.

Augie był dokładny i staranny. Musiał poznać wcześniej teren, dowiedzieć się czegoś więcej o życiu Rexa, o tym, co miał za uszami, i to wykorzystać. Pamiętam, jak barman Hal opisywał zabójcę: długie zmierzwione włosy, broda, wielki nochal. Maura, która widziała Augiego przelotnie tylko raz, na ostatnich urodzinach Diany, opisała zabójcę w ten sam sposób.

– Przebrałeś się, zmieniłeś nawet swój chód – dodaję. – Ale po przeanalizowaniu nagrań z wypożyczalni samochodów okazało się, że masz ten sam wzrost i wagę. I ten sam głos.

– Co możecie wiedzieć o moim głosie?

Otwierają się drzwi i z kuchni wchodzą do salonu Maura i Ellie. Nie chciałem, żeby ze mną zostały, ale się uparły. Ellie zauważyła, że gdyby były mężczyznami, nie nalegałbym tak mocno. Miała w tym sporo racji. I teraz do nas dołączają.

– Ten sam głos – mówi Maura, kiwając głową.

– Maura stwierdziła, że facet, który załatwił Rexa, był profesjonalistą – mówię, bo chcę mieć to już za sobą. – A mimo to ten profesjonalista pozwolił jej uciec. To była moja pierwsza wskazówka. Wiedziałeś, że Maura nie miała nic wspólnego z tym, co przytrafiło się Dianie. Dlatego jej nie zabiłeś.

To w zasadzie wszystko. Tak naprawdę nie ma nic więcej do powiedzenia. Mógłbym wymienić inne fakty, które na niego wskazywały – to, że wiedział, że Rex dostał dwie kulki w tył głowy, mimo że wcale mu o tym nie mówiłem; i że Andy Reeves, kiedy już mnie związał, żałował tego, że postrzelili Dianę, lecz nie wspomniał ani słowem o Leo. Ale wszystko to jest już nieważne.

– Co teraz, Nap? – pyta Augie.

– Zakładam, że jesteś uzbrojony.

– Sam dałeś mi ten adres – mówi, kiwając głową. – Wiesz, po co tu przyjechałem.

Żeby zabić Beth, ostatnią osobę, która skrzywdziła jego córkę.

– Uczucie, jakie do ciebie żywię, Nap, jest autentyczne. Zbliżyliśmy się do siebie w żałobie: ty, ja i twój tato. Wiem, że to nie ma sensu, że wydaje się niemal chore…

– Nie, rozumiem cię.

– Kocham cię.

Serce znów pęka mi w piersi.

– Ja też cię kocham – mówię.

Ręka Augiego sunie w stronę kieszeni.

– Nie rób tego – ostrzegam go.

– Nigdy bym cię nie zastrzelił – odpowiada.

– Wiem. Ale nie rób tego.

– Pozwól mi to zakończyć, Nap.

– Nie, Augie. – Kręcę głową.

Podchodzę do niego, wyjmuję mu pistolet z kieszeni i ciskam w kąt pokoju. Nie mam do końca pewności, czy chcę go powstrzymywać. Niechby to się skończyło schludnym, eleganckim samobójstwem. Odpoczywaj w pokoju. Ktoś mógłby powiedzieć, że wreszcie dotarło do mnie to, że Augie niesłusznie uczył mnie brać sprawiedliwość we własne ręce, że fakt, iż sądy nie zawsze ją wymierzają, nie oznacza, że powinniśmy wymierzać ją sami, że katując Treya, zachowywałem się tak samo jak Augie, gdy zabijał Leo, Hanka i Rexa. Ktoś mógłby pomyśleć, że powstrzymując go, chcę dać się wykazać aparatowi sprawiedliwości, że zrozumiałem w końcu, że te rzeczy powinno regulować prawo, a nie ludzkie emocje.

Choć być może, zakładając mu kajdanki, uświadamiam sobie, że samobójstwo byłoby zbyt łatwym wyjściem, że gdyby się zabił, miałby to już wszystko za sobą, że zmuszenie starego gliniarza, by gnił w więziennej celi razem ze swoimi upiorami, jest o wiele gorsze od szybkiej kulki w łeb.

Czy ma jakieś znaczenie, które z tych wytłumaczeń jest trafne?

Jestem zdruzgotany, zrozpaczony. Przez chwilę patrzę na broń, którą trzymam w ręce, i myślę, jak łatwo byłoby do ciebie dołączyć, Leo. Ale to tylko przelotna myśl.

Ellie wezwała już policję. Kiedy zabierają Augiego, długo mierzy mnie wzrokiem. Może chce mi jeszcze coś powiedzieć, ale ja nie chcę tego słyszeć, chybabym tego nie zniósł. Straciłem Augiego i żadne słowa tego nie zmienią. Odwracam się i wychodzę przez tylne drzwi na dwór.

Maura stoi tam i spogląda na pola. Zatrzymuję się tuż za nią.

– Jest jeszcze jedna rzecz, którą muszę ci powiedzieć – mówi.

– To nieważne.

– Tamtego dnia spotkałam się z Dianą i Ellie w szkolnej bibliotece.

Oczywiście o tym wiem. Od Ellie.

– Diana powiedziała, że po balu ma zamiar zerwać z Leo. Nie powinnam była tego nikomu powtarzać. Powinnam to zachować dla siebie.

Nagle się domyślam.

– Powiedziałaś o tym mojemu bratu.

Tak właśnie się dowiedziałeś, Leo, prawda?

– Strasznie się zdenerwował. Zaczął gadać, że jej za to odpłaci. Ale ja nie chciałam w tym brać udziału.

– Dlatego byłaś w lesie sama – mówię.

– Gdybym trzymała język za zębami, nie doszłoby do tej tragedii. To moja wina.

– Nie. To nie twoja wina.

I naprawdę tak myślę. Przyciągam ją do siebie i całuję. Moglibyśmy tak bez końca bawić się w szukanie winnych, prawda, Leo? To była jej wina, bo powiedziała ci, że Diana chce z tobą zerwać, to była moja wina, bo byłem skoncentrowany na sobie, to była wina Augiego, Hanka, Rexa, Beth i, do diabła, to była również wina prezydenta Stanów Zjednoczonych, bo zgodził się na istnienie nielegalnych więzień.

Ale wiesz co, Leo? Już mnie to nie obchodzi. Tak naprawdę wcale z tobą nie rozmawiam. Jesteś martwy. Kocham cię i zawsze będzie mi ciebie brakować, ale od piętnastu lat nie żyjesz. Chyba najwyższa pora zakończyć tę żałobę. Więc zamierzam dać sobie z tobą spokój i trzymać się czegoś bardziej realnego. Znam już prawdę. I być może, kiedy spoglądam na tę piękną silną kobietę w moich ramionach, ta prawda w końcu mnie wyzwoli.

Podziękowania

Jeśli czytaliście wstęp „Od autora", wiecie, że wróciłem w świat swojego dzieciństwa. Reminiscencje zamieszczone na stronie Facebooka *Livingston – the 60's and 70's* były dla mnie bezcenne, lecz szczególnie mocno chciałbym podziękować Donowi Benderowi, człowiekowi obdarzonemu anielską cierpliwością i ekspertowi we wszystkim, co dotyczy dawnych baz rakietowych w stanie New Jersey. A oto inne osoby, którym muszę podziękować i które wymieniam tu w przypadkowej kolejności: Anne-Sophie Brieux, dr med. Anne Armstrong-Coben, Roger Hanos, Linda Fairstein, Christine Ball, Jamie Knapp, Carrie Swetonic, Diane Discepolo, Lisa Erbach Vance i John Parsley. Nazwiska kilkorga innych wyleciały mi z pamięci, ale na pewno mi to wybaczą, bo są wspaniałymi i wielkodusznymi ludźmi.

Na osobne podziękowania zasłużyli: Franco Cadeddu, Simon Fraser, Ann Hannon, Jeff Kaufman, Beth Lashley, Cory Mistysyn, Andy Reeves, Yvonne Shifrin, Marsha Stein i Tom Stroud. Te osoby (albo ich bliscy) w zamian za umieszczenie ich nazwisk w tej powieści wpłacili sowite datki na wybrane przeze mnie cele charytatywne. Jeśli chcielibyście wziąć udział w tej akcji w przyszłości, odwiedźcie, by poznać szczegóły, stronę www.HarlanCoben.com.

Polecamy

Thriller z Myronem Bolitarem, na który czytelnicy czekali pięć lat

Dwaj sześcioletni chłopcy zostali uprowadzeni z domu w biały dzień. Zuchwałe porwanie wstrząsnęło zamożną okolicą. Przez dziesięć lat nie było po nich śladu, a teraz wreszcie jest szansa na szczęśliwe zakończenie. Jeden z nich odnajduje się w Londynie w dziwnych okolicznościach. I ma kłopoty.

Myron Bolitar, na prośbę przyjaciela, Wina Lockwooda, wkracza do akcji, aby odnaleźć drugiego chłopca. Mnożą się pytania. Co się z nim stało? Co pamięta odnaleziony? I czy można mu ufać?

Wydaje się, że śledztwo zmierza ku końcowi. Ale to dopiero początek…